D1324911

LE GRAND CABARET
DU PROFESSEUR
FABRIKANT

YIRMI PINKUS

LE GRAND CABARET DU PROFESSEUR FABRIKANT

Traduit de l'hébreu
par
Laurence Sendrowicz

BERNARD GRASSET
PARIS

L'édition originale de cet ouvrage a été publiée en 2008,
par Am Oved, sous le titre :

HAKABARET HAHISTORI SHEL PROFESSOR FABRIKANT
ou
PROFESSOR FABRIKANT'S HISTORICAL CABARET

La traductrice remercie Yitskhok Niborski pour sa patience,
sa gentillesse et son yiddish si lumineux.

Illustration de la jaquette : © Yirmi Pinkus.

ISBN 978-2-246-79004-4

aux Pinkus

Première partie

Le poids de l'héritage

Chapitre I

Czernowitz endeuillée

La Ringplatz à Czernowitz

1

Bien qu'il eût presque atteint les quatre-vingt-dix prin-temps, le professeur Markus Fabrikant n'accorda, dans un premier temps, aucune importance à ses maux de ventre : depuis quand un Juif averti aurait-il peur de quelques gaz récalcitrants ? Au fil des jours cependant la douleur se renforça et au bout de deux semaines, le professeur était si affaibli qu'il n'arrivait plus à descendre du lit. De bruyants spasmes le tiraillaient avec une intensité qu'il n'avait jamais connue auparavant, les convulsions magmatiques qui tordaient ses boyaux lui faisaient endurer le martyre. Visage blême, il s'était tant ratatiné qu'il paraissait s'effondrer de l'intérieur ; reconnaître en lui le directeur à l'autorité si longtemps incontestée devint de plus en plus difficile et il comprit alors : le mal qui le rongeait l'achèverait sous peu.

Markus passa les dernières semaines de sa vie dans la grande pièce de l'appartement familial, là où un bon feu brûlait dans l'âtre et où de sombres tapis recouvraient le parquet encaustiqué, juste en face du somptueux théâtre de Czernowitz qu'il voyait se dessiner dans le cadre de sa fenêtre. À son chevet on avait placé une table ronde Biedermeier aux pieds délicats sur laquelle étaient posées des fioles en verre opaque remplies de tous les remèdes inutiles que lui prescrivait le médecin et chaque matin, de nouveaux draps blancs, parfaitement amidonnés, étaient tendus sur son lit, même si les visiteurs ne pouvaient voir du malade qu'une minuscule tête fatiguée, enfoncée dans les fraîches épaisseurs des coussins. Afin que la lumière ne blesse pas ses yeux épuisés, les rideaux n'étaient ouverts qu'en tout début de matinée puis refermés pour le reste de la journée ; la pièce baignait alors dans le doux éclairage que dispensait un lustre en cristal. À la demande du professeur, on avait aussi accroché au mur, à côté du lit, un vieux tableau acheté à Vienne par son père quelque quatre-vingts ans auparavant et qui, dans un lourd cadre doré, avait orné pendant toute son enfance le bureau de l'entreprise familiale installée au rez-de-chaussée. Chaque fois qu'il avait l'occasion de s'y faufiler, le petit Markus s'asseyait en face de cette œuvre et la contemplait pendant des heures, savourant la sourde peur qu'elle lui inspirait. Au premier plan du tableau, on voyait un pré traversé par un chemin tortueux. Sur ce chemin marchaient une femme et une petite fille qui se dirigeaient vers une cabane éloignée, nimbée d'une lueur magique, à côté de laquelle se dressait un gigantesque palmier. Une forêt mystérieuse et touffue poussait en arrière-plan, tandis qu'un ciel presque noir surplombait le tout – impossible de deviner si telles étaient les teintes choisies par l'artiste ou si le tableau s'était assombri au fil du temps. À son grand étonnement, le vieux professeur s'était rendu compte que rien ne subsistait de l'étrange terreur qu'il avait ressentie dans son enfance et que les grandes questions qui tourmentaient alors sa jeune âme, comme par exemple de savoir ce qu'allaient découvrir les deux silhouettes en arrivant dans la cabane, ne l'intéressaient plus du tout.

Les vieilles actrices du Grand Cabaret, qui habitaient non loin de là dans un appartement de l'Altgasse, se relayaient autour de lui avec un incommensurable dévouement. Elles ne quittaient jamais le lit du moribond avant la tombée de la nuit et acceptaient de se retirer uniquement parce qu'elles savaient que Becky était là : cheveux gris coupés sur la nuque et petite croix autour du cou, cette fidèle servante le veillait en permanence et à aucun moment ne montra le moindre signe de dégoût, même lorsqu'il perdit le contrôle de ses sphincters. Elle lui posait des linges froids sur le front, essuyait le bouillon de poule qui avait coulé sur son menton fripé et caressait doucement sa main craquelée, mouchetée de taches claires. Becky était muette, si bien que tout ce qui sortait de sa bouche ne correspondait, pour une oreille non avertie, qu'à des borborygmes dénués de signification ; mais les sons dont elle accompagnait chacun de ses gestes semblaient justement apaiser le malade.

La seule qui regardait la brave femme de travers était Zofia Fabrikant, la belle-sœur du professeur. Un matin, alors qu'elle se retrouvait en compagnie de Mimi Landau à attendre de pouvoir entrer dans la chambre, elle déclara même : « Cette *goy* qui fourre son nez partout me déplaît au plus haut point.

— Et qui va s'occuper du professeur ? Vous ? rétorqua Mimi.

— À votre place, madame Landau, je n'afficherais pas une telle arrogance, lui renvoya Zofia. Mais peu importe, bientôt toute cette histoire se terminera et mon Avroum reprendra les choses en main. On verra, alors, si vous continuerez à me parler sur ce ton, vous et vos amies. Vous vous traînerez à nos pieds pour qu'on vous lance un os.

— Markus ne fermera pas les yeux si vite que ça.

— Qu'est-ce que vous croyez ? Qu'il va soudain se relever et se mettre à danser le kazatchok ? Au lieu de perdre du temps à attendre des miracles, vous devriez me préparer la liste exhaustive de tous les comptes en banque et de tous les avoirs de la troupe. »

Mimi laissa échapper un soupir indigné mais ne

répondit rien. Elle n'avait jamais beaucoup aimé cette femme pleine de morgue, une villageoise de simple extraction et qui ne méritait aucunement sa place au sein de la respectable famille de marchands prospères qu'étaient les Fabrikant. Mais Zofia avait été d'une grande beauté dans sa jeunesse et c'est ce qui lui avait permis de mettre le grappin sur un homme aussi important que feu Shlomo Fabrikant, beaucoup plus vieux qu'elle et connu pour son affabilité. Dès le lendemain de son mariage, cette parvenue oublia son père (le barbier du village de Jadova) ainsi que sa mère (la femme du barbier du village de Jadova). En un rien de temps, elle adopta les habitudes de la riche société de la ville et grâce à une intelligence naturelle ainsi qu'à une allure distinguée, elle réussit à se donner l'air dédaigneux d'une femme du monde au chignon toujours élégamment plaqué sur la nuque. De plus, après avoir donné à son mari deux enfants mâles, seuls héritiers de la lignée des Fabrikant de Czernowitz, elle se sentit pousser des ailes et se permit de tyranniser tout son entourage. Son beau visage ne parvint cependant pas à cacher très longtemps ses défauts et maintenant qu'elle approchait des cinquante-cinq ans, sa méchanceté et sa fourberie apparaissaient, profondément incrustées sur ses traits. Son nez était devenu de plus en plus pointu et ses lèvres, à force d'être pincées, s'étaient amincies à l'extrême. Difficile de lui trouver quelque ressemblance physique avec ses deux fils qui, eux, avaient hérité de leur père l'expression débonnaire propre aux Fabrikant.

Cette fidèle servante le veillait en permanence

Tant que Shlomo était en vie, Zofia avait veillé à rester correcte envers son beau-frère Markus ; mais lorsque,
à quarante-trois ans, elle devint veuve, elle ne se fati-
gua plus pour cacher le mépris et la répugnance que lui
inspirait l'aîné de la famille. Elle n'acceptait pas qu'il
puisse préférer le monde du théâtre à l'entreprise, et ne
supportait pas de le voir fréquenter toutes sortes d'endroits aussi douteux que festifs, au lieu d'assister aux respectables dîners qu'elle organisait et où elle invitait le

gratin de Czernowitz ; elle allait même jusqu'à qualifier le comportement extraverti du professeur de « honteusement grotesque » et vivait dans la peur qu'un beau jour, l'envie lui prenne de se fabriquer une progéniture qui priverait ses fils d'un héritage fort convoité. Ses craintes l'avaient poussée à se rapprocher de Jozy, le plus jeune frère de son mari, un célibataire invétéré d'une désolante faiblesse de caractère, qui habitait dans la demeure familiale et participait à la gestion des affaires. Rapidement, elle arriva si bien à le manipuler qu'il enregistra tout ce qu'il possédait à son nom à elle – au cas où il quitterait le monde en premier.

*

Le soir du deuxième jour de sa quatrième semaine d'alitement, le professeur demanda à Becky de convoquer à son chevet les actrices du Grand Cabaret, son frère Jozy, sa belle-sœur Zofia et ses deux neveux, Avroum et Herman. Tous se retrouvèrent donc autour de son lit de douleur. Ils attendaient en silence lorsque Esther Licht, la grande vedette de la troupe, fit une entrée dramatique, exténuée par le chagrin, les yeux rougis par les larmes.

« *Tate*, papa, papa, gémit-elle, ne nous quitte pas, que deviendrai-je sans toi ? Mes nerfs vont lâcher, *oy, tate,* je me meurs ! » Son chagrin était si intense qu'elle s'effondra, sans force, dans le fauteuil le plus confortable de la pièce. Une de ses collègues se précipita vers elle avec du tabac à priser, tandis que Zofia Fabrikant pinçait les lèvres et la toisait d'un regard hargneux.

« Du calme, ma petite chérie, du calme, chuchota Markus, c'est moi ici qui vais mourir, pas toi. » Et, comme pour confirmer ses dires, il eut quelques respirations stridentes, puis se tut.

Des coups furent frappés à la porte, et entra maître Sando Czerny, vêtu d'un costume qui lui donnait davantage l'allure d'un fossoyeur que d'un homme de loi. Il avait le visage sévère, la calvitie luisante et des poches qui pendouillaient sous de petits yeux très vifs.

Sando, Sando, pourquoi continues-tu à faire semblant de ne pas être concerné par la mort, toi non plus, tu n'es pas un gamin, songea le professeur dans un mélange de pitié et de raillerie. Du doigt, il lui fit signe d'approcher. Très solennellement, l'avocat sortit de sa sacoche une liasse de documents, les donna au malade qui les feuilleta brièvement (pour la forme puisqu'il en connaissait parfaitement le contenu) et les passa à Mimi Landau. Celle-ci les prit, tira ses lunettes d'un étui en cuir et s'appliqua à les parcourir lentement, au grand dam de Zofia Fabrikant. Personne n'osa ouvrir la bouche, et pendant le temps que dura sa lecture, le seul bruit qui perturba le silence de la chambre fut celui des feuilles qu'elle tournait. Arrivée au bout, elle rendit le tout à maître Czerny et se tourna vers Markus pour marquer son assentiment. Sur un signe à peine perceptible, Becky s'approcha soudain, tapota rapidement les oreillers pour les regonfler et aida le malade à se redresser. Il lui posa sur l'épaule une main toute molle et toussota avant de commencer : « Bientôt, le rideau tombera pour la dernière fois sur un long spectacle, peut-être trop long au goût de certains. Comme il n'y aura pas de bis, je demande à mon public de me laisser prononcer quelques mots encore. Ultimes. Et tout d'abord, sachez que personne ne pourra prétendre à quelque droit que ce soit sur mon héritage sans avoir pris l'engagement irrévocable de veiller sur Becky et de lui assurer une vie décente. N'oublie jamais ça, *ketsele*, mon petit chaton, d'accord ? » demanda-t-il en passant une main affectueuse sur la joue ridée de la fidèle servante qui confirma d'un hochement de tête.

« Mon testament est relativement simple, reprit-il. À part quelques souvenirs personnels, j'ai décidé de tout léguer à mon neveu Herman. Telle est ma dernière volonté, je l'ai dictée alors que j'étais totalement sain d'esprit à maître Sando Czerny, ici présent. »

Tous les yeux se tournèrent, abasourdis, vers le jeune homme maigrichon et très embarrassé qui, jusqu'à cet instant, n'avait jamais attiré l'attention de personne. Qui l'eût cru ? Quoi, prendre les appartements, l'argent liquide, les fonds de garantie, les actions, la renommée et allez savoir quoi d'autre, pour les mettre – sans logique ni raison, peut-être juste par esprit de contradiction – entre les mains de ce garçon falot, qui avait encore l'air de téter le lait de sa mère ?! Faire cela alors que dans la pièce, juste à côté de lui, se tenait son frère aîné, Avraham, ou comme on l'appelait Avroum, à qui on prédisait le plus brillant des avenirs ? Avroum qui avait eu l'occasion, à maintes reprises, de montrer de quoi il était capable et de prouver qu'il avait un sens des affaires particulièrement développé !

Un raclement de gorge en provenance du lit interrompit brutalement les exclamations de surprise et d'incompréhension, le malade s'étouffait à cause des glaires accumulées au fond de son gosier et Becky se hâta de lui présenter le crachoir.

« Tu poursuivras mon œuvre, *yingele*, fiston, continua-t-il une fois soulagé. Quant à toi, ma fidèle et si talentueuse Mimi, tu seras son bras droit. Tu l'accompagneras comme tu m'as accompagné de si longues années, et ensemble, vous conduirez la troupe vers de nouveaux sommets. Czerny, les diamants ! »

L'avocat tira de sa sacoche une petite bourse en velours dont il répandit le contenu sur une assiette en porcelaine. Zofia Fabrikant, qui ne s'était pas encore remise du choc, écarquilla les yeux à la vue de ces minuscules points à l'éclat irrésistible. Tout ce qui frémissait dans la pièce, ces petits bruissements émis lorsque quelqu'un se gratte le dos par-dessus sa chemise ou essaie de se débarrasser d'une miette coincée entre ses dents – tout resta en arrêt devant cette vision sublime. Sur un signe du professeur, l'avocat remit les diamants dans la petite bourse et les confia solennellement à Herman.

« Tu es un bon garçon, mon neveu. Tu as toujours prouvé ta grande sensibilité et je sais que tu n'abandonneras pas mes actrices. Ces diamants, je les ai achetés avant la Grande Guerre, quand j'ai été obligé de liquider tous les biens que je possédais à Sadigora. Dieu m'a protégé et je n'ai jamais dû les vendre. Prends-les, Herman, et garde-les bien. Qui sait, il se peut qu'un jour, ces pierres vous sauvent. »

Là, le vieil homme lâcha une flatulence qui l'anéantit. Il resta un instant le regard vague, lui-même surpris de l'odeur produite par ses intestins puis il ferma les yeux et se tourna sur le côté. Autour de lui explosa un vacarme de tous les diables : Zofia Fabrikant, alternant les reproches et les gémissements, maudit le jour où elle avait épousé un homme de cette odieuse famille ; Mimi Landau, après lui avoir jeté un regard discret et revanchard, s'approcha du jeune héritier pour lui serrer la main ; l'oncle Jozy se versa un verre de slivovitz et l'avala d'un trait, deux actrices éclatèrent en sanglots et tombèrent dans les bras l'une de l'autre, une troisième, Yetti Hirsch la mélancolique, se recroquevilla dans un coin de la pièce et commença à se tirer les cheveux de plus en plus fort. Le brouhaha ne se calma qu'au bout de quelques secondes et là, tous se rendirent compte que le malade avait perdu connaissance. Il ne se réveilla plus et rendit l'âme après trois jours d'inconscience.

Et voici le texte de la nécrologie publiée le 12 avril 1937, dans le quotidien *Czernowitzer Allgemeine Zeitung* :

> *Le professeur Markus Fabrikant, directeur artistique du Grand Cabaret qu'il a fondé en 1878, est décédé hier à l'âge de quatre-vingt-huit ans. Connu pour avoir renouvelé le genre du « tableau vivant », il était considéré comme un des pères fondateurs du théâtre roumain, dont il a énormément contribué à accroître la renommée. À travers toute l'Europe de l'Est, de la Galicie jusqu'en Bessarabie, de Budapest à Bratislava, les spectacles qu'il a créés avec sa troupe ont connu un immense succès, tant auprès du public que d'une critique enthousiaste. L'équipe du Grand Cabaret nous a informés que le décès du professeur Fabrikant était survenu subitement, alors qu'il se trouvait en*

pleins préparatifs pour sa première tournée à Paris. Artiste jusqu'à son dernier souffle. Qu'il repose en paix.

2

« Stop ! Arrête-toi, ma belle, arrête-toi ! »

Le cocher – un Juif rondouillard et jovial aux lèvres de carpe – qui guidait paresseusement une charrette remplie de foin, tira sur les rênes de sa grosse jument et l'obligea à freiner. Il sortit de sa poche un mouchoir dont il s'épongea le front puis lança un regard intrigué vers le groupe étrange qui se tenait sur le bas-côté de la route : un homme d'une trentaine d'années et de belle carrure, accompagné de trois gamines très bien habillées, chacune avec un petit ballot sur l'épaule.

« Bonjour à vous ! Allez-vous par hasard en direction de Sadigora ?

— *Avade,* bien sûr.

— Auriez-vous par hasard de la place pour trois petites orphelines juives ? »

Bien sûr, pourquoi pas. Après avoir lancé un coup d'œil vers le panier à provisions que l'homme tenait au bout de son bras gauche, le cocher déclara qu'il n'avait rien contre un peu de compagnie. Les voyageurs grimpèrent dans la charrette et s'installèrent confortablement entre les bottes de foin fraîchement coupé. Ils n'avaient pas fait un kilomètre ou deux que le professeur Fabrikant sentit comme un gargouillis familier sous son diaphragme et sortit quelques savoureuses provisions de son panier.

Il coupa tranquillement des tranches de pain, étala sur chacune un peu de beurre, y posa un morceau de fromage puis recouvrit d'une seconde tranche. Les fillettes mordirent de bon appétit dans leur sandwich – la plus petite mangea même deux parts, le cocher eut droit, lui aussi, à du rab et quelques instants plus tard, les passagères, allongées sur le dos et l'estomac plein, s'abandonnèrent à une agréable torpeur.

« Nous arriverons bientôt à Sadigora ! » leur assura Markus qui en profita pour leur raconter qu'il possédait là-bas une petite maison et expliquer qu'elles y seraient bien accueillies, il y avait autant de lits que de pensionnaires, elles ne seraient donc pas obligées de partager leur couche comme à l'orphelinat. D'autre part, une très gentille dame, la mère Rosenthal, s'occuperait d'elles comme de ses propres filles, la chair de sa chair, et elles rencontreraient sur place de nouvelles amies – oh oui, de bien charmantes demoiselles les attendaient à Sadigora !

La douce voix grave du professeur s'évanouit dans le léger vent estival, le cocher termina son repas par une chanson qui fut accompagnée par les crissements de tous les insectes de l'été, les trois fillettes se laissèrent aller à somnoler.

Quatre heures plus tard, les premières maisons de la ville apparurent. Pas encore des immeubles à proprement parler, mais un assemblage de bicoques en bois sombre.

Un fatras rouillé traînait en toute quiétude à l'extérieur de la palissade aux planches cassées (on aurait dit le sourire édenté d'un vieillard souffreteux) qui cernait la grande cour jonchée de cailloux dans laquelle était construite la maison de la mère Rosenthal, une maison basse avec deux ailes couvertes d'un toit pointu aux tuiles en bois noir. Une femme de grande taille, bien en chair et dont l'aspect dégageait une belle autorité, attendait devant la porte. Autour d'elle quatre fillettes émues qui se balançaient d'un pied sur l'autre et se frottaient nerveusement les mains, braquaient le regard sur les nouvelles venues.

« Bonjour à tout le monde ! » lança Markus de sa voix épaisse.

Les cris de joie puis les questions fusèrent en même temps que les gamines se précipitaient sur lui : « Alors, professeur, que m'avez-vous ramené ? », « *Tate*, papa, m'avez-vous acheté quelque chose ? »

Sur un ton de reproche amusé, il les calma : « Chut ! Est-ce une manière de nous accueillir ? Que vont penser vos nouvelles amies ? »

Trois fillettes eurent tôt fait de regagner leur place sous l'aile protectrice de la mère Rosenthal, tandis que la quatrième, une gamine de petite taille aux épais sourcils noirs, claudiquait lentement derrière elles. Deux rangées aux yeux curieux pareillement écarquillés se firent alors face : les anciennes d'un côté et les nouvelles de l'autre.

« Chères petites, commença le professeur en se raclant la gorge, me voilà à nouveau parmi vous au terme d'un très long voyage. Et je ne reviens pas les mains vides. Je ramène trois génies en herbe particulièrement doués pour la danse et le théâtre que mon regard aiguisé a tout de suite détectés. Mes chères petites, l'heure a sonné de vous réjouir, car notre troupe est enfin au complet. » Là, il se tut pour s'assurer de l'effet de ses dernières paroles. « Oui, nous allons enfin pouvoir commencer les répétitions pour notre premier spectacle ! Mesdemoiselles, votre vie professionnelle débute demain matin. À partir de maintenant, tous nos efforts et toutes nos aspirations ne seront tournés que vers un seul et unique but : la gloire. Bucarest, Vienne et, *mirtseshem,* si Dieu veut, peut-être même Paris... Donc, mes petites, comme cette nuit est la dernière nuit de votre enfance, la direction du Grand Cabaret de Fabrikant vous recommande de la passer dans la joie, d'intégrer dès maintenant vos nouvelles collègues – et vous prie instamment d'éviter de vous bagarrer ou de faire des histoires. Mère Rosenthal, je vous demande, ce soir et à titre exceptionnel, d'ajouter une bonne cuillerée à soupe de confiture d'abricots dans chaque assiette de bouillie. »

Lorsqu'elle se rendit compte que deux des orphelines qui venaient d'arriver avaient pour prénom Gina, la mère Rosenthal décida, afin de les différencier, d'en appeler une la grande Gina et l'autre la petite Gina. Pour ne pas les séparer, elle les installa dans la même chambre, là où logeait déjà une des anciennes recrues. La troisième, une demoiselle mignonne à croquer, fut envoyée dans la chambre de la fillette courte sur pattes et aux sourcils très noirs. Après qu'elles eurent rangé leurs affaires dans les petits coffres qu'on leur attribua, les trois nouvelles eurent droit à un discours de la mère Rosenthal qui leur exposa les règles et les principes de la maison. Après quoi elle leur distribua des balais, des serpillières et des chiffons puis leur demanda de lessiver le sol et de dépoussiérer les meubles. Les gamines œuvrèrent jusqu'à ce qu'on les appelle, comme promis, pour le dîner, après quoi toutes allèrent se coucher.

Incapable de trouver le sommeil, la grande Gina se tournait et se retournait dans son lit. Trop d'interrogations sans réponse, trop d'angoisse face à tout ce qui l'attendait en ce nouveau lieu. Réduite à rester allongée sans rien faire, les yeux ouverts dans le noir, elle tendit l'oreille et essaya de se changer les idées en se concentrant sur la respiration sifflotante de la petite Gina. La troisième locataire de la chambre, une fillette dans les huit ou neuf ans avec une épaisse chevelure bouclée et des yeux perçants, ne dormait pas non plus.

« Hé, la nouvelle, tu dors ?

— Non.

— Comment tu t'appelles ?

— Gina Zweig. Et toi, tu t'appelles comment ?

— Mimi Landau. Je vis ici depuis l'âge de sept ans. » Après un court silence, elle reprit : « Tu veux des mirabelles ?

— Tu en as ?

— Non, mais il y en a tout un plat dans la cuisine. C'est très facile. Viens, je vais t'expliquer comment en prendre. »

La grande Gina évitait généralement tout ce qui risquait de l'écarter du droit chemin, mais comme elle ne voulait pas passer pour une froussarde devant sa nouvelle camarade, elle accepta de la suivre et sortit dans le couloir sur la pointe des pieds, s'efforçant de se faire aussi petite que possible.

« Maintenant, écoute-moi, Gina, écoute-moi bien. À droite, c'est la salle à manger, à gauche, la cuisine. La mère Rosenthal et le professeur sont occupés à table, donc on n'aura aucune difficulté. Moi, je monte la garde ici et toi, tu vas sans bruit dans la cuisine, tu grimpes sur une chaise, tu attrapes le plat et tu le descends. Il est posé sur le rayonnage du milieu, tu verras. Prends autant de prunes que tu pourras et reviens vite. Mais surtout, ne fais aucun bruit et n'oublie pas de tout remettre en place pour que personne ne s'aperçoive de ce qu'on a fait. »

Après avoir jeté un œil par l'entrebâillement de la porte, Mimi fit un signe à la grande Gina qui se faufila jusque dans la cuisine avec une souplesse étonnante, monta sur une chaise, descendit le plat, releva le bord de sa chemise de nuit, le coinça entre ses dents et tira d'une main sa culotte pour l'écarter de son corps tandis que de l'autre, elle renversait les prunes dedans. Elle n'oublia pas de remettre le plat où elle l'avait pris puis, les bras croisés autour de son butin, elle se précipita, tout émue, vers sa complice qui l'attendait dans le couloir.

« Très bien, c'est très bien, lui chuchota celle-ci. Maintenant, retourne dans la chambre et réveille ta copine. J'arrive. »

La grande Gina se hâta de lui obéir. Mimi, quant à elle, s'attarda encore quelques instants derrière la cloison, l'oreille tendue vers les murmures et autres bruits mystérieux qui provenaient de la grande pièce : le froissement de feuilles de papier, le tintement de pièces de monnaie et la mélodie pleurnicharde et monocorde de Markus qui comptait les billets : « *finf un tsvantsik, finf un draysik, finf un fertsik,* vingt-cinq, trente-cinq et quarante-cinq. *Ot azoy,* voilà ! ».

Quelques minutes plus tard, elle réintégra sa chambre et trouva les deux Gina qui l'attendaient avec impatience. Toutes les trois se jetèrent sur les fruits volés dont elles se goinfrèrent à grand renfort de chuchotements excités et de petits rires qu'elles avaient du mal à réprimer.

Lorsque, enfin, elles se remirent au lit, la grande Gina savait qu'à présent, elle s'endormirait sans mal. Elle tapa sur son oreiller pour lui donner du volume et tira sa couverture jusque sous son menton. Ah, quel plaisir… Avant que ses yeux ne se ferment, elle eut encore le temps d'entendre Mimi se fredonner tout bas une étrange mélodie. Cela faisait : « *finf un tsvantsik, finf un draysik, finf un fertsik – ot azoy* ».

En se réveillant le lendemain, la grande Gina sentit comme une pression au niveau de l'abdomen. Aussitôt, son aventure de la veille lui revint en mémoire. Elle serait très volontiers restée encore un peu au lit, mais la petite Gina la secoua et, le souffle court d'excitation, la pressa de se lever et de se préparer au petit déjeuner. Elle n'eut donc pas le temps de mettre de l'ordre dans ses idées avant d'entrer avec son amie dans la salle à manger… où toutes les autres étaient déjà installées autour de la table couverte d'une nappe immaculée brodée de fleurs. Devant chacune étaient posés un verre de lait et une assiette avec deux tranches de pain blanc. Cependant, personne n'avait encore entamé son repas.

« Mesdemoiselles, commença le professeur Fabrikant en se tournant vers les retardataires, chez nous, on mange tous ensemble et à heures fixes. »

Honteuse, la grande Gina se sentit rougir jusqu'aux oreilles.

« Asseyez-vous, je vous prie. Bon appétit. »

Dieu merci, songea-t-elle, il n'a pas vu qu'il manquait des prunes dans la cuisine. Sur la table, elle remarqua aussi deux petits bols en porcelaine, l'un avec de la confiture, l'autre avec du beurre onctueux. La phrase du directeur avait à peine été prononcée que les fillettes se jetèrent sur leur assiette et firent passer les bols de main en main. Quant à Markus, très à cheval sur les bonnes manières, il prit sa tasse de café entre trois doigts et mordilla ses tranches de pain avec une extrême délicatesse. Lorsqu'il eut terminé, il s'essuya la bouche dans sa serviette en coton, planta ses coudes sur la table, croisa les doigts et y posa son généreux menton.

« Silence, les filles ! lança la mère Rosenthal qui tapota sur sa tasse avec une petite cuiller. Silence, s'il vous plaît.

— Merci Netty. Mes chères petites – ou plutôt devrais-je dire, mes chères actrices – la discipline étant la règle fondamentale de toutes les activités artistiques, je voudrais, avant d'aborder les questions professionnelles, présenter notre emploi du temps quotidien aux nouvelles arrivées. Le réveil est à sept heures tous les matins, ensuite on fait sa toilette et son lit. Puis Netty sert le petit déjeuner. De huit à neuf : cours d'histoire. De neuf à douze : exercices sportifs et répétitions. La pause déjeuner (menu variable) est à midi, puis reprise des répétitions. De trois à quatre, vous aurez des cours d'instruments, de solfège et de chant, puis on vous laissera du temps libre pour jouer – dans la cour s'il fait beau, à l'intérieur s'il pleut. À six heures du soir : ménage et rangement et à sept heures, dîner : du gruau et un verre de thé. Une fois tous les trois jours, on se lave deux par deux avant de se mettre au lit. Le shabbat, nous irons tous ensemble à la synagogue de Sadigora, et le dimanche, nous reprendrons le travail. Netty, permets-moi de te remercier au nom de la troupe et de la direction pour l'excellent repas que tu viens de nous servir. Si tu n'as rien à ajouter, nous allons maintenant nous rendre dans la salle de répétitions. »

Au milieu de la cour se dressait la grande baraque convertie en salle de répétitions. Le sol était couvert de lattes polies qui brillaient car elles venaient d'être vernies, les murs avaient été passés à la chaux et les portes peintes en bleu. Après avoir allumé une lampe à huile, le professeur guida le groupe vers une ouverture latérale qui donnait sur la petite pièce où avaient été entreposés les costumes. Malgré la faible lumière qui n'entrait que par une minuscule lucarne, un fabuleux trésor se révéla aux yeux perçants des fillettes : d'élégants chapeaux, des plumes d'autruche défraîchies, trois crinolines, des couronnes en carton doré, des toiles peintes roulées sur elles-mêmes, des pendules accrochées sur un mur et encore tout un tas d'accessoires divers et variés.

Le long d'un autre mur, suspendues à des crochets proéminents, il y avait des chaises de style antique et en dessous, deux vieux mannequins tachés de multiples traces de doigts et marqués de lignes numérotées correspondant sans doute à d'anciens patrons de couture. En face, sur le quatrième mur, les rayonnages croulaient sous les valises entassées et le sol était envahi par un joyeux désordre de ballons, de caisses tapissées de papiers colorés, il y avait aussi une grande boîte à musique ornée d'un galon à franges, un tambour, trois trompettes et même un hibou empaillé... dont les yeux vides étaient braqués sur la petite Gina. Le « *gevald,* au secours ! » lancé par la malheureuse terrorisée déclencha aussitôt l'hilarité de ses compagnes.

« Mesdemoiselles », déclara alors le professeur qui agita une petite baguette de chef d'orchestre apparue d'on ne sait où, « pas de bruit, s'il vous plaît. La direction vous demande de regagner la salle de répétitions. »

Les fillettes ravalèrent leurs derniers rires et le suivirent docilement dans la vaste pièce. Là, il les fit mettre en rang sous la grande fenêtre puis passa devant elles d'un pas mesuré, aller et retour, aller et retour. Il les dévisagea les unes après les autres tout en caressant son double menton. Accrochées à ses lèvres, elles attendaient qu'il dise quelque chose, mais il préféra prendre encore un peu de temps et bien peser le pour et le contre avant de se décider.

« Celles dont le nom va être maintenant prononcé sont priées de se mettre de ce côté-ci ! » dit-il enfin. Il prit alors un ton solennel et annonça : « Je confie le rôle de Mozart à la petite Gina et celui de Marie-Antoinette à

Yetti Hirsch ! Kreindl et la grande Gina feront les cour-
tisanes dansantes...

— Et moi ? » le coupa la très belle Esther Licht.

Il baissa les yeux vers elle, essaya de prendre une
expression menaçante mais comme tous les sourcils fron-
cés du monde ne pourraient jamais dissimuler l'immense
bonté de cet homme, cela n'eut aucun effet sur la pro-
testataire.

« Jeune dame, qui donc vous a nommée directeur artistique de la troupe ? demanda-t-il en haussant la voix. Pour
autant que je sache, nous n'avons qu'un et un seul directeur artistique, le professeur Fabrikant, et ses décisions ne
doivent jamais être discutées. » Pour souligner ses paroles,
il tira sur les revers de sa veste, se caressa la moustache
puis, mine de rien, marmonna : « Esther jouera Marie-
Thérèse, Perla et Mimi seront nos accessoiristes. »

Après cela, il les ramena dans la réserve et leur distribua à chacune des costumes aux tissus scintillants et
bigarrés ainsi que des perruques en coton blanc. Ils extir-
pèrent une planche de bois en forme de piano et quelques
chaises dorées, prirent aussi la boîte à musique et, débor-
dants d'énergie, commencèrent à répéter. Au bout de deux
heures de travail acharné, le directeur artistique envoya
Mimi quérir la mère Rosenthal... laquelle arriva parée
d'un grand tablier plein de taches et dégageant une forte
odeur d'oignon frit. Elle s'installa sur une chaise de côté.
Le professeur demanda aux fillettes de prendre leur place,
leva sa baguette et annonça pompeusement : « Le petit
Mozart reçu à la cour de Marie-Thérèse – tableau vivant
interprété par la troupe du Grand Cabaret de Fabrikant.
Netty, à vous de juger ! »

32

Et il commença de sa voix grave et pleine d'emphase :
« "Nous sommes au château de l'archiduchesse Marie-Thérèse, qui règne sans partage sur le Saint-Empire romain germanique, du Tyrol jusqu'à la Pologne, oui, mesdames et messieurs, nous sommes chez la grande Marie-Thérèse ! C'est l'âge d'or de Vienne, partout se construisent de magnifiques châteaux tout en dorures et en soieries – et pourtant, pourtant, l'âme de l'impératrice ne trouve pas la sérénité. Or voilà qu'un jour, une rumeur frappe ses oreilles : il y aurait à Salzbourg un petit génie qui jouerait merveilleusement bien du piano. Aussitôt, elle envoie ses messagers avec l'ordre exprès de lui ramener le jeune prodige." Attention, Gina, ton entrée, c'est maintenant ! À jardin. Lève le menton, et s'il te plaît, rajuste-moi en vitesse cette perruque, on dirait que tu t'es renversé un plat de nouilles sur la tête ! Non, Gina, tu ne peux pas prendre le hibou avec toi, Mozart n'en avait pas et même s'il en avait un, il n'aurait jamais osé paraître avec un hibou devant Marie-Thérèse. *Oy*, on a du pain sur la planche ! Avance lentement vers le piano, assieds-toi. Où en étais-je ? Ah, oui. "À votre gauche, vous pouvez voir le petit Wolfgang entrer gaiement, il n'a pas peur, n'est intimidé ni par l'impératrice, ni par les hauts dignitaires, non, il s'approche simplement du piano, s'assied et commence à jouer un court prélude..." Dis Perla, qu'est-ce que tu attends pour tourner la manivelle ! »

Perla se mit à tourner de tout son cœur la manivelle de la boîte à musique, d'où montèrent aussitôt les doux sons de la *Nostalgie du Printemps* mais elle n'arrivait pas à garder un rythme régulier, si bien que la mélodie subit quelques distorsions, comme si elle se reflétait sur un vase en verre bombé. Pendant ce temps, la petite Gina remuait les mains avec une fougue si inspirée que ce n'était plus Mozart mais Franz Liszt en personne qui se trouvait au piano. Esther, pour sa part, remuait la tête en suivant la musique et dispensait à droite et à gauche ses rayonnants sourires impériaux. Les deux danseuses qui entrèrent à cour et commencèrent à valser, s'efforcèrent de suivre scrupuleusement les indications qu'on leur avait données. Enfin, assise à même le sol, Yetti Hirsch, revêtue d'une robe rose bouffante ornée de rubans à franges, attendit la fin de la mélodie pour applaudir : « Bravo, bravo ! » Avec beaucoup de distinction, la petite Gina s'approcha d'elle et fit une révérence.

« "Dès qu'il vit la toute jeune fille de l'impératrice, la magnifique princesse Marie-Antoinette, reprit alors le professeur-récitant, le petit Wolfgang en tomba éperdument amoureux et lui proposa de l'épouser. Si seulement elle avait accepté, peut-être aurait-elle connu une fin plus heureuse…", Mimi, rideau ! Alors, Netty, qu'en pensez-vous ? Avons-nous notre premier numéro, oui ou non ? »

La mère Rosenthal se leva lourdement et, le visage dubitatif, annonça aux fillettes en nage et encore tout essoufflées, que le déjeuner leur serait servi dès qu'elles auraient remis et rangé les costumes dans la réserve. Elle n'ajouta pas un mot, ni en bien, ni en mal.

La maison de la mère Rosenthal construite
dans une grande cour cernée d'une palissade

3

À la fin des sept jours de deuil qui suivirent la mort de son oncle, Herman Fabrikant fut bien obligé de constater que jamais, de sa vie, il se s'était trouvé dans une telle situation. À vingt-six ans révolus, ce jeune homme se cherchait encore et ne savait toujours pas à quoi occuper ses journées, ni même ses heures. Cela faisait quatre ans qu'il avait été admis à la faculté de médecine de l'université de Prague, mais il repoussait son départ d'année en année – chaque fois sur un autre prétexte – préférant vivre à Czernowitz, aux crochets de sa mère, et écrire, au gré de son inspiration, des poèmes dont il n'était pas satisfait. Il passait le plus clair de son temps assis tout seul dans les cafés à observer les gens qui passaient dans la rue et à s'interroger : comment donc arrivaient-ils tous à se promener avec autant d'aisance ? On aurait dit qu'ils avaient en eux comme du lest qui stabilisait leur démarche, alors que sous ses pieds à lui, le sol se dérobait et qu'il avançait sans but ni aspiration aucune. On ne s'étonnera donc pas qu'il ait été considéré par son entourage comme « différent ». Loin d'être idiot, il avait très vite appris que seul ce qui éveillait l'émotion dans le cœur de l'homme valait qu'on s'y consacre corps et âme, et il se demandait bien souvent si un jour viendrait où il arriverait à vibrer et à se sentir appelé vers quelque chose.

Après la visite au cimetière qui clôt la semaine de deuil, Herman s'enferma dans sa chambre trois jours et trois nuits. Personne ne put l'approcher à part Becky, chargée de lui porter ses repas. Pendant ce temps, les actrices attendaient dans leur appartement de l'Altgasse, si bien que le désœuvrement transforma rapidement leurs espoirs en lourdes craintes. Bon, songea Mimi, on n'a pas le choix, il faut parler avec le jeunot. Et c'est ainsi qu'au quatrième jour de son enfermement volontaire, Herman reçut son petit déjeuner des mains de la trésorière en personne. Dès qu'elle entra, elle remarqua qu'il ne s'était toujours pas rasé, quant aux yeux bouffis qu'il leva vers elle à travers les verres de ses lunettes, ils lui en dirent long sur les nuits sans sommeil qu'il venait de passer. Pourtant, rien n'avait changé de l'expression affable qui donnait une grande douceur à son visage et était un des signes caractéristiques de tous les hommes de cette famille.

« Je sais que je dois vous appeler monsieur Fabrikant, commença Mimi avec beaucoup de prévenance, mais je n'en suis malheureusement pas capable. Pour nous, les filles de la troupe, il n'y a qu'un seul et unique monsieur Fabrikant, celui qui fut pour nous un père en tout.

Buvez un peu de thé, monsieur Herman, ça va vous donner des forces. »

Herman prit une gorgée de thé puis resta à fixer sa tasse, l'air contrarié.

« Est-ce que vous vous sentez mal, monsieur Herman ?

— Pardon ? Ah, non, non, tout va bien, merci. »

Mimi tira une chaise et s'assit à côté de lui : « Je n'avais que huit ans quand votre oncle a décidé de me prendre dans son cabaret ambulant, et je lui en serai reconnaissante jusqu'à mon dernier jour, commença-t-elle en lui posant une main sur l'épaule. Que serais-je devenue sans lui ? À l'époque, les orphelins mouraient comme des mouches, soit de maladies, soit parce que personne ne s'occupait d'eux, et ceux qui avaient la chance de survivre ne pouvaient espérer qu'une vie raccourcie par un dur labeur. Je ne suis pas la seule à tout lui devoir, on est sept, sept orphelines — en fait huit, si on compte aussi Becky. Il nous a rassemblées il y a de cela presque soixante ans. Nous ne sommes plus de prime jeunesse, monsieur Herman, et le Grand Cabaret est la seule chose que nous ayons. Pour votre oncle et pour nous, il faut vous lever et prendre la route avec nous. Vous pouvez compter sur toute l'équipe, *yingele*, jeune homme, nous vous aiderons. Les filles connaissent leurs rôles par cœur, et moi, je gère les comptes quasiment les yeux fermés. » Il ne me répond pas, songea-t-elle, mais il ne pourra pas continuer à se taire en entendant la dernière nouvelle que je vais lui asséner : « Et il y a autre chose, dit-elle en appuyant sur chaque syllabe : votre mère voudrait nous chasser, maintenant que son fils chéri a quitté Czernowitz...

— Avramélé ?

37

— Il a laissé une lettre ce matin. Il est déjà en route pour l'Amérique.

— Mais comment ?

— Comment ? En automobile, en train, en bateau – ce ne sont pas les moyens qui manquent pour atteindre l'Amérique ! maugréa Mimi. Écoutez-moi, Herman : tout le monde était certain que son sens des affaires en faisait l'héritier incontournable du professeur. Qu'est-ce que vous croyez ? Votre oncle n'ignorait pas que votre frère démantèlerait la troupe. Plus d'une fois, votre mère lui a expliqué qu'après son décès, l'argent de l'héritage serait investi en actions ou dans les affaires et que nous serions toutes mises à l'hospice dans quelque *shtetl* reculé. Je peux imaginer le genre d'endroit qu'elle nous aurait trouvé. Mais Markus, Dieu merci, était plus intelligent qu'elle, voilà pourquoi il a tout arrangé de la sorte. Votre frère a décidé qu'il n'avait plus rien à faire en Roumanie et qui sait – avec son talent, peut-être réussira-t-il à s'enrichir de l'autre côté de l'Atlantique ? À part ça, je ne serais pas étonnée que ce soit, pour lui, l'occasion inespérée d'échapper un peu à l'emprise maternelle. »

À cet instant, la porte s'ouvrit à toute volée et Zofia Fabrikant bondit au milieu de la pièce, hors d'elle. Ses yeux écarquillés lançaient des éclairs terrifiants : « Ah-ah, je vous y prends, tous les deux ! Vipère, ne crois pas que je ne t'ai pas vue entrer ici ! Et toi, Herman, ne laisse pas cette moins que rien te fourrer des idées dans le crâne ! hurla-t-elle. Tu es venue mettre la main sur ses deniers, charogne ? Quand je pense qu'Avramélé, mon Avramélé, s'est enfui en Amérique ! Et à cause de qui ? De cette sorcière ! Sors d'ici immédiatement, ordure ! J'ai encore le droit de parler à mon fils sans que tu nous surveilles ! »

Mimi Landau acquiesça de la tête et sortit en silence. Zofia s'assit à côté de Herman et prit soudain un ton mielleux : « Tu vas être un gentil garçon et écouter ta maman. Il n'est pas trop tard. Nous pouvons rattraper Avroum, il ne doit pas être loin. Une fois qu'on l'aura ramené, on pourra relancer nos plans. De toute façon, tu sais bien, mon trésor, que ce genre de choses n'est pas pour toi. Tu n'auras qu'à nous signer une procuration et nous réglerons tout, tu continueras bien sûr à vivre à la maison, tu les aimes, les bons petits plats de Marika, n'est-ce pas ? Et sinon – pas de problème ! On trouvera quelqu'un d'autre ! Bien sûr, nous te verserons une rente confortable, sans rien te demander en échange, et nous te trouverons, avec l'aide de Dieu, la plus belle fiancée de toute la Bucovine. Tu pourras passer ton temps comme bon te semblera, et même, mon chéri, imprimer tes poèmes dans un livre... »

À ces mots, Herman détourna la tête et ferma les yeux, réaction tellement inattendue qu'elle en resta sans voix. Lorsqu'il lui fit à nouveau face, il avait dans le regard un éclat d'une étonnante froideur.

« Non, dit-il calmement. Non. Il sera fait selon la volonté d'oncle Markus. Ainsi et pas autrement.

— Vraiment ? s'exclama Zofia, ahurie.

— Vraiment.

— Herman ! Sois logique et réfléchis un peu ! Donne-nous au moins les diamants, ne mets pas tout en péril, le supplia-t-elle. Franchement, est-ce que tu trouves que c'est une manière de se comporter vis-à-vis de sa propre famille ? Comme des chiens ! Ton oncle nous traite comme des chiens ! Mais toi, mon fils, tu dois penser à nous – à moi et à Avramélé ! Nous ne ferons fructifier l'argent que pour ton bien !

— Les diamants, je vais les confier à Mimi Landau. C'est à elle de les garder », répondit Herman d'une voix qui se mit à trembler. L'audace involontaire dont il faisait preuve l'affolait tellement qu'il n'osait plus soutenir le regard de sa mère. « Ils ne sont ni pour toi, ni pour Avroum. Ni pour moi, d'ailleurs.

« *Ach so !* Je vois. Oui, je vois où tu veux en venir. J'ai toujours su que tu étais un fainéant, Herman, une espèce de *gurnisht,* un rien du tout, mais jamais je n'avais compris à quel point tu étais rusé. Le sang de ce vieux fou de Markus coule dans tes veines, c'est clair. Quelle naïve j'ai été, oh, oui ! Mais maintenant, c'est fini. Tu n'es plus mon fils ! Allez-vous-en tous les deux, toi et ton héritage ! Je te donne jusqu'à demain matin pour débarrasser le plancher, tu entends ? »

Elle s'approcha de lui dans un élan de rage si brûlante qu'elle leva le bras pour le gifler. Terrorisé, il se figea, pas un muscle de son corps ne bougea, mais à l'instant où elle vit son visage pétrifié, sa mère lâcha un sanglot qui lui déchira la gorge d'amertume, enfouit ses joues dans ses mains et recula.

« Mon Avroum... Mon petit Avroum à moi..., se lamenta-t-elle en quittant la pièce. Toi, je sais que tu deviendras un *big boss* en Amérique, mon Avroum, et que tu enverras de l'argent à ta pauvre maman... oui, je le sais, je le sais... »

Chapitre II

Des nouvelles de Bessarabie

1

Briczen, Bessarabie, mai 1937

Chère Giza,
 Merci pour ta lettre que j'ai trouvée très drôle, notamment le passage sur votre déconfiture dans l'étable. J'attends la suite avec impatience. Mais tout d'abord, je dois te prévenir que mieux vaut m'écrire à l'adresse de notre avocat, Sando Czerny, 14 rue Kant, Czernowitz. Il se débrouillera pour me faire parvenir tes lettres. En effet, nous revoilà sur les routes avec le Grand Cabaret, et pour l'instant, je ne sais pas quand nous réintégrerons notre domicile de l'Altgasse. Je remercie Dieu d'avoir, à l'époque, réussi à convaincre le professeur de mettre l'appartement à mon nom, tu imagines ce qui se serait passé si notre toit était resté entre les mains des Fabrikant ! Zofia a un vrai pouvoir de nuisance et, crois-moi, elle a maintenant de bonnes raisons pour crier vengeance.
 Après le mois de deuil, alors que nous étions encore tous sous le choc de la disparition de notre cher directeur et que

personne ne savait trop comment continuer, je me suis sou-
venue du docteur Gershonsohn, l'adjoint du président de la
communauté juive de Briczen, avec qui j'avais toujours eu
de très bonnes relations. Je lui ai envoyé un télégramme, et
il a tout de suite accepté de nous accueillir : il dispose, dans
le bâtiment de la Kultur Ligue, d'une grande salle des fêtes
qu'il nous prête gracieusement. Cela nous donne le temps de
nous remettre de la catastrophe et nous permet de répéter
tranquillement afin de réorganiser tout notre répertoire. Pour
l'instant, nous logeons en ville dans une pension de famille
dont les propriétaires se sont, eux aussi, montrés compréhen-
sifs et ne nous demandent pas trop cher.

Le premier jour des répétitions, tu n'imagines pas le fiasco !
À chaque tentative, nous nous remémorions notre cher Markus
et éclations en sanglots, incapables de faire le moindre geste
tellement nous étions abattues. Et puis sur le coup de dix
heures, la porte s'est soudain ouverte et Esther Licht est appa-
rue en costume de Joséphine. Elle nous a demandé si nous
avions du temps à perdre et si nous étions une troupe pro-
fessionnelle ou une bande de vieilles pleurnicheuses. Elle en a
du caractère, cette fille, et elle a parlé avec une telle autorité
que nous n'avions plus le choix. Nous nous sommes toutes
secouées et en premier, nous avons envoyé la petite Gina
enfiler l'uniforme de Napoléon. Sauf que, une fois sur le
plateau, nous nous sommes heurtées à un sérieux problème,
un problème auquel personne n'avait pensé jusque-là : nous
n'avions plus de présentateur-récitant ! Parce qu'il faut que
tu comprennes une chose, ma Giza : aucune d'entre nous
n'a jamais dit le commentaire qui accompagne nos tableaux
vivants ! Ça a toujours été le rôle du professeur. Les actrices
ne s'en sont jamais préoccupées, et moi, j'ai suffisamment de

travail sans ça. *Tu me connais, tu sais bien que je suis toujours à courir des dizaines de lièvres à la fois !*

Que faire ? L'une d'entre nous a proposé que Herman s'y essaie. Franchement, je ne me faisais pas beaucoup d'illusions sur les capacités de ce pisher, *ce petit morveux, mais comme je n'avais pas de meilleure idée, je me suis dit, Mimi, allons-y. Et moi qui avais entendu déclamer notre pauvre Markus pendant soixante ans, j'ai pu facilement expliquer au neveu quoi faire et comment dire le texte. Il a vraiment essayé, mais au bout de trois heures, vu qu'on n'avait pas avancé d'un iota, on a dû se rendre à l'évidence : il n'a aucun talent pour le théâtre. Et il manque terriblement d'assurance, si tu me demandes mon avis.*

Je dois ajouter encore quelques mots au sujet de ce garçon. À la lecture du testament, nous avons toutes été extrêmement surprises car personne, jusqu'à cet instant, n'avait prêté la moindre attention à ce pauvre bougre qui n'a que la peau sur les os, ne se nourrit que de miettes, se tait la plupart du temps, les yeux écarquillés – ce qui lui donne un air un peu simplet. Non qu'il ne soit pas intelligent, mais il n'a aucune expérience pratique. La grande Gina m'a déjà prévenue que ce serait à moi de prendre les affaires en main, et à la vérité, ma Giza, je pense que je n'aurai pas le choix. D'ici à ce qu'il apprenne le métier, on mangera les pissenlits par la racine. J'ai travaillé tant d'années avec le professeur que je n'aurai aucun mal à diriger le théâtre. Il y a d'ailleurs déjà une chose que je peux dire en faveur de Herman : il m'écoute et veut sincèrement apprendre.

Pour le dîner, la goy *de la pension nous a préparé des* karnatselekh, *des saucisses avec de la salade de chou, et ça nous a bien requinquées. Ensuite nous avons à nouveau discuté de* la situation et j'ai proposé qu'on s'adresse au docteur Gershonsohn : vu qu'il connaît très bien les gens de sa communauté, il pourra peut-être nous trouver quelqu'un capable de faire le récitant du spectacle. Le lendemain matin, on a été le trouver – je dis « on » parce que j'avais emmené Herman avec moi (non qu'il m'ait été d'un grand secours, mais pour l'instant je tiens à lui donner l'impression qu'il est indispensable). Gershonsohn ne nous a pas déçus et nous a tout de suite recommandé un gars du nom de Leo Spektor. Pour ma part, j'ai entière confiance en son intuition. Ce Spektor parle couramment yiddish, allemand et roumain, ce qui est, bien sûr, un grand avantage. Nous le rencontrons demain matin – croise les doigts pour qu'on arrive à s'entendre avec lui !

Voilà, je t'ai tout dit pour l'instant. Je suis très fatiguée, on a eu une longue journée et demain, je dois être en forme. J'espère qu'on aura un peu de soleil – cette dernière semaine a été plutôt grise, j'imagine que ce n'est pas le cas chez vous… Comme le destin est étrange, ma Giza chérie ! Tu te souviens de Mirélé, la poupée qu'on avait à Briczen ? De toutes les fois où on jouait à la princesse, toi et moi ? Dire que maintenant, toi, tu es en Palestine à traire des vaches dans un kibboutz avec Motle, et que moi je suis devenue une saltimbanque ! C'est ainsi, chacun avec le rôle que Dieu lui a donné. Alors, le minimum, c'est de tout faire pour le tenir le mieux possible, pas vrai ? D'autant qu'on ne rajeunit pas : l'année prochaine, j'aurai soixante-neuf ans. Bon, malgré tout, je me sens encore pleine d'énergie. Et peut-être aurai-je enfin l'occasion d'exaucer mon rêve… si tu savais comme j'aimerais emmener le Grand Cabaret à Vienne ! C'était un des souhaits les plus chers du professeur. Croisons les doigts pour que j'y arrive.

Salue chaleureusement Motle et les enfants de ma part.
Je t'envoie plein de baisers de Bessarabie,
ta cousine qui t'aime,
Mimi.

2

La délégation envoyée par le Grand Cabaret du professeur Fabrikant entra dans le modeste bureau du vice-président de la communauté juive de Briczen à neuf heures du matin. Elle comprenait, outre le nouveau directeur et sa trésorière, l'étoile incontestée de la troupe, Esther Licht, celle que le professeur avait toujours préférée et qu'il appelait affectueusement sa benjamine, vu qu'elle était la plus jeune. Jamais il ne lui avait refusé un rôle. Pour sa part, elle lui rendait ses faveurs au centuple, à travers les acclamations du public qu'il aimait tant à entendre. Malgré les années, on n'aurait pu trouver de Marie-Thérèse plus fière, ni de Mata Hari plus mystérieuse et plus enjôleuse qu'Esther. À l'orphelinat où elle avait été admise toute petite, ses bonnes manières et sa distinction naturelle lui avaient tout de suite valu le surnom de Duchesse, qu'elle conserva en vieillissant, même lorsque ses cheveux eurent blanchi. Depuis toujours elle estimait avoir droit à certains privilèges (comment en serait-il autrement puisque le public l'encourageait en cela ?), et c'était donc elle qui avait été choisie pour représenter officiellement ses camarades.

En attendant qu'on leur serve le thé, la trésorière et le

45

docteur Gershonsohn échangèrent quelques propos futiles sur diverses personnes qu'ils connaissaient tous les deux, ainsi que sur la situation politique qui s'était nettement dégradée ces derniers temps. Une fois ce bavardage courtois expédié, le vice-président convia la délégation à s'installer autour de son bureau en bois sculpté, alluma une cigarette, donna l'ordre qu'on introduise Leo Spektor dans la pièce et se retira discrètement dans un coin.

Entra alors un jeune homme élancé et d'une grande beauté. Il avait les lèvres charnues, des boucles de charbon et une expression farouche sur le visage ; sans l'éclat noir qui brillait dans ses yeux, on aurait pu le prendre, à tort, pour un *goy*.

« Bonjour, cher monsieur Spektor, commença Mimi. Je vous présente à ma gauche, monsieur Fabrikant, le directeur de notre théâtre, et à ma droite, madame Licht, une de nos actrices.

— Esther Licht, si cela vous dit quelque chose, précisa Esther avec un petit sourire.

— Enchanté.

— Le docteur Gershonsohn, dont l'avis nous est extrêmement précieux, vous a chaleureusement recommandé, reprit Mimi en lançant un regard vers le vice-président (lequel inclina modestement la tête en retour). Ce que je voudrais savoir, c'est si vous seriez prêt à intégrer une troupe de théâtre ambulant, c'est-à-dire, avez-vous des obligations quelque part ?

— Aucune.

— Parfait. Comme on vous l'a certainement expliqué, il nous est récemment arrivé un grand malheur. Le professeur Fabrikant nous a quittés. Il était non seulement le fondateur, le directeur et le responsable artistique du Grand Cabaret, mais il tenait aussi le rôle du présentateur. Nous sommes donc, vu les circonstances, obligés de lui trouver un remplaçant. Cette personne, sans forcément être acteur, doit impérativement savoir parler en public. D'où la raison pour laquelle nous vous avons convoqué. Pouvez-vous nous en dire un peu plus sur vous ? »

Leo Spektor n'était pas très loquace et c'est donc en quelques phrases sèches qu'il raconta son histoire : il était né vingt-huit ans auparavant dans le village voisin ; avait intégré une école talmudique qu'il avait quittée au bout de quelques années ; avait coupé les ponts avec sa famille ; avait travaillé comme porteur dans une gare des environs ; suite à des frictions avec le chef de gare, s'était fait embaucher dans un atelier de couture et se trouvait présentement au chômage, vu qu'on venait de le licencier. Une telle biographie ne fit pas grande impression sur les membres de la délégation. Encore un vaurien qui a découvert qu'il y a une vie en dehors de la religion, songea Mimi Landau. Cependant, elle ne pouvait nier être restée suspendue à ses lèvres, non pas pour ce qu'il avait dit mais à cause de sa voix — une voix de baryton qui jaillissait, pure et naturelle, des profondeurs de la poitrine du jeune homme. De plus, il avait une diction aisée et très claire.

Soudain, elle se rendit compte — ce qui la contraria particulièrement — que tout le temps qu'il avait parlé, et comme si cela coulait de source, Leo Spektor s'était adressé à Herman alors qu'elle avait veillé à bien indiquer que la personne qui dirigeait l'entretien — c'était elle ! Rien à faire, conclut-elle intérieurement, tu te tues au travail pendant cinquante ans – tout ça pour quoi ? Pour qu'à la fin, on se tourne vers l'homme, même s'il tète encore le lait de sa mère...

Esther Licht, qui avait remarqué que les pensées de la trésorière s'égaraient quelque peu, prit les choses en main. Elle posa devant le candidat le cahier du regretté professeur et lui demanda de lire à haute voix les premières lignes d'*Artémis et Adonis*. Spektor jeta un bref coup d'œil sur le texte, prit une gorgée de thé et commença à déchiffrer – presque sans faute – les célèbres vers allemands :

Entre deux déesses le torchon brûle
Elles se vouent une haine viscérale
Laquelle des deux arrivera sans scrupules
À faire à l'autre le plus grand mal

De jolies nymphes joyeusement
Dansent autour d'Artémis
Mais qui donc regarde-t-elle, Artémis,
Avec des yeux aussi brûlants ?

Adonis le chasseur est la cause
De ce qu'elle est si courroucée
Adonis, qui dans le champ se repose,
Ignorant la colère qu'il vient de réveiller

Il termina dans un silence captivé, que Mimi finit par rompre pour lui demander d'aller attendre dehors un petit moment : le jury devait délibérer. À l'unanimité, tous trois trouvèrent la lecture parfaite. Indiscutablement, ce jeune homme, à la voix si envoûtante, possédait un talent dramatique naturel et une belle assurance – sans compter qu'il parlait plusieurs langues. Quant à Gershonsohn, ravi à l'idée de débarrasser sa communauté de ce genre d'individus douteux, il ne tarit pas d'éloges sur le candidat. Vu son passé, Mimi émit tout de même quelques réserves quant à sa persévérance, mais la Duchesse, en qui cette lecture avait, affirma-t-elle, déclenché une émotion rare, y trouva justement une preuve supplémentaire des dispositions du garçon pour la vie de bohème. Il fut donc décidé de proposer à Leo Spektor de rejoindre la troupe en contrepartie du gîte, du couvert et d'une allocation hebdomadaire de huit lei.

*

À peine deux semaines plus tard, ce fut en fanfare qu'on annonça à Briczen la première du spectacle du Grand Cabaret – nouveau départ pour l'équipe artistique après le changement de direction. Tout ce que la communauté juive comptait de personnalités se déplaça pour assister à cette représentation exceptionnelle – qui fut ovationnée. Le rideau baissé, les notables et les actrices se retrouvèrent ensemble pour un dîner organisé dans la pension où logeait la troupe. Mimi avait demandé à la propriétaire de ne pas regarder à la dépense : après la longue période de deuil, une véritable fête était bien méritée.

Et pour un festin, ce fut un festin ! On commença par des ailes et des gésiers de poulet en gelée qui, généreusement piqués d'ail, avaient mijoté pendant des heures dans du jus de viande, puis on embraya avec des saucisses enveloppées de pâte feuilletée accompagnées de sarrasin et d'oignons frits. À ce repas furent englouties des quantités astronomiques de foies hachés servis avec du raifort rouge qui vous montait au nez. Il ne resta pas même une goutte de la graisse qui dégoulinait des trois canards grillés au four sur un lit de pommes de terre, et rien non plus du plat de chou sucré aux pruneaux. Pour finir, on servit une rassérénante compote de pommes à la cannelle au goût divin. Des bouteilles d'excellente vodka polonaise furent ouvertes sans compter, et les convives portèrent toast sur toast pour célébrer leurs actrices bien-aimées et leur souhaiter un grand succès. Avec l'ivresse, tous se laissèrent gagner par la jeunesse et la gaieté retrouvée de la troupe, enfin de retour sur les planches. L'aubergiste sortit même son accordéon et commença à jouer. Le docteur Gershonsohn, légèrement éméché, entraîna Mimi, incapable de contenir son rire, à danser avec lui une polka, et ils furent acclamés par les autres convives qui firent cercle autour d'eux. Ensuite, on demanda à la grande Gina d'aller chercher sa balalaïka et de jouer quelques jolies mélodies populaires. Tandis qu'elle laissait ses doigts courir sur les cordes devant un auditoire ravi, la grosse maîtresse de maison, fredonnant aux sons de la musique, passa entre les invités avec un plateau chargé de tasses de café bien corsé.

Seule Esther Licht, la Duchesse, resta toute la soirée renfermée sur elle-même. Assise dans son coin, à côté de Perla Rabiner, son amie fidèle, dévouée et empressée, elle se contenta d'observer la liesse générale sans la partager. Difficile d'imaginer des femmes à l'apparence plus opposée que ces deux-là. Autant l'une était élancée et gardait encore sur le visage les restes de son ancienne beauté, autant l'autre – quasiment naine et qui, de surcroît, boitait du pied gauche – était totalement dépourvue de charme, avec un visage de marchande de poisson barré par d'épais sourcils noirs. Dès le début de la soirée, la gentille Perla avait remarqué que quelque chose clochait : Esther n'avait pas d'appétit, elle n'avait avalé que quelques miettes de tous les délices servis mais avait, en revanche, englouti l'un après l'autre quatre verres de vodka cul sec, cela sous prétexte qu'après une si longue privation, les applaudissements du public l'avaient totalement rassasiée (mais personne ne renonçait à un verre d'alcool) ! Perla, incapable de la moindre critique vis-à-vis de la Duchesse, n'insista pas.

Alors que la fête tirait à sa fin et que, sur le pas de la porte, les derniers invités lâchaient encore un hoquet et une ultime plaisanterie, Esther se retira discrètement et gagna sa chambre à l'étage. Elle défit son chignon puis le refit bien en haut du crâne, rajusta le décolleté de sa robe pourpre, se remaquilla soigneusement et versa une goutte de parfum à l'intérieur de ses poignets. Lorsqu'elle finit de se pomponner, toutes les actrices s'étaient retirées, à l'exception de Perla qui s'était attardée dans la salle à manger pour aider à débarrasser. Ce n'est qu'une demi-heure plus tard que la boiteuse monta, elle aussi, et entra dans la chambre qu'elle partageait avec la Duchesse. Elle trouva son amie qui l'attendait, parée de ses plus beaux atours, et tentait, calée dans le fauteuil, d'apaiser à l'aide d'un éventail orné de dessins représentant des roses épanouies, le feu que l'alcool avait allumé en elle.

« Perla, Perla, j'ai remarqué que tu t'étais goinfrée comme un porc ce soir », lui lança-t-elle avec un sourire indulgent. Sans s'arrêter à l'air contrit de la malheureuse qui ne protesta pas, elle continua : « Tu sais que c'est mauvais pour ton estomac, Perliflou, et tu sais aussi ce qui t'arrive quand tu t'empiffres de la sorte. »

Perla fronça les sourcils en signe de protestation. Elle avait compris à quoi faisait allusion Esther : après de tels excès, elle ronflait très fort et maintenant, elle allait devoir accepter l'exil sans broncher. Oui, cette nuit, elle ne dormirait pas dans la même chambre qu'Esther.

« Il me semble que chez les deux Gina il y a un lit de libre, et je sais que tu t'entends très bien avec elles. Ah, encore une chose, est-ce que tu voudrais bien me rendre un petit service ? Peux-tu demander au nouveau de venir me voir un instant ? J'ai quelques remarques à lui communiquer au sujet de la prosodie de Mata Hari et je ne suis pas sûre de m'en souvenir demain matin. »

Le visage docile, Perla sortit de la chambre et revint quelques minutes plus tard :

« Esther, il est là, pépia-t-elle dans l'entrebâillement.

— Qu'il entre. Bonne nuit. »

Aussitôt Leo Spektor apparut et referma la porte derrière lui : « Perla m'a dit que vous aviez quelques corrections à me transmettre au sujet de la manière dont j'ai dit mon texte dans le tableau de Mata Hari.

— Oui, oui, mais ça peut attendre. Viens, assieds-toi, mets-toi à l'aise. »

Comme il n'y avait qu'un seul fauteuil dans la pièce, Esther tapota deux fois sur le lit et Leo vint s'asseoir non loin d'elle, se pencha légèrement en avant et posa les coudes sur ses cuisses. Elle commença à parler en se massant la nuque du bout des doigts : « Dis-moi, est-ce que notre spectacle t'a plu ? »

Le jeune homme hocha la tête avec un certain détachement.

« Et qu'as-tu pensé de ma prestation ? »

Il la complimenta en quelques mots secs, mais la Duchesse, qui avait trop bu, agita la main avec tellement de désinvolture que, comme par hasard, elle lui effleura le bras.

« Laissons-là les convenances, s'il te plaît ! Un peu de schnaps ?

— Non, merci madame.

— Leo, Leo, j'aimerais que nous apprenions à mieux nous connaître. Appelle-moi Esther, simplement Esther. »

Elle tendit la main vers la petite table de chevet qui se trouvait à gauche du lit, l'ouvrit, en sortit une bouteille d'alcool de pomme et s'en versa un verre, pendant qu'il la fixait de ses yeux inexpressifs. Esther, se méprenant sur ce regard qui ne révélait rien, n'en fut que plus troublée et rapidement, elle se sentit incapable de contrôler l'émotion extrême dans laquelle il la plongeait.

« C'est interdit… Nous n'avons pas le droit…, explosa-t-elle en tendant les bras vers lui. Mais peu importe, fais de moi ce que tu veux ! »

Leo, toujours assis, semblait être frappé d'une étrange paralysie, ce qui ne fit qu'alimenter le désir de l'actrice. Elle se leva d'un bond et se jeta à son cou, les renversant tous les deux sur le lit.

« Nous voilà, toi et moi », susurra-t-elle dans un tendre sourire.

Leo saisit délicatement les bras qui l'enserraient et les écarta.

« Vous êtes une très belle femme, madame…

— Une femme toute à toi ! lança-t-elle en lui prenant la tête entre ses mains.

— Vous êtes une très belle femme, mais il y a certaines choses que... », marmonna Leo.

La Duchesse se rassit aussitôt.

« Certaines choses ! s'exclama-t-elle, soudain amère. Fais-moi grâce de ces âneries, mon garçon. Inutile de me le répéter deux fois, je m'y connais très bien dans ce domaine. Oui, je sais que je suis trop vieille pour toi ! C'est vrai, Leo, et surtout, je te demande de ne pas essayer de prendre des gants ! Je peux tout supporter sauf la pitié ! Maintenant, sors d'ici ! Allez, dehors ! Je compte sur toi pour te conduire en gentleman et pour ne rien révéler de ce qui s'est passé entre nous cette nuit ! »

Sur ces mots, elle éclata en sanglots et Leo, très embarrassé, ne put que quitter la pièce.

Dans les chambres voisines, toutes les filles entendirent les tristes lamentations d'Esther, mais aucune n'osa se lever et aller voir. Et puis, lentement, les gémissements faiblirent pour s'arrêter tout à fait, et plus aucun bruit ne vint perturber leur sommeil. Seule la fidèle Perla, assise sur son lit derrière la cloison, tremblait de tout son corps. Le silence qui régnait dans la pièce mitoyenne ne lui paraissait pas du tout naturel et, au fond d'elle-même, une voix lui soufflait que quelque chose ne tournait pas rond.

Finalement, elle prit son courage à deux mains et entra dans la chambre. Là, elle vit son Esther adulée gisant sur le sol, sans connaissance. Le hurlement d'horreur qui lui déchira la gorge réveilla tous les locataires de la pension.

« Au secours, au secours ! Mimi ! Kreindl ! Venez m'aider, vite, vite, oh mon Dieu, oh mon Dieu ! »

Ces cris déclenchèrent un branle-bas de combat. De toutes parts surgirent, affolés, des clients en chemise de nuit ou pyjama, quant aux actrices, elles couraient de tous côtés, créant une agitation qui sembla s'engorger sur le seuil de la chambre d'Esther. La petite Gina attrapa un vase très lourd et courut dans la cuisine pour le remplir d'eau, mais elle le laissa tomber en remontant à l'étage. Il se brisa en mille morceaux dans un terrible fracas et son contenu se répandit en une grande flaque sur le sol du couloir. De partout s'élevaient des « *gevald*, au secours ! », des « Oh, mon Dieu, mon Dieu ! », des « *Oy*, maman ! » et autres appels désespérés du même genre.

La première à se ressaisir fut bien sûr Mimi : « Dépêche-toi, descends et demande à l'aubergiste d'appeler d'urgence un médecin », dit-elle à Leo qui essayait, en vain, de s'éclipser.

Lorsque le docteur arriva, les esprits s'étaient déjà un peu calmés. Esther avait repris connaissance mais restait allongée, très faible, sur le sol de sa chambre, la tête sur les genoux de Perla. De désespoir, c'est ce qui apparut, elle avait essayé de mettre fin à ses jours en avalant une grande quantité de poudre de riz mélangée à quelque chose de fluorescent qui se révéla être le sel de radium utilisé pour *Mme Curie découvrant le radium*, un des plus impressionnants tableaux vivants de la troupe. Le médecin recommanda à la Duchesse de boire du lait et de se reposer, et au bout de quelques jours de sécrétions qui brillaient dans le noir, la malade recouvra la santé. Elle n'avoua jamais ce qui l'avait poussée à une telle extrémité et, comme personne ne trouva d'explication plausible, on attribua son geste à un de ses nombreux caprices de diva.

Chapitre III

Satmar

1

Par une journée d'été de 1876, une malle-poste déglin-
guée, conduite par un cocher hongrois ventripotent aux
cheveux roux et qui portait un uniforme impérial trop
petit pour lui, entra dans la bourgade de Sadigora. La
voiture, partie le matin même de Czernowitz à destination de Cracovie, contourna lentement les charrettes sur-
chargées des marchands ambulants, continua vers le nord
dans la rue des forgerons et s'arrêta sur la place du château de Mustaza. Une foule survoltée de curieux et de pas-
sants désœuvrés se forma aussitôt tout autour : y avait-il
un paquet pour Feldman ? Une lettre pour Friedman ?

Un tel accueil se répétait chaque semaine, bien que
personne n'ignorât les habitudes fort déplaisantes du
cocher : il remettait en premier les lettres que messieurs
les juristes envoyaient à leurs clercs dépêchés au tribu-
nal voisin, ensuite il lisait le nom des paysans roumains,
ensuite il appelait les avocats juifs, et ce n'est qu'à la fin
qu'il daignait se tourner vers les Juifs du petit peuple.

Il avait une aversion particulière pour les Hassidim, ces fervents croyants à la barbe clairsemée qu'il trouvait trop bruyants. Ceux-là devaient, à la grande joie des badauds, le supplier longtemps pour recevoir leurs plis.

Ce jour-là, juste après avoir mis pied à terre, le Hongrois, pestant et gesticulant, fendit la populace, attacha ses deux chevaux à un poteau et essuya avec un mouchoir répugnant la sueur qui dégoulinait de son menton. Ensuite, dans une tentative ridicule pour se donner un air plus solennel, il remonta son pantalon, ferma un bouton rebelle de sa veste et ouvrit la porte de la malle. Fourbus du voyage, en descendirent tout d'abord deux jeunes citadins en costume de voyage très chic, puis ce fut au tour d'un très vieux marchand qui s'aidait d'une canne. Comme rien ne suivait, le cocher se pencha vers l'intérieur et s'écria dans un mauvais allemand : « Allez, en avant, on est arrivés, Votre Altesse ! »

Apparurent deux petites jambes trop courtes pour atteindre le sol et, après une légère hésitation, hop, la dernière passagère prit son élan et sauta dehors. Elle tirait derrière elle une espèce de sacoche très usée et tellement bourrée qu'elle paraissait prête à craquer. Âgée d'environ sept ans, la fillette avait d'intelligents yeux marron et des boucles brunes qui encadraient joyeusement son visage. Elle lança des regards perçants de tous côtés mais ne sembla pas trouver ce qu'elle cherchait.

« Mimi Landau ! Mimi Landau ! » L'appel résonna de loin, suivi d'un : « Laissez-moi passer, nom de Dieu ! » éructé par une grande femme maladroite qui agitait les bras pour se frayer un chemin en injuriant copieusement la foule. Elle finit par s'arrêter devant la gamine : « Bonjour à toi, ma chérie, c'est moi, tata Netty. Qu'est-ce que tu as grandi, *keynehore*, touchons du bois ! Comment va ta mère ? C'est tout ce que tu as pris avec toi ? Ce n'est pas grave, on s'arrangera. Est-ce qu'elle t'a donné quelque chose pour moi ? Une lettre peut-être ?

— Madame, prenez votre trésor et déguerpissez », s'impatienta le cocher.

Netty Rosenthal attrapa fermement la main de la petite, l'entraîna à grands pas et toutes deux traversèrent de nombreuses ruelles poussiéreuses avant de s'arrêter devant une bâtisse construite au milieu d'une vaste cour. Tante Netty sortit de son sac un trousseau de clés qui tintèrent et lorsqu'elle ouvrit la porte, un souffle d'air frais au doux parfum de propreté s'échappa de la pénombre. La maîtresse de maison guida son invitée dans une chambre à coucher au mobilier sommaire, uniquement ornée d'un rideau blanc accroché à la fenêtre, lui prit la sacoche des mains, la posa à côté du lit et lui indiqua la seule chaise (une chaise en paille) qui s'y trouvait.

« Assieds-toi, ma pauvre petite orpheline ! Le voyage de Buczacz a dû être pénible, alors on va tout de suite te préparer quelque chose de bon à manger. Après on ira te laver et après tu pourras te reposer et me parler un peu de toi. Tu dois savoir, ma chérie, que si ton pauvre papa n'était pas mort, ta pauvre maman ne t'aurait jamais envoyée ici. Elle t'aime énormément, c'est juste qu'elle ne peut pas subvenir à tes besoins. Mais ne crains rien, tu te sentiras très bien chez moi. D'abord, tu vas te reposer quelques jours, et ensuite, on t'amènera à la boulangerie des Hirschenberg où tu pourras travailler. C'est un vrai *mentsh*, un homme bien, tu ne dois pas t'inquiéter, il m'a promis qu'il te donnerait chaque jour une miche de pain en plus de ce que tu gagneras. »

À vrai dire, Netty Rosenthal aurait pu assurer la subsistance de Mimi, mais comme elle croyait sincèrement en la vertu pédagogique du travail, elle avait insisté pour que les Hirschenberg emploient sa nouvelle protégée.

Tous les matins, à cinq heures tapantes, la fillette bouclée venait prendre son service, on commença par lui confier diverses tâches relativement simples comme la surveillance des fours, mais bien vite le boulanger, qui avait remarqué son sérieux et son sens des responsabilités, la laissa, à l'occasion, façonner elle-même des petits pains. L'après-midi en revanche, Mimi préférait rester à la maison pour lire ou résoudre les problèmes d'arithmétique d'un vieux manuel qu'elle avait apporté dans ses affaires. Certes la mère Rosenthal la poussait à aller jouer dehors avec les autres enfants, mais elle était, en secret, particulièrement fière de cette nièce si studieuse, dont elle ne cessait – jamais en sa présence bien sûr – de faire l'éloge et de louer l'assiduité. Elle-même gagnait correctement sa vie en gérant les biens de la famille Fabrikant à Sadigora, sans compter sa réputation de cuisinière dont l'efficacité lui valait d'être engagée à l'occasion de festivités chez tel ou tel notable de la ville. Ces jours-là, toutes deux avaient droit, comme les riches, à du poulet rôti ou à un bon plat de gésiers.

Elles passaient leurs soirées à jouer aux cartes, jamais pour de l'argent (grands dieux !), mais avec des lentilles et à la fin, la petite maligne se retrouvait toujours avec un gros tas à côté d'elle, au grand dam de sa tante. Si un journal en allemand arrivait en leur possession, les cartes étaient dédaignées, et Mimi lisait à sa tante les événements du grand monde. Lentement l'orpheline, de plus en plus appréciée par les habitants de Sadigora, s'habitua à sa nouvelle vie.

Un soir après la toilette, la mère Rosenthal ordonna à sa nièce d'enfiler sa robe de shabbat et de faire disparaître de la pièce jusqu'au souvenir d'une carte à jouer. À sept heures tapantes, un fiacre tiré par deux chevaux entra dans la cour. En descendit un homme assez gros mais d'aspect avenant, âgé d'une trentaine d'années. Il était très bien habillé et sa moustache soignée lui donnait un air de ressemblance avec les messieurs élégants dont les portraits ornaient les magazines en provenance de Vienne. De sa canne, le voyageur frappa deux coups à la porte puis entra sans attendre de réponse. La mère Rosenthal, qui avait fait un effort vestimentaire en s'enveloppant d'un châle aux couleurs vives, s'approcha de l'étranger et lui fit une révérence maladroite.

« Assez, assez, Netty, l'arrêta ce dernier. C'est inutile. Venez, asseyons-nous. »

La brave femme ne s'exécuta qu'après avoir posé sur la lourde table une tasse de thé parfumé, une grosse miche de pain de campagne et une petite assiette de confiture d'abricots.

« Je vous présente Mimi Landau dont je vous ai parlé dans mes lettres, commença-t-elle. Mimi, dis gentiment bonjour au propriétaire de notre maison, monsieur Markus Fabrikant.

— Bonjour monsieur, dit Mimi en faisant une révérence.

— Comment vont vos parents ? demanda Netty Rosenthal.

— Bien, Dieu merci. Ici aussi, tout est normal, à ce que je vois.

— On ne se plaint pas. Il ne se passe pas grand-chose à Sadigora, vous le savez. Nahman Schulman de la mercerie vient de mourir.

— *Reb* Nahman ? Celui qui n'avait que quatre doigts ?

— Oui. Et si jeune ! Quelle tragédie, soupira la maîtresse de maison.

— Béni soit le juge de vérité. Maintenant, écoutez-moi bien. Je suis venu parler affaires avec vous. Ne craignez rien, il ne s'agit pas de mauvaises nouvelles. Comme vous le savez, je viens de terminer mes études à l'université de Bucarest...

— Vous voilà donc devenu professeur ! » le coupat-elle avec admiration.

Il ne répondit que par un modeste sourire. « Là n'est pas la question, chère Netty, pas du tout, reprit-il. Parlons peu mais parlons bien : mes études terminées et après de nombreuses hésitations, j'ai finalement décidé de me tourner vers les arts de la scène et de fonder un théâtre, mais certainement pas pour monter les vulgaires spectacles que l'on voit un peu partout. Je veux fonder une institution qui aura une grande valeur pédagogique et dont le but sera de porter les lumières de la civilisation à travers tout l'Empire. Il s'agit de présenter à un public juif les extraordinaires richesses de la connaissance et de la culture universelles. Or, il va de soi qu'une telle entreprise a besoin d'un toit, c'est-à-dire d'un lieu qui abritera la troupe pendant sa période de formation. Mes dévoués parents soutiennent mon initiative, oui, et pour cela, ils ont accepté de mettre à mon nom tous les revenus de nos biens à Sadigora. Bref, vous avez devant vous, ma chère Netty, votre nouveau patron et non plus l'intermédiaire de la famille.

— Félicitations, monsieur Fabrikant, félicitations ! Mimi, lève-toi et va nous chercher dans la remise une bouteille de vin sucré, que l'on trinque !

— Je vous remercie beaucoup mais laissez-moi d'abord vous expliquer exhaustivement mon programme. Le Grand Cabaret du professeur Fabrikant – c'est ainsi que nous nous appellerons – sera constitué d'une troupe de très jeunes artistes que je vais moi-même recruter. J'ai commencé à chercher des talents en herbe à travers toute la Bucovine. J'ai l'intention de me rendre dans les orphelinats juifs et de sélectionner les fillettes les plus douées pour le théâtre. Ce sera aussi pour elles un moyen d'échapper à leur triste sort.

— Que Dieu vous donne la force de réussir !

— Je vous remercie de tout mon cœur. Je suis venu vous confier, si vous l'acceptez, la très noble mission d'accueillir et d'élever ces futures immenses artistes, ici, chez vous, dans cette maison. Seriez-vous prête à être une mère pour elles et à veiller à ce qu'elles ne manquent de rien ? Il va sans dire que nous conviendrons vous et moi d'un arrangement financier à la mesure de vos efforts. »

Il fallut à peine un instant de réflexion à la mère Rosenthal pour prendre sa décision et lorsque Mimi revint de la réserve avec un plateau sur lequel étaient posés deux verres et une bouteille de vin, elle répondit : « Non seulement j'accepte avec joie, monsieur Fabrikant, mais je vais vous étonner et vous présenter une jeune artiste très prometteuse que le hasard a déjà installée chez moi, dans cette maison : ma petite Mimi. Elle est sérieuse, intelligente et adore étudier. Je ne doute pas qu'elle réussira tous les examens que vous lui ferez passer.

— Pourquoi pas ? J'en serais ravi. Je l'auditionnerai tout à l'heure avec plaisir, mais si vous voulez bien, ma chère Netty, concluons d'abord notre arrangement. À Czernowitz, une autre orpheline nous attend déjà, elle s'appelle Yetti Hirsch, c'est une adorable petite que j'ai, de mes propres mains, tirée des griffes d'un père veule, un incurable ivrogne. Huum... »

Comprenant ce que signifiait le raclement de gorge du professeur, la mère Rosenthal se hâta d'envoyer Mimi dans sa chambre. Une fois seuls, ils commencèrent à discuter, essayèrent d'envisager tous les détails de la nouvelle entreprise, ce qui dura presque jusqu'à dix heures du soir. Pendant tout ce temps, Mimi, allongée sur son lit, réfléchissait aux nombreux bouleversements qui avaient secoué sa vie depuis quelques mois. Du fond de sa mémoire remonta soudain le trio de *payatsn*, des clowns ambulants qui étaient un jour passés dans son village : c'était la chose la plus proche du théâtre qu'elle ait jamais vue, si bien qu'elle se demandait si, dorénavant, elle allait devoir déambuler de par le monde avec des ronds rouges dessinés sur les joues. Rapidement, ces images furent remplacées par l'affiche qui venait d'être accrochée à côté de l'église : on y voyait la silhouette d'une actrice portant un masque et une cape pourpre, avec, derrière elle, un château en ruine. L'inconnue arracha son masque et en dessous, Mimi vit apparaître son propre visage tandis que des rangées et des rangées de petits pains saupoudrés de graines de pavot surgis de nulle part, volaient au-dessus des décombres et finirent par s'amalgamer en une couverture soyeuse qui l'enveloppa voluptueusement dans ce qui fut la dernière nuit de son ancienne existence.

*

Le chemin qui conduisit Markus Fabrikant vers le monde du théâtre ne fut ni direct ni conventionnel. Son père, un riche négociant juif originaire d'une bourgade de Galicie et installé à Czernowitz, avait tout fait pour envoyer son fils aîné étudier à l'université de Bucarest. Le jeune Markus passa une année entière sur les bancs de la faculté de géographie avant de comprendre que ses penchants naturels le portaient vers les arts de la scène. Incapable de résister, il quitta l'enseignement supérieur et commença à dépenser l'argent que ses parents lui envoyaient pour satisfaire son goût du théâtre et des spectacles de variétés. Le soir, il allait voir des représentations, la nuit, il s'amusait avec des godinettes, le matin, il le passait surtout à dormir et le reste du temps, il s'essayait à l'écriture dramatique et proposait des pièces à la Schiller dont personne ne voulait. Il devint vite un familier des cercles bohèmes de Bucarest et, avant même d'avoir atteint la trentaine, il avait déjà réussi à adopter les manières imposantes d'un homme du monde.

Un soir qu'il se trouvait dans un salon littéraire, du genre de ceux qui étaient très prisés par la bourgeoisie d'Europe centrale de l'époque, la fille de la maîtresse de maison – une blondinette au visage piqué de taches de rousseur – présenta un solo de danse, quelque chose qui rappelait *Rosamunde, princesse de Chypre*. Lorsqu'elle eut terminé, tous les convives s'extasièrent sur son talent puis passèrent dans la pièce voisine pour goûter un petit vin blanc parfumé aux fruits ; seul le jeune Fabrikant resta dans le salon à fredonner, tout excité par le bouillonnement d'idées nouvelles que cette prestation avait déclenché en lui. Il décida aussitôt de rentrer à Czernowitz et de demander à ses parents un prêt pour fonder une troupe de théâtre professionnelle composée de jeunes orphelines. Son retour dans sa ville natale se passa sous les meilleurs auspices : le souvenir qu'il y avait laissé, celui d'un jeune homme parti étudier dans la grande métropole, conjugué au charmant double menton avec lequel il revenait, fit grande impression et rapidement, on lui donna le titre de « professeur », pour le plus grand plaisir de sa mère. Markus lui-même ne confirma pas l'obtention d'un tel diplôme, mais comme on ne lui posa jamais la question, il ne l'infirma pas non plus.

Cela dit, lorsque ses parents l'entendirent parler de son théâtre d'orphelines, ils en furent atterrés. Ils ne s'attendaient pas à ce genre d'annonce et n'avaient jamais imaginé une telle lubie, surtout de la part de leur fils préféré. Ils n'osèrent cependant pas s'opposer à leur aîné et, après un profond soupir, mirent à son nom une grande partie des titres de propriété de la famille – une maison et les cinq magasins qu'ils possédaient à Sadigora. La location et la gestion de ces biens avaient depuis longtemps été confiées à leur fidèle Netty Rosenthal, et les loyers assuraient au jeune homme une rentrée d'argent suffisante pour qu'il puisse, sereinement, se lancer dans son projet théâtral.

Christophe Colomb découvrant l'Amérique

Il est à souligner que le répertoire sur lequel travailla dès le début le professeur témoignait à lui seul des idées généreuses qui guidaient ses pas. Les premiers tableaux vivants que présenta sa troupe d'orphelines furent : *Le petit Mozart reçu à la cour de Marie-Thérèse, Christophe Colomb découvrant l'Amérique, Napoléon sacré empereur, Alexandre le Grand et le roi Cyrus,* puis plus tard, cerise sur le gâteau : *Mme Curie découvrant le radium.* Les soirs où ils savaient à l'avance que le public serait composé exclusivement de Juifs, ils ajoutaient : *La vengeance – l'histoire du Golem de Prague.*

« Le théâtre doit instruire et plaire en même temps », telle était la devise que Markus avait empruntée à Horace.

Au début, il avait appelé sa troupe : Le Cabaret du professeur Fabrikant, mais au bout de quelques années, à l'aube du siècle nouveau, il jugea que l'heure des changements était venue et décida d'ajouter le mot « Grand » – qui lui sembla à la fois très moderne et très attractif.

Il n'eut pas besoin d'attendre longtemps pour s'apercevoir de la sagacité et de la vivacité d'esprit de Mimi Landau. Elle comprenait tout très vite et réussit en un rien de temps à intégrer les principes de base de l'art dramatique, comme elle avait, à son arrivée à Sadigora, appris toute seule l'arithmétique. Cependant, et même si, au début des répétitions, Markus la fit monter sur scène autant que ses autres camarades, il dut se rendre à l'évidence : les dons de mathématicienne de la demoiselle dépassaient de loin ceux de comédienne. La mort dans l'âme, il fut obligé d'admettre que son principal talent dramatique était la précision de ses entrées et de ses sorties. En revanche, elle brillait dès qu'il s'agissait de comptabilité. Il commença donc à l'encourager dans cette voie et se mit à répéter qu'il ne pouvait se décharger des tâches de gestion que sur elle. Il le fit chaque fois qu'il le put, tout en essayant de dissimuler la gêne, coupable et honteuse, qu'il éprouvait et il arriva à ses fins : en douceur, il la détourna du plateau et la poussa vers les colonnes de chiffres. À dix-huit ans, Mimi abandonna les feux de la rampe pour ne se consacrer qu'à son rôle de trésorière.

Indiscutablement, l'élève dépassait le maître et dans le milieu théâtral roumain, la collaboration entre le directeur et sa trésorière devint une référence : grâce à la qualité artistique que réussit à atteindre la troupe sous la houlette de Markus Fabrikant, le Grand Cabaret connut un succès retentissant dont Mimi Landau arriva à tirer le maximum de bénéfices – sonnants et trébuchants bien sûr ! Ces deux-là travaillaient dans la confiance la plus totale et se comprenaient à demi-mot : si, par exemple, ils recevaient une visite impromptue des inspecteurs impériaux, il suffisait d'un clin d'œil de Markus ou juste qu'il se gratte la narine gauche pour que Mimi, ni une, ni deux, enfouisse tout au fond de sa culotte leurs rentrées « au noir ». Afin de lui exprimer sa profonde reconnaissance, le professeur concocta pour les soixante ans de sa précieuse collaboratrice l'anniversaire le plus grandiose jamais organisé au Grand Cabaret, et à cette occasion, il lui offrit publiquement deux harmonicas plaqués en ivoire, d'une grande valeur. Sur celui à la tonalité majeure il avait fait graver : « une femme vaillante… », et sur le mineur, la seconde moitié du proverbe biblique : « … qui la trouvera ? ». Pendant des années on parla à Czernowitz de cette fête mémorable, de la slivovitz qui avait coulé à flots et de l'orchestre gitan que Markus avait spécialement fait venir d'Iaşi pour accompagner les joyeux danseurs toute la soirée.

2

En automne de l'année 1937, le Grand Cabaret de Fabrikant arriva à Satmar, pour une série de représentations au Casino. Tous les billets pour la première avaient été vendus à l'avance, et Becky n'avait pas eu une minute de répit. Elle s'installait toujours avant le lever de rideau sur un tabouret en bas des escaliers de la salle et, pour quelques sous, cirait les chaussures des spectateurs qui le désiraient, une chaussure, et encore une chaussure, et encore une chaussure... Ce soir-là, lorsque retentit la sonnerie destinée à houspiller les retardataires et que la bonne s'apprêtait à rassembler son matériel, une dame en manteau de fourrure s'approcha et plaqua sur le repose-pied une botte rouge au bout pointu, ornée de boutons métalliques. La muette eut tellement peur que sa mâchoire s'affaissa : ces bottes-là, elle les avait déjà cirées dans le passé, et pas qu'une fois ! Elle releva la tête et se heurta, horrifiée, aux yeux impitoyables de Zofia Fabrikant qui lui fit signe de se taire (même celui qui n'a pas l'usage de la parole peut laisser échapper quelque jappement ou grognement, et risque d'attirer l'attention), lui fourra dans la main un petit morceau de papier plié en deux, sur lequel était inscrit : *À l'attention de Mimi Landau*, puis s'éclipsa.

La muette rangea sa boîte à cirage et se faufila jusqu'à la caisse où Mimi était en train de compter les talons des billets et d'inscrire la recette dans son carnet.

« Qu'est-ce qu'il y a, tu vois bien que ce n'est pas le moment ! » maugréa-t-elle. En réponse, la bonne lui tendit le billet.

Après l'avoir parcouru, Mimi le replia et le glissa entre ses papiers : « Tu n'as rien à faire ? Pourquoi restes-tu plantée là comme une gourde ? »

Becky lui donna les sous qu'elle avait gagnés et lui indiqua par des signes de main et d'étranges borborygmes qu'elle avait l'intention de balayer un peu autour de la caisse : la présence de Zofia ne lui disait rien de bon et elle avait décidé de veiller très attentivement sur la trésorière.

La troupe retourna à l'auberge aussitôt la représentation terminée. On prit un dernier verre de thé et on alla se coucher. Mais la bonne, qui était logée dans un petit cagibi au rez-de-chaussée, monta sans bruit à l'étage et se cacha dans un renfoncement obscur du couloir. Vingt minutes ne s'étaient pas écoulées qu'elle vit la trésorière, vêtue d'un long manteau en laine et coiffée de son *hitele*, son petit chapeau bordé de fourrure de lapin, sortir de sa chambre avec des allures de conspiratrice. La muette, qui savait très bien ce que signifiaient les pas lents et la lèvre inférieure que Mimi se mordait, quitta aussitôt sa cachette et suivit dans la rue la silhouette qui avançait à pas rapides vers le centre-ville et pénétra au bout d'un certain temps dans un café inondé d'une vive lumière jaune, le café Budapest. Le lieu était rempli de joyeux consommateurs qui avaient trouvé là un douillet refuge et se réchauffaient au cognac. Becky, qui ne pouvait entrer dans un tel établissement avec les loques dont elle était vêtue, resta dehors à observer Mimi à travers la vitrine : quelle ne fut pas sa surprise de la voir traverser la grande salle puis ressortir de l'autre côté pour atteindre, malgré le froid mordant, la terrasse couverte d'une bâche colorée. Là, à une table à l'écart, était assise une femme drapée d'une cape en zibeline, le visage dissimulé par une voilette. La bonne se hâta de contourner le café et se faufila, dos courbé, sous la rambarde en pierres sculptées, le plus près possible de la table.

« Bonsoir Mimi, commença Zofia Fabrikant d'une voix sèche. Je constate que tu as reçu mon message. »

71

Un jeune serveur au torse bombé s'approcha d'un pas léger de la trésorière et lui tendit le menu.

« Je te recommande leur forêt-noire.

— Je pense que je me contenterai d'un verre de cognac, merci.

— Un cognac pour madame ! » Le serveur prit l'assiette vide qui se trouvait devant Zofia et s'en alla de sa démarche de coq.

« Tu te demandes sûrement ce que je fais ici. » Comme aucune réponse ne venait, elle enchaîna : « Nous ne nous sommes jamais aimées, Mimi Landau, ce n'est pas un secret, mais tu sais que j'ai toujours eu beaucoup d'estime pour ton intelligence.

— *Zayt nisht keyn tokhes-leker*, ne soyez pas lèche-cul, s'il vous plaît. Vous n'avez pas fait le déplacement dans le but de chanter mes louanges. »

La veuve Fabrikant ignora la pique et prit une gorgée du verre de vin chaud posé devant elle.

« Tu n'as pas eu d'enfants, Mimi. Tu ne peux donc pas t'imaginer combien ça fait mal, après avoir porté un tel fardeau pendant neuf mois, après l'avoir allaité et élevé, après s'être inquiétée et dévouée pour lui quand il était malade, après l'avoir envoyé dans les meilleures écoles, bref, après lui avoir tout donné – de recevoir de lui une telle gifle. Avec Avroum, j'ai eu beaucoup de chance, lui, c'est un Fabrikant, un véritable homme d'affaires, comme son grand-père. Mais avec mon cadet, je n'ai que des ennuis. »

Le serveur apporta le cognac, mais avant de le poser sur la table, il proposa aux deux dames d'entrer dans la salle à cause du froid. Comme on lui répondait par la négative, il haussa les épaules et, sans cacher son mépris, repartit vers l'intérieur en se dandinant. Mimi prit quelques gorgées rapides de son verre afin de se réchauffer.

« Non seulement ce vieux cinglé a tout laissé à Herman, mais à cause de lui, Avroum m'a abandonnée et s'est enfui en Amérique. Je ne blâme pas mon fils, il doit penser à son avenir. Et nous deux aussi, toi et moi, devons penser à l'avenir. »

Une pluie désagréable commença à tomber, Becky se recroquevilla sous le muret et se protégea la tête de sa capuche en laine, bien consciente cependant qu'elle ne pourrait pas rester ainsi très longtemps.

« Je suis une femme réaliste, Mimi, et toi aussi, continuait Zofia. Tu entends aussi bien que moi les voix qui nous arrivent de Vienne : bientôt, toute l'Europe centrale ne sera plus qu'une province du Reich. Je suis née sujette de l'empereur autrichien, maintenant j'ai un passeport roumain et je n'ai rien contre le fait de devenir citoyenne allemande pendant quelques années. Je suis sûre que la Roumanie a tout à y gagner : comme les Allemands ont besoin de notre pétrole, Bucarest deviendra le Paris de l'Europe de l'Est, un paradis pour qui aura l'intelligence d'agir vite. Je n'ai pas peur de Hitler, malgré ce qu'il raconte sur les Juifs : il lui faudra bientôt de l'argent et il sera obligé de changer son discours par rapport à nous. Peut-être ne serons-nous pas autorisés à posséder officiellement des biens, mais Dieu merci, les moyens pour se débrouiller ne manquent pas. J'ai un contact dans la finance à Czernowitz, un homme respectable qui cherche des opportunités. Il n'est pas juif et pourra donc gérer l'affaire pour nous.

— L'affaire ? Pour nous ?

— Oui, Mimi, je sais que les diamants de Markus sont en ta possession. Nous allons donc pouvoir travailler ensemble : toi, tu apporteras les diamants plus le capital du Grand Cabaret et moi, les relations qui nous permettront de monter une usine textile. Pense à toutes les chaussettes qu'useront les soldats ! Et ne t'inquiète surtout pas pour tes camarades : on les placera dans une institution adéquate, ce sera mieux pour elles aussi. Jusqu'à quel âge penses-tu que vous pourrez traîner ainsi sur les routes et par tous les temps, aller faire le pitre de *shtetl* en *shtetl* ? Les temps changent, Mimi. Ne survivront que ceux qui ont la tête sur les épaules ! »

Zofia avait une méthode bien à elle pour imposer sa volonté à autrui : elle soufflait en alternance le chaud et le froid. Très charmante, elle vous donnait l'impression gratifiante d'être quelqu'un d'important mais arrivait en même temps à glisser dans ses paroles une menace latente et insidieuse qui indiquait qu'à tout moment, ses bonnes dispositions pouvaient disparaître et céder la place à une froideur glacée ; grâce à cette méthode, elle maintenait ses interlocuteurs dans un état d'angoisse permanente, si bien que, de crainte de perdre ses faveurs, ils ne pensaient qu'à devancer ses attentes.

Son plan exposé, elle se tut pour laisser à la trésorière le temps de réfléchir à sa proposition. Les gouttes de pluie heurtaient violemment la bâche au-dessus de la terrasse et la pauvre Becky tremblait de froid et de terreur conjugués ; dans l'obscurité ambiante et à cause de la distance, elle n'entendait pas clairement ce qui se disait, mais les bribes de mots qui lui parvenaient ainsi que les gestes des deux interlocutrices en disaient assez long sur le climat de cette discussion. Elle comprit que le sort de beaucoup de personnes était en jeu.

« Sais-tu, Mimi, que je les ai déjà vus, ces diamants ? reprit alors Zofia, tout sourire, sur le ton de la confidence. Avroum était bébé, Herman pas encore né. Markus était très excité par l'achat de ces bijoux, mais avant de conclure avec Maltsche Sonnenfeld, il m'a demandé de venir les voir parce qu'il savait que j'étais une femme de goût et que je m'y connaissais. Je me souviens qu'il y avait beaucoup de bracelets, des bagues, un collier, oui... et des diamants... d'une pureté... ils étaient d'une telle perfection, les diamants de Maltsche Sonnenfeld ! C'est qu'elle savait ce qui était beau, la veuve ! »

Mimi non plus n'avait pas oublié cette vieille dame de petite taille, à l'aspect distingué et qui sentait l'eau de Cologne 4711. Combien de temps s'était écoulé depuis ? Au moins une trentaine d'années. C'était la première fois qu'elle pénétrait dans un palais de millionnaire ; la visite avait eu lieu quelques jours après le décès du propriétaire, le célèbre banquier Sonnenfeld, mort de désespoir (ou d'avoir ingurgité du poison, comme on le chuchotait dans certains cercles bien informés) suite à sa terrible faillite. Sa veuve, qui se retrouva obligée de vendre la majeure partie de leurs biens, fit venir chez elle (en grand secret de peur des créanciers) quelques acheteurs potentiels issus des familles les plus fortunées de la ville. Or précisément à cette époque, le professeur cherchait à placer son capital, l'argent que lui avait rapporté la vente de ses magasins de Sadigora, plus ce qu'il avait hérité de ses parents. Il avait acheté des bons du trésor allemands, et avec ce qui restait, il finit par se décider pour ces fameux diamants. La veuve, encore bouleversée par la cruauté de son sort, leur avait présenté son trésor avec des mains tremblantes : des tours de cou piqués de pierres taillées d'une manière très particulière, un collier fabriqué à l'ancienne avec des tiges en or blanc qui s'entrecroisaient et se terminaient, chacune, par une petite corolle de rubis éblouissante, des bracelets de diamants sertis d'anneaux d'or faits pour orner des poignets de baronne, de nombreuses bagues en pierres précieuses et, clou de la collection, une paire de boucles d'oreilles ornées d'un saphir bleu de quatre carats chacune à la perfection impressionnante. Tant de splendeur aveugla Zofia au point de lui donner le vertige. En revanche Markus, loin de perdre son sang-froid, réussit, au terme d'une négociation patiente, à obtenir le tout pour une bouchée de pain ; la veuve Sonnenfeld avait un besoin urgent de liquidités et elle eut beau soupirer et bougonner sans rien vouloir lâcher, elle finit par céder et par lui laisser les bijoux pour moins de la moitié de la valeur estimée. Pendant quelque temps, le professeur les garda tels qu'il les avait achetés, mais arriva la Grande Guerre et il fut obligé de les démonter. Il vendit l'or pour ne garder que ce qui était facilement transportable en cas de besoin, c'est-à-dire les diamants et les pierres précieuses.

« Déjà à l'époque, ça valait une fortune, continua la veuve Fabrikant, alors aujourd'hui, je suppose qu'on peut assurément en tirer au moins quatre cent mille, peut-être même un demi-million, voire plus... Rien que les saphirs, s'ils sont aussi purs que dans mon souvenir, peuvent rapporter, à ce qu'on m'a dit, dans les soixante mille, mais... »

Là, Mimi se leva d'un bond, farfouilla dans son

porte-monnaie et, d'un geste déterminé, posa le prix de sa consommation sur la table.

« Si vous n'avez rien d'autre à me dire, il est l'heure pour moi d'aller dormir. J'ai des répétitions demain matin. Becky, suis-moi, ce n'est pas un temps à se cacher derrière les murets et à jouer les espionnes. Tiens, prends ça et mets-le sur ta tête – il ne manquerait plus que tu attrapes la grippe, dit-elle en lançant son châle vers la muette qui bondit hors de sa cachette, les joues brûlantes de honte.

— Tu ne perds rien pour attendre, Mimi Landau ! Un jour viendra où tu le regretteras amèrement ! » susurra Zofia d'une voix chargée de rancœur, tandis que les deux femmes s'éloignaient dans la nuit.

3

Imaginons un homme, originaire de la ville de Neustadt par exemple, qui grandit au sein d'une famille nombreuse et habite avec ses cinq frères dans une seule pièce. Malgré la promiscuité et la pauvreté dans lesquelles vit tout ce petit monde (le père est marchand de fils à coudre), ils s'aiment énormément. Le temps passe, ils mûrissent, chacun suit sa route, construit sa propre famille, le temps continue à passer, ils vieillissent, leur visage s'épaissit d'un double menton, leurs cheveux se raréfient et blanchissent, pourtant, leur affection ne se tarit pas ; les convives ont beau s'étonner chaque fois qu'ils les voient ensemble (à l'occasion d'une fête ou d'un heureux événement), ces vieux continuent à se chamailler, se pincer et se chatouiller en véritables gamins, riant et plaisantant comme s'ils retombaient en enfance. Car c'est ainsi : ceux qui se connaissent depuis leur plus jeune âge ne peuvent se comporter autrement, et ce jusqu'à leur dernier jour.

Si cette règle s'applique à notre homme de Neustadt, elle s'applique *a fortiori* aux actrices du Grand Cabaret : depuis l'enfance, les petites demoiselles vivaient sous un même toit, elles avaient grandi, mûri, vieilli ensemble sans jamais avoir été séparées. Année après année, elles s'étaient appliquées à tenir leurs rôles sur scène exactement comme elles avaient commencé gamines, sans poser de questions.

Il en avait toujours été ainsi jusqu'à ce qu'arrive ce qui arriva lors de leur dernière représentation à Satmar. Elles en étaient à *Artémis et Adonis*. Le tableau avait commencé comme d'habitude. Pour ce numéro, la grande Gina et Yetti Hirsch la mélancolique devaient se glisser ensemble dans le costume du sanglier – la mélancolique sur le dos de la grande – et bondir brusquement sur scène telle une bête sauvage dans un accès de fureur incontrôlable. Cet effet, qui procurait au public un grand frisson de terreur et de ravissement conjugués, devenait avec les années de plus en plus difficile à exécuter ; cependant, comme la grande et généreuse Gina ne se plaignait jamais et que, *a contrario*, Yetti Hirsch la mélancolique, devenue une petite vieille toute rabougrie avec des yeux mouillés, ne cessait de geindre – eh bien, personne n'avait pensé à prendre en compte la pénibilité de l'exercice... jusqu'à ce qu'arrive la catastrophe.

La belle salle de spectacle du Casino, aux murs tapissés de velours, n'était pas particulièrement grande. Comme d'habitude pour un dimanche soir, il ne restait quasiment plus une seule place libre : pour les *goys*, c'était la dernière occasion de se divertir en fin de semaine, et pour les Juifs, qui tenaient à respecter le shabbat, aller au théâtre le jour sacré des autres leur convenait parfaitement. Lorsqu'elle ferma sa caisse ce soir-là, Mimi, très contente de la recette, eut même le temps, quatre minutes avant le lever du rideau, de se faufiler à sa place réservée, au dernier rang. Dans sa précipitation, elle ne remarqua pas le spectateur assis à côté d'elle, un Juif qui semblait avoir une petite cinquantaine et dont les doigts ne cessaient de triturer le mouchoir qu'il tenait à la main. Ses joues creuses étaient rongées par quelques poils frisés qui s'épaississaient un peu sur le menton pour former une barbichette négligée et tout son aspect indiquait l'embarras, voire le malaise. Bien qu'il fût en possession d'un billet acheté en bonne et due forme, il n'osa se détendre sur son siège que lorsque les lumières de la salle s'éteignirent.

Une grande communauté de Hongrois résidait à Satmar, mais le directeur du Grand Cabaret avait décidé de jouer en langue roumaine, et cela pour deux raisons : d'une part, il espérait attirer un public encore plus large, d'autre part il préférait éviter de titiller la fibre patriotique des représentants de la royauté. Six mois s'étaient écoulés depuis la disparition du professeur Fabrikant et, dès que le spectacle commença, Mimi ne put que se féliciter d'avoir choisi Leo Spektor pour le remplacer. Il dominait les différentes langues de la région avec une telle aisance qu'il passait de l'une à l'autre sans la moindre difficulté. De plus, elle avait déjà plusieurs fois eu l'occasion d'apprécier son sens pratique, rien à voir avec cet empoté de Herman Fabrikant.

L'interprétation qu'il donnait d'*Artémis et Adonis* – et elle n'était pas la seule à le penser – s'approchait de ce que faisait le défunt professeur. Et même si la version en yiddish ne coulait pas encore avec suffisamment de fluidité, dès qu'il s'exprimait en roumain, Leo appuyait encore sur le caractère dramatique et presque érotique de l'épisode mythologique et arrivait ainsi à tenir en haleine un auditoire charmé.

Entre deux déesses le torchon brûle
Elles se vouent une haine viscérale
Laquelle des deux arrivera sans scrupules
À faire à l'autre le plus grand mal

De jolies nymphes joyeusement
Dansent autour d'Artémis
Mais qui donc regarde-t-elle, Artémis,
Avec des yeux aussi brûlants ?

Adonis le chasseur est la cause
De ce qu'elle est si courroucée
Adonis, qui dans le champ repose,
Ignorant la colère qu'il vient de réveiller

Dans le temple, Aphrodite attend
L'arrivée de son bel amant
Pourquoi tarde-t-il tellement,
Adonis qu'elle chérit tant

Terrible est la vengeance d'Artémis
Et sa haine plus noire que l'abysse

Alors elle envoie un sanglier
Pour tuer le héros détesté

Ce soir-là aussi, le sanglier bondit sur scène dans une rage folle et donna de violents coups de sabot pour le plus grand plaisir du public. Un truc vieux de cinquante ans et ça marche encore ! se dit Mimi. Mais soudain, elle sentit comme des secousses ou des battements qui venaient, lui sembla-t-il, du siège d'à côté. En effet, son voisin aux joues creuses agitait les jambes comme en proie à une crise nerveuse. Impossible que la vision de ce mammifère furieux l'ait à ce point effrayé, songea la trésorière, étonnée. Ce qu'elle ignorait, c'était que cet homme n'avait rien à voir avec les Juifs modernes qui composaient le public : il faisait partie de la dynastie rabbinique de Satmar, fondée par le rabbi Teteilbaum, et seuls ses mauvais démons et sa curiosité malsaine l'avaient poussé à contourner l'interdiction formelle de son maître à penser et à se glisser, déguisé en laïc, dans la salle du Casino. De plus en plus horrifié par ce qu'il voyait sur scène et n'arrivant plus à contrôler le tremblement frénétique qui secouait son corps de part en part, il bondit soudain sur ses pieds et se mit à vociférer : « *A khazer*, c'est un porc, un porc ! »

Le cri inattendu fit si peur à la grande Gina qu'elle en eut les entrailles toutes retournées. De frayeur, ses membres furent saisis de spasmes incontrôlés et boum ! sous les yeux ahuris des spectateurs, toute la construction s'écroula et le sanglier, coupé en deux, s'effondra lamentablement sur le plateau, dans un terrible vacarme.

En un instant, une vague de panique submergea la salle. Une petite partie du public resta figée sur place de terreur, mais le reste, hurlant, essaya de s'enfuir par la porte qui était bien trop étroite pour une telle pression. En même temps, deux gamins se mirent à pousser des gémissements déchirants. Dans une tentative pour calmer la foule, Leo annonça un entracte de vingt minutes. Mimi, quant à elle, sauta de son siège, gravit à toute vitesse les marches latérales qui menaient à la scène et appela quelques actrices pour l'aider à dégager leurs deux camarades encore coincées sous le sanglier. Par chance, cet incident avait fait plus de bruit que de mal, et aucun spectateur n'avait été physiquement blessé. Herman envoya Becky dans le foyer distribuer gratuitement des friandises en guise de dédommagement et grâce à la bonne volonté de tous, cet entracte imposé n'était pas encore terminé que le numéro du *Petit Mozart reçu à la cour de Marie-Thérèse* était déjà en place.

La suite de la représentation se passa sans réelles complications. Comme la grande Gina était encore sous le choc, Perla la boiteuse la remplaça et assura le rôle du chef indien dans *Christophe Colomb découvrant l'Amérique*, et à l'exception de quelques mauvais coucheurs qui protestèrent devant l'étrange petitesse du vénérable sachem, personne ne remarqua ce changement imprévu. Le spectacle se termina sans rappel, et une fois le rideau baissé, toute la troupe se rassembla dans les coulisses pour dresser le bilan des dégâts.

Dans la loge, les actrices trouvèrent Yetti Hirsch la mélancolique allongée par terre sur des coussins avec Herman agenouillé à côté d'elle.

« Là – ça fait mal ? » demandait-il en lui pressant délicatement la cheville gauche.

La blessée ne cessait de se lamenter et de tapoter ses joues fripées de vieille bique, à grand renfort de : « *Oy vey iz mir, ikh khalesh avek*, à moi, à moi, aïe, aïe, je vais m'évanouir !

— Vous pouvez me dire qui est le grand malin qui a jugé bon de laisser cette pauvre *tsefloygene*, cette tête en l'air, faire des acrobaties sur scène ? » leur reprocha Esther, furieuse.

Malgré l'évidente justesse de cette remarque, toute la troupe accueillit ses propos avec étonnement, exactement comme quelqu'un qui s'enfonce soudain trop profondément dans un fauteuil dont, pendant des années, il a ignoré l'état catastrophique des ressorts.

« À en juger par les premiers signes, je ne pense pas qu'elle se soit cassé quelque chose, conclut Herman en levant les yeux vers Mimi.

— Par sécurité, je préfère ne pas la déplacer avant demain matin, décréta celle-ci, et il faudrait lui bander le pied. Occupez-vous-en pendant que je vais demander au propriétaire s'il accepte qu'on la laisse ici. »

Après s'être assuré que la cheville était bien protégée, Leo souleva Yetti et, suivi de la troupe inquiète, la porta jusqu'au foyer, à l'étage. Chacune des filles y alla de son conseil, mais c'est à Becky qu'incomba la mission de passer la nuit auprès de la malheureuse tandis que les autres rentraient à l'auberge. À leur retour au Casino le lendemain matin, tous purent constater l'effet miraculeux des compresses froides que la bonne avait appliquées toute la nuit sur l'articulation endolorie. Pourtant, rien ne pouvait dissiper la tristesse qui accaparait soudain les esprits : Yetti Hirsch allait sur ses soixante-dix ans, et plus personne ne pouvait nier que son état s'était considérablement dégradé et qu'elle était devenue très fragile. Non qu'elle ait un jour paru forte, non, dans sa jeunesse déjà, elle semblait en équilibre précaire et il y avait quelque chose de décalé dans sa personnalité ou, pour reprendre ce qui se disait derrière son dos, de « bizarre » (surtout à la suite de sa terrible aventure de 1903). Mais après cette blessure, toutes s'évertuèrent à trouver un moyen de protéger ses os devenus très friables. Et ce fut Becky qui inventa, rien que pour elle, un dispositif médical très ingénieux : elle lui confectionna un caleçon long rembourré de paille compacte, parfait pour amortir les chocs en cas de chute. À la honte générale, Yetti, ravie, prit l'habitude de soulever tout à coup sa robe afin d'exhiber ses dessous – peu importe en présence de qui.

4

Yetti Hirsch était la première orpheline recrutée par Markus Fabrikant et l'une des plus âgées du Grand Cabaret, même si sa fine silhouette et sa petite taille la faisaient passer, aux yeux du public, pour une des plus jeunes.

Né dans un petit village de Galicie, son père, Mendel Hirsch le tanneur, s'était installé à Czernowitz avec sa femme Miriam peu de temps après leur mariage : les Juifs de la ville venaient d'obtenir leur émancipation et la capitale de la Bucovine semblait offrir de grandes opportunités pour tous les jeunes ambitieux prêts à travailler dur. Mendel ouvrit une tannerie, Miriam se fit embaucher comme femme de chambre dans un hôtel, et la naissance de leur fille, Yetti, leur procura une joie infinie. Mais le bonheur de la petite fut de courte durée : elle n'avait que huit ans lorsque sa mère mourut en couches, après avoir mis au monde un garçon. Mendel, dont le monde s'écroula, négligea le bébé, chercha la consolation dans l'alcool et tous les soirs, quand il revenait à la maison ivre mort, il tabassait sa fille. Non seulement la petite devait supporter cette violence quotidienne, mais en plus, elle se trouva dans l'obligation de prendre soin du bébé Yossl comme une vraie maman. Elle continua aussi à s'occuper de son père avec un grand dévouement et, malgré les coups, se levait toutes les nuits pour nettoyer les traces de vomi qui lui maculaient le visage.

Le nouveau caleçon long qui ravit Yetti

Lorsque, en 1877, l'étudiant Markus Fabrikant vint passer les vacances d'hiver dans sa ville natale, il voulut faire réparer une valise un peu usée et entra dans la tannerie de Mendel. Il fut tellement choqué par l'exiguïté et la vétusté du lieu qu'il décida aussitôt de tirer les deux jeunes orphelins des griffes de leur père. Sans plus attendre, il confia le tout petit Yossl à de charitables parents qu'il avait à Kichinev, et revint chercher la fillette quelques mois plus tard, au moment où il fonda son Grand Cabaret : il lui assurait ainsi un avenir d'actrice.

Il va sans dire que tout ce qu'elle avait subi auparavant laissa une marque indélébile. Il n'y avait rien d'étrange dans les beaux traits harmonieux de son visage mais, de ses grands yeux sombres qui semblaient toujours regarder vers l'intérieur et non vers l'extérieur, ne se dégageait qu'un incommensurable chagrin. Si bien que ses camarades de jeu eurent tôt fait de lui attribuer le surnom de « mélancolique » qui l'accompagna jusqu'à son dernier jour. Rien d'étonnant non plus à ce que le professeur la distribuât principalement dans des rôles tragiques. Il déclarait souvent avec une fierté non dissimulée que sur aucune scène d'Europe on ne trouverait de meilleure Cassandre que sa Yetti chérie. Il lui confia aussi quelques personnages qui convenaient à sa frêle silhouette – Marie-Antoinette gamine dans le tableau du *Petit Mozart reçu à la cour de Marie-Thérèse* ou la moitié antérieure du sanglier dans *Artémis et Adonis*.

Et puis, il faut bien admettre que la grande catastrophe de Pâque 1903 aggrava indéniablement la neurasthénie de Yetti. À cette époque, la troupe du Grand Cabaret avait pris ses quartiers dans une banlieue de Kichinev et

investi une école de filles pour toute une série de représentations. Yetti, alors âgée de trente-six ans, demanda au
professeur la permission d'aller rendre visite à son frère
qu'elle n'avait pas revu depuis que, bébé, Yossl avait été
envoyé dans cette ville. Comme ils s'écrivaient de loin
en loin, elle savait qu'il s'était marié à une cousine éloignée, qu'il était devenu professeur d'hébreu et qu'il avait
une petite fille nommée Miriam. Au matin du 7 avril,
Markus, qui avait prévu de faire une répétition générale
du *Golem de Prague* dans lequel elle ne participait pas,
la libéra.

Elle était tellement émue qu'elle n'arriva pas à fermer
l'œil la nuit précédente. Levée à quatre heures et demie
du matin, elle grimpa dans le grenier où Becky dormait
du sommeil du juste.

« Lève-toi, Becky, allez, lève-toi », chuchota-t-elle en
secouant la muette par l'épaule.

La bonne laissa échapper un grognement de reproche
et essaya de repousser l'importune.

« Allez, ma douce, s'il te plaît, viens m'aider, je dois
partir à Kichinev », s'obstina Yetti d'une voix geignarde.

Becky finit par se lever, descendit dans la cuisine et
posa sur le feu deux grands bacs pleins à ras bord. L'eau
n'avait pas encore bouilli que les autres filles s'étaient
réveillées, toutes prêtes à apporter leur aide.

« Alors, Yettinké, tu sors de là ? demanda Kreindl en
passant un visage joyeux par l'entrebâillement de la porte.
Combien de temps te faut-il pour te laver ? Regarde, on
a déjà repassé ta robe ! » Sans attendre, elle entra dans la
cuisine tenant à bout de bras une robe en satin crème,
rehaussée de dentelles, qu'elle aida Yetti à enfiler. Ensuite,

elle lui noua les rubans de la taille en bas du dos, recula d'un pas et s'exclama : « On dirait une vraie dame de Vienne. Que ça leur serve d'exemple, là-bas, à Kichinev ! »

Dans l'étroit couloir qui menait à la cuisine, ce fut au tour de la Duchesse : elle examina méticuleusement la reine du jour survoltée et, après avoir approuvé de la tête, lui piqua sur la robe une élégante broche en argent.

« Incroyable, chuchota une des filles émerveillée, c'est le bijou que lui a offert son député, ça fait des années !

— *Oy*, ce n'est pas la peine, Estherika... Je n'en ai pas besoin ! protesta faiblement Yetti.

— Chuuut, ne dis pas de bêtises ! Et toi, Kreindl, ne reste pas plantée là comme une gourde, va donc cueillir quelques marguerites et pique-les-lui sur le chapeau, qu'il y ait un peu de couleurs là-dessus ! »

Ce n'est qu'une fois les préparatifs terminés que les actrices acceptèrent de se mettre à table pour le petit déjeuner. L'émotion avait décuplé leur appétit, seule Yetti ne pouvait rien avaler. Elles eurent beau la presser par des : « Mets-toi quelque chose sous la dent ! Si tu te goinfres chez Yossl, que pensera-t-il de nous ? » – en vain.

Juste avant qu'elle parte, le professeur la prit à l'écart et lui donna une enveloppe contenant une liasse de billets de banque – un cadeau pour le bébé qu'il avait sauvé à l'époque. Il ajouta quelques roubles et lui demanda d'acheter des bonbons pour la petite fille de Yossl.

Lorsqu'elle sortit, la charrette d'un paysan qui se rendait en ville avec de la marchandise toute fraîche en vue de la Pâque, l'attendait déjà devant l'auberge. Sur le chemin, elle était tellement excitée qu'elle ne remarqua pas les premières fleurs de printemps qui avaient éclos dans les champs. Elle ne vit pas non plus les bourgeons déjà accrochés aux branches des pommiers. Ses pensées la transportaient en un autre lieu, à une autre époque et, à plusieurs reprises, il lui arriva de glousser de joie toute seule, à la grande perplexité du cocher. Le trajet ne dura pas longtemps et ils arrivèrent à Kichinev en plein pogrom.

Les premiers à sentir le danger furent les deux chevaux qui se mirent soudain à hennir et essayèrent de se débarrasser de leur harnais. Le paysan eut toutes les peines du monde à garder le contrôle des bêtes affolées. Il réussit tant bien que mal à les obliger à faire demi-tour, les lança au galop, et ce n'est que quelques instants plus tard qu'il s'aperçut que sa passagère avait disparu. Trop tard. Les chevaux fonçaient droit devant, vers les champs, abandonnant Yetti Hirsch la mélancolique dans la ville du massacre.

Au début, l'actrice, qui avait sauté de la charrette, ne comprit pas ce qui se passait. Son esprit un peu dérangé lui souffla que peut-être il venait d'y avoir un tremblement de terre. Les gens épouvantés couraient dans tous les sens, le sol était jonché de blessés qui lâchaient d'horribles gémissements. Du sang et de la boue éclaboussèrent sa jolie robe crème tandis qu'elle se faufilait d'une ruelle à une autre, et c'est ainsi qu'elle arriva sur une petite place où elle s'arrêta. À cet instant, elle sentit qu'on tirait son ourlet. Elle baissa la tête, les yeux écarquillés d'effroi et vit, à ses pieds, un vieux Juif tout ratatiné. Il avait les dents brisées, ses gencives saignaient abondamment et il marmonnait d'une petite voix une espèce de supplique incompréhensible. On lui avait enlevé le pantalon et il s'offrait ainsi, en caleçon, la barbe blonde hirsute, les franges de son châle de prière salies – à la fois ridicule et effrayant. De toutes ses forces, elle dégagea le bas de sa robe de l'emprise du vieillard et recula en continuant à le fixer de ses yeux exorbités. Soudain, des hurlements féroces fendirent l'air, déboula de l'autre côté de la place une horde de sauvages qui chantaient grossièrement dans une langue qu'elle ne connaissait pas, des hommes armés de sabres qu'ils faisaient tournoyer au-dessus de leur tête. Elle vit les cavaliers s'approcher d'elle, mais resta clouée sur place, paralysée de terreur, et elle aurait certainement fini écrasée sous leurs sabots si quelqu'un ne l'avait pas soudain tirée par le bras.

« *Kum, kum shnel*, viens vite ! » lui lança une femme avant de l'entraîner de force à l'intérieur d'un hall d'immeuble.

Cinq marches les menèrent à une petite pièce encombrée de toutes sortes de boîtes, de fûts et de gros sacs. À l'odeur ambiante, très vive, Yetti devina qu'elle était entrée dans une réserve d'épices. Elle constata que six ou sept Juifs avaient, eux aussi, trouvé refuge à cet endroit. Un homme avait l'avant-bras droit coupé, les autres s'étaient regroupés autour de lui pour essayer de stopper l'hémorragie avec des chiffons. Elle s'adossa à un large tonneau de bois, se passa la main sur le front et découvrit seulement à ce moment-là qu'elle était trempée de sueur. La femme qui l'avait sauvée s'approcha d'elle et lui tendit un verre d'eau : « Vous n'êtes pas d'ici, pourquoi êtes-vous venue ?

— Je voulais rendre visite à mon frère, peut-être le connaissez-vous ? Il s'appelle Yossl Hirsch. Ça fait trente ans que je ne l'ai pas vu. » Et Yetti tira de son sac un papier sur lequel figurait son adresse. L'inconnue s'en saisit et, après avoir jeté un coup d'œil, elle plissa le front : « Huuum, ce n'est pas très loin, mais seul un fou s'aventurerait dehors maintenant, vous avez vu ce qui se passe...

— Je dois retrouver mon frère. Pouvez-vous me montrer le chemin ? »

La femme la toisa du regard puis soupira : « Quelle entêtée vous faites ! Puisque je vous dis qu'on ne peut pas sortir maintenant ! »

Yetti ne lâcha pas prise. Au bout de vingt minutes de suppliques et de tergiversations, la femme finit par céder. Elles passèrent tout d'abord par la cour intérieure de l'immeuble et, une fois dans la rue, avancèrent avec prudence, en longeant les façades. Elles atteignirent rapidement une petite ruelle.

« Voilà, c'est la deuxième maison sur la droite. Je vous laisse. J'espère de tout mon cœur que ce sont des bonnes nouvelles qui vous attendent... »

Oubliant de remercier la bonne âme qui l'avait guidée, Yetti, dont le cœur battait à tout rompre, s'élança vers la maison indiquée, grimpa les marches deux à deux et arriva devant l'appartement de Yossl, qu'elle trouva ouvert.

« Yossl ? Yossl ? » appela-t-elle. Pas de réponse. Pas de bruit. La porte avait été enfoncée, elle la poussa et entra. Un silence étrange régnait à l'intérieur, comme si le lieu avait été ensorcelé. Au début, elle pensa qu'un nuage blanc tombé du ciel s'était répandu sur le sol, mais très vite, elle comprit qu'il s'agissait des plumes échappées des édredons éventrés. Sur ce tapis duveteux, un petit berger en porcelaine attira son attention. Elle se pencha pour le soulever et vit qu'il avait la moitié inférieure du corps brisée. Elle lui caressa la tête et continua à avancer, serrant la statuette dans sa main.

« Il y a quelqu'un ? » lança-t-elle aussi fort qu'elle put.

Trois ou quatre chaises viennoises aux dossiers cassés gisaient à terre, au milieu de vieux livres dont les pages avaient été souillées. Un parfum familier frappa soudain ses narines, elle vit du tabac à priser répandu sur la table de la salle à manger et se souvint du jour où, petite, elle avait accompagné son père à la synagogue pour la dernière prière de Kippour. Le gros marchand assis à côté d'eux avait soudain perdu connaissance, sans doute à cause du jeûne, et Mendel avait pris d'une petite boîte une pincée de tabac qu'il lui avait enfoncé dans le nez. Elle murmura les quelques mots de la prière qui lui revenaient en mémoire, « entends notre voix... fais-nous grâce et donne-nous ta miséricorde... », tout en traversant la pièce. Elle écrasa sous ses pieds des morceaux de vaisselle brisée, tourna dans le couloir, et c'est là, tout au bout, qu'elle les vit, trois corps allongés dans leur berceau de neige tels des cédrats bien rangés dans leur boîte, Yossl, sa femme et leur bébé Miriam. Glacée d'effroi, elle porta les doigts à sa bouche qui s'était ouverte et sentit une étrange salinité. Alors elle vit que le débris de statuette qu'elle serrait toujours dans sa main lui avait profondément entaillé la chair.

*

Yetti elle-même ne savait pas comment elle avait trouvé la force de s'enfuir. Le jour baissait lorsqu'elle réapparut dans le village où séjournait la troupe. Elle avait perdu l'enveloppe d'argent liquide que lui avait confiée le professeur, sa robe crème était horriblement maculée de sang, quant à la broche en argent offerte à Esther par un ancien galant, elle avait disparu. Dès qu'elles la virent, Perla et la petite Gina éclatèrent en sanglots de soulagement. En fait, les premiers rescapés étaient arrivés à l'auberge deux heures plus tôt et avaient essayé de les convaincre de fuir, mais le professeur, rongé d'inquiétude, refusa de partir sans sa première orpheline. Dix minutes après que celle-ci fut rentrée, les cochers fouettaient leurs montures et le Grand Cabaret au complet se sauvait à toute allure.

Depuis ce jour, la mélancolie de Yetti Hirsch n'avait fait que s'aggraver. Elle était de plus en plus repliée sur elle-même et tous, bien avant que Herman Fabrikant n'ait succédé à son oncle, la considéraient comme dérangée.

5

Combien de fois pouvait-on monter et descendre de trains, se hisser dans des charrettes et s'extirper de fiacres ? Surtout que les chemins étaient devenus dangereux pour tout le monde, alors une troupe juive de théâtre ambulant ! Quelques jours après leur arrivée à Satmar, Herman entendit que le propriétaire d'une agence de voyages cherchait à vendre un Federal d'occasion – un vieux bus de quatorze places. Bien que toute sa vie, Mimi ait été réticente aux innovations (surtout celles qui engageaient des dépenses supplémentaires), il se montra si persuasif qu'elle accepta de puiser dans ses fonds secrets – dont elle ne se séparait jamais : les diamants du professeur étaient cachés dans le talon de ses bottines, et elle dissimulait aussi toujours de petites liasses de billets, au cas où, dans toutes sortes d'endroits incongrus, entre ses affaires de toilette et ses sous-vêtements, contre la paroi d'une malle à costumes ou dans un tuyau métallique qui servait à maintenir le décor... bref, elle ne manquait pas d'ingéniosité.

Totalement aveuglé par l'argent liquide – une partie en lei, une partie en dollars –, le vendeur consentit, après une rapide négociation, à vendre son bus à moindre prix. Bien évidemment, Leo Spektor, le seul à savoir jouer du volant, fut nommé chauffeur en chef, et l'on décida d'initier Trotski-Accessoire à la conduite afin qu'elle devienne son second.

Trotski-Accessoire, née Dvora Schufmann en 1866 à Minsk en Russie blanche, n'était pas une des petites orphelines recrutées par le professeur Fabrikant. Femme solide aux larges épaules, un peu hommasse à cause de sa mâchoire proéminente et de son menton pointu, elle avait été obligée de fuir le régime tsariste après des déboires divers et variés liés à sa jeunesse tumultueuse et à l'idéal socialiste qu'elle avait embrassé. Exposée à de multiples dangers, elle avait roulé sa bosse à travers toute l'Europe de l'Est avant d'intégrer, à quarante-deux ans, le Grand Cabaret du professeur Fabrikant en tant que responsable des décors et des accessoires.

Le Federal une fois acheté, il fut aussitôt investi par Leo Spektor et Trotski qui y passèrent le plus clair de leur temps, lui dans le rôle du professeur de conduite, elle dans celui de l'élève studieuse. D'emblée, il fut évident que l'accessoiriste avait un don inné pour la mécanique, et qu'elle avait des nerfs d'acier. Elle ne rechignait devant aucune tâche, du graissage des pièces de moteur au changement des pneus, et tous ceux qui la voyaient tenir le volant auraient été prêts à jurer qu'ils se trouvaient face à un vieux briscard de la route. Avant même que la troupe eut terminé sa série de représentations à Satmar, Trotski maîtrisait totalement le véhicule et le matin de leur départ pour Cracovie, Leo eut la gentillesse de lui remettre les clés.

C'est par une journée d'automne fraîche mais sans nuages et dans la bonne humeur générale que tous montèrent dans le bus pour ce premier voyage. Levées plus tôt que d'ordinaire, les actrices avaient rapidement avalé leur café du matin et rassemblé en hâte leurs effets personnels. Les garçons de l'auberge, visages frais et lavés, avaient transporté valises et malles jusqu'au bord de la route et sous l'œil sévère de la conductrice, les caisses contenant les accessoires les plus lourds furent facilement hissées sur le toit du bus. Pour l'occasion, Trotski s'était coiffée d'une nouvelle casquette en cuir qui lui allait à merveille. Après s'être essuyé le visage dans son tablier, la patronne sortit de sa cuisine admirer le phénomène ; la petite Gina remonta au moins trois fois dans sa chambre et fouilla au fond des tiroirs à la recherche d'une pince ou d'un peigne oubliés ; même Yetti Hirsch, pas encore tout à fait remise de sa blessure à la cheville, sembla esquisser un sourire au moment où, lourdement appuyée sur Becky, elle grimpa dans le véhicule. Les valises, les boîtes à chapeaux, les petits accessoires et les toiles de fond roulées avaient été rangés à l'arrière dans un ordre parfait. Mimi et Herman, comme il seyait à leur position, s'assirent sur les sièges avant tandis que le reste des filles s'installait derrière eux avec les paniers de victuailles coincés entre leurs pieds. Les derniers à embarquer furent le moniteur et son élève, qui prirent place sous des applaudissements et des exclamations encourageantes. Devant la troupe émue, Leo serra la main de Trotski qui répondit d'un léger salut de la tête avant de poser les doigts sur le volant. Le moteur toussa une fois, puis deux, émit un long grondement – et dix minutes plus tard, le Grand Cabaret du professeur Fabrikant atteignait sa vitesse de croisière, à plusieurs kilomètres de Satmar. Le temps clément facilitait la tenue de route, et abstraction faite d'une oie qui faillit être écrasée et d'un crissement de frein intempestif dans un virage, Trotski accomplit sa mission comme si elle était un chauffeur chevronné.

Au bout d'une heure de trajet, la petite Gina déclara d'une voix assez forte que, rien à dire, les voyages ouvraient l'appétit.

« Mes chers collègues, une de nos camarades crie famine, lança Mimi du premier rang. Ne soyons pas cruels, conductrice, voudrais-tu avoir l'amabilité de t'arrêter à la première occasion ! »

À peine quelques instants plus tard, elles distinguèrent le long de la route une clairière qui paraissait fort agréable et Trotski eut tôt fait de ranger le Federal sur le bas-côté, à l'ombre des arbres.

« Allez, Becky, dépêche-toi ! » lança la petite Gina qui, pour activer les préparatifs du déjeuner, alla prêter main-forte à la bonne.

Les deux femmes transportèrent les paniers de victuailles à l'avant et en sortirent les délices qu'ils contenaient : des œufs durs, plusieurs variétés de fromage, deux miches de pain noir toutes fraîches, un peu de beurre, une salade de pommes de terre aux oignons et une bouteille de vin sucré. L'affamée se saisit de la pile d'assiettes qu'elle présenta, les unes après les autres, à Becky pour que celle-ci y dépose un peu de tout et les passe à Mimi.

« Eh, madame, on distribue d'abord à l'arrière ! »

Perla Rabiner, des bouteilles de limonade à la main, avait pris l'initiative de servir à boire.

« À notre conductrice, Trotski ! s'enthousiasma Esther.

— À Trotski ! Santé ! Santé ! » lui répondit un chœur survolté.

La joyeuse bande continua ainsi à manger, à boire, à plaisanter et à savourer son plaisir, si bien que personne ne remarqua deux individus douteux qui, jaillissant de nulle part, s'étaient discrètement approchés de l'arrière du bus. Au moment où la petite Gina sortit fumer un cigare en guise de dessert, l'un d'eux se jeta sur elle, lui passa un bras autour du cou et fit mine de l'étrangler. La malheureuse réussit à hurler : « *Gevald,* à moi ! », mais avant que quiconque ne comprenne ce qui s'était passé, le deuxième larron, un costaud mal rasé qui arborait une moustache à la Khmelnytsky, bondit à l'intérieur du véhicule. D'une voix rauque et très agressive, il exigea une rançon contre la vie de leur « pute juive ».

Herman se leva de son siège : « Un instant, monsieur, un instant. De quoi s'agit-il exactement ?

— De quoi qu'il s'agit ? éructa le voleur en rage. On va tout de suite te l'expliquer ! Nikolaï, coupe-lui donc un doigt, ce youpin ne comprend pas ce qui se passe !

— *Oy, mame,* non, non ! hurla la malheureuse otage

97

en essayant de se protéger les mains. Donnez-lui, donnez-lui tout ! Il est sérieux !

— Attendez une minute, s'il vous plaît, continua le directeur dans l'espoir de calmer les esprits. Pourquoi s'emporter si vite ? Nous comprenons la situation et serons ravis de coopérer. Tenez, je vous donne deux cents lei, et dites à votre ami de lib... »

Mais il n'eut pas le temps de finir sa phrase car Leo, dans un élan inattendu, se jeta sur le brigand et essaya de le maîtriser à mains nues. S'ensuivit un rapide échange de coups au cours duquel il fut impossible de distinguer qui tordait le bras de qui, puis il réussit à attraper son adversaire par la ceinture du pantalon et avec une incroyable force, l'envoya valser par la porte. Les actrices, à qui ce retournement étonnant avait donné du cœur au ventre, attrapèrent tout ce qu'elles purent, de l'épée de Christophe Colomb à la massue du Golem, et pour la première fois de leur histoire, répondirent à la force par la force : elles se précipitèrent dehors avec aux lèvres une joyeuse chanson populaire et, menées par Leo, se lancèrent à la poursuite de leurs agresseurs – sauf la grande Gina, qui courut d'abord s'occuper de son amie : la petite Gina, choquée, tremblait toujours mais elle rejoignit tout de même les autres et participa à la correction infligée aux deux comparses qui s'enfuirent sans demander leur reste.

Herman ordonna alors à Becky d'ouvrir la bouteille de vin sucré, tous trinquèrent et remercièrent le Seigneur en récitant la bénédiction *haGomel*. Ce n'est qu'après le deuxième verre qu'ils remarquèrent soudain que Yetti Hirsch la mélancolique, la seule à n'avoir pas bougé et à être, tout ce temps, restée assise sur son siège, était saisie de convulsions. Pas le choix : Trotski fit demi-tour et la troupe rentra à Satmar. Là, on appela un médecin qui, après un rapide examen, diagnostiqua une crise aiguë de paludisme et lui prescrivit une importante dose de quinine.

Cependant, au bout de quelques jours, force leur fut de constater que le choc était bien plus profond qu'il n'avait paru au premier abord et Yetti Hirsch, même après avoir recouvré la santé, ne s'en remit jamais. Si elle continuait à tenir correctement ses rôles dans les spectacles – ce qu'elle faisait de manière quasi automatique – elle semblait se couper de tout une fois sortie de scène, ne s'intéressait plus aux conversations de ses camarades, préférait rester recroquevillée dans son coin et comme le paludisme ne fut que le début d'une longue série de maladies qui s'abattirent sur elle, sa santé ne cessa de se détériorer. On prit d'ailleurs l'habitude de parler d'elle en sa présence, comme si elle était retombée en enfance. La chose semblait parfaitement lui convenir : le jour où Perla remarqua, inquiète, qu'elle se courbait de plus en plus et en fit la réflexion à Esther, Yetti vint aussitôt se planter devant elle et se pencha encore davantage ; chaque fois qu'on lui trouvait une petite mine chagrine, elle s'empressait de relâcher les épaules, de plisser les paupières et d'abaisser les commissures de ses lèvres. Elle avait aussi contracté une habitude très agaçante : elle se levait subitement et commençait à tourner sur elle-même, à petits pas, dans un sens puis dans l'autre, comme une espèce de danseuse chinoise. « Si ce n'est pas malheureux ! » soupiraient ses amies en la voyant ainsi. Mais pourquoi s'étonner, il fallait tout de même admettre que cela faisait des années qu'elle avait perdu la boule, en fait, depuis les événements de Kichinev.

Chapitre IV

Triomphe à Cracovie

1

Kreindl Perczik avait été confiée à un orphelinat juif de Bucarest à l'âge de deux ans ou un peu plus. Cela s'était sans doute passé en automne 1869, mais lorsque le professeur Fabrikant décida de la prendre sous son aile, huit années s'étaient écoulées, les nourrices et les responsables avaient changé plusieurs fois et il ne restait personne susceptible de l'éclairer sur le passé de sa nouvelle recrue. La petite Perczik avait ému Markus au moment même où son pied avait foulé le sol de l'établissement. En traversant la petite cour pavée qui menait du portail au bâtiment principal, il vit plusieurs fillettes occupées à ratisser les feuilles mortes. L'une d'elles fredonnait tout bas une chanson populaire d'une voix dont la beauté et la maturité l'étonnèrent. Il s'approcha du groupe et émerveillé, resta à l'écouter jusqu'à ce qu'elle termine sa chanson.

« Comment t'appelles-tu, *meydele* ? »

La gamine leva les yeux vers lui, sans arrêter sa besogne :

« Kreindl Perczik, monsieur.

« — Et où as-tu appris à chanter aussi bien, petite ?

— Je n'ai pas appris, monsieur », lui répondit-elle avec un charmant sourire.

Il lui caressa la tête, lui donna un bonbon (depuis qu'il avait entamé sa tournée de recrutement pour sa troupe de théâtre, il en avait toujours un paquet dans la poche) et lui demanda de le conduire jusqu'à la directrice. Trois jours plus tard, on fit deux tresses avec les longs cheveux de Kreindl, on la vêtit d'une robe en laine grise et d'un long manteau, on lui mit dans la main un petit sac avec des sous-vêtements, une paire de chaussons, une belle tunique et, ainsi dotée, on l'envoya vers sa nouvelle vie.

Markus se rendit bien vite compte que les conditions difficiles dans lesquelles la petite avait grandi n'avaient rien entamé de sa joie de vivre. Elle fredonnait des chansons ou des airs de musique à longueur de journée et sa grâce naturelle était capable de passer du baume aux cœurs les plus aigris. Elle ne se plaignait que très rarement et voyait toujours le bon côté des choses. Afin de développer son incroyable don musical, elle fut envoyée, deux fois par semaine, à des cours de chant et de solfège chez un professeur reconnu, anciennement membre du conservatoire de Leipzig. Grâce à cet enseignement, elle acquit une voix encore plus profonde et tout en nuances, et ses notes tombaient en sons magnifiques, telles des perles d'ambre, cendrées et transparentes, dans l'oreille de ses auditeurs.

Pour que le talent de Kreindl puisse s'exprimer à sa digne mesure, le directeur décida d'inclure des numéros musicaux dans ses spectacles. Il lui arrivait même de

Kreindl Perczik – le Rossignol de Bucarest

l'accompagner au violon, au grand ravissement du public. Très vite, cette enfant surdouée fut surnommée le Rossignol de Bucarest, *der Nakhtigal fun Bukaresht,* un surnom qu'elle garda jusqu'au jour de sa mort. Ses admirateurs se comptaient partout en Roumanie et en Galicie, de vrais passionnés qui la suivaient de ville en ville et de représentation en représentation. Les plus fidèles et les plus enthousiastes s'appelaient les « perczikants », du nom de l'objet de leur admiration, exactement comme les inconditionnels d'Esther Licht se qualifiaient de « lichteurs ». Il va sans dire qu'entre les deux camps régnait une profonde animosité, chacun clamant haut et fort qu'il ne pouvait y avoir d'artiste plus sublime que la sienne. Cependant, bien que la rivalité entre perczikants et lichteurs se fût plus d'une fois terminée en pugilat, les deux divas, elles, vivaient en très bonne harmonie. Elles s'étaient, en impératrices magnanimes, réparti la Galicie : la partie orientale, sa capitale Lemberg (ou Lwow) incluse, était le fief des lichteurs, tandis que l'ouest du pays, y compris la capitale, Cracovie, était sous la domination incontestée des perczikants. On peut donc facilement s'imaginer la joie qui submergea ces derniers lorsque, en novembre 1937, il fut annoncé que le Grand Cabaret du professeur Fabrikant viendrait donner une série de représentations dans leur ville.

Malgré les vagues d'émigration suscitées par la recrudescence de haine envers les Juifs, il restait encore à Cracovie une grande communauté très active. Les murs des vieilles synagogues du quartier juif avaient du mal à contenir les fidèles, quant aux plus modernes, ils n'hésitaient pas à prendre le tram pour sortir du ghetto et se rendre au centre de la ville, voire même à investir les nouveaux quartiers qui se construisaient au-delà de la Vistule. Le théâtre juif qu'avait fondé Turkow dix ans auparavant à l'extrémité du quartier de Kazimierz était célèbre dans toute la Pologne et le public ne cessait d'affluer pour y acclamer l'illustre Ida Kaminska.

« Dans un tel endroit, on arrivera bien à glaner quelques miettes, assura Mimi qui avait tout fait pour inciter Herman à organiser des représentations à Cracovie. On pourra même y passer l'hiver et, si Dieu veut, tourner aussi dans les environs. » Bien à l'avance, elle avait envoyé un télégramme au propriétaire du cabaret La Gaieté joyeuse, et celui-ci accepta de louer à la troupe sa luxueuse salle Cristal pour une durée d'un mois et demi, à raison de trois soirs par semaine. Cette salle d'à peu près cent quarante places, construite en demi-cercle, devait son nom aux miroirs polis qui couvraient ses murs. Installés autour de petites tables en bois, les spectateurs qui assistaient à la représentation pouvaient en même temps siroter de la vodka glacée et grignoter de délicieux amuse-gueules cashers.

2

Les rayons du doux soleil qui illuminait Cracovie traversèrent le rideau, s'attardèrent un instant sur le visage de Mimi Landau et la tirèrent d'un profond sommeil. Elle voulut aérer un peu la pièce, mais l'air frais qui entra soudain à l'intérieur l'obligea à refermer aussitôt la fenêtre. Elle s'approcha de l'évier rond, en porcelaine, et fit sa toilette. Kreindl Perczik, avec qui elle partageait la chambre, se réveilla sur ces entrefaites et lorsqu'elle aussi eut terminé sa toilette, les deux femmes s'habillèrent et descendirent ensemble au rez-de-chaussée de l'auberge. C'était loin d'être la première fois que la troupe du Grand Cabaret séjournait là, si bien que les actrices, familiarisées depuis longtemps à cet endroit, connaissaient chaque pilier et chaque marche de la charmante pension qui donnait sur une place tranquille, située à deux rues de La Gaieté-Joyeuse. Ceux qui tenaient l'établissement depuis des lustres, les bienveillants Kurt et Rivké Levin, étaient même considérés comme des membres de la famille. Dans la salle à manger, la *baleboste,* la patronne, avait déjà préparé le petit déjeuner et même posé sur chaque assiette une rose rouge en guise de porte-bonheur. Le visage encore marqué par leur pénible voyage sur les chemins accidentés qui traversaient la région frontalière polonaise, tout le monde resta beaucoup plus silencieux qu'à l'ordinaire.

« Bon, il faut s'y mettre. Mimi, viens avec moi dans le bureau de la direction et vous autres, commencez donc à vous échauffer pendant ce temps », déclara soudain Herman, à la grande surprise de la trésorière qui ne l'avait jamais vu aussi énergique.

Elle avala une dernière gorgée de son café à la polonaise, une boisson obtenue en versant directement de l'eau bouillante sur du café moulu puis en y ajoutant un peu de lait, et elle se leva pour le suivre. Dès qu'ils eurent quitté la salle à manger, Léo sortit s'occuper du Federal garé devant la pension. Aussitôt, la petite Gina, qui avait interprété le flou de la consigne du directeur comme une autorisation au désœuvrement, apporta un paquet de cartes à jouer et invita ses camarades à une partie matinale dans le salon.

« Voilà le calendrier des représentations que j'ai bloquées avec La Gaieté joyeuse, dit Mimi à Herman lorsqu'ils se furent installés à la table de travail. Je pense que le mieux, pour les premières semaines, serait de proposer deux spectacles différents – deux fois par semaine le répertoire juif avec *Le Golem de Prague*, et une fois par semaine le répertoire pour tous. Ce n'est que mon avis, c'est vous qui décidez de la composition des représentations, vous êtes le directeur artistique mais la seule chose, c'est qu'il faudrait arrêter nos choix dès aujourd'hui et organiser la réclame le plus tôt possible. J'ai fixé notre première pour jeudi.

— Eh bien, c'est justement de cela que je voulais

m'entretenir avec toi. J'ai une nouvelle idée pour attirer encore plus de public. »

Mimi lui lança un regard méfiant.

« Je voulais dire… hum, j'ai pensé que… oui, j'ai pensé qu'il était temps que le Grand Cabaret exprime sa reconnaissance envers ses vedettes sous forme de soirées de gala exceptionnelles… qui pourraient avoir lieu à intervalles réguliers. Il suffirait de choisir les plus grands succès de celle que nous aurons décidé de mettre en valeur et même d'y ajouter quelques solos spécialement conçus pour l'événement, continua Herman en se tordant les mains. Pour une telle représentation, on aurait une affiche spécifique et la vedette de la soirée recevrait une partie de la recette. Je pense que ça peut faire sensation et que toute la troupe y gagnerait… Réfléchis… On devrait commencer par Kreindl, construire un spectacle autour de ses chansons, ajouter des numéros musicaux et même prendre trois musiciens kletzmer pour l'accompagner. Si je ne m'abuse, elle fêtera, à ce que j'ai entendu, ses soixante-dix ans au début du mois de décembre et ça pourrait être un beau cadeau d'anniversaire. Pense à la joie de tous les perczikants quand ils apprendront que nous préparons une telle soirée !

— Dites-moi, *yingele*, qu'est-ce que vous me chantez là ? articula Mimi, profondément choquée. On dirait que vous n'avez aucune idée de ce qu'est le Grand Cabaret ! Mais puisque vous avez eu ce trait de génie, peut-être pourrez-vous aussi imaginer ce qu'en pensera Esther – oui, que pensera-t-elle si on organise une soirée de gala pour Kreindl en premier ? Vous croyez vraiment que je n'ai pas assez de problèmes comme ça ?

— Mais le tour d'Esther viendra ! Et j'ai même songé à une soirée de gala comique en l'honneur de la petite Gina, qui pourra faire deux ou trois sketchs.

— Non, mais... jusqu'où comptez-vous aller ? Et pourquoi pas une soirée de pantomime en l'honneur de Becky, tant que vous y êtes ? ! Arrêtez donc de vous gratter le front et regardez-moi quand je vous parle, parce que j'ai encore une chose à vous dire : votre oncle, le professeur Fabrikant qu'il repose en paix, n'aurait jamais permis une chose pareille ! Jamais ! Les recettes sont toujours entrées intégralement dans la caisse de la troupe, nous avons toujours veillé à utiliser l'argent pour le bien commun – et maintenant vous voulez qu'on fasse des différences ? Vous rendez-vous compte de la boîte de Pandore que vous ouvrez ? Avez-vous vraiment besoin de vous fourrer dans un tel guêpier ?

— Ne t'énerve pas, Mimi, c'est juste qu'une fois, une seule, on pourrait essayer quelque chose de nouveau, non ? À mon avis, oncle Markus ne se serait pas opposé à un tel changement, insista Herman.

— C'est la meilleure ! Vous voulez m'apprendre qui était Markus Fabrikant et ce qu'il aurait pensé ? Est-ce vous qui avez travaillé avec lui pendant soixante ans ? Est-ce vous qui avez tenu ses livres de comptes pendant tout ce temps ? Est-ce pour votre anniversaire qu'il a organisé une fête dont tout le monde se souvient encore aujourd'hui ? Vous n'êtes qu'un petit morveux ! »

Herman bondit sur ses pieds, le visage cramoisi. C'était la première fois qu'un différend aussi violent éclatait entre eux et il en tremblait. Il suffoqua, essaya en vain de trouver une réponse adéquate, mais ses lèvres étaient toutes sèches, alors il rajusta ses lunettes, tourna le dos et sortit en claquant la porte.

À peine deux minutes plus tard, la tête curieuse de la petite Gina apparut dans l'entrebâillement : « Tout va bien, Mimi ? demanda-t-elle.

— Toi, la pipelette, laisse-moi tranquille et occupe-toi de tes oignons ! » aboya la trésorière.

La comédienne, vexée, s'en alla sans rien ajouter.

Hors d'elle, Mimi Landau monta dans sa chambre et s'y enferma. Toutes les délégations qui tentèrent de l'apaiser revinrent bredouilles, et la petite Gina qui, à intervalles réguliers, allait prendre la température à l'étage, rapportait que leur camarade restait indifférente à ses supplications et ne cessait de jouer de l'harmonica – signe avéré, chez elle, de grand désordre intérieur. Herman, quant à lui, en profita pour rassembler tout le monde dans la salle à manger et présenter son nouveau projet. L'anniversaire de Kreindl approchant, expliqua-t-il, il avait été décidé qu'elle serait la vedette de leur première soirée de gala. En vertu de quoi il lui demanda de préparer un programme à son goût. Il promit ensuite à Esther Licht que sa représentation de gala ne tarderait pas à suivre. Cette proposition étonnante enthousiasma immédiatement les actrices qui virent là une possibilité d'accroître leurs gains et de recevoir enfin les honneurs auxquels elles avaient toujours rêvé. Ce fut donc dans une belle unanimité qu'elles félicitèrent leur directeur artistique pour ses innovations.

Après que l'excitation fut un peu retombée, Herman passa à la rédaction du texte des annonces publicitaires et le soir même, reçut en retour les premières épreuves. Le motif choisi pour agrémenter l'affiche représentait un volatile qui, avec un peu de bonne volonté, pouvait tout à fait passer pour quelque chose entre le pinson et le rossignol. Après l'avoir montrée à Mimi et obtenu qu'elle signe – distraitement – le bon à tirer, on envoya Becky rapporter le tout chez l'imprimeur. Ensuite, quartier libre fut décrété pour la soirée. Esther et Perla décidèrent d'aller prendre une glace dans la vieille ville, les autres restèrent encore un peu à papoter au salon puis montèrent se coucher.

Dans la chambre qu'ils partageaient au deuxième étage, Herman et Leo se préparèrent eux aussi à se mettre au lit. Le travail de la journée les avait épuisés, et aucun d'eux ne se sentait d'humeur à traîner en ville. Herman plia ses vêtements, les rangea dans l'armoire puis se glissa dans son lit après avoir revêtu sa tenue de nuit. Leo, qui, malgré la fraîcheur, préférait dormir en caleçon, s'approcha de l'évier torse nu, se lava avec un gant de toilette un peu grossier puis fit mousser son savon à barbe.

« Bravo, Herman, vous avez initié un grand chambardement aujourd'hui, dit-il tout en badigeonnant les poils noirs qui envahissaient ses joues.

— C'est que je suis un peu inquiet, Leo...

— Sûr que ça va marcher ! Qu'est-ce qui vous inquiète ?

— Je ne voulais pas provoquer une bagarre avec Mimi.

— Elle finira par céder. Vous êtes le directeur artistique, c'est vous qui décidez.

— Je ne cherche pas à montrer qui est le chef. La seule chose qui m'importe, c'est le bien de la troupe, parce que je sais que si mon oncle m'a légué l'œuvre de sa vie, c'est pour que je la préserve... Dis-moi, pourquoi te rases-tu maintenant ? Ce n'est pas mieux le matin ? »

Les doigts de Leo guidaient avec dextérité la lame qui descendit à présent le long de son cou.

« Il y a deux sortes de gens, Herman, répondit-il en riant. Ceux qui se lavent avant de se mettre au lit et ceux qui se lavent après en être sortis. »

Dans le miroir se reflétait la silhouette du directeur occupé à remonter son réveil. À chacune de leur station depuis qu'ils avaient quitté Briczen, ils partageaient la même chambre pour des raisons économiques. Cette fois, ils avaient reçu une pièce particulièrement spacieuse, aux murs tapissés d'un papier peint rose (exactement la teinte du saucisson préféré des Polonais) sur lequel étaient imprimées de jolies petites feuilles (en rose plus foncé comme la peau de ce même saucisson). Entre les deux lits, placés perpendiculairement, se trouvait une table ronde et, posée dessus, une lampe dont l'abat-jour bon marché ne laissait passer qu'une faible lumière. Après avoir remis le réveil à sa place, Herman s'allongea sur le dos et s'étira.

« Dites-moi, vous l'aimiez beaucoup, votre oncle ? demanda soudain Leo. C'était quel genre d'homme ?

— Oncle Markus ? » Le directeur porta la main à son menton, son regard se voila. « Ah, c'était quelqu'un de merveilleux ! Quand j'étais petit, j'attendais avec impatience qu'il rentre de voyage, j'adorais l'écouter raconter toutes les anecdotes qu'il ramenait de ses périples. Chez moi, les conversations tournaient presque toujours autour de questions d'argent, ça m'ennuyait prodigieusement mais que faire, ne sommes-nous pas une famille de négociants ? Ma mère le détestait, elle le traitait de charlatan et tordait le nez parce qu'il s'exprimait en yiddish, ce qu'elle ne supportait pas. Mais c'était le seul qui se montrait bienveillant

avec moi et n'essayait pas de m'imposer les affaires familiales. Il était tellement différent, me semble-t-il, qu'il ne se
rendait pas compte que j'étais, moi aussi, un peu bizarre.

— Dans quel sens ?

— Dans le sens où je n'arrivais pas à m'intéresser à
l'avenir auquel mes parents me destinaient. »

Après avoir enlevé à grande eau le savon qui restait
sur son visage, Leo entreprit de vérifier dans le miroir si
quelques poils n'auraient pas échappé à sa lame. Ensuite,
il versa dans ses mains un peu d'alcool à brûler dilué et
se tapota rapidement les joues. La morsure rafraîchissante
lui tira un soupir de plaisir.

« Eh bien, ce rasage m'a réveillé, dit-il, dommage qu'on
se lève tôt demain matin, sinon, je serais bien sorti m'amuser un peu en ville. Cracovie est pleine de jolies filles,
non ? Comment trouvez-vous la petite *goy* de la cuisine,
celle avec les gros nichons ? Avez-vous remarqué qu'elle
a été très gentille avec vous toute la journée ?

— Tu ferais mieux de venir te coucher au lieu de
dire des bêtises, Leo, lâcha Herman qui ôta ses lunettes
et remonta l'édredon jusque sous son menton. Beaucoup
de travail t'attend demain ; les affiches vont arriver vers
les dix heures et il faudra aller en coller un peu partout.
En plus, on doit réparer le panneau en bois de *Christophe
Colomb* avant le début des représentations. Tu peux laisser
la lampe si tu veux, ça ne me dérange pas. Bonne nuit.

— Bonne nuit », répondit Leo qui éteignit la lumière
et se glissa, lui aussi, sous sa couverture.

3

Les soixante années de pérégrinations avec la troupe du théâtre ambulant, vivant au gré de ses hauts et ses bas, avaient fait de Mimi Landau une parfaite directrice et l'avaient dotée d'une redoutable efficacité, même en période de crise. Tant que les débats étaient ouverts et que l'on s'affrontait avec mille et un arguments contradictoires, elle s'entêtait et défendait bec et ongles son point de vue mais dès que la décision était tombée, elle tirait un trait sur ses réticences et se révélait capable de mobiliser ses ressources pour agir avec le plus d'énergie possible dans le sens de la nouvelle décision, même si elle s'y était auparavant opposée de toutes ses forces. Au lendemain de sa dispute avec Herman, lorsque le commis de l'imprimeur vint livrer les affiches, elle envoya aussitôt Leo et Trotski les coller sur tous les panneaux d'affichage de Cracovie, et vers midi, elle leur ordonna d'en mettre une pile supplémentaire dans le Federal et de ratisser les bourgades alentour. Elle donna à Herman plusieurs adresses où il pourrait trouver des musiciens, et elle n'attendit pas qu'il revienne pour commander à la rédaction du *Yiddishe Arbaiter* une grande et belle page de réclame, illustrée du même oiseau hybride de l'affiche.

Une semaine plus tard, le dernier samedi de novembre, le rideau se levait sur la soirée qui inaugurait la série de représentations organisées dans la ville, le gala donné en l'honneur des soixante-dix ans de la grande Kreindl Perczik.

Personne n'aurait imaginé rater le Rossignol de Bucarest en son jour de gloire !

Le public afflua de tout le canton, on arriva de Katowice, on débarqua de Krzeszowice, on se déplaça de Bobowa et on se laissa même entraîner de Labowa ! Et qui menait les foules ? Les perczikants, bien sûr. Les plus assidus d'entre eux investirent Cracovie dès le jeudi soir. La longue file (deux revendeurs de billets à la sauvette inclus) qui attendait avec bravoure devant la caisse de La Gaieté joyeuse ne se dispersa que le vendredi soir, juste avant le shabbat ; comme tous les billets furent vendus, non seulement pour la soirée de gala mais pour les trois représentations hebdomadaires qui suivaient, Mimi ajouta une matinée exceptionnelle le mercredi.

L'excitation, palpable durant les jours qui précédèrent la première, ne fut rien en comparaison du bouillonnement qui régnait, juste avant le lever du rideau, dans la salle Cristal comble où s'étaient installés, autour de petites tables en bois, des spectateurs en grande tenue. On vit par exemple Velvele Putermilch, un vétéran parmi les admirateurs du Rossignol de Bucarest, tendre le cou et interpeller en braillant son cousin Moyshélé Putermilch, grand amateur de burlesque, assis de l'autre côté ; comme ils ne s'étaient pas vus depuis plus de sept mois, Velvele lui fit signe de venir le rejoindre – et voilà qu'aussitôt Moyshélé se leva et, houspillant sa femme Tsipora et sa belle-mère, la vieille Yudissl, tous trois fendirent la foule à grand renfort de bras agités et de coups de coude. Et que dire de ce Galicien ventripotent, assis bras et jambes écartés en compagnie de sa progéniture (trois fils aussi gros que lui et qui pesaient au moins autant que des jeunes veaux) qui tira tout à coup d'un gros sac une assiette de *ruge-lekh*, ces petits croissants au chocolat fort appétissants, sur lesquels tous se jetèrent goulûment ? Sauf qu'à cet instant, il se trouva pris à partie par le maître d'hôtel bien décidé à lui inculquer les bonnes manières en lui rappelant haut et fort qu'il était formellement interdit d'introduire de la nourriture dans la salle. Le ton monta rapidement, le Galicien hurla à la spoliation et, les yeux mouillés, retourna la situation et accusa son interlocuteur de faire preuve d'une cruauté sans nom car il ôtait le pain de la bouche à des enfants affamés. Le placeur courait dans tous les sens et, le front dégoulinant de sueur malgré la fraîcheur de novembre, se démenait autant que possible pour guider chacun à bon port et déloger avec fermeté toute personne s'étant approprié, par mégarde ou non, un siège qui n'était pas le sien. Du bar, le maître d'hôtel surveillait le rythme de plus en plus accéléré des plateaux étincelants qui sortaient, chargés de verres de vin blanc coupé de limonade. On avait déjà sonné sept fois – en vain : le chahut ne se calma que lorsque la lumière baissa.

Un silence tendu envahit l'hémicycle de la salle Cristal tandis que, derrière le rideau de velours à franges qui masquait la scène, s'élevait une douce suite de notes à peine esquissées, les sons fins et tristes d'un violon. Deux spectatrices, qui avaient aussitôt reconnu les premières mesures de *Raisins secs et amandes*, la poignante berceuse d'Avraham Goldfaden, éclatèrent en sanglots.

« Dans le temple, *in a vinkl kheyder*[1]... » La voix de Kreindl Perczik monta, vibrante de compassion envers la veuve Bat-Tsion qui essaie d'endormir son bébé. Alors, lentement, le rideau fut hissé et enfin apparut devant les

---

1. Dans un petit coin (yiddish).

yeux éblouis des spectateurs, le corps enveloppé d'une longue robe noire, les cheveux tressés et maintenus autour de la tête tel un diadème, oui, apparut, sous les murmures d'émerveillement émus qui fusèrent de partout, l'étoile dans toute sa splendeur. Sa voix resta un instant en suspens, juste pour laisser le temps à ses admirateurs de l'acclamer. Ensuite, elle tourna légèrement le visage vers le haut, vers Celui qui règne sur le monde, leva le bras droit, écarta les doigts et reprit sa chanson triste avec une ferveur décuplée, ponctuant par une secousse de la main chacune des phrases lancées comme autant de reproches vers le Ciel. Pour être totalement sincère, il ne restait plus grand-chose du timbre doux et harmonieux qui avait valu à Kreindl sa renommée : à présent enrouée, sa voix devenait stridente dès qu'elle atteignait les aigus. Mais l'interprétation et la sensibilité étaient restées les mêmes, et les perczikants, d'une fidélité inébranlable, virent devant eux, non pas un vieux corbeau déplumé, mais un merveilleux merle chanteur. Après avoir retenu leur souffle jusqu'au dernier accord, ils applaudirent à tout rompre. Drapée de modestie, Kreindl salua de la tête puis plaqua ses deux mains sur son cœur et resta ainsi, sans bouger, jusqu'à ce que le silence soit revenu.

Après cette somptueuse entrée en matière, se succédèrent quelques tableaux historiques du vieux répertoire de la troupe. Le rideau monta et descendit sur *Christophe Colomb découvrant l'Amérique*, *Le petit Mozart reçu à la cour de Marie-Thérèse* et *Napoléon sacré empereur*. Le public savait parfaitement bien qu'il ne s'agissait là que d'une mise en bouche avant l'arrivée du plat de résistance – le concert exceptionnel qu'allait donner le Rossignol de

Bucarest, l'héroïne de la soirée. Leo annonça l'entracte, un bataillon de serveurs fondit sur les rangs et s'appliqua, avec sérieux et célérité, à remplir au mieux les souhaits de consommateurs survoltés.

De sa profonde voix de baryton, le présentateur annonça la reprise du spectacle : « Noble public, mesdames et messieurs, chers Cracoviens ! Permettez-moi tout d'abord de vous remercier d'avoir eu la bonté de nous honorer de votre présence. Ce soir, nous sommes ensemble pour partager un intense moment de bonheur et célébrer les soixante-dix ans d'une des merveilleuses interprètes du Grand Cabaret du professeur Fabrikant, j'ai nommé la célébrissime Kreindl Perczik, qui a réjoui, depuis le début de sa carrière, trois générations de Juifs ! »

De toutes parts fusèrent des acclamations admiratives, des cris de joie et des louanges : « Bravo, félicitations ! Félicitations ! Félicitations ! »

Mais Leo ne se laissa pas perturber et continua : « En l'honneur de cet événement, la grande Perczik a préparé un concert exceptionnel et elle sera accompagnée ce soir par un orchestre. Je vous demande donc de faire un triomphe à nos extraordinaires musiciens et à la sublime reine de la soirée – *der Nakhtigal fun Bukaresht !!!* »

Le public exultant se mit à taper des pieds sur le plancher en bois. Installé derrière le comptoir, le propriétaire de la salle lança un bref regard vers la caisse, le cœur ravi.

Lever du rideau. À jardin, Kreindl est là, elle porte cette fois une chemise brodée de fleurs et une jupe dans laquelle s'entrelacent des fils d'argent. Les percussions donnent le signal. La clarinette répond par un gémissement à peine audible, qui enfle de plus en plus jusqu'à devenir une souple arabesque. La diva lève alors les yeux vers la salle, ouvre la bouche et les premiers mots sortent de sa gorge lentement, avec une incroyable aisance.

Elle a tout son temps.

« Roumanie, Roumanie, Roumanie... »

La clarinette tourne un instant, se mord la queue – puis s'apaise.

« Roumanie, Roumanie, Roumanie... »

Le violon entre dans la danse et termine par un pizzicato.

« *Geven a land a zise, a sheyne*[1] / Il faisait bon y vivre, en Roumanie – *oy !* / Que manquait-il, là-bas, en Roumanie – *oy !* »

Kreindl laisse échapper un petit rire du bout des lèvres, elle inspire puis, avec un charme indescriptible, enchaîne quelques mesures mais en marquant une légère pause entre chacune d'elles afin que le violoniste puisse tirer encore un peu son archet jusqu'à ce que se dissipe le tout dernier son et que résonne le tambour.

« *A mameligele, a pastramele, a karnatsele un a gle-gle-gle-glezele vayn*[2] ! »

Et c'est à présent l'orchestre complet qui se joint à la chanteuse, l'un ouvre et referme de toutes ses forces le soufflet de son accordéon, l'autre bat les syncopes sur la peau bien tendue de son tambour, les violons crépitent comme des lucioles, la clarinette déchire le ciel et sur cette fabuleuse musique monte, du public, un énorme rugissement : « *Oysh !* »

---

1. Il était une fois un beau et doux pays (yiddish).
2. De la bonne polenta, un bout de pastrami, une saucisse et un petit verre de vin (yiddish).

À partir de là, plus rien ne put arrêter la musique. « *Zets ! ay tidli dam, zets ! oy, a mekhaye*[1] *!* »

Tous les perczikants se mirent à taper dans les mains pour accompagner et pousser les musiciens tout rouges à aller de plus en plus vite, tels des chevaux lancés dans un galop fou. Lorsqu'ils eurent atteint la bonne cadence, Kreindl souleva le bord de sa jupe et entama une csárdás endiablée. L'excitation atteignit son comble, une chanson chassait l'autre, les airs connus s'enchaînaient et lorsque, pour terminer, le violoniste pinça ses cordes sur les trois temps d'introduction de la fameuse chanson *Tumbalalaïka*, plusieurs hommes se levèrent et invitèrent leur bourgeoise radieuse à valser ; ceux qui étaient restés assis sur leur siège n'oublièrent pas de crier à la fin du refrain, comme il se doit : « *Freylekh zol zayn*[2] *!* »

Kreindl donna un bis puis un ter… il y eut tant de rappels qu'elle faillit terminer sans souffle. Enfin, pour lui rendre hommage, toutes les actrices du Grand Cabaret montèrent sur scène et, en guise de bouquet final, l'accompagnèrent sur le *Chœur des esclaves hébreux*, tiré de Nabucco. Soudain, au cri de « Santé ! », un spectateur brandit une bouteille de cognac, en remplit un gobelet d'argent dont la magnificence n'aurait pas fait honte au prophète Élie le soir du séder[3], et le tendit cérémonieusement à la chanteuse. Kreindl but d'un trait et enchaîna en lançant son célébrissime sifflement de rossignol, une espèce de trille très long, prisé des amateurs de théâtre

---

1. Boum ! Tralala, tralala, boum ! Oh, quel délice ! (yiddish).
2. Et que ça saute (yiddish).
3. Repas traditionnel de la Pâque.

en général et, on s'en doute, des perczikants en particulier. Dès qu'ils l'entendirent, ceux-ci ne purent plus se contrôler. Ce fut carrément le délire.

Et soudain le public, telles les eaux de la mer Rouge, se fendit en deux, trois perczikants traversèrent la salle en direction de la scène, portant à bout de bras une chaise joliment sculptée. En moins d'une minute, ils y installèrent leur idole et l'emportèrent, telle une princesse, à l'extérieur du théâtre où attendait une calèche... à laquelle étaient harnachés, non pas des chevaux, mais quatre admirateurs de forte constitution. Tous les spectateurs se précipitèrent à leur suite et entraînèrent avec eux les musiciens qu'ils placèrent en tête du cortège. Juste avant que la foule ne s'ébranle, la petite Gina eut le temps de sauter dans la voiture de Kreindl, à qui elle offrit une rasade de cognac supplémentaire avant de lui poser sur la tête la couronne en carton doré de Marie-Thérèse. La clarinette donna le signal, le tambour un rythme de marche – et le défilé partit.

L'impressionnante procession passa dans toutes les rues de Kazimierz et si elle s'arrêta sur la place Wolnica, ce fut uniquement pour changer d'attelage. Là, Kreindl se leva et, les mains tremblantes, dirigea la foule dans *Chiribim, Chiriboum*. Elle chantait les couplets en solo et tous lui répondaient en hurlant le refrain à tue-tête. De là, ils se remirent en branle et passèrent devant la salle de la soupe populaire ; la grosse cuisinière et les deux filles qui travaillaient avec elles jetèrent un œil par la fenêtre, virent la liesse générale et décidèrent de venir soutenir la chorale en tapant avec des cuillères en bois sur des casseroles qu'elles s'étaient en vitesse posées sur la tête. Lorsque, un peu plus loin, le défilé passa devant l'école talmudique Tsanz, quelques joyeux fidèles un peu éméchés après le repas à la table du rabbi, entamèrent une bruyante farandole devant la calèche en hurlant : « Voilà comme on danse, comme on danse, devant la mariée. » Ce fut rue Paulinska qu'ils tombèrent sur les forces de l'ordre, envoyées là pour juguler les débordements juifs. Dans la mêlée générale qui s'ensuivit, un gaillard de Lublin s'arrangea pour charger Kreindl, complètement ivre, sur ses épaules et la sauver de cette pagaille. Mais il n'eut pas le temps de faire deux pas qu'il fut stoppé par les policiers : la couronne autrichienne en carton perchée sur la tête de la vieille avait éveillé leur méfiance, une méfiance qui se trouva totalement justifiée lorsque la dame elle-même, soudain arrogante, leur lança à la figure un jet d'injures. Ils décidèrent de l'arrêter, très respectueusement, pour incitation à la rébellion – en compagnie de la petite Gina et de quelques perczikants particulièrement expansifs. Cela n'eut aucun effet sur la bonne humeur générale et dans la cellule, le groupe continua toute la nuit à s'époumoner jusqu'à ce que, enfin, la fatigue ait raison de leurs cordes vocales.

*

Le lendemain matin, Mimi Landau se leva et se rendit à la maison d'arrêt. Après avoir payé la caution exigée, elle ramena ses camarades à l'auberge mais les ignora durant tout le trajet. Les deux coupables la suivirent, épaules basses et vêtements fripés, dans un silence dû autant à leur gueule de bois qu'à leur mauvaise conscience. Ce n'est que sur le seuil de la pension que la trésorière se tourna vers Kreindl : « Que tu te sois saoulée le jour de ton anniversaire et que tu aies perdu toute dignité – ça, je peux le comprendre, mais que tu aies entraîné avec toi cette cervelle d'oiseau, ça... » Sur ces mots, elle se tut, les envoya se laver « de la tête aux pieds », s'arrangea pour leur faire servir un petit déjeuner, puis se rendit à La Gaieté joyeuse, où l'attendait le propriétaire du lieu bien décidé à établir un bilan précis des dégâts qu'avait subis sa salle Cristal. Tous les frais causés par les débordements furent imputés à la part de recette qui revenait à Kreindl. Cependant, malgré ce prélèvement inattendu, la vedette reçut une somme rondelette, qui lui permit, le lundi suivant, d'inviter toutes ses partenaires à un délicieux goulash dans un restaurant casher. Elle offrit même à chacune un petit cadeau, maquillage, éventail, pince à cheveux et autres babioles.

4

A yidisher glants ou la magnificence d'une diva juive
par Milton Fishel, Cracovie
(publié dans le Yiddish World *de Philadelphie)*

Ceux de nos lecteurs qui se souviennent encore de l'époque du Grand Cabaret du professeur Fabrikant seront certainement ravis d'apprendre que, malgré la mort de son vénérable fondateur et directeur, la troupe continue à se produire avec succès. Et ce n'est pas le public de Cracovie qui me contredira. Venus nombreux assister, dans la salle de La Gaieté joyeuse, aux représentations exceptionnelles organisées en l'honneur des soixante-dix ans de la grande Kreindl Perczik, le fameux Nakhtigal fun Bukaresht, les spectateurs en sont ressortis survoltés.

D'après ce qu'a expliqué une des plus anciennes recrues de l'équipe, miss Mimi Landau, il faut voir dans cet événement une nouvelle orientation du Grand Cabaret, qui bientôt nous offrira d'autres galas exceptionnels dont un avec, en vedette, l'illustrissime miss Esther Licht. La soirée donnée en l'honneur de miss Perczik et au cours de laquelle la chanteuse légendaire, accompagnée par un orchestre klezmer, a repris le meilleur de son répertoire, a suscité chez ses admirateurs une vive émotion.

Il est à déplorer que la police polonaise ait une nouvelle fois fait preuve de l'antisémitisme le plus vil en envoyant les forces de l'ordre disperser la modeste fête d'anniversaire qui avait spontanément débordé dans les rues. Heureusement, après une négociation dont les détails n'ont pas été divulgués, la troupe a réussi à éviter le retrait de sa licence et les représentations se poursuivront comme prévu.

Cela dit, il n'y a pas que le nouveau répertoire que je vous recommande chaleureusement. Tous les mercredis, les actrices donnent un spectacle dans le meilleur de leur tradition, basé sur les anciens numéros de la troupe avec, en final, le fabuleux tableau de Marie Curie découvrant le radium – mise en scène exceptionnelle qui leur a valu d'être propulsées à l'avant-garde du théâtre contemporain. Que le lecteur essaie juste d'imaginer : la toile de fond représente le laboratoire de la célèbre physicienne. C'est la nuit, seule une ampoule luit dans le noir ; par la fenêtre se dessine l'ombre de la tour Eiffel lorsque, sur la gauche, apparaît soudain la scientifique polonaise, qui n'est autre que miss Yetti Hirsch dans l'un de ses plus grands rôles. Son interprétation de Mme Curie met en évidence l'héroïsme d'une femme prématurément usée par un travail de forcenée. Elle a la peau blême, des yeux soulignés par du fard noir et elle semble tenir debout dans un équilibre si précaire que l'on craint, à chaque instant, de la voir chanceler puis s'écrouler sur le sol. Voilà bien longtemps qu'on n'a pu apprécier un jeu aussi prégnant, même sur les plus grandes scènes de Broadway. À l'aide d'une cuillère en bois, elle remue quelque chose dans un récipient bouillonnant d'où monte de la fumée tandis que dans son autre main, elle tient une assiette d'où s'échappe une mystérieuse lumière bleue. Debout à côté d'elle, avec une expression d'ahurissement total, on reconnaît son mari, Pierre Curie, interprété par l'excellente miss Dvora Schufmann. Et pour clore la scène, une petite assistante – Gina Dantzig en tablier et jupette – se tient en retrait et écarte les bras sur les côtés, contenant difficilement sa surprise devant la découverte révolutionnaire qui vient d'être faite. Le texte d'accompagnement est maintenant assuré par mister Leo Spektor, révélation de la soirée, dont l'agréable voix de baryton permet de prédire un brillant avenir dans le domaine de l'art déclamatoire.

Et ce numéro se termine en apothéose : tandis que d'une boîte à musique s'élève La Marseillaise, la scène s'obscurcit et en rythme se mettent à défiler des silhouettes sombres dont les paupières, les lèvres et le bout des doigts émettent une fluorescence bleue, créant ainsi des images surréalistes d'une beauté à couper le souffle. Une telle inventivité prouve sans conteste que cette troupe expérimentée n'a rien perdu de son talent. Et nous, il ne nous reste qu'à applaudir, admiratifs, le Grand Cabaret du professeur Fabrikant qui montre, une fois de plus, ce que l'immense richesse intellectuelle du

vieux continent peut, aujourd'hui encore, offrir à tous ceux
du nouveau monde qui s'intéressent à la culture.

5

Gina Dantzig, dite la petite Gina, avait toujours été considérée comme une personne rieuse et de bonne composition. Dans sa vieillesse, elle conserva une espèce d'espièglerie candide et joyeuse. Elle était toujours prête à jouer des tours à ses camarades ou à les taquiner, elle aimait toujours autant rire et plaisanter, et cela en faisait quelqu'un de très apprécié. De plus, les commissures de sa lèvre inférieure, un peu en retrait, remontaient et imprimaient sur son visage un sourire permanent ; ses mains rougies, aux doigts courts et en perpétuelle agitation, ressemblaient à des pattes de taupe ; sa petite taille, ses rondeurs et son sens inné du comique lui conféraient une allure de gamine vieillissante qui la cantonnait principalement aux rôles d'enfants ou de nabots. C'est ainsi que lui échut le rôle de Mozart enfant dans *Le petit Mozart reçu à la cour de Marie-Thérèse*, celui de la fille du chef indien dans *Christophe Colomb découvrant l'Amérique*, et celui du nabot corse dans *Napoléon sacré empereur*. Son goût immodéré pour les sucreries imposait un ajustement régulier de ses costumes, et on dut même, à plusieurs reprises, lui en coudre carrément de nouveaux afin de suivre l'épanouissement croissant de ses formes – ce qui, au fil des années, ajouta une dimension épicurienne à l'empereur des Français.

Esther Licht et Gina Dantzig
dans Napoléon sacré empereur

Rapidement, il apparut que la petite Gina était dotée d'une faculté fort rare et qui se renforça au fil des ans : elle évoluait dans le sens inverse de la normale si bien qu'au lieu d'acquérir, comme tout être humain, de la maturité en avançant dans la vie, elle régressait avec le temps, devenait chaque année de plus en plus puérile, de moins en moins responsable et finit en vraie tête de linotte. Depuis longtemps les anniversaires des filles n'étaient plus célébrés – elles durent attendre la vieillesse pour avoir à nouveau droit à une fête – sauf en ce qui concernait la petite Gina : chaque année, pour l'occasion, les actrices se cotisaient et lui achetaient une figurine en porcelaine. C'est ainsi qu'elle reçut un petit berger qui jouait du pipeau, une délicate baronne avec un éventail et même un mignon petit chien. Son personnage préféré lui fut offert pour ses soixante-cinq ans, une merveille en porcelaine de Meissen d'excellente facture : c'était un petit singe habillé en marquis, c'est-à-dire coiffé d'un tricorne rouge et vêtu d'une redingote bleue ornée de dentelle avec des bas blancs bien tendus qui montaient jusqu'aux cuisses. Elle conservait sa collection soigneusement rangée derrière une vitrine dans le salon de l'appartement de Czernowitz. Chaque fois qu'elles y revenaient, elle ajoutait ses précieuses acquisitions et rangeait le tout en cercle gracieux autour de son singe-marquis adoré. Un jour où elle la vit caresser ses figurines peintes avec un sourire béat, la Duchesse lâcha, dans une grimace : « Voyez-moi ce bébé de soixante-dix ans ! » Au bout d'un certain temps la troupe, qui acceptait ses lubies immatures avec bienveillance, préféra éviter de lui confier des missions importantes. On ne lui demandait plus que d'aller à la poste envoyer des lettres ou bien de dessiner des roses sur les vieux panneaux de décor. Je n'ai pas eu d'enfants quand j'aurais pu, songeait ironiquement Mimi Landau, et maintenant que je ne peux plus en avoir, me voilà touchée par la grâce. Dans la période qui suivit les débordements de Cracovie, chaque fois que la trésorière croisait la petite Gina, elle lui lançait un regard furieux, telle une gouvernante déçue par l'enfant dont elle a la garde. Du coup l'autre, qui s'était justement bien amusée pendant son aventure en maison d'arrêt, veilla, pendant toute cette période, à ne pas attirer l'attention, à être à l'heure aux répétitions, à se montrer particulièrement disciplinée et à éviter tout face à face avec Mimi.

Mais au bout de deux ou trois semaines d'efforts et de retenue, la petite Gina décida que le danger était passé et, dès qu'elles eurent une soirée de libre, elle attendit l'extinction des feux pour s'esquiver discrètement. Elle avait l'intention de flâner un peu en ville, histoire de voir du monde et aussi, peut-être, de s'acheter trois cents grammes de gâteaux secs.

Il était vingt-deux heures quarante lorsqu'elle descendit du tram à la station du château royal de Wawel. Une rue pavée la mena sur la place de la vieille ville et elle passa devant des cafés et des restaurants pleins de femmes à la mode qui portaient des tailleurs moulants et de messieurs élégants dont les cheveux gominés étaient tirés vers l'arrière. Les sons d'un tango que jouait un petit orchestre l'attirèrent vers la vitrine d'un établissement sélect d'où filtrait une lumière jaune. Avant qu'un serveur agacé ne la chasse méchamment, elle eut le temps de regarder à l'intérieur et de s'émerveiller du revêtement mural – un travail minutieux où s'entrecroisaient du bois et du laiton – et des lourds fauteuils luxueux, tapissés de pourpre, dans lesquels étaient assis des clients très snobs qui buvaient, riaient et jouaient de leur fume-cigarette.

Dans l'air frais et sec de cette fin novembre, particulièrement salutaire pour la petite Gina dont les poumons émettaient en permanence un désagréable chuintement, elle déambula, mains croisées derrière le dos, sous les arcades en ogive qui cernaient la place ; ses pas la menèrent ainsi devant une petite boulangerie encore ouverte – à la grande joie des retardataires. Après avoir acheté une bonne quantité de *mandlbroyt*, des sablés aux amandes au parfum irrésistible, elle tourna dans une sombre ruelle. Il lui fallut quelques mètres pour se rendre compte qu'il n'y avait là aucun réverbère et comme l'ambiance ne lui inspirait rien de bon, elle décida aussitôt de rebrousser chemin... sauf qu'à ce moment-là, son regard fut attiré par une silhouette familière qui avançait sur le trottoir d'en face : Leo Spektor, enveloppé d'un long manteau avec une grosse écharpe autour du cou, marchait dans le noir d'un pas précipité. Après avoir laissé échapper un soupir de soulagement, elle voulut le rattraper, pensa même lui proposer un petit gâteau et peut-être de se promener un peu avec lui, mais elle avait les jambes trop courtes et n'y arriva pas. La sourde terreur que lui inspirait ce lieu désert se renforçait de plus en plus.

C'est alors qu'elle aperçut un homme de grande taille en train de fumer au pied d'un immeuble. Il faisait trop noir pour qu'elle puisse distinguer son visage, mais Leo s'arrêta à sa hauteur et lui dit quelque chose à voix basse. L'homme sortit de sa poche un paquet de cigarettes et le lui tendit. La petite Gina sentit son cœur s'accélérer, elle se plaqua contre un poteau et tira du sachet un nouveau sablé qu'elle commença à ronger en veillant à ne faire aucun bruit. Les deux hommes restèrent là à fumer ensemble pendant une ou deux minutes puis, après avoir jeté un coup d'œil autour d'eux, ils s'engouffrèrent dans le bâtiment. Une stimulante saveur de conspiration vint exciter les papilles de l'actrice, sa curiosité l'emporta sur sa peur, et elle décida de rester dans sa cachette afin de voir ce qui allait se passer.

Elle fit le guet une quarantaine de minutes avant que Leo réapparaisse seul, et se dirige vers la place. Quelque chose en elle lui conseilla d'attendre avant de l'aborder.

Il la dépassa sans la remarquer et elle préféra emprunter un autre chemin pour retourner à l'arrêt de bus du château. La scène l'avait laissée perplexe et même un peu bouleversée. Elle trouva que le trajet de retour durait une éternité et une fois arrivée, elle sortit la clé de l'entrée de service avec des mains qui tremblaient tant qu'elle crut bien rendre l'âme avant d'arriver à la mettre dans le trou de la serrure. Elle ouvrit enfin, un souffle chaud et agréable l'accueillit, le calme nocturne qui régnait dans l'auberge passa du baume sur ses nerfs à vif. Elle grimpa les escaliers à petits pas, entra dans sa chambre, se déshabilla rapidement, enfila sa chemise de nuit et se glissa dans le lit, à côté de la grande Gina.

« Où étais-tu passée ? demanda cette dernière qui entrouvrit les yeux dans son sommeil.

— Je suis allée acheter des *mandlbroyt*, tu en veux ?

— Ah, c'est bien ! Bonne nuit.

— Bonne nuit. »

Le lendemain, la petite Gina se réveilla avec les tempes douloureuses et la respiration lourde. Elle passa le petit déjeuner avec une tête d'enterrement, se contenta de boire du thé sans rien manger, et lorsque Leo entra dans la salle, elle baissa aussitôt les yeux et fit mine de se concentrer sur les dessins qui ornaient sa tasse.

« Bonjour, Leo, où as-tu donc disparu hier soir ? l'interpella aussitôt Herman.

— Je suis descendu dans la cour pour m'occuper du bus, répondit sereinement l'intéressé. Je peux avoir du café ? »

Ce mensonge suffit à la petite Gina, assaillie d'angoisse, pour se convaincre qu'elle avait mis le doigt dans quelque chose qui la dépassait… comment savoir si, en cette minute, elle n'encourait pas un réel danger ? Ne pouvant pas demander conseil à Mimi (elle n'avait pas envie de lui avouer qu'elle avait enfreint les règles et était sortie de nuit), elle alla, la mort dans l'âme, trouver la seule personne capable de dissiper un tel mystère : Trotski-Accessoire. La révolutionnaire aguerrie, qui se nourrissait de conspirations et de secrets comme d'autres de biscuits aux amandes, écouta avec délectation le récit de la petite fouineuse, qu'elle félicita pour sa grande perspicacité. Aussitôt, elle décida d'ouvrir l'œil et de surveiller Leo Spektor jusqu'à ce qu'elle ait percé à jour ses manigances.

6

Dvora Schufmann, dite Trotski-Accessoire, était fille unique. Comme ses parents l'avaient eue après des années d'infertilité et alors qu'ils s'étaient déjà fait une raison et avait accepté de ne pas avoir de descendance, ils se trouvèrent complètement dépassés par ce bonheur tardif. Ils comblèrent leur fille autant qu'ils purent, exaucèrent avec plaisir tous ses souhaits et cédèrent sans la moindre hésitation à ses caprices, quels qu'ils fussent. Et pourtant, Dvora se révéla tout de suite une gamine rebelle et sauvage. Plus d'une fois, son père fut obligé de la tirer d'une bagarre avec des petits vauriens et de la ramener de force à la maison, les habits crottés. Elle jurait et insultait les gens comme si elle était une petite Gitane et non la fille d'un honorable médecin de Minsk. De plus, son visage, avec sa mâchoire proéminente et son menton en galoche, était aussi hommasse que son caractère. Par-devers lui, son père se demandait souvent si la laideur de l'enfant n'avait pas faussé les cartes dès le départ, l'entraînant sur des chemins sans foi ni loi.

Plus la fillette grandissait, plus ses écarts de comportement viraient à la catastrophe… et à seize ans, l'adolescente s'enfuit de chez ses parents avec un révolutionnaire ; le jeune couple se rendit à Moscou où il intégra une cellule clandestine. Pendant quatre longues années, sa mère pleura amèrement, incapable de trouver une consolation dans les rares missives qui lui arrivaient sous enveloppe sans adresse, jusqu'au jour où des coups furent frappés à la porte, elle ouvrit et vit, debout sur le seuil, sa fille Dvora qui la toisait du regard et portait un bébé dans les bras. La joie d'avoir un petit-fils fut quelque peu ternie par une grande honte : il va sans dire que la demoiselle Schufmann n'avait pas jugé bon d'épouser son révolutionnaire, lequel, d'ailleurs, s'était levé un beau matin et l'avait quittée pour une Moscovite aux yeux bleus.

Le médecin et son épouse pensèrent voir leur fille retourner dans le droit chemin et rester à la maison pour s'occuper du bébé, mais leurs espoirs furent de courte durée et bien vite, ils constatèrent que Dvora avait été rattrapée par ses vieux démons et qu'elle œuvrait à la constitution de cellules révolutionnaires dans la ville même de Minsk… ce qui l'obligea, alors que son fils était juste en âge d'aller à l'école, à s'enfuir vers l'ouest pour échapper aux agents du tsar. Elle laissa le petit à la garde de ses parents. Aidée par les camarades, elle réussit à atteindre Varsovie où les communistes locaux lui fournirent de faux papiers et l'envoyèrent en mission plus au sud, de l'autre côté de la frontière. À trente ans, elle atterrit donc, sans un sou, dans la ville de Suczawa en Bucovine, loua une chambre chez un certain Ignaz Shilansky et mena une vie de totale solitude ; elle gagnait à peine de quoi subsister en acceptant toutes sortes de travaux occasionnels.

Jusqu'au jour où cet Ignaz, un menuisier grossier à l'épaisse nuque porcine, remarqua que sa locataire avait une force physique impressionnante et qu'elle était particulièrement habile de ses mains. Il lui proposa de devenir son commis ; quelques jours plus tard, elle passa de l'atelier au lit du patron et sombra avec lui dans la débauche. Ainsi s'écoulèrent dix années. Mais Ignaz, qui au début tirait un plaisir secret de la rudesse de sa maîtresse, se mit à développer à son égard une aversion qui alla croissant. Au fil des jours, elle perdit le peu de charme révolutionnaire qui lui restait encore. Lorsque la fougue de la jeunesse qui avait un peu masqué sa laideur se fut totalement envolée, plus rien ne put estomper la mâchoire trop avancée et l'aspect négligé de cette souillon qui n'avait jamais songé à améliorer son apparence. Tandis que les filles de son âge étalaient sur leurs joues des couches de maquillage et nouaient des foulards en soie colorés autour de leur cou – Dvora, elle, préférait, comme par un fait exprès, se balader avec un pantalon d'homme sous prétexte que c'était plus pratique pour son travail à la menuiserie. Et puis un jour, elle ajouta une faute à tous ses péchés : elle se coupa les cheveux si court qu'il ne resta sur son crâne que de toutes petites piques – on aurait dit un homme. Ce fut la goutte qui fit déborder le vase, Ignaz Shilansky se leva et la jeta hors de chez lui, sans rien. Malgré tant de malchance, Dvora ne se laissa pas abattre, trouva une espèce de cabane humide qui lui servit de refuge et vécut des quelques sous qu'elle gagnait en faisant des travaux de plomberie et de petites réparations. C'est ce qui la conduisit à louer ses services à une femme qui se trouvait à court de liquidités. Au lieu de la payer, celle-ci lui donna un billet pour la représentation d'un théâtre ambulant qui arrivait cette semaine-là en ville... Voilà comment Dvora découvrit le Grand Cabaret du professeur Fabrikant. À la fin du spectacle, elle se posta devant l'entrée des artistes, bien décidée à parler au directeur en personne.

« Professeur Fabrikant ? demanda-t-elle.

— Pour vous servir, madame.

— Enchantée, Dvora Schufmann, dit-elle en secouant énergiquement la main d'un Markus étonné. Pouvons-nous échanger quelques mots ?

— C'est que la direction devant s'occuper de plusieurs affaires pressantes, je n'ai que peu de temps à vous accorder.

— Trois minutes suffiront. Je viens d'assister au spectacle et j'ai remarqué que vos décors étaient dans un état déplorable. Vos panneaux n'ont pas vu de vernis depuis belle lurette et une partie de vos accessoires ont besoin d'être réparés d'urgence.

— Avec tout le respect que je vous dois, madame, qui êtes-vous pour me faire de telles remarques ? se raidit le professeur. Vous n'avez l'air ni d'une critique de théâtre, ni d'une journaliste, si je puis me permettre.

— Je m'appelle Dvora Schufmann, je vous l'ai déjà dit, et la menuiserie, ça me connaît, j'ai dix ans d'expérience.

— *Af simkhes,* au revoir !

— Inutile de tourner autour du pot, monsieur, il est évident que vous n'avez pas d'accessoiriste compétent. Laissez-moi deviner : c'est vous qui faites vous-même les réparations !

— Non mais, je ne vous permets pas, madame Schufmann !

— Alors voilà, je vous fais une proposition : embauchez-moi. Le travail dur ne me fait pas peur et je n'ai aucune exigence particulière. Marché honnête, j'y gagnerai d'avoir un salaire fixe et vous aurez quelqu'un à demeure pour vous aider en coulisse. Vous voyez, je vous avais dit que ça ne prendrait pas plus de trois minutes. »

Markus Fabrikant ne répondit pas, il la fixa d'un regard pénétrant et essaya de jauger la personne qui lui faisait face. Indéniablement, il vieillissait et avait déjà du mal à monter lui-même les décors, songea-t-il, quant aux actrices, jamais elles ne s'étaient préoccupées du côté matériel du théâtre. Cette inconnue lui paraissait certes un peu étrange, à l'évidence elle n'avait pas la moindre notion des bonnes manières, mais d'un autre côté, elle donnait l'impression de quelqu'un de très sérieux. Il décida de tâter le terrain auprès de son fidèle bras droit et, avant de se séparer d'elle poliment, il la convoqua à un entretien pour le lendemain matin.

Le soir même, il parla à Mimi de cette rencontre et celle-ci se montra tout de suite très intéressée par la proposition de l'inconnue. Après avoir effectué les calculs qui s'imposaient, elle annonça qu'il n'y aurait aucun problème pour subvenir aux besoins d'une personne supplémentaire, d'autant qu'il fallait prendre en considération que sa présence leur permettrait d'économiser sur ce qu'ils dépensaient en techniciens de plateau occasionnels. C'est ainsi que Dvora Schufmann devint la décoratrice et l'accessoiriste du Grand Cabaret. De temps en temps, on lui confiait même des petits rôles.

Le désintérêt de cette femme pour l'apparence physique et l'aspect extérieur ne fit que s'accentuer avec les années. Elle n'acceptait que très rarement de se séparer de son bleu de travail et de son tablier de tanneur, et c'est avec la même indifférence qu'elle accueillit les poils de barbe qui, lorsqu'elle atteignit la cinquantaine, commencèrent à pousser, droits et durs, sur son menton. Esther, dont les yeux de lynx furent les premiers à remarquer leur apparition, lui appliqua aussitôt le surnom de Trotski – et Perla, qui vénérait le moindre mot sorti de la bouche de la Duchesse, trouva la plaisanterie si drôle qu'elle se hâta de la répéter aux autres. Les actrices s'en amusèrent tant qu'elles l'adoptèrent aussitôt et le vrai nom de leur accessoiriste tomba dans les oubliettes.

7

Le jour de leur arrivée à Cracovie, Kurt Levin, le patron de la pension où elles séjournaient, confia cinq clés à Mimi. La première chambre fut donnée aux deux hommes, elle-même prit la deuxième avec Kreindl, envoya les deux Gina dans la troisième et attribua la quatrième à Esther Licht et à sa dévouée Perla Rabiner. La cinquième clé ouvrait la porte du grenier, et c'est là que

136

la trésorière décida d'installer Trotski-Accessoire, Yetti Hirsch la mélancolique et Becky la bonne. Il ne fallait surtout pas y voir la moindre discrimination, cette répartition n'était dictée que par des considérations pratiques : Becky la muette et Yetti Hirsch la mélancolique (qui, depuis sa chute sur la scène de Satmar, ne refusait plus rien) étaient les seules à accepter de partager une chambre avec la vieille révolutionnaire qui ne se lavait que très rarement. Cependant, cette dernière n'apprécia pas du tout d'être reléguée au grenier, où le froid persistant souffla sur les vieilles braises de son caractère rebelle et raviva sa flamme contestataire. Pour commencer, elle se posa la question idéologique de savoir qui on avait mis au grenier et se fit la réponse évidente : l'ouvrière, la cireuse de chaussures et la folle ! Son amour-propre blessé devint purulent, son amertume gronda, enfla à force de ressassement et un soir de fin décembre, elle passa à l'action.

Il était assez tard. Les actrices venaient de regagner la pension après la dernière à La Gaieté joyeuse ; les *goys* allaient célébrer leur Noël deux jours plus tard, c'était donc une période où il était recommandé aux Juifs de se tenir à carreau et d'éviter d'exhiber les franges de leur châle de prière dans la rue. Le propriétaire du Casino verrouillerait son établissement à double tour dès le lendemain, placerait deux gardes devant les portes et prierait le bon Dieu qu'aucun pogromiste n'ait envie de célébrer la naissance de son messie justement chez lui. La troupe du Grand Cabaret allait pour sa part rentrer à Czernowitz : ils avaient tous grandement besoin de reprendre des forces après cette tournée harassante.

Comme d'habitude, tout le monde avait faim en sortant de scène et s'était déjà installé autour de la table. Seules Becky, Trotski et Yetti Hirsch la mélancolique manquaient à l'appel.

« Esther, tu as été sublime ce soir, s'enthousiasma Perla. Le public s'est délecté !

— Merci, Perlikou, répondit la Duchesse en souriant à sa fidèle amie.

— Ta Desdémone est toujours exceptionnelle, ajouta Herman, mais ce soir, elle était inoubliable.

— Je pense que nous avons toutes fait du bon travail, répondit l'actrice, mais la prochaine fois qu'on jouera Othello, Perla devra insister sur son maquillage. Le fond de teint noir est de moins en moins foncé, il faudrait en racheter.

— Peut-on servir la soupe ? » s'enquit Rivka Levin qui apparut soudain dans l'entrebâillement de la porte de la cuisine.

Herman leva les yeux vers Mimi et lui indiqua d'un signe de tête qu'il manquait encore du monde.

« Attendons encore deux ou trois minutes, déclara la trésorière. Et je vais profiter de ces quelques instants pour vous annoncer que notre programme a changé. Nous ne rentrons pas à la maison. »

Cette annonce fut accueillie par des « Qu'est-ce que ça signifie ? » étonnés qui montèrent de toutes parts.

« Chut *katshkes*, assez péroré ! J'ai reçu hier un télégramme de maître Czerny, notre avocat. On lui a demandé de vérifier si, dans deux semaines, nous serions disponibles pour une série de représentations à Krynica.

— Encore du travail ? se lamenta Esther. Et ces vacances que tu nous as promises ?

— Écoutez-moi jusqu'au bout. Maître Czerny nous conseille de toute façon de rester en Pologne, et je pense aussi – pardon, nous pensons, Herman et moi – que c'est une bonne idée. Notre roi a décidé de nommer ce fasciste de Goga comme Premier ministre après les fêtes de Noël.

— Ah, cette ordure ! Faites que ses *kishkes*, oui, ses tripes, se transforment en corde à linge ! lança Kreindl.

— Oui, pour l'instant, le climat est très tendu chez nous, continua Mimi. Nous avons donc pensé à nous mettre en route pour Krynica dans deux jours, ce qui nous laissera du temps avant la reprise. Ce sera l'occasion de respirer un peu d'air pur et de nous reposer dans un établissement de soins. La recette de Cracovie a été bonne, aucune raison qu'on n'en profite pas un peu. D'après notre calendrier, nous nous produisons à Varsovie pour Pourim, alors espérons que d'ici là, le méchant Aman sera pendu haut et court.

— Puisse-t-il en être ainsi ! » lança la tablée d'une seule voix.

Rivka passa à nouveau une tête dans la salle : « Mes amis, la soupe refroidit et c'est dommage, se plaignit-elle, combien de temps peut-on les attendre ?

— Peut-être que Trotski a enfin décidé de se laver ? suggéra Esther.

— Hi-hi, gloussa Perla. Oui, peut-être que Trotski a enfin décidé de se laver... »

À cet instant la porte de la salle à manger s'ouvrit et, sous les yeux ébahis de tous les convives, surgit un cortège, ou plus exactement une manifestation politique. Très digne, Trotski marchait en tête, enveloppée d'un drap rouge, et chantait l'*Internationale* à tue-tête. Derrière elle claudiquaient deux créatures affolées et frémissantes, le visage dissimulé par les chiffons rouges qu'elles s'étaient noués autour du crâne.

« Herman Fabrikant, lança alors la vieille révolutionnaire en pointant un doigt accusateur vers le directeur, nous, prolétariat exploité, vous prévenons que nous ne supporterons plus le mépris et l'humiliation avec lesquels nous avons été traitées jusqu'à ce jour. Nous exigeons les mêmes conditions de vie que les autres ! Nous refusons d'être reléguées au grenier ! Quant à toi, Mimi Landau, souviens-toi : l'heure des traîtres collaborationnistes sonnera ! »

Le silence qui s'ensuivit vibrait d'une telle tension que personne n'osa ne serait-ce qu'un battement de cils. Herman reposa la tranche de pain sur laquelle il s'apprêtait à tartiner un peu de graisse : « Vous êtes en retard pour le dîner, camarades », dit-il calmement, essayant de masquer le tremblement de sa voix.

À ces mots, l'incroyable se produisit : l'un des mystérieux personnages du groupe des révoltés se jeta à ses pieds et lui étreignit les genoux sans un mot, tandis que l'autre arrachait ses chiffons rouges en sanglotant : « Ce n'est pas moi, ce n'est pas moi, c'est elle qui nous a obligées ! » Le visage dénudé révéla, bien sûr, Yetti Hirsch la mélancolique.

Herman se pencha vers la malheureuse agenouillée devant lui et ôta le tissu rouge derrière lequel se cachait une Becky terrorisée. Tous attendaient qu'il dise quelque chose mais, comprenant qu'il devait peser ses paroles, il prit son temps.

« Vous êtes en retard pour le dîner, camarades », répéta-t-il enfin sans élever la voix mais les yeux fixés sur Trotski.

La vieille rebelle soutint son regard sans ciller. Un court instant, l'issue de ce duel resta incertaine. Une des mains de Herman Fabrikant, qui était posée sur sa cuisse, se ferma en poing et ses ongles se plantèrent douloureusement dans sa chair. Encore quelques longues minutes, ils restèrent ainsi à se mesurer en silence puis Trotski comprit que les jeux étaient faits. Après avoir gratifié les deux transfuges d'un dernier coup d'œil méprisant, elle remit le drap rouge sur ses épaules, redressa la tête et sans rien dire, tourna les talons pour regagner son grenier. Alors seulement Mimi donna l'ordre à la cuisinière d'apporter le krupnik et de ne pas oublier de verser aussi de cette bonne soupe épaisse dans les assiettes des pénitentes. Les esprits se calmèrent et tous mangèrent à leur faim. Sauf Trotski, que sa fierté et sa conscience de classe privaient d'un retour à la salle à manger et qui se coucha le ventre vide.

Chapitre V

Les thermes de Krynica

1

Depuis la veille, une fine pellicule blanche recouvre les charmantes résidences de Krynica, comme si on avait étalé sur leur toit de la pâte à strudel et qu'elle commençait à s'effilocher lentement. Le personnel de la petite station de montagne ne sait plus où donner de la tête pour accueillir les curistes venus de Varsovie, de Katowice et même de l'étranger. Tous arrivent par la route qui monte de la vallée de Grybów, tous, Juifs et *goys* viennent passer là leurs vacances d'hiver et tous débarquent en même temps, qui en fiacres tirés par des chevaux, qui en voiture dont le moteur tousse péniblement tant est raide l'ascension de la montagne. Voilà la famille Kipnis de Varsovie qui se présente, comme chaque année, avec une tonne de bagages. Quel plaisir de vous voir de retour, c'est justement en de telles périodes qu'il ne faut pas renoncer aux bienfaits de nos sources thermales ! Quoi de neuf chez vous ? La petite Zahava, touchons du bois, est devenue une grande fille maintenant et monsieur Kipnis souffre-t-il un peu moins de ses rhumatismes ? Pas grave, vraiment pas, le principal, c'est d'être vivant, n'est-ce pas ? Pour le reste, la cure vous rendra la santé, allez, bon séjour et profitez bien des soins ! Les clochettes tintent, les klaxons hurlent, dégagez la route, dégagez la route, ce n'est pas un endroit pour tenir salon, les porteurs en livrée rouge aux boutons de cuivre rutilants attendent déjà devant l'hôtel, il faut décharger les valises, la chaussée est étroite et les gens ne cessent d'affluer. Eh, regardez donc monsieur Liebersohn ! L'année dernière il était venu par l'omnibus et maintenant le voilà, tel un grand seigneur polonais, au volant d'une Peugeot ultramoderne – bon, pas de quoi s'étonner, c'est un spéculateur, sûr que l'année prochaine, il organisera ses vacances à Karlsbad avec le beau monde. Il y a ceux dont la présence ne passe jamais inaperçue, et ceux dont l'absence est criante : on raconte que les

Friedman ont enfin obtenu leur visa pour l'Amérique et que Simhé Fersteter a fait faillite, le pauvre.

Les établissements de soins, aux façades peintes en couleurs joyeuses et dont les cheminées crachent une délicieuse fumée de charbon de bois, se présentent alignés, tels des mariés, le long du petit ruisseau qui coule au centre de Krynica. C'est là que logent les curistes les plus fortunés, avocats de la capitale ou propriétaires de minoteries du district. Les autres s'installent dans des hôtels plus périphériques mais d'où l'on peut encore rejoindre les thermes à pied. Enfin, les moins riches louent une chambre chez l'habitant. Ceux qui ont emménagé depuis quelques jours se baladent tranquillement en propriétaires et lancent des regards indulgents vers les nouveaux touristes affolés qui courent dans tous les sens. Ils prennent même des airs étonnés devant un tel remue-ménage, comme si, empêtrés dans leurs valises et leurs sacs de voyage, ils ne s'étaient pas, eux-mêmes, comportés ainsi la veille ou l'avant-veille. Pourquoi une telle frénésie, mes amis, pourquoi tant d'agitation, regardez-nous, oui, regardez-nous, assis sur les agréables chaises derrière la baie vitrée de chez Lilianka, en train de contempler la lente chute des flocons de neige et de prendre de grandes lampées bruyantes d'un bon thé chaud et revigorant. Regardez-nous mordre à pleines dents dans les délicieux croissants au fromage et converser avec les vieilles connaissances que nous retrouvons ici chaque année. Et regardez aussi cette femme au visage glacial, assise là-bas avec sa dame de compagnie, en train de boire un café au lait... Qui donc est-elle ? Personne ne la connaît, personne ne l'a jamais vue à Krynica. Elle nous arrive de Czernowitz, paraît-il, et n'a vraiment pas l'air commode. Jusqu'à présent elle s'est tenue à l'écart, n'a même pas parlé aux Varsoviens, mais laissez-lui quelques jours et vous verrez. Elle comprendra vite en nous observant : nous, qui sommes arrivés ici en assez bonne forme, avons, au bout de deux ou trois jours, commencé à ressentir les premiers symptômes encourageants. Maintenant, nous veillons à marcher d'un pas modéré que nous rythmons de quelques *krekhts*, quelques soupirs bien sentis, nous allons tous les matins chez le médecin et nous nous soignons. Oui, une station thermale n'est pas un endroit où l'on peut se livrer à ces occupations fébriles dangereuses pour les nerfs, et n'oublions surtout pas que le Juif qui est allé consulter un médecin et en est ressorti sans qu'on lui ait trouvé quelque chose, ce Juif-là n'existe pas. Prenez le cas de Yossl Kotzky : à son arrivée ici il y a quelques jours, il avait une santé de fer mais voilà que monsieur se pavane au bras d'une infirmière personnelle qui l'accompagne en permanence, et fait pâlir tout le monde de jalousie. Il s'agirait de migraines. Quant à madame Machernowitch, encore un petit effort et elle se trouvera une maladie ou, au moins, quelques troubles allergiques. On raconte qu'elle a réservé la chambre la plus luxueuse de l'hôtel Małopolanka avec balcon individuel et vue sur les montages. Encore une qui ne fait pas pitié !

Et voilà que vers midi, l'excitation atteint son comble : il y a un autobus qui traverse la rue principale ! Pourquoi donc vous étonner, s'exclame-t-on ému, ne vous a-t-on pas annoncé que le Grand Cabaret du professeur Fabrikant, avec la merveilleuse Esther Licht et le Rossignol de Bucarest, s'arrêtait ici pour quelques représentations ? Première chose le matin, on va chez le docteur, puis on se rend aux thermes pour les bains curatifs et la boisson d'eau de source, mais le soir – le soir, on est en pleine forme et on va au théâtre ! Je me demande ce qu'ils proposent maintenant, ma belle-sœur les a vus il y a deux ans à Lodz – c'était encore du vivant du professeur, paix à son âme, et elle a énormément apprécié. Peut-on avoir encore de la Cebulowa ? Il n'en reste plus ? Bon, tant pis, alors donnez-moi de l'autre soupe, de la Fasolowa.

Arrivé au carrefour central de Krynica, le bus tourna à droite, ralentit et s'arrêta derrière l'hôtel Małopolanka. Descendue la première, Mimi enleva ses gants, tendit d'abord les mains en avant comme si elle essayait de palper l'air glacé de la montagne, puis elle les creusa telle une coquille, les ramena à sa bouche et souffla dessous. Apparurent ensuite, les uns après les autres, tous les membres du Grand Cabaret, visiblement éprouvés par les secousses du chemin. Deux porteurs musclés furent envoyés pour aider Leo et Herman à descendre le chargement, et à peine dix minutes plus tard, ces dames s'enfonçaient dans les fauteuils en cuir vert du hall de l'hôtel, au milieu de leurs bagages. Mimi et Herman allèrent s'occuper des formalités et revinrent rapidement avec des trousseaux de clés.

« Je vous ai promis une agréable villégiature, alors comme vous voyez, je tiens ma promesse, déclara la trésorière. Même si nous n'avons pas assez d'argent pour nous offrir des chambres sur le devant, celles de derrière ne sont pas mal du tout. Je vous demande, mesdames, de ne pas oublier que nous sommes à la montagne et de bien vous couvrir – il ne manquerait plus que l'une de vous attrape la grippe.

— La répartition des chambres reste inchangée, précisa Herman, qui lança un rapide coup d'œil vers Trotski. Esther, voilà ta clé. Gina, tiens, s'il te plaît. Becky, voilà pour vous trois. Je propose que nous montions nous rafraîchir un peu et que nous nous retrouvions ici dans une heure pour le déjeuner. »

Toute la troupe se retira sauf la petite Gina qui s'attarda, attirée par la collection de chiots en porcelaine présentée sur la grande table en marbre du hall. Elle était si absorbée par sa contemplation qu'elle ne remarqua absolument pas que le groom ouvrait en grand la porte devant la femme au visage glacé et sa dame de compagnie.

« Bonjour Gina », marmonna la touriste à l'air revêche. Sans attendre de réponse, elle la contourna, passa juste un doigt inquisiteur sur le marbre de la table, continua vers l'intérieur de l'hôtel et prit le double escalier qui menait aux chambres et aux salles de soins. La dame de compagnie qui trottinait derrière n'adressa pas non plus le moindre regard à la petite Gina.

La frayeur fut si violente que l'actrice en resta interdite. Elle suivit des yeux les deux femmes jusqu'à ce qu'elles eurent disparu de sa vue, se donna une gifle et s'enfuit sur des jambes chancelantes. Elle avait toujours eu peur de cette sorcière, alors maintenant… Dieu seul savait quels soucis augurait sa présence en ces lieux.

L'après-midi, un froid soleil hivernal apparut dans le ciel, et toute la troupe, bien emmitouflée, s'aventura jusqu'à l'établissement thermal de Krynica. La galerie à colonnades du somptueux bâtiment était envahie par les curistes qui déambulaient de-ci de-là et ingurgitaient de l'eau curative grâce à de petites théières en porcelaine que les plus scrupuleux, regroupés dans la grande salle, plongeaient dans des bassins d'eau bouillante : chauffer leur contenu assurait d'en renforcer les vertus médicinales. Mimi acheta des théières pour tout le monde et le Grand Cabaret de Fabrikant s'approcha d'un même pas du comptoir de distribution. Seul Leo ne cacha pas le mépris que lui inspiraient ces remèdes miracles.

« Madame, quelle eau désirez-vous ? » demanda à Esther une jeune serveuse efficace qui s'adressa à elle en allemand. L'uniforme qu'elle portait – une chemise claire boutonnée jusqu'au cou, un gilet rouge et une jupe brune mi-longue – avait connu des jours meilleurs.

« Donnez-moi de l'eau de Jan, de la *Jan zdroj* », dit Esther en fine connaisseuse, avant de tendre son récipient. La jeune fille le prit, se retourna aussitôt, s'approcha d'un robinet en cuivre oxydé planté dans le mur, le remplit et le rendit à sa propriétaire.

« Suivante ! Suivante ! Madame, que désirez-vous ? »

Surprise, la petite Gina tourna la tête mais comprit que c'était à elle que la question s'adressait. Elle tendit donc sa théière.

« Quelle eau pour madame ?

— Euh… je ne sais pas. Qu'est-ce que vous proposez ?

— Pour les novices, nous conseillons notre eau la plus réputée, la *zdroj glowny*, un délicat mélange de trois sources qui améliore la circulation sanguine. »

Sentant qu'on la poussait par-derrière, la petite Gina hocha la tête. Lorsqu'elle rejoignit la grande Gina, celle-ci suçait déjà lentement le bec de sa théière, assise sur un banc de pierre devant une grande fenêtre qui donnait sur une promenade bordée de jardinières sans fleurs.

« Tu as pris quoi ? lui demanda la petite.

— De la *zdroj glowny*.

— Moi aussi. » Elle aspira un peu d'eau et la garda dans la bouche, puis s'en gargarisa. « Bah, ce n'est que de l'eau normale. Esther, elle, a pris quelque chose de spécial. »

Comme sa camarade ne réagissait pas à ces précieuses informations, elle se concentra sur sa théière et but toute son eau. Ensuite, elle s'essuya la bouche dans sa manche, attendit quelques minutes. Comme rien ne lui arrivait, elle se sentit prête à goûter une eau plus puissante et s'approcha à nouveau du comptoir.

« Que désirez-vous, madame ?

— Avez-vous quelque chose contre l'asthme ?

— Certains de nos asthmatiques prennent de la Zuber, mais cette eau ne convient pas à tout le monde.

— Eh bien, allons-y pour de la Zuber ! »

Sa théière pleine, la petite Gina alla la plonger dans un des bassins bouillants, comme elle avait vu faire les autres. Elle attendit patiemment jusqu'à ce que le récipient en porcelaine se mette à fumer et alors seulement elle recommença à sucer le bec. Quel drôle de goût, songea-t-elle, et au même moment, elle se remémora la fois où, toute petite, elle jouait à chat avec une telle excitation qu'elle s'était cognée contre une rampe en fer rouillé. Par miracle, elle n'avait pas eu de dent cassée mais dans la bouche, c'était exactement ce goût-là – fort et salé, qui donnait la nausée et en même temps avait quelque chose de très attirant. Lorsqu'elle s'approcha pour la troisième fois du comptoir, la demoiselle en uniforme la reconnut et lui versa de la Zuber sans qu'elle ait besoin de demander.

Pendant ce temps, un petit orchestre s'était installé sur le podium au centre de la grande salle, et commença à jouer des polkas. Les sons attirèrent les actrices et elles se mêlèrent à la foule qui affluait. Au même moment, Herman et Leo se levèrent aussi de leur banc et c'est ainsi que, avançant tranquillement vers la scène, ils tombèrent nez à nez avec la femme glaciale de Czernowitz et sa dame de compagnie.

« Maman ! s'exclama Herman abasourdi. Qu'est-ce que tu fais là ?

— Qui est donc ce garçon, très chère ? » demanda l'autre, une femme terne et squelettique qui devait avoir dans les cinquante ans. La peau de son visage troué de deux grands yeux ronds était si lâche qu'elle pendouillait de chaque côté, telles deux bourses raplaties. « Je pensais que votre fils était en Amérique !

— J'ai un fils, Frouma, et il est effectivement en Amérique, répondit Zofia Fabrikant. Il fut un temps où j'avais un autre fils, mais j'ai terminé de porter son deuil depuis bien des années. » Sur ces mots, elle poursuivit son chemin sans même s'arrêter une seconde, sous le regard incrédule de Herman.

« Venez, ne vous laissez pas gâcher le plaisir. Je l'ai

aperçue tout à l'heure. Plus nous garderons nos distances, mieux ce sera », chuchota une petite voix calme, juste derrière lui. Discrètement, Mimi fit signe au reste des filles de venir les rejoindre. Tous se retrouvèrent dehors sous le portique et, bien emmitouflés dans des pulls et des manteaux, prirent place sur les chaises métalliques peintes en blanc, placées là pour le confort des curistes. Les actrices auraient bien voulu réconforter Herman et lui changer les idées, mais comme aucune n'arriva à trouver ne serait-ce qu'une petite phrase intelligente, elles gardèrent le silence et, très embarrassées, continuèrent à sucer l'eau de leur théière. Le soleil se coucha lentement et la foule commença à se disperser. Un triste crépuscule se profila entre les piliers, personne n'avait toujours rien dit. Ce n'est qu'au bout d'une demi-heure que la petite Gina ouvrit enfin la bouche : « *Oy,* aïe ! »

Toutes les têtes se tournèrent vers elle, suspendues à ses lèvres.

« Aïe ! » répéta-t-elle et soudain, elle s'attrapa le ventre à deux mains. « *Oy,* aïe, *oy,* aïe !

— Qu'est-ce qui se passe ? demanda Mimi à la grande Gina.

— Je n'en suis pas certaine, mais il me semble qu'elle a bu trop d'eau.

— Ne manquait plus que ça ! Eh bien, bravo, maugréa la trésorière mécontente. Combien de rations as-tu ingurgitées ? Dis-le-moi tout de suite, espèce de goinfre, combien de fois t'es-tu resservie ?

— Cinq fois, marmonna l'autre, affolée. Je suis désolée ! Aïe !

— Ce n'est pas grave, allons, intervint le directeur

pour essayer de calmer les foudres de Mimi. Rentrons, le dîner sera bientôt servi. »

L'état de la petite Gina empirait d'instant en instant, et lorsqu'elle arriva à l'hôtel, elle se tordait tellement de douleur que Herman et Leo, chacun d'un côté, furent obligés de la soutenir jusqu'à sa chambre. Elle ne vint pas dîner et la grande Gina, qui arriva dans la salle à manger en retard, raconta qu'elle avait laissé son amie couchée sans forces sur le lit, que quatre fois déjà la pauvre avait dû courir aux toilettes avec une drôle de tête, que son ventre émettait d'étranges gargouillis, que c'était désolant à voir… et de conclure que mieux valait la laisser tranquille pour l'instant, seul le repos pourrait l'aider. Ce à quoi on lui répondit qu'effectivement, le temps était le meilleur des remèdes, argument qui convainquit tout le monde de commencer à manger.

Et tandis que ses camarades se restauraient agréablement, la malade, allongée sur le dos et broyant du noir, essayait de deviner ce qu'on servait à table un étage plus bas. Elle se laissa emporter sur les ailes de son imagination et était enfin arrivée à somnoler un peu… quand des coups furent frappés à la porte.

« Entre, Gina », lança-t-elle faiblement.

Mais celle qui apparut sur le seuil n'était autre que Zofia Fabrikant. Elle entra dans la chambre transfigurée tant elle dégoulinait de compassion. L'actrice en eut le souffle coupé.

« Gina Dantzig, j'ai entendu dire que tu étais souffrante, alors je suis aussitôt montée pour voir ce qui t'arrivait. » Zofia s'approcha du lit, s'assit sur le matelas et se força, autant qu'elle pouvait, à prendre une expression très gentille. « Ma pauvre, que t'est-il arrivé ?

— J'ai trop bu, répondit la petite Gina, très touchée de cet intérêt subit pour son état de santé.

— C'est un scandale ! s'offusqua Zofia. Ils vous font boire des quantités de leur eau sans vous prévenir ! Je vais me plaindre à la direction, ah, ça, ils vont m'entendre ! » Elle lui passa les doigts sur le front et en essuya délicatement les gouttes de sueur froide. « Ne t'inquiète pas, dans un jour ou deux, ça sera fini, j'ai déjà vu des cas semblables. Et en attendant, tiens, regarde, je t'ai apporté un modeste cadeau. » Elle lui glissa dans la main un petit paquet rose. « Je m'excuse de ne pas avoir trouvé mieux comme emballage, mais j'avais très envie de te faire plaisir alors j'ai pris ce que j'avais sous la main. »

La petite Gina déchira le papier et découvrit une superbe broche, un canari en or, incrusté de pierres précieuses vertes. Après avoir attentivement examiné le magnifique bijou, elle ferma le poing dessus et l'enfonça le plus profondément possible dans le lit. Zofia Fabrikant, elle, se leva et lui tira la couverture sous le menton, lui déposa un baiser sur le front, lui souhaita un prompt rétablissement et sortit de la chambre, s'efforçant de fermer très discrètement la porte derrière elle. Une fois seule, la malade extirpa la main de sous les draps et eut à peine le temps de contempler ce cadeau si merveilleux qu'elle sombrait dans un sommeil réparateur.

*

Ce n'est pas le charmant pépiement d'un oiseau qui réveilla la petite Gina le lendemain matin, ni les douces paroles d'une amie, ni la joyeuse cloche du petit déjeuner,

mais un remue-ménage digne du plus grand des cham-
bardements, des voix énervées qui montaient du hall de
l'hôtel, atteignaient le premier étage et ébranlaient la porte
de sa chambre pour s'arrêter à côté de ses oreilles, exi-
geant qu'elle se réveille.

« C'est un scandale ! Je n'ai jamais vu une chose
pareille ! », « Qui aurait pu penser, dans un établissement aussi réputé ! », « Qu'on appelle immédiatement
la police ! », et encore d'autres exclamations outrées du
même genre. L'auteur de tout ce raffut n'était autre que
la dame de Czernowitz, une naïve citadine venue passer deux semaines de vacances dans un hôtel respectable
– c'est du moins ce qu'elle avait *cru* avant cette catastrophe ! Mais voilà, enfer et damnation, elle était tombée
dans un repaire de voleurs et d'escrocs, et maintenant,
allez savoir quelles autres calamités s'abattraient sur les
clients ! Et de raconter que la veille, lorsqu'elle était rentrée dans sa chambre, elle avait soudain remarqué que
la broche aux précieuses émeraudes qu'elle avait héritée
de sa bien-aimée belle-mère – une pièce dont l'inesti-
mable valeur sentimentale n'avait d'égale que sa valeur
marchande – ne se trouvait plus dans sa boîte à bijoux.
Au début, elle ne s'en était pas inquiétée, persuadée que
par distraction, elle avait oublié de la remettre à sa place,
mais après avoir cherché en vain partout, elle avait commencé à craindre le pire ; d'autant qu'elle s'était souvenue
que le matin précédent, comme elle se promenait avec
son magnifique bijou accroché au col de sa robe, une
espèce de saltimbanque s'était mise à lui tourner autour,
une petite grosse, si elle ne se trompait pas, qui n'arrêtait
pas de fixer son canari ! Alors maintenant, si les patrons

155

voulaient éviter l'intervention de la police et *encore tout un tas d'autres désagréments*, eh bien, elle exigeait qu'on amène sur-le-champ la suspecte, ici, à la réception de l'hôtel, et qu'on la questionne sans prendre de gants.

D'un seul coup, le voile de sommeil se déchira, la petite Gina ouvrit les yeux et chercha d'une main tâtonnante la broche qui se cachait entre les plis de ses draps. Mais elle n'eut pas le temps de la cacher quelque part que la porte s'ouvrit en grand et Mimi, qu'elle n'avait jamais vue dans un tel état de rage, entra comme une tornade : « Qu'as-tu fait, nom de Dieu, espèce de vieille bique envieuse ! hurla-t-elle. Tu ne pouvais pas te retenir ? Ce n'est pas permis d'être aussi bête ! Donne-moi cette maudite broche tout de suite, tu m'entends ? »

Hors d'elle, la trésorière fonça droit sur le lit, força la petite Gina à ouvrir le poing et récupéra l'objet du délit ; aucune supplique ni explication ne fut écoutée, d'autant que l'accusée, pas encore totalement sortie du brouillard qui enveloppe généralement tout un chacun avant le café du matin, fut incapable d'expliquer de manière cohérente comment le bijou avait atterri dans sa main.

« Dieu merci la broche disparue a été retrouvée, lança Mimi en regagnant la réception. Madame Fabrikant, auriez-vous l'amabilité de me suivre quelques instants ? »

Zofia accepta avec une moue exagérée et les deux femmes s'enfermèrent dans la bibliothèque. Pendant ce temps, les autres actrices, encore bouleversées par ce qui venait de se passer, s'installèrent dans les fauteuils du hall et, malgré l'expression sévère du réceptionniste, essayèrent de se réconforter mutuellement.

« Il y a certainement une erreur, je ne crois absolument pas qu'elle soit allée voler cette espèce de babiole, déclara Kreindl. Elle n'est peut-être pas très intelligente, mais pas idiote à ce point.

— Les avis divergent sur le sujet, se permit de préciser Esther qui leva les yeux de son journal.

— Un instant, un instant, s'offusqua Trotski. Et si elle a volé ce truc – ça fait quoi ? Voler les capitalistes est un devoir ! Qu'est-ce que tu as, Yetti ? Reste assise calmement et arrête de taper du pied, c'est insupportable !

— Je ne me sens pas bien… j'aimerais un verre de thé. »

La fidèle Becky se leva aussitôt, entra dans les cuisines de l'établissement et en ressortit bien vite avec un plateau chargé de tasses de thé. Reconnaissants, tous se servirent avec plaisir, sauf Herman, incapable d'avaler quoi que ce soit. Il ne faisait que tourner en rond sans desserrer les dents, avec sur le visage la même expression brouillée et hermétique qu'à l'époque où, solitaire, il écumait les cafés de Czernowitz.

« Peu importe ce qui s'est réellement passé, dit Perla la boiteuse, je suis sûre que Mimi va tout arranger et qu'en ce moment, elle est en train de régler son compte à cette horrible sorcière ! Je ne peux pas l'encadrer, elle ne cherche qu'à nous porter la poisse ! Et l'autre pimbêche qui traîne avec elle comme un toutou – vous l'avez vue ? C'est qui, cette godiche aux yeux de carpe ? Elles forment vraiment une belle paire, toutes les deux, rien à dire, qui se ressemble s'assemble !

— Chut, Perla est priée de garder ses perles pour elle,

la sermonna Esther. Il s'agit quand même de la maman de notre directeur ! »

L'interminable attente mettait les nerfs de Yetti Hirsch la mélancolique à trop rude épreuve et même le thé ne put empêcher les larmes d'angoisse de couler soudain de ses yeux : « Tout cela ne servira à rien, se lamenta-t-elle, les gendarmes vont venir et nous prendre notre petite Gina.

— Assez, Yetti, calme-toi ! intervint Kreindl. Ça va s'arranger, ne t'inquiète pas. Mimi ne s'en laissera pas conter, et elle nous défendra bec et ongles. Comme elle sait le faire. Peut-être finira-t-elle par glisser quelques pièces dans la main de Zofia, mais l'incident sera clos. La petite Gina restera avec nous. Au pire, elle devra se fendre d'une scène d'excuses – bon, elle a passé suffisamment de temps sur les planches pour que ce ne soit pas trop compliqué à jouer ! »

Après ce qui leur parut une éternité, la porte de la bibliothèque s'ouvrit enfin. La veuve Fabrikant sortit la première. Tête haute, elle passa devant les actrices puis devant son fils, la chair de sa chair, avec l'indifférence la plus totale. Le canari en or rehaussé de ses émeraudes scintillait sur le col de sa robe. Mimi n'émergea de la pièce que quelques minutes plus tard, le visage gris et les traits défaits.

« L'épisode est clos, dit-elle à moitié pour elle-même, à moitié pour Herman. Il n'y aura pas de dépôt de plainte. Et maintenant, il est grand temps de prendre le petit déjeuner. Que quelqu'un aille, s'il vous plaît, chercher notre Gina avant qu'elle ne meure d'inanition ! »

Chapitre VI

Jarosław

1

Malgré le vif embarras dans lequel l'affaire de la broche avait plongé la troupe, les représentations à Krynica se déroulèrent comme prévu. Les amateurs de théâtre furent heureux d'assister à un spectacle de qualité et les amateurs de scandales achetèrent un billet pour voir de leurs propres yeux l'indélicate voleuse dont les exploits alimentaient les conversations, si bien que, malgré tout, le séjour dans la petite ville thermale fut couronné de succès. Entretemps, les nouvelles de Roumanie étaient moins alarmantes, la situation semblait s'améliorer puisque le gouvernement fasciste était tombé. Cependant, comme le Grand Cabaret avait été invité à se produire à Varsovie pour la fête de Pourim, il fut décidé de rester en Pologne. Une trop longue période d'inactivité étant dommageable, Mimi et Herman eurent l'idée d'organiser une tournée à Jarosław. Ils arrivèrent même à bloquer la salle de l'Union des artisans de la ville, abritée dans un bâtiment appelé Aux Mains laborieuses.

À cette époque, tout Juif était considéré par la police polonaise comme un révolutionnaire et un communiste en puissance ; obtenir une autorisation pour un rassemblement quel qu'il soit, même un spectacle, n'était pas une mince affaire. Rien d'étonnant donc à ce que, dans un premier temps, les artisans aient refusé de louer leur salle au Grand Cabaret. Ils se laissèrent finalement convaincre, mais à une condition : que les représentations ne créent ni désordre ni agitation d'aucune sorte et que, au cas où il y aurait des débordements, le théâtre s'engage à supporter tous les dommages qui seraient causés à l'Union, cet engagement devant être entériné par une garantie financière conséquente, qui fut demandée non pas en zloty dont la valeur fluctuait sans cesse (aujourd'hui ça valait tant et demain autre chose), mais en lei : il fut convenu d'un montant de cinq mille lei, à couvrir, le cas échéant, par l'équivalent en pierres précieuses. Si cela satisfaisait les membres de l'Union, c'est que tous les gens du milieu théâtral avaient entendu parler du trésor du professeur Fabrikant. Les exagérateurs professionnels y avaient ajouté un œuf de Fabergé en provenance de la couronne de Russie, tandis que les jaloux prétendaient au contraire que la moitié des perles étaient en verre. Curieux, les responsables de l'Union avaient laissé entendre qu'ils voudraient pouvoir mesurer ces fameuses garanties de leurs propres yeux, mais la trésorière leur expliqua que le trésor dormait, sous bonne garde, à Czernowitz : il était hors de question qu'elle le trimbale sur les routes. Parfait mensonge, bien sûr : la plus grosse partie des diamants se trouvait cachée dans les talons des bottines noires qui ne la quittaient jamais, été comme hiver, les saphirs avaient été cousus dans la doublure de sa veste et le reste était réparti dans des bas en laine.

*

Avant la première, Herman rassembla toutes les actrices et, le visage sévère, leur expliqua que, eu égard à la garantie financière qui avait été exigée et à la situation politique très tendue du moment, elles devraient se montrer extrêmement vigilantes et veiller en permanence à ce que le calme soit respecté. Ce qui impliquait, précisa-t-il, d'exclure le fameux tableau de *Mme Curie découvrant le radium* (il n'y avait encore jamais eu de représentation où le rayonnement fluorescent n'avait déclenché de bruyantes exclamations) et d'ailleurs, il proposa de ne donner que des scènes plus intimistes et de remplacer les chansons joyeuses par un pot-pourri de berceuses. Il ajouta qu'avant le lever du rideau, il avait l'intention de monter sur scène et de demander explicitement aux spectateurs de ne pas applaudir ni acclamer les artistes, car le bruit risquerait d'attirer l'attention de la police et... il ne voulait pas d'ennuis.

Voilà qui ne plut pas du tout à la Duchesse. Comment imaginer un spectacle sans applaudissements, maugréa-t-elle. Bientôt, on leur parlerait de se doucher sans eau ! Pourtant, en grande professionnelle qu'elle était, elle releva le défi et, tel l'alchimiste capable de transformer le plomb en or, elle transforma sa vexation et sa contrariété en un jeu remarquable. Lorsqu'elle avança sous le dais en reine de Saba qui vient trouver le roi Salomon, les spectateurs écarquillèrent des yeux émerveillés, lorsqu'elle apparut sur scène en costume de Mata Hari

161

la téméraire, tous se pincèrent les cuisses de tension, et pour le dernier numéro, lorsqu'elle se laissa étrangler sur le lit par Othello, ce fut des gémissements, des soupirs et des sanglots étouffés qui montèrent de la salle. Son total engagement se communiqua à toutes ses partenaires, et même Mimi, qui s'était comme d'habitude faufilée dans le noir de la salle après avoir fermé la caisse, fut subjuguée par le spectacle comme si elle n'avait pas déjà vu tous ces tableaux des centaines et des centaines de fois. À la fin, les actrices montèrent sur scène et se placèrent en rang, mais elles n'osèrent pas saluer, de peur de déclencher les applaudissements ; elles se contentèrent de rester droites, immobiles, silencieuses, les yeux braqués sur la salle. Et soudain, du milieu du deuxième rang, un homme enthousiaste se mit debout, visage levé vers la scène. Après lui, au cinquième rang, un autre admirateur se dressa, puis un troisième, et ainsi de suite jusqu'à ce que tout le public, admiratif, se retrouve debout ; et tous restèrent ainsi, sans bouger, les artistes d'un côté et les spectateurs de l'autre, dans un silence chargé de gratitude. Long moment d'exception.

Ensuite, les gens se dispersèrent, quittant le lieu par petits groupes afin qu'on ne puisse soupçonner personne de rassemblement provocateur. Trotski et Becky restèrent sur le plateau pour ramasser les accessoires et les ranger dans les malles, les autres se retirèrent dans les loges.

« Peux-tu me passer encore un peu de cette crème ? » demanda à Esther-Desdémone une Perla-Othello qui se frottait énergiquement le visage avec une éponge. Elles étaient assises côte à côte face à un grand miroir avec, étalé devant elles, leur habituel désordre de flacons, fioles, poudres, pinceaux et autres ustensiles de maquillage. « Ce fond de teint me rendra folle, continua-t-elle, il s'accroche à ta peau et ne veut pas partir. Bon, tant pis. Le principal, c'est qu'on a drôlement été appréciées dans le Shakespeare, pas vrai ? »

Esther lui passa la crème en silence. Perla continua à nettoyer sa peau noircie tout en lançant dans le miroir des regards inquiets vers son amie adorée. Pas de doute, la Duchesse n'avait pas le moral. Quoi d'étonnant ? Maudits soient les policiers, qu'ils grillent en enfer – dans quel monde vivons-nous, si les gens ne peuvent plus applaudir leurs vedettes ? « Que dirais-tu d'un bon verre de lait chaud, après tous ces efforts ? » proposa-t-elle.

Esther se contenta de secouer négativement la tête, le corps certes présent dans la loge mais ses pensées vagabondaient bien loin de là. Comme elle ne réagissait à rien de ce qui se passait autour d'elle, Perla, les yeux toujours braqués sur le miroir, put la détailler minutieusement et les traits figés de son amie, soulignés par la lumière électrique jaune, trompeuse, lui apparurent soudain comme les contours d'un masque de mort. Elle remarqua le fard qui se fissurait sur les joues de la Duchesse, les épaules plus étroites qui tombaient, la tristesse et la déception qui tiraient le visage vers le bas. Pour la première fois de sa vie, Esther Licht lui sembla vieille. Quelque chose en Perla se révulsa et en même temps, une vague de honte la submergea, comme si elle était une gamine qui venait de pénétrer dans un lieu interdit. « Aujourd'hui, quand Mimi m'a envoyée acheter de l'encre pour les tampons, je suis passée devant une magnifique ganterie, rue Piłsudski, si je ne me trompe pas, se ressaisit-elle enfin. Et là, dans la vitrine, il y avait une paire, noire, très élégante et bordée de fourrure. Si on y allait toutes les deux demain matin ? On trouvera peut-être quelque chose pour toi.

— Peut-être », marmonna Esther qui n'avait pas encore enlevé son costume et se concentrait sur une de ses manches, essayant en vain de remettre à sa place quelque fil rebelle qui commençait à se découdre.

Ce fut à ce moment-là que l'idée jaillit dans la tête de la boiteuse. Elle prétendit un besoin urgent, quitta la loge, alla chercher Becky dans les coulisses et lui demanda de l'accompagner parce qu'elle ne voulait pas sortir seule dans la rue. Les deux femmes poussèrent la porte de l'entrée des artistes, se faufilèrent discrètement hors du bâtiment et se dirigèrent vers la taverne la plus proche, là où le public avait pour habitude d'aller boire un verre après le spectacle. Perla entra la première et reçut tout d'abord un souffle d'air chaud, chargé de fumée de cigarettes, qui la frappa au visage comme s'il voulait fuir le lieu pour se mêler à la froidure de la nuit. Elle se retrouva devant une salle bondée de ses coreligionnaires installés autour de tables rondes. Dès qu'elle apparut, tous se turent et lancèrent des regards méfiants vers le seuil, mais lorsqu'ils virent qu'il ne s'agissait que de deux vieilles femmes, ils reprirent leurs discussions. Perla s'approcha de la première table : « Excusez-moi de vous déranger, mesdames et messieurs, y a-t-il parmi vous des gens qui étaient ce soir à la représentation du Grand Cabaret du professeur Fabrikant et qui comptent parmi les admirateurs de ses actrices ?

— Peut-on savoir madame, qui nous pose cette question ? lui répondit un atrabilaire coiffé d'une casquette.

— Perla Rabiner, monsieur, je fais moi-même partie de la troupe.

— Comment pouvons-nous être sûrs que vous êtes bien Perla Rabiner du Grand Cabaret ? releva la grosse femme au visage rouge dans les quarante ans, assise ou plutôt affalée sur l'atrabilaire. Moi, je vous trouve plutôt un air d'agent de la police secrète. »

Perla resta un instant prise de court mais alors Becky lui pinça le lobe de l'oreille, et elle comprit aussitôt : « Vous pouvez constater vous-même, madame : ce soir, j'ai joué Othello », déclara-t-elle avant de se pencher vers son interlocutrice, de soulever ses cheveux et de lui montrer les traces de fond de teint noir encore visibles derrière ses oreilles.

Cette preuve rassura la tablée et la femme au visage rouge raconta qu'elle avait joué, des années auparavant, dans *Mirele Efros*, avec une troupe amateur qui avait monté la pièce. Elle proposa aux deux artistes de boire un verre avec eux. Perla prit une chaise et, en chuchotant, lui expliqua ce qu'elle voulait, avala rapidement quelques gorgées et sortit de la taverne suivie de Becky ainsi que de cinq admirateurs. D'un pas rapide, elle les ramena au théâtre, les fit entrer par-derrière dans les coulisses et, arrivés devant sa loge, elle leur fit signe d'attendre puis frappa prudemment à la porte.

« Oui ? demanda Esther.

— Il y a des invités pour toi. On peut entrer ?

— Uniquement si c'est indispensable. »

Une fois le seuil passé, les « invités » découvrirent une

Esther Licht alanguie dans un grand fauteuil, dos plaqué au dossier, jambes croisées tendues en avant. Elle était enveloppée d'un déshabillé en satin de couleur pourpre, serré autour de sa taille de guêpe. Bien qu'elle ait aussitôt masqué d'une main le décolleté du léger vêtement, la jolie dentelle de sa combinaison dépassait un peu. Le plus fervent des admirateurs, qui n'était autre que l'atrabilaire, ôta sa casquette, se pencha devant l'actrice étonnée, lui prit délicatement la main et la baisa avec dévotion. Les autres membres du quintette s'approchèrent ensuite et, sans dire un mot, firent de même à tour de rôle. De sa place à l'entrée de la pièce, Perla remarqua que le visage de la Duchesse s'adoucissait et, bien que jamais elle ne pût assurer avoir vu ses yeux humides, elle sentit parfaitement les traces fraîches que laissaient ses propres larmes sur ses joues.

2

Par une froide et sinistre nuit d'hiver de 1867, Heinrich Fabrikant, qui dirigeait une entreprise de métallurgie à Bratislava, se sentit incapable de supporter davantage le spectacle de sa pieuse épouse en train de marmonner, assise à la lumière de bougies, des phrases qu'elle lisait dans quelque livre de préceptes. Il sortit discrètement de chez lui, ses pas le menèrent jusqu'à une petite chambre délabrée du quartier juif, et là, il engrossa la jolie ouvrière Sarah Rabiner.

Lorsque les conséquences de cette escapade ne purent

*Le plus fervent de ses admirateurs lui prit délicatement
la main et la baisa avec dévotion*

plus être cachées, il envoya la demoiselle enceinte dans
une petite bourgade un peu plus au nord, sous l'escorte
d'une personne de confiance et le soir du jeûne de *Tisha
beav*, la petite Perla Rabiner vint au monde. La personne
de confiance, qui avait reçu comme instruction d'agir vite,
n'attendit pas plus d'une semaine pour arracher le bébé
du sein de sa mère et aller le porter à Czernowitz, chez
une parente du mari volage.

Josepha Fabrikant, la cousine de Heinrich, était une
femme reconnue non seulement pour sa grande générosité, mais aussi pour sa grande connaissance de la manière
dont allait le monde. Elle n'eut donc aucune difficulté
à trouver une place pour le bébé dans un orphelinat de
filles juives. Elle veilla aussi à subvenir aux besoins de

la bâtarde et lui envoya même des petits cadeaux pour ses anniversaires. Cependant, en honnête femme qu'elle était, elle ne cessait d'être tourmentée par cette histoire. La première chose qu'elle fit dès que son fils aîné Markus décida de créer son théâtre de tableaux historiques, fut de lui demander de l'aider à soulager sa conscience en offrant à la pauvre abandonnée une chance professionnelle. Markus certes obéit à sa mère – mais ce fut vraiment à contrecœur : les sourcils noirs et touffus de Perla Rabiner, sa petite taille et sa claudication, il y avait franchement de quoi décourager les meilleures intentions du monde ! Comme si le ciel avait puni cette enfant d'avoir été engendrée dans le péché ; elle ne pourrait jamais devenir, semblait-il, une actrice séduisante. Il décida donc de la cantonner aux petits rôles ingrats, qui requéraient un effort inversement proportionnel à l'intérêt que leur prêtait le public et si, parfois, il lui décernait un morceau de choix, c'était en général un rôle d'étranger ou de méchant. Deux ans après la formation officielle de sa troupe, à l'été 1880, le professeur eut une occasion inespérée de se débarrasser du fardeau que sa mère lui avait flanqué sur les épaules. La chose se produisit au cours de la petite tournée qu'il avait organisée à Iaşi. La troupe devait se produire au célèbre café Pomul verde, l'Arbre vert. Cette étape – une parmi d'autres – n'avait a priori rien de particulier, si ce n'est qu'au même moment, le hasard voulut que Goldfaden en personne se trouvât, lui aussi, dans cette ville, pour laquelle il éprouvait une réelle affection : c'était là, à bien y réfléchir, que lui fut révélée sa vocation.

Avant cela, le grand poète et dramaturge Abraham Goldfaden avait été propriétaire d'un magasin de chapeaux à

Odessa qui avait fait faillite, s'était rendu à Vienne pour étudier la médecine à l'université, mais n'y avait pas fait long feu. Il décida alors d'éditer une puis deux revues en yiddish ; là aussi, il fit faillite, déménagea pour Iaşi dans l'intention d'y fonder un nouveau journal, s'installa chez des amis et en profita pour leur expliquer ses projets ; son hôtesse, qui avait un avis sur tout, lui demanda aussitôt pourquoi il voulait créer un journal alors que ce dont les Juifs avaient besoin, c'était de théâtre... des propos qui ne tombèrent pas dans l'oreille d'un sourd ; Goldfaden se leva, enfila des gants blancs, se coiffa d'un haut-de-forme, prit son élégante canne, alla faire un tour au Pomul verde afin de voir ce qui s'y passait et puisqu'il était déjà sur place, il décida d'organiser une soirée composée de ses poèmes. L'homme n'ayant pas une once de talent déclamatoire, il fut chassé de scène sous les huées ; par chance, rien dans sa personnalité ne le disposait à remettre en question la haute opinion qu'il avait de lui-même, si bien que dès le lendemain, il s'installa pour écrire sa première pièce de théâtre et la monta dans le même café ; n'ayant toujours pas digéré son échec en tant qu'acteur et que récitant, il prit pour habitude de monter sur scène après chaque représentation, d'expliquer son œuvre et de déclamer, en guise de dessert, un poème de sa composition. Eh oui, c'est ainsi qu'Avraham Goldfaden devint (sans en avoir jamais eu l'intention) le père du théâtre yiddish, initiant une pratique qui fut, et reste encore, incontournable dans ce milieu : l'apparition sur scène du directeur de la troupe.

À l'époque où le Cabaret du professeur Fabrikant arriva à Iaşi, le nom de Goldfaden était déjà très connu et partout on s'extasiait sur sa toute récente comédie : *Les deux*

Kuni-Leml. Rien d'étonnant donc à ce que Markus se soit hâté de lui envoyer sa fidèle trésorière pour lui remettre en main propre une invitation à l'une des représentations qu'il donnait au Pomul verde.

À la fin du spectacle, le professeur installa ses petites actrices autour d'une des tables du café et, après avoir demandé au serveur de leur apporter du saucisson et du pain de seigle, il pria ses protégées de manger poliment. Pour sa part, il s'approcha de la table de son confrère dans le but, non seulement de lui rendre hommage mais aussi, autour d'un grand pichet de bière et d'un plat de pierogi à la viande, de glaner les derniers ragots du milieu.

« C'est très original, professeur, une troupe de petites filles, dit Goldfaden qui mordit dans un cornichon si tendre que le jus gicla de toutes parts. Vous avez trouvé là une excellente manière d'enrichir la vie intellectuelle de nos coreligionnaires et de leur donner de bonnes notions d'histoire universelle.

— Je vous remercie beaucoup. Ceux qui, comme nous, ont étudié à l'université, savent de quels trésors regorge la grande culture : il faut juste trouver par quel biais on peut transformer cet extraordinaire patrimoine en théâtre !

— Exactement. Et vos petites demoiselles – étonnantes ! Quel talent !!!

— Croyez bien que chaque tableau représente des heures et des heures de travail intensif, précisa le professeur qui joua les modestes.

— Je n'en doute pas, étant moi-même bien placé pour le savoir, soupira Goldfaden. Il n'y a que nous, les auteurs, qui sachions à quel point la tâche est difficile. Sans compter que tous les acteurs ne sont pas pareillement doués, qu'il n'y a pas toujours de rôle pour tout le monde et si jamais, grands dieux, l'un d'entre eux se sent lésé, alors là ! Cela dit, en ce qui vous concerne et malgré, si je puis me permettre, des disparités évidentes, vous arrivez à toutes les employer, ce qui mérite des félicitations. Bravo, professeur, vraiment bravo. »

La bière et la flatterie aidant, Markus Fabrikant sentit qu'une certaine complicité s'instaurait entre eux, et il insista pour avoir un avis éclairé sur chacune de ses interprètes – sans langue de bois ni faux-fuyants, s'il vous plaît.

« Vous en avez une qui est très belle...

Avraham Goldfaden, le père du théâtre yiddish

— Esther Licht, le coupa le professeur.

— Esther. Assurément, cette fille est douée. Mais il y a surtout la petite grosse – c'est vraiment ce qu'on appelle un tempérament théâtral, une nature ! Elle donne

171

une telle vitalité au jeune Mozart ! Où l'avez-vous déni-chée, celle-là ?

— Cher maître, parlons franchement et laissons les compliments pour les journalistes. Sur laquelle émettez-vous le plus de réserves ?

— Des réserves ? Ai-je parlé de réserves ? Sûrement pas, Markus, sûrement pas ! Elle est peut-être encore un peu gauche, c'est tout. Tenez, reprenez donc de la bière. »

Mais le professeur, qui ne voulait pas lâcher prise, insista pour que Goldfaden lui dise à qui il pensait lorsqu'il par-lait de « disparités évidentes ». Ce que l'autre refusa caté-goriquement. Il déclara en revanche que chaque acteur avait son rôle et que même les actrices dont le talent était moindre pouvaient se débrouiller pour s'en sortir hono-rablement. À ce propos, ajouta-t-il, il était justement en train de concevoir une pièce où il y aurait un petit rôle pour une *boiteuse*. Et même s'il était clair que n'importe quelle comédienne pouvait apprendre à boiter, rien ne valait une vraie infirme… enfin, une telle exigence rele-vait sans doute d'un caprice de sa part…

« Vous voulez parler de Perla Rabiner ! le coupa une fois de plus le professeur qui baissa aussitôt la voix. Oui, cher ami, je sais bien mais que faire ? C'est une petite *non désirée*, à qui il a fallu trouver une place : des cir-constances familiales, vous comprenez ?

— Ne me dites pas que… », lâcha Goldfaden. Il pinça la bouche et écarquilla les yeux pour se donner un air à la fois choqué et étonné, puis il agita un doigt vers son interlocuteur.

— Non, non, précisa aussitôt le professeur amusé, qu'est-ce que vous allez chercher ? ! »

Mais l'autre lui tapa sur l'épaule et continua :

« Pourquoi pas, bel homme comme vous êtes ! Vous avez sans doute beaucoup d'admiratrices…

— Non, non, il s'agit d'un cousin de ma mère », glissa Markus à l'oreille du grand dramaturge. Il ajouta cependant un clin d'œil pour indiquer que ce genre d'aventure ne lui était pas étranger, bien sûr.

S'ensuivit un silence inattendu. Goldfaden semblait perdu dans ses pensées et ne cessait de se friser la moustache. Markus, à court d'idées pour relancer la conversation, commanda un nouveau pichet de bière et mordit dans un deuxième feuilleté.

« Je vais vous dire une chose, cher confrère, finit par reprendre le roi du théâtre yiddish. Je suis prêt à vous aider. Donnez-moi cette petite, je me débrouillerai avec elle. Vous, vous serez débarrassé d'un poids, et moi, j'aurai la boiteuse de ma prochaine pièce. Je n'ai pas pour habitude de proposer un tel marché – mais entre vrais professionnels, nous devons nous aider. »

Markus n'en revint pas. Quelle aubaine ! La proposition de Goldfaden lui apparut comme une excellente manière de se débarrasser de cette plaie de Perla sans trop de mauvaise conscience. Notre petit théâtre ne sera pas du tout affecté par ce geste concédé à un si grand auteur, se dit encore Markus, alors pourquoi ne pas accéder à sa demande ? Aussitôt, il envoya le serveur quérir la demoiselle aux épais sourcils, et un instant plus tard, Perla, accompagnée comme d'habitude d'Esther, se tenait devant eux. Après avoir fait les présentations, le professeur lui peignit d'un ton mielleux l'avenir qui l'attendait, mais la petite, déjà très liée à ses camarades, prit peur devant ce monsieur inconnu à l'expression calculatrice et éclata en sanglots. Le salut vint, comme d'habitude, d'Esther : ce fut l'unique fois au monde où Desdémone sauva Othello. Elle se plaça à droite de son amie et déclara d'une voix claire que si Perla partait, elle partait aussi : elle savait très bien que le professeur n'accepterait jamais de se séparer de son actrice vedette. C'est ainsi, au grand dam des deux directeurs, que le marché fut annulé et que Goldfaden, contrarié, commença à se plaindre de son ulcère à l'estomac. L'intensité des crampes augmenta apparemment plus vite qu'il ne le laissa paraître, car il partit avec une telle précipitation qu'il oublia de régler sa note. Perla en voua une reconnaissance éternelle à Esther et jusqu'à son dernier jour, se plia aux quatre volontés de la Duchesse dont elle admirait jusqu'aux pires frasques, qu'elle réconfortait à chaque contrariété.

Voici ce que le grand Goldfaden écrivit dans son carnet, bien des années plus tard :

« ... et ce fut dans la ville de Iaşi que je vis pour la première fois un spectacle dont on parlait beaucoup à l'époque, car la conception, d'une grande modernité, interpellait tous ceux qui s'intéressaient au théâtre contemporain : il s'agissait d'une succession de tableaux vivants à caractère historique interprétés par de toutes jeunes actrices, encadrés par le commentaire éclairé de son directeur-fondateur, le professeur Markus Fabrikant. Parmi ces merveilleuses gamines, une m'a particulièrement touché tant elle était expressive, une certaine Perla Rabiner, qui interprétait Othello. La palette d'émotions qu'elle utilisait dans la scène de l'assassinat de Desdémone était d'une telle richesse et d'une telle intensité dramatique qu'une des spectatrices s'est levée de son siège, s'est précipitée sur scène et a commencé à la frapper pour l'obliger à écarter les mains du cou de sa victime... déclenchant l'hilarité d'un public aux anges. Une fois le rideau tombé, j'ai invité le directeur de la troupe à ma table pour partager une collation. Si grande était mon envie de prendre sous mon aile cette petite fille si talentueuse que je lui ai proposé une belle indemnité s'il acceptait de me la céder. Quels sommets n'aurait-elle pas atteints avec moi ! Trois ans sous ma houlette et elle aurait pu jouer Bobe Yakhne dans ma pièce *La Sorcière*. Après m'avoir écouté attentivement, monsieur Fabrikant envoya chercher la demoiselle, mais à ma grande surprise, ma proposition la plongea aussitôt dans une grande détresse. J'ai essayé de la calmer, je lui ai soulevé le menton et lui ai dit : "Vois-tu, Perla, il se peut que maintenant, quitter tes camarades soit difficile, mais un jour viendra, quand tu seras un peu plus âgée, où tu remercieras le grand Goldfaden de t'avoir donné une telle opportunité !" Aujourd'hui encore, je ne peux oublier comment elle a exprimé sa gratitude en posant ses lèvres sur ma main. Mais alors a surgi une autre fillette, plus jeune et à mon avis nettement moins douée – celle qui avait joué Desdémone – et cette effrontée m'a lancé à la figure que son amie ne pouvait pas partir sans elle, ce qui m'obligeait à la prendre aussi dans ma troupe ! Bien que je ne sois pas un marchand de bestiaux, je n'ai jamais acheté une mule quand je voulais un cheval. Je me suis tout de suite rendu compte qu'on faisait bien peu de cas du flair d'Avraham Goldfaden et qu'on essayait de me rouler en m'embobinant avec des fadaises. J'ai tout annulé et je suis parti, hors de moi. J'ai appris plus tard que cette Rabiner avait continué à jouer de longues années dans la troupe de Fabrikant, mais que jamais elle n'avait été promue vedette d'aucun spectacle. Encore maintenant, alors que j'écris ces lignes assis à mon secrétaire, je regrette de tout mon cœur de ne pas avoir réussi à la ramener avec moi ce jour-là. »

Chapitre VII

La capitale – Varsovie

1

On aura beau parcourir le monde entier, de Vilna à New York, aucune ville au monde ne pourra égaler Varsovie, en tout cas pour ce qui est du théâtre yiddish, ne serait-ce que parce que Varsovie est le berceau de la grande Kaminska. Et il ne suffit pas de dire « la grande Kaminska », encore faut-il préciser de qui l'on parle : de la mère ou de la fille – tant les avis divergent. Quoi qu'il en soit, autour de ces deux sublimes fleurs de lys, c'est tout un jardin théâtral qui éclôt : ici un lieu dont le répertoire est exclusivement contemporain, là une troupe spécialisée dans les mélodrames bon marché, les *shund un shmalts*, ailleurs un groupe de joyeux compères qui créent des spectacles de cabaret satirique particulièrement mordants, plus loin, ce sont des comédiens qui présentent une revue tsigane populaire, sans compter les comiques, les chanteuses de variétés ou les opéras. Il y a ceux qui ont du succès ou ceux qui terminent la saison sans un sou, mais quoi qu'il arrive, on ne sait jamais qui sont les plus affamés, des acteurs ou des spectateurs. Même le théâtre de Kaminski n'est pas à l'abri d'un four – personne n'a oublié l'enterrement en bonne et due forme qui a clos un Molière, à la mise en scène très décevante ! En tête du cortège marchait le directeur, dans le cercueil on avait déposé les affiches afin de leur assurer le repos éternel, et derrière marchait lentement un clown au nez rouge qui agitait une tirelire pour récolter des dons. Il pleurnichait d'une voix nasillarde : « La charité sauve de la mort ! », à la plus grande joie des désœuvrés et des philosophes de comptoir qui les avaient rejoints, sourire aux lèvres. Revêtus des costumes bigarrés dont ils n'avaient plus besoin, les autres acteurs arboraient une expression endeuillée et, bougies commémoratives à la main, ils avaient accompagné leur défunt spectacle, paix à son âme, jusqu'à la cour du théâtre où ils l'avaient solennellement porté en terre... sans toutefois mettre en bière leurs ambitions. Peu de temps après en effet, la même troupe monta *L'Avare* en yiddish et connut un de ses plus grands succès.

À cette époque, les gens de théâtre du monde entier affluaient vers la Pologne. Il y avait bien sûr les acteurs berlinois à la recherche d'un lieu où les Juifs avaient encore le droit de monter sur scène mais Molly Picon, l'Américaine aux yeux de perle et à la langue bien pendue, s'était aussi installée à Varsovie. À peine arrivée, elle avait raflé bon nombre de rôles principaux et elle enchaînait les spectacles, oui, elle était vraiment partout, impossible de lui échapper, Molly Picon par-ci, Molly Picon par-là... au cabaret, au cinéma – d'ailleurs, l'intelligentsia s'était scindée en deux fronts, les piconistes d'une part, les anti-piconistes de l'autre, et ils se livraient un combat sans merci.

Dans cette ville, si on était un peu futé, on arrivait toujours à obtenir un lieu correct pour se produire : outre l'Elysium, l'Eldorado et le Central, on pouvait louer en dernière minute la salle du café Zemlinsky. Le lieu le plus prisé était le magnifique théâtre Nowosci avec ses deux balcons, ses élégants foyers où se restaurer et sa régie ultramoderne, vraiment comme chez les *goys*.

Mimi batailla pendant cinq mois pour l'obtenir, malgré le risque financier qu'elle jugeait un peu exagéré : jamais la troupe ne s'était produite dans une salle aussi prestigieuse – et vendre deux mille places chaque soir était une mission ardue, même pour des structures plus importantes que le Grand Cabaret. La négociation avait fini par aboutir et la trésorière avait bloqué la salle pour les deux jours de Pourim, moment privilégié où les Juifs sont prêts à débourser un peu plus de sous pour s'amuser. Avant de quitter Jarosław, elle avait arrêté avec Herman la composition du spectacle qu'ils y présenteraient, à savoir le meilleur de leurs tableaux vivants avec, en plus, leur *Assuérus* – un tableau haut en couleur, avec de nombreux figurants coiffés de turbans bigarrés et vêtus de pantalons bouffants à la persane. Ils demandèrent aussi à Kreindl de préparer un pot-pourri de chansons à boire (et d'y inclure quelques-uns de ces airs à la mode qui plaisaient tant au public). Pour cela, ils s'engagèrent à lui dégoter un groupe de six musiciens, ni plus ni moins. Ensuite Mimi rédigea un beau communiqué, qu'elle titra : « Pourim-spiel au Grand Cabaret » et qu'elle câbla à tous les journaux de la capitale. Grâce à cela, avant même

179

qu'ils n'arrivent à Varsovie, où ils ne s'installèrent que huit jours avant le jeûne d'Esther[1], de nombreux billets avaient déjà été vendus à la caisse du Nowosci et les propriétaires se demandaient s'il ne serait pas possible d'ajouter une représentation exceptionnelle.

Le séjour de la troupe à Varsovie débuta dans le calme et la sérénité. La première coïncidant avec le premier jour de Pourim, ils purent profiter de bons moments de liberté pour vaquer à toutes sortes d'occupations personnelles. Les deux Gina allèrent plusieurs fois au cinéma, Kreindl et Mimi assistèrent à une opérette fort agréable, Herman passa des heures à fouiner dans les librairies et même, un matin, il se rendit au cimetière juif pour poser un caillou sur la tombe de Y.L. Peretz. Trotski fut invitée à une réunion clandestine, Leo disparaissait tous les soirs et ne rentrait qu'aux petites heures de la nuit, tandis que Becky la muette sillonnait les rues sans but précis. Parfois quelqu'un lui donnait une pièce et, au lieu de le remettre à sa place, elle en profitait pour s'attabler dans l'un des restaurants du quartier de Grybów et se faire servir un bon *gefilte fish* sucré, un plat que cette *goy* très pieuse, qui porta toute sa vie une grande croix autour du cou, prisait particulièrement.

Au matin du quatrième jour, le Grand Cabaret connut une de ces fameuses petites crises qui précèdent souvent les grands soirs. Tout commença lorsque les actrices se retrouvèrent pour une dernière séance d'essayage dans les loges du Nowosci. Ayant été utilisés quotidiennement, les costumes n'avaient pas besoin de reprises, sauf le pantalon

---

1. Il est coutume de jeûner la veille de la fête de Pourim.

de Napoléon qu'il fallait à nouveau élargir un peu. Mais soudain Esther ouvrit la malle qui portait le nom *Assuérus* écrit en grandes lettres majuscules et en extirpa la robe de la reine.

« Mais regardez-moi ce chiffon ! s'exclama-t-elle. Combien d'années encore m'obligerez-vous à porter cette horreur, bande de rats ! »

Toutes les exhortations et les appels au calme n'y firent rien, Esther annonça à Herman d'un ton péremptoire que si on ne lui procurait pas une nouvelle robe d'ici au lendemain – il n'y aurait pas d'héroïne pour le grand final. Acculé, le directeur ordonna à Mimi de sortir de la caisse une liasse de billets assez épaisse, et envoya Esther, accompagnée de Perla, chercher en ville une couturière qui sauverait la situation.

Les deux amies montèrent dans un tramway bondé qui cahota lourdement jusqu'à l'allée Jerozolimskie. Dans les vieux wagons sans le moindre confort, il n'y avait aucune place sur les banquettes usées et malgré le froid de l'hiver, il y régnait une chaleur étouffante ; des effluves de parfum bon marché et les relents nauséabonds de la transpiration hivernale se mélangeaient à l'odeur infecte qui montait d'un sandwich au saucisson dont se goinfrait un passager vorace. Ce n'est qu'au bout de trois stations que quelques sièges se libérèrent et que les deux actrices purent s'asseoir à l'arrière, face à un groupe de jeunes voyous qui tenaient des propos déplacés, émaillés de plaisanteries graveleuses.

Perla en rougit jusqu'aux oreilles et elle garda le visage tourné vers la fenêtre afin d'ignorer leur présence. Mais à un tournant, le conducteur freina brusquement, Esther perdit l'équilibre et s'étala carrément sur les genoux du chef de la bande, un rouquin musclé au visage piqué d'acné qui ne retint pas un sourire grivois.

« Qu'est-ce qui t'arrive, *bobe*, mémé ? demanda-t-il à Esther tout en émettant des bruits de succion suggestifs. T'as envie d'un peu de miel ? »

De sa vie, jamais la vedette du Grand Cabaret n'avait subi un tel affront de la part d'un homme et, bien que son sens de la repartie ne fût plus à prouver, ces mots outrageux la laissèrent sans voix, bouche ouverte dans une expression d'incrédulité muette.

« C'est un scandale ! explosa Perla. Grossier personnage ! Sais-tu seulement à qui tu parles ? »

Esther posa la main sur le bras de son amie bouleversée et essaya de la calmer, en vain : il était allé trop loin, l'heure n'était pas à la compréhension, Perla ne laisserait personne se comporter ainsi envers celle dont la présence illuminait sa vie.

« Vaurien, c'est Esther Licht qui est assise en face de toi ! Des comtes et des barons se sont traînés à ses pieds ! Descends tout de suite !!! »

Cette violente semonce resta sans effet sur le jeune goujat.

« De quoi je me mêle ? Madame se prend pour le contrôleur des transports en commun ? lança-t-il avec un clin d'œil méprisant. Esther Licht, vous avez dit ? Inconnue au bataillon. Ce que je vois, moi, c'est cette vieille peau qui me fait du gringue depuis un quart d'heure en se prenant pour Marlene Dietrich !

— Espèce de pauvre cloche ! » hurla soudain Esther, le menton tremblant de colère. Elle se tourna vers Perla et la

gifla : « Pourquoi dois-tu fourrer partout ton sale nez cro-
chu ! On t'a demandé quelque chose ? » Sur ces mots, elle
se leva et descendit à l'arrêt suivant, tandis que des larmes
offensées roulaient sur ses joues. Perla, abasourdie et qui
ne comprenait absolument pas ce qu'on lui reprochait, la
supplia de l'attendre mais ne put que claudiquer derrière
elle aussi vite que le lui permettait sa jambe infirme. Si,
pendant le trajet, elle n'avait pas gardé obstinément les
yeux braqués sur la rue, elle aurait remarqué : jusqu'à ce
fameux coup de frein brutal, Esther avait redoublé d'efforts
inutiles pour charmer ce rustre qui, allez savoir pourquoi,
lui plaisait. Elle s'était passé la langue sur les lèvres, avait
comme par hasard pressé son genou contre celui du garçon et même risqué une discrète œillade. Le tour qu'avait
pris cet épisode ne pouvait pas être plus regrettable pour
elle – non seulement un inconnu qu'elle avait tenté de
séduire venait de la qualifier de « vieille peau », mais cette

imbécile de Perla avait fait éclater sa honte devant tous les passagers. Ceci expliquait pourquoi elle était si furieuse, pourquoi elle avait fui, pourquoi au lieu de se mettre en quête d'une couturière, les deux femmes revinrent à pied à la pension, pourquoi Esther courut s'enfermer dans sa chambre et pourquoi, jusqu'à la mort de Perla Rabiner la porteuse de poisse, la Duchesse n'échangea plus un mot avec son amie de toujours.

2

Il se peut que sans la fébrilité qui, vers la fin de la semaine, alla croissant, quelqu'un aurait remarqué la détresse de Perla : la journée elle s'isolait et ne parlait à personne, dans la salle à manger elle touchait à peine à son assiette et pendant les répétitions, elle ne cessait de se tromper dans ses entrées et ses sorties, comme si elle avait oublié ce qui constituait sa routine depuis si long-temps. Becky, la seule à avoir noté tous ces signes alar-mants, essaya bien d'alerter Herman, mais celui-ci était tellement occupé avec le grand bal masqué organisé à l'issue de la première, qu'il ne prêta pas attention à son épuisant langage des signes. On s'activait joyeusement – en cachette car chacun espérait épater l'autre – autour de la confection des déguisements pour le bal. De plus, il restait de nombreuses choses à régler : Leo et Trotski, responsables de la décoration du foyer, ne cessaient de grimper sur des échelles pour accrocher guirlandes en papier et rubans multicolores, la petite Gina confectionna

184

toutes sortes de formes qu'elle découpa dans du carton puis colla sur les deux bars qui serviraient de la bière et de la limonade, quant au chef d'orchestre, qui répétait des tangos et des charlestons, il poussait ses musiciens à augmenter de plus en plus la cadence afin d'arriver à un tempo « bouillonnant », selon ses propres termes.

Arriva enfin le soir de la première. Dès dix-huit heures trente, lorsque l'on ouvrit en grand les trois portes du théâtre, une foule excitée et ravie commença à se presser dans le foyer, on se hâtait de laisser manteaux et redingotes au vestiaire afin de pouvoir exhiber des déguisements si variés et hauts en couleur que c'en était un régal pour les yeux. Si certains n'avaient qu'un châle en plumes bigarrées ou un tarbouch rouge sur la tête, d'autres s'étaient vraiment donné du mal et paradaient avec d'incroyables tenues de soirée et de somptueuses capes exotiques. Ici, un courageux mousquetaire faisait fièrement les cent pas avec son pourpoint bleu, brodé des royales fleurs de lys françaises (le matin même, il n'était encore qu'un boucher aux doigts boudinés), et profitait de l'occasion pour palper incognito les fesses d'une coquette Gitane aux yeux prolongés de traits noirs obliques qui allaient des paupières jusqu'aux tempes (n'était-ce pas Hayké, la secrétaire à face de souris qui travaillait à la trésorerie d'une association de bienfaitrices juives ?). Là, on croisait la chapelière de la rue Krochmalna avec le magnifique costume de cygne en plumes noires qu'elle s'était cousu, accompagnée d'un quidam drapé d'une lourde fourrure de cosaque, plus loin, un petit malin qui, sous prétexte de s'être déguisé en démon Asmodée, s'amusait à faire des frayeurs à ces dames en les piquant avec sa fourche. Les serveurs et les garçons de bar ne savaient plus où donner de la tête, les bouchons des bouteilles de vin pétillant sautaient les uns après les autres pour accompagner la distribution de gâteaux traditionnels, dont de délicieuses oreilles d'Aman offertes par la maison, fourrées de vrais grains de pavot qui éclataient sur la langue tel du caviar sucré.

Le nombre de billets vendus à l'avance avait dépassé toutes les espérances et puisque cette soirée de première affichait complet, Mimi, déchargée de son rôle de caissière, put déambuler à sa guise dans le foyer illuminé. Elle s'était choisi un uniforme d'amiral blanc comme neige et une casquette qu'elle avait fièrement posée sur sa tête. Très calme, tout imbue de son statut de responsable de troupe, elle fumait une petite pipe en bois, trempait les lèvres dans son verre de vin et échangeait des frivolités avec des connaissances éloignées ou de vieux amis. Sa veste immaculée était rehaussée d'épaulettes à franges pourpres et sur son poitrail s'étalaient de nombreuses médailles dorées. De bon matin, elle s'était rendue chez une coiffeuse qui avait durement bataillé pour donner du volume à ses courtes boucles et les avait transformées, de ses mains expertes, en gracieuses ondulations, aussi épaisses et brillantes que les tresses gonflées des brioches de shabbat. Seules déparaient ses vieilles bottines grossières et usées.

Grisés à la fois par le vin et les déguisements, les fêtards prenaient leur temps et il fallut sonner à plusieurs reprises pour faire entrer tout ce beau monde dans la salle. La foule était si nombreuse que Mimi fut retardée et ne rejoignit les coulisses qu'avec dix bonnes minutes de retard. La petite Gina, qui observait par un trou discret du rideau, annonça enfin que la majorité du public était assise. Alors la trésorière rajusta sa veste, repositionna sa casquette et monta sur scène pour inaugurer les festivités. À son apparition, un frémissement traversa le théâtre de part en part car, en dépit de sa taille moyenne et de son aspect banal, Mimi Landau – la toute-puissante adjointe de deux directeurs successifs – dégageait une telle distinction et une telle autorité qu'elle impressionnait tous ceux qui la voyaient.

« Cher public, bonsoir ! Je vous souhaite à tous une bonne fête et je suis ravie de vous accueillir ici pour cette représentation exceptionnelle du Grand Cabaret fondé par notre cher professeur Markus Fabrikant, paix à son âme, commença-t-elle d'une voix solennelle. Ce soir, en l'honneur de Pourim, nous exécuterons devant vous les numéros les plus célèbres de notre répertoire et ils seront interprétés par les vedettes de la troupe que vous admirez tant. L'orchestre sera dirigé par le chef Itzik Kopilevitch, dont vous avez pu apprécier le talent dans le foyer. C'est lui qui assurera la direction musicale de toute cette soirée. Et j'ai l'immense plaisir de vous annoncer que nous vous servirons, en guise de dessert, un authentique et traditionnel pourim-spiel avec, dans le rôle principal, notre reine à nous, j'ai nommé la seule, l'unique, Esther Licht ! »

Là, Mimi marqua une courte pause destinée à permettre aux lichteurs de laisser exploser leur joie et de crier bravo, puis elle leva la main pour rétablir le silence.

« Ce jour de Pourim est un événement particulièrement émouvant pour nous. Nous voilà de retour à Varsovie, ville où nous nous sommes déjà produits à trois reprises par le passé – il y a huit, vingt et trente ans. Je suis contente de retrouver dans le public de nombreux amateurs de théâtre que j'avais croisés lors de nos précédents passages. Et j'espère, chers spectateurs, vous retrouver ici l'année prochaine, *mirtseshem*, si Dieu veut, pour de nouvelles réjouissances ! »

De nombreux « Amen ! Amen ! » s'élevèrent de la salle. « Mesdames et messieurs, nous nous produisons pour la première fois sur la scène de ce grand théâtre moderne qu'est le Nowosci et nous sommes encore plus émues que d'habitude. C'est pourquoi, en ce jour de joie, nous avons une faveur à vous demander : oubliez la tristesse que vous cause le départ de toutes ces familles qui ont choisi de s'installer de l'autre côté de l'océan, oubliez tous les préjudices que nous causent les antisémites, oubliez vos tracas financiers. Aujourd'hui, se réjouir est un devoir, alors réjouissez-vous sans raison garder ! Après le spectacle, vous êtes tous conviés à nous rejoindre dans le foyer pour un bal au cours duquel sera mis aux enchères le droit de danser le premier fox-trot avec Esther Licht ! »

Elle attrapa la visière de sa caquette, l'agita dans l'air et lança d'une grosse voix ce que les acteurs des pourimspiel répétaient depuis des générations : « *Haynt iz purim/ morgn iz oys/git undz a groshn*[1]...

— *Un varft undz aroys*[2] », lui répondit toute la salle comme un seul homme.

Le noir se fit. Mimi se hâta de regagner sa place réservée au cinquième rang, à côté d'un gros patapouf déguisé en Africain.

Un lent roulement de tambour monta des coulisses.

---

1. Aujourd'hui c'est Pourim/demain déjà fini/donnez-nous un sou... (yiddish).
2. Et renvoyez-nous (yiddish).

Les lourds rideaux de velours du Nowosci se levèrent sur le premier tableau vivant. La côte des Amériques apparut dans toute sa splendeur. À l'avant-scène, devant la toile de fond représentant une lagune avec des cocotiers piqués le long du rivage, se tenait, immobile, un vrai chef indien, la tête couronnée d'une coiffe de plumes et à côté sa fille, une petite boulotte – on reconnaîtra bien sûr la grande et la petite Gina.

Perla et Trotski occupaient l'arrière-plan, les joues striées de traits blancs et rouges. Sur un crescendo de tambour, Christophe-Colomb-Esther fit son entrée côté cour – pas altier et dédaigneux, jabot de dentelle blanche et chaussures à boucles dorées. La suivait un soldat espagnol tout frêle incarné par Yetti Hirsch la mélancolique. Dès que la vedette adulée apparut, une vague émue submergea le balcon de droite, fief des lichteurs.

« Bravo, bravo ! » cria le gros Africain, les mains en entonnoir autour de la bouche. Lentement, les cris se calmèrent et Leo Spektor, du haut de sa tribune de présentateur, commença à décrire l'épisode historique de sa belle voix de baryton, répétant les mots que le défunt professeur avait, à l'époque, si joliment arrangés en strophes rimées. Christophe Colomb s'approcha du chef de la tribu et lui tendit deux colliers scintillants. Le visage émerveillé, l'indigène prit le cadeau et, de ses doigts avides, caressa passionnément les perles brillantes. Ses quatre enfants entamèrent alors une danse primitive, dont la chorégraphie avait apparemment été inspirée par ce qu'on voyait dans les mariages juifs – ça se dansait deux par deux, et chaque couple tenait une extrémité de collier.

À l'avant-scène, se tenait un vrai chef indien

Puis, lentement, le rideau descendit et Kreindl Perczik, le Rossignol de Bucarest, entra en scène dans un costume d'élève d'école talmudique. Pendant le changement de décors, elle chanta *Yidl et son violon,* qu'elle reprit trois fois de suite dans son intégralité, au grand ravissement des perczikants qui avaient investi toute l'aile gauche du balcon. Les tableaux se succédèrent, les interludes musicaux donnèrent à tous une grande envie de se lever et de danser, l'atmosphère dans la salle devint de plus en plus électrique. Et voilà qu'enfin la scène s'éteignit et que la clarinette lança ses premiers trilles du *Mois d'Adar est arrivé,* la chanson qui introduisait le clou du spectacle. Pas de doute, le moment du pourim-spiel était arrivé.

« Mesdames et messieurs, annonça Leo de sa belle voix posée, chers Varsoviennes et Varsoviens, permettez-moi de vous emmener dans un pays lointain, à l'est de

190

Constantinople et à l'est de Jérusalem, en des temps reculés où s'était levée contre nous la méchante semence d'Amalek, des scélérats qui ne cherchaient qu'à nous exterminer ! Permettez-moi de vous conduire jusqu'à Suse la sublime, siège de la cour d'Assuérus, le roi des Perses et des Mèdes ! » La clarinette joua encore une délicate guirlande de notes puis s'évanouit. Les projecteurs se rallumèrent et le public découvrit une magnifique toile peinte représentant une ville orientale avec ses dômes, ses palais et ses palmiers aux larges feuilles. À cour, sur un divan recouvert de damas, était vautrée, dans le rôle d'Assuérus, la grande Gina à qui le turban royal, la moustache et les rouflaquettes à la François-Joseph conféraient une indéniable autorité. À côté d'elle se tenait, yeux baissés, la reine Esther – Esther, superbe et majestueuse malgré sa vieille robe, transfigurée par la grandeur de ce rôle qui la délestait du poids des ans et la métamorphosait en jeune fiancée digne d'un roi.

Terrible agitation dans la ville de Suse
La reine rebelle se refuse
Le roi en colère demande : pour qui donc se prend-elle ?
Puisque c'est ainsi, il va se chercher une autre belle.

Assuérus, entre nous, n'est pas un grand génie
Mais il a beaucoup de désirs et d'envies
En deux, trois phrases persuasives
On le poussera bien à prendre une perle juive.

Quatre ou cinq ans s'étaient passés depuis la dernière fois que la troupe avait joué ce pourim-spiel et pourtant, les actrices n'avaient rien oublié, ni les places, ni aucun détail de la mise en scène. Avec charme et espièglerie, comme elles le faisaient depuis toujours, elles exécutèrent l'enchaînement de saynètes sans paroles au rythme des vers que déclamait Leo Spektor et une fois de plus, tous les effets comiques déclenchèrent le rire recherché. L'adaptation du livre d'Esther qu'avait faite le professeur Fabrikant tournait tous les protagonistes en dérision : Assuérus était un balourd maladroit qui prenait tellement de temps pour tourner à droite que sa reine avait déjà tourné à gauche ; le méchant Aman était un nain boiteux qui poursuivait Esther en claudiquant sur place ; la jalouse Vashti – qui n'était autre que la petite Gina dont on avait rembourré le corsage avec du coton – bombait un buste aux seins impressionnants ; Kreindl-Mordoché, vêtue d'un caftan noir et de hautes chaussettes blanches, dessinait des arabesques avec ses doigts à la manière des raisonneurs talmudiques, et même l'innocente vierge Esther minaudait en se balançant timidement d'un pied sur l'autre, fort occupée à mordiller le bout de sa tresse. Tout ce monde courait, s'agitait sur le plateau au point qu'on aurait pu croire qu'il y avait là une troupe de vingt personnes – on révulsait les yeux, on serrait les lèvres, on ouvrait la bouche, on se tortillait, on se balançait, on s'agenouillait, on se couchait, on se relevait… le spectacle s'acheva dans un tourbillon endiablé. Alors les musiciens revinrent à l'avant-scène pour jouer une dernière fois la célèbre chanson de la fête et beaucoup de spectateurs reprirent le refrain en chœur.

« Et c'est ainsi que s'achève notre pourim-spiel ! » lança Leo d'une voix de stentor. Les actrices remontèrent sur scène pour saluer les unes après les autres, de la plus petite à la plus grande, selon son statut – les deux vedettes de la troupe en dernier. Kreindl Perczik déclencha une ovation, tout le théâtre trembla sous les battements de pieds, les acclamations et les remerciements du public ; puis apparut Esther Licht, les bras largement écartés. Elle aussi eut droit à ses bravos assourdissants, sans compter les bonbons qui lui furent jetés de la salle. Lorsqu'elle se releva de son profond salut, elle fit un geste ample et solennel de la main pour indiquer le gibet, là où se balançait encore le méchant Aman, dernier petit clin d'œil de mise en scène. Une vague d'hilarité traversa le public. Mais que se passait-il donc ? Pourquoi Perla ne réagissait-elle pas aux applaudissements ? Pourquoi restait-elle suspendue là-haut et ne rejoignait-elle pas ses camarades ? Sans se départir de son sourire, Esther donna un coup de coude à la grande Gina qui se dirigea aussitôt vers la potence. Elle tira par deux fois sur la jambe la plus courte de sa camarade, tira une troisième fois, puis une quatrième... et là, un terrible cri lui déchira la gorge et résonna d'un bout à l'autre du théâtre : « *Oy vey,* elle est morte, morte, *geshtorbn,* morte ! »

Herman et Leo bondirent sur scène et détachèrent l'actrice inanimée. Où donc avait disparu, nom de Dieu, le harnais en cuir attaché au gros anneau métallique que l'on dissimulait derrière la nuque d'Aman et qui était censé soutenir son poids ? Ils la giflèrent, la secouèrent par les épaules, soulevèrent la partie supérieure de son corps en lui donnant des claques dans le dos, quelqu'un tira de sa poche une tabatière et lui mit une pincée de tabac à priser sous le nez... Rien n'y fit. Un silence glacial s'abattit sur les gradins. Pour la première fois de sa vie, Mimi sentit ses jambes se dérober sous elle. Tous les morts qu'elle avait vus au cours de sa vie se pressèrent soudain devant elle en un groupe désordonné – son père au visage blême qu'elle n'avait presque pas connu, le vieux professeur Fabrikant en chemise de nuit, Netty Rosenthal qui avait été comme une mère pour elle et qu'elle avait eu le temps d'embrasser une dernière fois, un mendiant ivre retrouvé mort de froid, un hiver, dans l'Altgasse, une voisine, qu'elle et sa cousine Giza avaient vue, dans leur lointaine enfance, trébucher et être écrasée sous les fers d'un cheval fou à Buczacz... Tant de morts, tant de morts lui obscurcissaient soudain les sens et chuchotaient à l'intérieur de son cerveau cette horrible question : comment était-il possible que pendant qu'elle s'amusait, assise là, dans la salle, avec son uniforme étincelant et ses décorations ridicules, oui, comment était-il possible que pendant qu'elle s'amusait et riait avec le public, le méchant Aman soit monté tête basse sur le gibet et se soit suicidé ? Comment avait-elle pu glousser devant les soubresauts de Perla, voilà ce que ces morts exigeaient de savoir, comment avait-elle pu ne se rendre compte de rien, demandaient-ils et, pour la punir, ils lui jetèrent un sort et la transformèrent en statue si bien qu'elle ne recula même pas instinctivement au moment où le gros Juif assis à côté d'elle arrachait sa perruque africaine et vomissait dedans. La pauvre Perla Rabiner était venue au monde le triste jour de *Tisha beav* et elle avait mis fin à sa vie le premier jour de la fête de Pourim.

Deuxième partie

Un vent nouveau

Chapitre I

8, Altgasse, Czernowitz

*Mimi Landau, la toute-puissante adjointe
de deux directeurs successifs*

Czernowitz, le 15 avril 1938

Ma chère Giza

Depuis ma dernière lettre, il y a eu chez nous de tels bouleversements que je n'ai pas eu un instant à moi, mais maintenant que nous sommes rentrés à la maison, je peux enfin m'asseoir et t'écrire.

Après avoir enterré Perla, paix à son âme, nous avons décidé de rester encore un peu à Varsovie : j'avais beaucoup de choses à régler, et de toute façon, il n'y avait aucune raison de trimbaler les filles par monts et par vaux après une telle catastrophe. Nous avons organisé la semaine de deuil sur place, mais nos vieilles connaissances de Czernowitz ont tenu à venir nous présenter leurs condoléances ici, à notre retour, comme par exemple notre avocat, maître Czerny, qui est arrivé dès qu'il a appris que nous étions rentrés. Il a même sorti de sa poche deux cents lei pour nous aider à payer la pierre tombale. C'est vraiment bien de sa part.

Me croiras-tu si je te dis qu'il n'a pas reconnu Esther ? Elle a tellement vieilli, la pauvre, depuis cette tragédie ! Elle ne se teint plus les cheveux, mange à peine, passe son temps assise à l'écart, avec une photo de Perla entre les mains et si quelqu'un ose venir la déranger, elle lui aboie dessus ! En fait, elle ne supporte que Yetti Hirsch : toutes les deux restent assises côte à côte en silence, l'une avec une tête de malade et l'autre avec une tête d'enterrement. Bien sûr, pour l'instant je ne dis rien, mais j'espère vraiment que notre Duchesse va se secouer. Il ne manquerait plus qu'elle aussi devienne neurasthénique ! Nous devons éponger de grosses pertes à cause de toutes les représentations annulées, alors si jamais Esther ne pouvait plus jouer, on n'aurait plus qu'à mettre la clé sous la porte. Kreindl dit qu'il faut lui laisser du temps et qu'elle s'en remettra, mais tu connais Kreindl, même si tout Czernowitz flambait et qu'il ne lui restait qu'un verre d'eau, elle croirait pouvoir éteindre l'incendie avec.

Bon, à part ça, je dois te raconter quelque chose qui m'a agacée au plus haut point. Il y a quelques jours, nous avons organisé une réunion générale pour réfléchir à la suite des événements. Dans un premier temps, nous avons décidé que les numéros dans lesquels Perla avait le rôle principal seraient annulés. Même si Esther se ressaisit, j'ai du mal à l'imaginer jouer Desdémone avec un autre Othello. Mais après, s'est posée la question des tableaux où Perla ne tenait qu'un rôle secondaire. Entre nous, ma Giza (oui, à toi, je peux dire la vérité), la pauvre n'a jamais brillé par son talent. Pour interpréter une Indienne ou une paysanne, pas besoin d'être particulièrement douée. Moi aussi, je peux le faire, tu ne crois pas ? Depuis soixante ans que je gère la troupe, je connais par cœur les entrées et les sorties de tout le monde et je serais capable de tenir des rôles même bien plus compliqués. On pourrait s'arranger pour que je n'apparaisse qu'en seconde partie, une fois la caisse fermée, et ça ne dérangerait en rien la vente des billets. Sans compter que nous avons un directeur, pourquoi n'aurait-il pas l'amabilité de tenir la caisse en cas de force majeure ? Bref, j'ai mis cette proposition à l'ordre du jour – uniquement pour aider l'équipe, je ne pensais qu'au bien de notre théâtre. Dans un premier temps, personne n'a pipé. J'ai cru qu'ils étaient étonnés de

tant de bonne volonté... eh bien, je n'avais rien compris,
rien de rien ! Quelle idiote je fais, quelle naïveté !

C'est Herman Fabrikant qui a rompu le silence. Il m'a
remerciée pour tant de sollicitude mais a dit qu'à son avis,
j'avais déjà beaucoup trop à faire. Il a ajouté que je devais
penser à moi, que d'une manière générale, il fallait m'épar-
gner sinon je finirais par m'écrouler et moi, personne ne
pourrait me remplacer, ni pour la comptabilité, ni pour
l'administration. Mais tu connais ta Mimi, on ne me dupe
pas avec des faux-semblants. J'ai tout de suite compris qu'il
avait d'autres raisons. À sa décharge, je précise qu'il a essayé
de s'en sortir avec tact, ce que je ne peux pas dire de cette
communiste de Trotski. Elle, elle a carrément déclaré que
puisque c'était comme ça, il y avait des prioritaires, qu'elle
avait plus d'expérience sur les planches que moi et qu'elle
refusait qu'on essaie de la berner juste parce qu'elle était une
prolétaire ! La petite Gina s'est mise à pouffer de rire comme
si elle venait d'entendre une bonne plaisanterie, quant aux
autres, elles ont soudain décidé de compter les mouches au
plafond. Je me suis sentie comme une pestiférée, et j'ai bien
cru que j'allais exploser ! Quelque chose vous défrise, mes-
dames ? Dites-le ! Mais se tortiller et mentir, ça, je ne suis
simplement pas prête à le supporter. Elles sont d'un égoïsme,
Giza, si tu savais ! C'est de la pure jalousie – et pourquoi ?
Que craignent-elles ? Que quelqu'un soit capable de faire
beaucoup de choses en même temps ? Qu'on leur prenne un
rôle ? Ou bien sont-elles vexées de constater que le bon Dieu
ne les a gratifiées que d'un seul don ? J'ai lu maintes fois les
préceptes du Tsenerene, et je n'ai vu nulle part qu'il était
écrit que seule la grosse Gina Dantzig pouvait jouer Napo-
léon. D'ailleurs au début, tu le sais, le professeur m'a prise

comme actrice, au même titre que ces bêcheuses ! Et je suis restée longtemps sur scène avant de passer à la comptabilité – uniquement parce qu'il avait besoin d'aide et ne pouvait s'en remettre à personne d'autre.

Après quelques instants très désagréables, Herman a dit qu'il avait une autre solution pour le « problème de distribution » – c'est le terme qu'il a employé. Il a proposé d'élargir la troupe, c'est-à-dire d'embaucher une actrice supplémentaire. Te souviens-tu de Lydia Liphschitz ? Tu en as certainement entendu parler. Elle a même, dans sa jeunesse, joué chez Goldfaden avant de devenir une grande vedette en Russie et à Vilna (il me semble bien qu'elle a participé à plusieurs spectacles de la Vilner Trupe[1]). Je l'ai rencontrée il y a quelques années lors de la grande conférence du yiddish à Czernowitz – elle se pavanait avec un teckel sous le bras et des bagues à tous les doigts, comme les Gitanes. En plus, si tu veux mon avis, elle a un accent abominable. Je ne supporte pas le yiddish des Lituaniens – ils n'ont qu'à parler allemand, puisqu'ils sont si imbus d'eux-mêmes ! Bref, j'ai ainsi découvert que notre cher Herman l'avait contactée pendant notre séjour à Varsovie et que, pour l'instant, elle n'a signé avec aucune troupe régulière. À cette annonce, figure-toi que toutes ces dames se sont montrées aussi enthousiastes que si on leur avait raconté que Greta Garbo s'était soudain mise à jouer en yiddish ! Lydia Liphschitz ! Chez nous ? Quel honneur ! Que d'émoi ! Si c'est ça qu'elles veulent, eh bien, elles l'auront ! Tu n'imagines pas le nombre d'histoires que j'ai entendues sur son compte. Non que je

1. Une des troupes de théâtre yiddish d'avant-garde, fondée à Vilna en 1915.

sois du genre à croire les ragots, mais les faits parlent d'eux-mêmes : à ce jour, elle n'a jamais réussi à rester dans un groupe plus d'un ou deux ans. À mon avis, on aura encore de drôles de surprises avec cette Liphschitz. Enfin, il a été décidé de commencer à négocier avec elle, et je prie le bon Dieu pour qu'elle ne soit pas aussi gourmande et intéressée que ce que racontent les gens bien informés.

À part ça, je suis en pleine forme, Dieu merci. J'ai juste un peu d'urticaire, mon allergie de printemps habituelle. J'ai même eu le temps d'aller, il y a quelques jours, au Kino Scala où j'ai vu une merveilleuse comédie hollywoodienne avec Jean Harlow – que j'apprécie beaucoup. J'imagine qu'au kibboutz, tu n'as pas le temps pour de telles futilités, et j'ai aussi lu qu'en ce moment, vous aviez des problèmes avec les Arabes. Faites bien attention à vous, toi et Motl, tout le monde n'est pas obligé de jouer les héros ! Passe-lui mon bonjour, et n'oublie pas de m'envoyer des photographies de tes adorables petits-enfants.

Et surtout je te souhaite une bonne santé,
et beaucoup de satisfaction dans la vie,
ta cousine de Czernowitz
Mimi.

2

À la fin de l'automne 1887, alors que le Grand Cabaret avait déjà dix ans d'existence, le professeur Fabrikant décida de mettre fin à sa collaboration avec Netty Rosenthal et de trouver un autre toit que la maison de Sadigora pour abriter la troupe entre deux tournées. Il avait dans l'idée d'acheter un appartement à Czernowitz afin de créer pour ses protégées un endroit où elles se sentiraient vraiment chez elles quand elles n'étaient pas sur les routes. Il se renseigna et apprit qu'un appartement de six pièces était à vendre sur l'Altgasse, une rue agréable non loin du centre-ville. L'immeuble lui-même était de ces constructions urbaines d'apparence modeste mais très confortables, qui dataient des premières années de l'occupation autrichienne. Voulant sans doute différencier son œuvre des bâtiments mitoyens, l'architecte y avait, en touche finale, ajouté une entrée monumentale dans un style très personnel, avec un fronton en pierre aux extrémités alambiquées, soutenu par deux piliers corinthiens dont le chapiteau s'ornait de petites feuilles en stuc. Une lourde porte en bois sculptée et piquée, sur toute sa longueur, de clous cuivrés, s'ouvrait sur une cour intérieure d'où partait la cage d'escalier. La plupart des habitants – de l'orfèvre dont la boutique occupait le rez-de-chaussée sur rue et jusqu'au marchand de vin roumain qui habitait au dernier étage – comptaient parmi la bourgeoisie de la ville. Le précédent propriétaire de l'appartement, un employé de banque ambitieux, venait d'être promu et partait s'installer à Vienne avec femme et enfants. Le contrat de vente fut signé sans traîner à la grande satisfaction des deux parties, et cinq semaines plus tard, Markus recevait les clés.

Bien que les lieux fussent en bon état, il décida de faire poser une nouvelle baignoire recouverte d'émail blanc, de tapisser les murs d'un tissu bleu clair et de mettre dans les chambres à coucher un mobilier rustique qui dégageait une bonne odeur de bois. Il réfléchit tout particulièrement à l'aménagement du salon afin de donner à la pièce cet air « bohème décontracté » très à la mode. Pour renvoyer l'image d'une ruche d'artistes joyeusement rebelles, les meubles avaient été disposés comme fortuitement : ici, un fauteuil sur lequel semblait avoir été négligemment jeté un tissu bigarré et là une grande table ronde en noyer protégée par une nappe en velours brodée de feuilles de vigne imbriquées les unes aux autres. Des livres s'empilaient à même le plancher, au pied du secrétaire sur lequel étaient toujours posés un encrier et quelques feuilles, ce qui devait indiquer aux invités que le propriétaire écrivait des poèmes. Une statuette en ivoire d'Orphée, des insectes fossiles emprisonnés dans de petits morceaux d'ambre, une cruche chinoise et encore tout un tas de souvenirs et de bibelots exotiques étaient posés sur des guéridons dispersés aux quatre coins de la pièce. Les parents du professeur envoyèrent en cadeau des tapis turcs usés ainsi que deux paires de lourds bougeoirs en cuivre avec des pieds en griffes de lion que le professeur plaça bien en vue sur le rebord de la cheminée : il n'était pas homme à négliger la tradition. Il installa les filles dans les quatre chambres à coucher situées au fond de l'appartement, en les répartissant deux par deux. La petite Becky, qui, avant de rejoindre la troupe n'avait vécu que dans des trous immondes, fut extrêmement contente de se voir octroyer la chambre de bonne mitoyenne à la cuisine. Quant à la cinquième pièce, séparée du salon par une porte en bois et vitrail multicolore à deux battants, le professeur la transforma en bureau-bibliothèque. S'il se trouvait à Czernowitz, il retournait loger pour sa part dans l'élégante demeure des Fabrikant, au centre-ville, mais prenait ses dîners autant que possible en compagnie de ses jeunes actrices.

Cette chose réglée, nul ne peut nier que Markus Fabrikant se sentit extrêmement satisfait, fier d'avoir amené dans sa ville un peu de l'atmosphère des grandes métropoles. Il jugea donc fort opportun d'organiser une petite réception et d'y convier quelques amis de longue date. Peut-on imaginer meilleure occasion pour faire admirer son œuvre ? En vertu de quoi, il s'installa devant le secrétaire, prit sa plus belle plume et rédigea lui-même des invitations où il proposait à quelques personnes triées sur le volet de venir célébrer Hanoukka, la fête des lumières, avec les lumières (ses jeunes actrices) de la fête. Le matin de la réception, il envoya Becky faire les courses avec pour consigne d'acheter les meilleurs vins, les harengs les plus goûteux, un pot de crème fraîche, une belle portion de fromage suisse, des cornichons, des biscottes, des biscuits secs et encore toutes sortes de bonnes choses. L'excellente cuisinière de la famille Fabrikant vint superviser les préparatifs ; sous sa houlette, les demoiselles confectionnèrent des beignets de pommes de terre et préparèrent du vin chaud parfumé aux zestes d'agrume. Dans une joyeuse effervescence, elles réussirent, avant la tombée de la nuit, à mener à bien toutes les tâches qui leur avaient été imparties, elles avaient nettoyé le salon, dressé un buffet qui mettait l'eau à la bouche, changé les fleurs dans les vases puis elles s'étaient retirées dans leur chambre pour se doucher et avaient revêtu leurs plus beaux atours.

Il était huit heures moins dix lorsque le professeur Fabrikant les réunit pour un dernier contrôle. À l'extérieur, dans le cadre des fenêtres, on voyait le vent s'amuser avec de légers flocons de neige tandis que dans le salon brûlait un feu de cheminée qui rougissait leurs visages juvéniles. Il y a là vraiment de quoi être comblé, se dit Markus. Comme elles sont mignonnes dans leurs robes claires, des rubans multicolores dans les cheveux, le visage rayonnant du charme de la jeunesse ! Même Perla la boiteuse, avec ses épais sourcils noirs et son gros nez, paraissait presque jolie. Eh oui, mon vieux, tu ne t'en es pas aperçu, mais les petites ont grandi et se sont épanouies, quant à toi, tu n'es plus le jeune coq de tes années d'université. Regarde donc la grande Gina, prête à éclore ! Déjà toute de sensualité mais encore si candide ! Rien d'étonnant à ce qu'elle se soit mieux développée que ses petites camarades, elle vient d'une famille aisée et a sans doute profité, dans ses premières années, d'une excellente alimentation. Impossible de ne pas remarquer à quel point sa féminité la différencie à présent des autres, qui en sont toujours à sautiller entre l'enfance et l'adolescence. Oui, Markus, tu peux te rengorger. Et d'ailleurs, pourquoi ne pas la placer à l'entrée, elle pourrait accueillir les hôtes, prendre les manteaux et leur indiquer le chemin du salon ? Excellente idée. Et si la petite Gina tient absolument à l'aider, encore mieux ! Mais pourquoi un tel bruit, dans la rue ? Un fiacre vient de s'arrêter ? ! Vite, ma Gina, vite, mets-toi dans le couloir, notre premier invité est déjà dans les escaliers…

La grande Gina courut donc ouvrir la porte et tomba nez à nez avec maître Sando Czerny, un jeune avocat plein d'avenir ! Elle lui fit une révérence polie, l'aida à ôter sa redingote et la donna à la petite Gina qui alla la poser dans une des chambres du fond. Ensuite se présentèrent d'autres amis de Czernowitz – bonsoir monsieur le conseiller municipal ! Permettez-moi de vous présenter Max Hershkowicz, un poète bourré de talent qui écrit en allemand et gagne sa vie en rédigeant des recensions pour le *Bukowiner Nachrichten*. Ah, mais c'est que Monsieur les lit et, même, les apprécie. Parfait, parfait. Entrez, mes amis, nous allons lever un verre de vin chaud. *A gut yontef*, bonne fête ! Oui, bonne fête !

De la dernière voiture, qui arriva avec un retard fort élégant, descendit une joyeuse bande venue tout droit de Bucarest et qui s'était installée à l'hôtel Friling. La première à apparaître fut Rachel Minzmacher, une veuve à la langue bien pendue, qui protégeait sa beauté flétrie sous des sourires langoureux et un lourd turban. Sur ses talons, s'extirpa Leizer Saiewicz – un marchand de tissus ventripotent dont les doigts boudinés passaient leur temps à aplatir la perruque qui se rebellait sur sa tête et derrière lui, madame son épouse, une femme squelettique au charme de hareng saur et qui avait pour habitude de plisser le nez, ce qui lui donnait des allures de lady Macbeth luttant pour se débarrasser d'une crotte collée à ses semelles. Un dernier passager s'attardait encore à l'intérieur de la voiture.

« Allez, dépêche-toi, Theodore, on gèle ! » geignit la veuve Minzmacher.

Becky, postée à la fenêtre du salon, discerna la silhouette d'un jeune homme élancé, à la taille svelte, avec des cheveux noirs qui tombaient sur sa nuque et une redingote négligemment posée sur les épaules.

Les pas lourds de Leizer Saiewicz résonnèrent quelques instants plus tard dans les escaliers ; malgré son embonpoint, il arriva le premier – peut-être avait-il préféré faire un effort et en terminer au plus vite avec cette pénible ascension. Lorsque la grande Gina lui ouvrit la porte, il était rouge comme une betterave et sacrément essoufflé, si bien qu'il ignora la révérence de la jeune fille, lui donna sa pelisse sans le moindre égard et se hâta d'atteindre le salon pour avaler un verre d'eau, sa femme sur ses talons. La veuve Minzmacher ne fit pas davantage de cas de celle qui l'accueillit sur le pas de la porte.

« *Mon cher Markus !* s'exclama-t-elle en français avant de se précipiter vers son hôte dans un très joli froufroutement vaporeux de voiles et de foulards. Votre Czernowitz, quelle ville terrible et inhospitalière ! Il fait un de ces froids, *du lieber Gott,* ajouta-t-elle en allemand avant de tapoter de son éventail la joue du professeur. Allez, un bisou, bandit, enchaîna-t-elle, regarde ce que je t'ai apporté ! Admets que maintenant, je mérite un petit apéro, non ? » Elle lui tendit une ancienne gravure vénitienne, une Colombine, bien mise en valeur par un cadre en bois doré. Après s'être exclamé comme il se devait et l'avoir chaleureusement remerciée, le maître de cérémonie la prit par le bras et la guida vers le salon. Alors seulement, le couloir enfin vidé et l'agitation calmée, entra le dernier invité. Tandis qu'il se dégageait de sa redingote, il coula un long regard voluptueux vers la grande Gina, la détailla de la tête aux pieds puis inversement, ce qui fit rougir la jeune fille jusqu'aux oreilles.

« Bonsoir, bafouilla-t-elle.

— Bonsoir à vous.

— Gina Zweig, monsieur.

— *Enchanté,* Gina, dit-il dans un doux français en lui baisant la main. Nous rejoindrez-vous pour la fête ?

— Bientôt, je dois d'abord ranger les manteaux.

— Ne craignez rien, Markus ne se fâchera pas si vous m'accompagnez, lui sourit-il.

Ils entrèrent tous deux dans le salon et trouvèrent les convives regroupés autour du chandelier de Hanoukka.

« À la bonne heure, Theodore, où avais-tu donc disparu ? le harponna aussitôt la veuve Minzmacher. Ah, oui, je vois : inutile d'ajouter quoi que ce soit. Il se lie avec une telle aisance, notre Theo, n'est-ce pas ? Venez, venez, on vous attendait pour allumer les bougies. Leizer, Leizer, tu es vraiment incorrigible ! Enlève au moins le cigare de la bouche quand tu fais une bénédiction, espèce de *goy* ! » Elle se tourna vers le gros marchand et lui prit le cigare. « Comment peux-tu le supporter depuis tant d'années ? Tu es une sainte, une vraie sainte ! » lança-t-elle à l'intention de la femme du commerçant – celle-ci, incapable de masquer son étonnement d'être soudain canonisée, lui répondit par un sourire tordu en se disant que cette veuve était décidément insupportable. Il suffisait de regarder la couche de fond de teint qu'elle s'était passée sur le visage ! Et pourquoi se remontait-elle les seins comme une fille légère ? J'aimerais bien savoir à quoi elle ressemble sans corset celle-là ! songea-t-elle encore. Non mais des fois, ne serait-elle pas en train d'essayer de faire du charme à mon Leizer ? C'est dégoûtant !

À vrai dire, madame Saiewicz était injuste envers la coquette veuve, car son époux n'avait pas vraiment les charmes d'un don Juan. D'ailleurs, malgré toutes leurs années de mariage, elle non plus ne s'était pas habituée aux petits bruits de succion qu'il émettait en passant perpétuellement sa langue sur ses dents du haut, comme s'il cherchait à s'assurer qu'elles se trouvaient encore toutes là... ce qu'il fit au moment où il s'apprêtait à allumer les bougies et, peut-être en l'honneur de la fête, il décida d'offrir aussi un rapide polissage à ses dents du bas. Dès qu'il eut terminé la première bénédiction, la petite Gina, complètement tourneboulée par l'agitation ambiante, entonna d'une voix forte, et sans attendre la suite de la prière, le *Maoz Tsur* incontournable. Tous éclatèrent de rire, marmonnèrent un « amen », chantèrent encore quelques chants liturgiques puis les beignets tout chauds furent apportés et l'on trinqua comme le voulait la tradition.

« Moi, je dis que c'est le moment d'investir dans l'industrie textile, les esprits se sont un peu apaisés en Russie et ils achèteront tout ce qu'on leur enverra. Si vous aviez vu la marchandise qu'on leur a refourguée à Lodz – une honte de vendre de pareilles loques ! À mon avis, ils ont dégagé un bénéfice de deux cent cinquante pour cent », déclara Leizer Saiewicz qui s'affala dans un fauteuil et coupa l'extrémité d'un nouveau cigare.

« Mais que pensez-vous du risque ? Une nouvelle révolution peut éclater là-bas à n'importe quel moment, et alors qui sait – les marchandises seront confisquées, voire même pillées, Dieu nous garde, intervint le conseiller municipal.

— Balivernes ! Je vous le dis : celui qui agit vite rafle la mise, celui qui reste les bras ballants ne gagnera jamais d'argent. Qui donc a préparé ces beignets, ils sont divins !

— Assez avec vos discussions oiseuses ! lança la veuve Minzmacher. Dieu sait que je n'y comprends rien, pourtant j'ai bien l'impression qu'il y en a un, parmi nous, qui arrive à s'enrichir sans faire le moindre effort.

— De qui Madame veut-elle parler ? s'enquit le conseiller municipal, fort intéressé.

— Vous voyez ce garçon debout dans le coin et qui ne souffle mot ? C'est Theodore Zinman, le nom vous dit certainement quelque chose. Il a hérité du célèbre antiquaire Zinman de Bucarest. À la mort du vieux, il a aussitôt vendu l'affaire, s'est débarrassé de tous les livres anciens et maintenant, il dilapide sa fortune avec une énergie décuplée ! Voilà un homme qui sait profiter de ce que la vie lui a donné : des poches pleines, des jambes de cavalier et un regard qui a déjà brisé le cœur de bien trop de femmes, insista la veuve en se caressant le cou.

— Croyez bien que je lui ai proposé des centaines de fois d'investir dans mon entreprise d'export, se lamenta Leizer Saiewicz, je suis prêt à reverser six pour cent d'intérêt annuel, garantis, mais il y a des gens qui ne prennent rien au sérieux.

— Pourquoi le feraient-ils ? » explosa sa femme. Flanquée de Hershkowicz le poète bourré de talent, elle s'était approchée avec sa tête de rabat-joie et enchaîna : « Pourrais-tu cesser au moins une fois de parler d'argent ? Il y a d'autres choses dans la vie, au cas où tu ne le saurais pas ! Il y a l'art, la poésie, mais toi, qu'est-ce qui t'intéresse ? Passer ton temps à te curer les dents avec ta langue, voilà ce qui t'intéresse !

— Elle en a, de la poigne, celle-là ! En voilà une *brayndele kozak* », lâcha le conseiller.

Cette remarque eut pour effet d'irriter le jeune poète qui l'interpella : « Vous m'étonnez, cher monsieur. Comment se fait-il que vous, qui êtes un de nos concitoyens qui profitez le plus des avantages que nous a consentis l'empereur,

211

utilisiez encore le yiddish ! Pourquoi dire *brayndele kozak* au lieu de "véritable tyran". Vous auriez aussi pu vous exclamer : "En voilà une qui porte la culotte !" N'est-ce pas plus imagé ? Tous les progressistes m'accorderont qu'il est temps de nous débarrasser de ce jargon de bonimenteur qui écorche la langue et de commencer à utiliser l'allemand !

— Ah non, *je proteste* ! s'exclama, en français, la coquette veuve. L'allemand, c'est d'un vieux jeu ! Chez nous, à Budapest, on préfère parler français.

— Avec tout le respect que je vous dois, *Frau* Minzmacher, comment peut-on ne serait-ce que comparer cette langue plate avec la langue de Goethe et de Schiller ? s'alarma le poète qui leva le bras droit et se mit à déclamer avec emphase : « Ô cygnes pleins de grâce !/ Et tout ivres de baisers,/ Vous plongez votre tête/Dans les eaux sobres et sacrées[1].

— C'est exactement ce que je dis tout le temps à Leizer : les gens de notre classe sociale ne peuvent plus se permettre de parler yiddish, acquiesça Mme Saiewicz. Mais on ne m'écoute jamais. »

Le marchand de tissus lui lança un mauvais regard, rajusta sa perruque et alla se chercher une queue de hareng.

Markus Fabrikant demanda alors à tout le monde de se rassembler devant la cheminée, où attendait déjà la grande Gina avec sa balalaïka. Le silence s'instaura. Avec une timidité charmante, la demoiselle enchaîna plusieurs

---

1. Friedrich Hölderlin, *Moitié de la vie*, traduction française Gustave Roud, in *Œuvres*, sous la direction de Philippe Jaccottet, Gallimard (« Bibliothèque de la Pléiade »), 1967.

mélodies tsiganes, à la grande joie de l'assemblée. La veuve Minzmacher en profita pour exécuter une version partielle de la *Danse des Sept voiles*, selon le souvenir qu'elle en avait gardé et qui remontait à son dernier séjour à Paris. À la fin du concert, il suffit au professeur de claquer des doigts pour qu'aussitôt quatre actrices se lèvent et ramènent de la cuisine des plateaux chargés d'onctueux gâteaux à la crème. Les verres de digestif furent remplis et reremplis, et même madame Saiewicz, malgré sa bouche pincée, dansa une courte valse avec le plumitif du *Bukowiner Nachrichten*, au son du violon de Markus.

Profitant de l'agitation ambiante, la petite Gina arriva à engloutir un tel mélange de victuailles que son estomac faillit exploser. Pourtant, il y avait encore deux parts de gâteau au chocolat qu'elle ne pouvait se résoudre à abandonner, pauvres orphelines, dans leur plat. Elle décida donc d'aller dans sa chambre se reposer, si elle s'allongeait un peu, elle reprendrait des forces et pourrait, songeat-elle, sauver les deux tranches esseulées d'une triste fin. Si ce n'est qu'à sa grande surprise, elle trouva la porte fermée. Entendant de drôles de bruits à l'intérieur, elle se baissa et regarda prudemment par le trou de la serrure... Incroyable ! Jamais, de sa vie, elle n'avait vu un tel spectacle : la grande Gina, assise sur la table, la nuque plaquée contre le mur, enserrait de ses jambes nues la taille de l'invité aux cheveux noirs. Et, non moins bizarrement, celui-ci était nu de la taille jusqu'en bas. Incapable de détacher les yeux du postérieur qui remuait comme s'il était devenu autonome, avait sa propre vie et contractait ses muscles dans un mouvement alternatif qui faisait apparaître et disparaître une fossette sur chaque fesse, la petite

Gina resta ainsi quelques instants, fascinée, avant de se rendre compte qu'elle s'était mise, sans le faire exprès, à haleter au même rythme que le couple dans la chambre : inspirer, expirer, inspirer, expirer. Un lourd souffle d'air amena à ses narines une odeur à la fois agréable et repoussante – une espèce de lourd parfum qui l'enveloppa tout entière et excita ses sens. Elle se secoua enfin et, horrifiée, voulut se détourner de cette vision inexpliquée mais à cet instant, son amie tourna le visage vers elle. Comment décrypter l'expression qui y était imprimée ? Souriait-elle, était-elle dans un état de souffrance, appelait-elle à l'aide ? La petite Gina sentit son cœur pris en tenaille tant elle était embarrassée... Ce fut sa bouche qui s'ouvrit toute seule. Elle s'entendit hurler : « *Gevald,* au secours ! »

D'un seul coup le charme se rompit. Les deux corps s'arrachèrent l'un à l'autre et essayèrent de protéger leur nudité autant que possible. Plusieurs personnes, le professeur en tête, accoururent du salon. Il poussa l'indiscrète, enfonça la porte et... à partir de cet instant, elle ne vit plus rien de ce qui se passait dans la pièce. La veuve Minzmacher, le couple Saiewicz, le conseiller municipal, Becky la bonne – tous la dépassèrent pour s'engouffrer à l'intérieur, tandis qu'elle restait sur le seuil, abasourdie. Elle entendit encore la veuve implorer l'indulgence pour Theodore, le professeur lancer de furieux reproches et madame Saiewicz soupirer que si seulement on l'avait écoutée ! Quant au conseiller municipal, il marmonna quelque chose sur un engagement qui, malheureusement, l'obligeait à se retirer sans délai – c'est alors que ses entrailles se convulsèrent et qu'elle restitua tout son repas en un long jet libérateur.

La fête fut irrémédiablement gâchée. Les invités s'en allèrent les uns après les autres, Markus ordonna aux demoiselles affolées de nettoyer l'appartement et aucune ne songea à protester. Pendant ce temps, il se retira dans la chambre avec la grande Gina et y resta un long moment. Lorsqu'il en ressortit, la petite Gina se faufila à l'intérieur, s'assit sur le lit à côté de son amie, lui caressa la tête et essaya de la dérider avec de gentilles paroles réconfortantes, mais rien n'y fit : l'autre restait assise, le visage songeur, à s'enrouler une boucle de cheveux autour du doigt.

« Gina va partir à Londres, murmura-t-elle enfin. Il va m'emmener là-bas, il me l'a promis. »

3

Dès que Markus Fabrikant eut quitté ce monde, ses actrices cessèrent d'observer le shabbat. Il faut dire que déjà de son vivant, la troupe ne respectait pas particulièrement le jour sacré, à part les rares fois où le professeur, soudain pris d'un regain de religiosité, les y obligeait et leur imposait même des chants à la fin du repas. Parfois même il allait jusqu'à réciter la *Hafdala* du samedi soir avec tout le rituel requis, sortait la boîte à bessamim[1] qu'il gardait avec ses effets personnels et leur faisait sentir les odeurs magiques qu'elle recelait. Mais ces crises de dévotion disparaissaient aussi subitement qu'elles apparaissaient

---

1. Petite boîte traditionnelle contenant des herbes parfumées.

et les fins de semaines étaient généralement consacrées au repos et aux loisirs.

Le soir du deuxième samedi qui suivit leur retour à Czernowitz, les actrices avaient prévu d'aller au cinéma. Voilà de nombreuses semaines – en fait depuis la catastrophe de Pourim – qu'elles n'étaient pas sorties se distraire, et elles avaient besoin de liberté après tant d'heures passées ensemble, confinées dans leur appartement commun. Herman, qui aurait pu aller avec Leo prendre une bière à l'Astoria, préféra rester à la maison et se plonger dans un des nouveaux livres qu'il avait achetés à Varsovie. Esther fut la seule à ne pas sortir, mais comme de toute façon elle s'enfermait dans sa chambre, elle ne le dérangerait pas. Il s'installa donc dans son confortable fauteuil au milieu du salon et Becky s'approchait déjà avec le thé et les petits gâteaux lorsque la sonnette se fit entendre. La bonne posa aussitôt son plateau et alla ouvrir. Devant elle, un masque de douleur et de pitié sur le visage, comme cela sied aux visites de condoléances, se tenaient trois personnes : la veuve Fabrikant, le beau-frère Jozy et cette même femme qui ressemblait à une carpe et avait été vue pour la première fois à Krynica.

« Bonsoir Becky, commença Zofia d'un ton plus agréable que de coutume, pouvons-nous entrer ? »

La muette les mena jusqu'à un Herman étonné, qui se leva aussitôt et serra la main de son oncle.

« Embrasse ta mère, mon petit ! lança Zofia en l'étreignant. Mon pauvre, quelle terrible épreuve ! Regarde comme tu as maigri depuis notre dernière rencontre.

— Puissiez-vous ne pas connaître d'autres douleurs, dit solennellement l'oncle Jozy avant de s'asseoir sur le canapé.

— Tu te souviens de Frouma, Herman ? Elle tenait à venir avec nous et elle t'a même apporté un petit cadeau. »

À ces mots, la dénommée Frouma se hâta de tendre vers Herman une boîte rouge, et elle accompagna son geste d'un haussement de mâchoire – grimace censée, dans certaines circonstances peut-être, rappeler un sourire engageant. Il remit à Becky la boîte qui contenait de l'excellent nougat, lui demanda de préparer du café frais pour ses hôtes, d'apporter de la confiture et de sortir le beau service. Malgré la douleur que lui avait infligée sa mère à Krynica, Herman était content de la voir. Elle portait, comme à son habitude, une tenue d'une élégance discrète et qui lui allait très bien : un tailleur gris de fin lainage, dont la veste se fermait par un seul gros bouton et, en dessous, un haut noir à col roulé, lui aussi en mailles d'excellente qualité. Comme à l'époque où il habitait encore avec elle dans la maison familiale, elle avait attaché ses cheveux en un chignon maintenu sur la nuque par deux pinces. Après s'être installée sur le grand canapé à côté du fauteuil de son fils et entre ses deux compagnons, elle commença par détailler le salon.

« J'ai de si beaux souvenirs de cet endroit, soupira-t-elle. Les fêtes, les réceptions qu'on y donnait ! Cette maison était toujours remplie d'invités. On peut dire beaucoup de choses contre mon défunt beau-frère, mais il savait se faire des amis, pour ça, c'était un vrai bohème. Tu ne t'en souviens certainement pas, Herman, tu étais trop petit. Mimi saurait exactement de quoi je parle. À propos, elle n'est pas là ?

— Non, elle est allée au cinéma.

— Je vois. Dis-moi, Herman, comment vous en

êtes-vous sortis, à Varsovie, après cette horrible catastrophe ? J'imagine que les actrices étaient bouleversées et que tu t'es retrouvé avec double de travail sur les bras.

— Huuum… on s'est arrangés, on n'avait pas vraiment le choix. L'enterrement a été très digne, il y avait beaucoup de monde et surtout, comme on a réussi à convaincre les rabbins que c'était un accident, elle a été enterrée à l'intérieur du cimetière. Après, on est restés encore quelques semaines sur place, le temps de nous réorganiser, mais les gens se sont tous montrés bienveillants et ont fait leur maximum pour nous aider.

— Vous devez veiller aux autres maintenant, il paraît que le suicide, c'est contagieux, intervint Frouma dans une tentative pour participer à la conversation.

— Oh, Frouma, vraiment ! Pourquoi dois-tu être aussi idiote ! » la sermonna Zofia.

Honteuse, la dame de compagnie baissa la tête et continua à se pencher au point que ses bajoues flasques s'écrasèrent sous son menton et formèrent tout autour comme une espèce de mince cadre de chair pâle, toute molle.

« C'est donc l'appartement de mon frère Markus… l'appartement de mon frère Markus – mais sans Markus et sans Perla, fit remarquer l'oncle Jozy.

— Sache, Herman, que même si elle n'a quasiment jamais tenu de grands rôles, Perla était une comédienne hors pair, reprit Zofia. Aujourd'hui encore, je me souviens de son Jules César. Quelle puissance ! Quand Brutus la poignardait, tu pouvais vraiment sentir la douleur. Sais-tu qu'en vrai, elle faisait partie de la famille ? Son père était un Fabrikant de Bratislava, mais c'était une enfant *illégitime*, comme on dit. Ta grand-mère, paix à son âme, était si bonne qu'elle a convaincu ton oncle Markus de la prendre dans son théâtre. La pauvre petite, ça me fait mal au cœur ! Avec un tel physique – que Dieu me pardonne, je dis juste tout haut ce que tout le monde pensait tout bas – quel homme l'aurait prise ? Oui, finalement, le théâtre a été sa planche de salut.

— Et je la vois encore ronger les têtes de poisson, ajouta Jozy, elle ne laissait que les arêtes et les branchies... C'était du grand art, la manière dont elle écartait la peau des joues et arrivait à récupérer la chair du dessous en un seul morceau.

— Oh, voilà le café. Merci beaucoup, Becky », dit Zofia avant de passer gentiment la main sur le poignet de la domestique qui recula à ce contact.

Pendant un instant, les trois hôtes ne se préoccupèrent que de la collation qui venait de leur être servie et dans le silence qui s'instaura, on n'entendit que le tintement des petites cuillères. Frouma lapa avec imprudence une gorgée du café brûlant et les bruits de hoquets et de toussotements douloureux qui s'échappèrent de sa gorge remplirent la pièce. Lorsqu'elle remarqua que tous les regards étaient braqués sur elle, elle déposa précipitamment sa tasse sur la table et commença à parler : « Alors qu'avez-vous l'intention de faire maintenant ? J'ai entendu dire qu'Esther était toujours en état de choc et que vous ne saviez pas si elle pourra à nouveau se produire sur une scène.

— Frouma ! s'exclama Zofia sur un ton qui sonna terriblement faux. Pourquoi ennuies-tu mon fils avec des ragots ?

— Non, non, ça va, répondit Herman, ce ne sont pas

des ragots mais la vérité. Nous espérons tous que cet état n'est que passager. »

Sa mère se pencha un peu en avant et lui posa doucement la main sur le bras : « Mon pauvre garçon, quand je pense à l'héritage que tu as reçu ! Obligé si jeune de faire face à de tels problèmes ! Toi qui aurais pu profiter de la vie, assis dans un café à dévorer des livres ! D'ailleurs, qu'es-tu en train de lire en ce moment ? demanda-t-elle en tendant la main vers le livre qui était posé sur la table. Kafka ? C'est qui ? Le fou de Prague ?

— Aucune importance. » Dans un geste embarrassé, Herman récupéra vivement l'ouvrage. « Dis-moi, *Mutti*, comment va Avroum ? As-tu des nouvelles de lui ?

— Avroum, oui... » Les yeux de Zofia se remplirent de larmes. « Figure-toi que ça marche très bien pour lui à New York. Il vient de se fiancer avec une fille qui s'appelle Frida Klein.

— De Buczacz, précisa l'oncle Jozy.

— J'aurai bientôt des petits-enfants mais pourrai-je un jour les voir ? Dire qu'ici, à Czernowitz, j'ai un fils qui ne pense pas du tout à sa mère. Au lieu de se trouver une fiancée... »

Herman rougit, détourna la tête, mais ce fut pour heurter le regard de Frouma, qui s'efforçait d'exprimer un sentiment très élaboré, mêlant la pitié au blâme.

« Écoute, continuait sa mère, on ne peut plus se voiler la face. Ce que j'avais prédit il y a six mois est en train de se réaliser : les actrices vieillissent et les difficultés se multiplient. Tout l'héritage d'oncle Markus va partir en fumée. Les Roumains sont antisémites, le théâtre juif a été fermé depuis longtemps – alors qu'est-ce que tu attends ? Qu'on ne vous laisse plus jouer, même en roumain ? Il est temps de réfléchir, Herman, ce n'est pas encore trop tard. Je te réitère ma proposition : dissous la troupe, mets ces dames dans une charmante maison de vieux des environs, là où on s'occupera bien d'elles – et, toi, rentre au bercail, chez ta mère, afin qu'ensemble, nous commencions à construire ton avenir. Ce n'est pas pour moi que je suis inquiète – ton père, Dieu merci, m'a laissé une belle rente. C'est à toi que je pense, Herman ! Je sais que tu n'as quasiment pas touché au capital et que tout peut encore être reconverti : je parle des diamants, bien sûr, des économies (plus de soixante mille lei) et de la boutique rue du Docteur-Roth, qui vaut au moins quelques dizaines de milliers...

— D'où sais-tu tout cela ? demanda Herman, ahuri.

— C'est Mimi qui me l'a dit.

— Mimi ? Quand ?

— À Krynica. »

Herman ne put cacher le choc que lui firent ces propos. Qu'est-ce que cela signifiait ? Mimi aurait fait à sa mère un compte rendu exhaustif de tous les avoirs du Grand Cabaret ? Il savait que jamais la trésorière ne l'aurait trahi, mais comment expliquer la précision et l'exactitude de ce qu'il venait d'entendre ? Il se gratta la nuque avec irritation.

Zofia, devinant ce qui le préoccupait, le supplia de lui faire confiance, car qui d'autre qu'elle etc., etc. Elle termina en lui déconseillant de mêler Mimi à tout cela, impossible de savoir ce que manigançait cette vieille pécore et à quels intérêts elle obéissait. « Il est temps que tu penses à toi », conclut-elle puis elle se radoucit et précisa qu'il n'était pas obligé de lui répondre sur-le-champ.

Herman, agacé par ce long discours, rétorqua, avec une agressivité qui ne lui ressemblait pas, qu'il n'avait absolument pas l'intention de revenir sur sa décision, puis il se tut et laissa ses pensées vagabonder. Seul le toussotement hésitant que Jozy émit au bout d'une ou deux minutes le ramena à la réalité.

« Bon, eh bien, Herman, après cette visite de condoléances, nous devons rentrer à la maison, dit l'oncle en se raclant la gorge. Passe mon bonjour à tout le monde. »

Les trois invités remirent leur manteau, embrassèrent le jeune homme et quittèrent l'appartement. Et comme le trajet de retour de l'Altgasse jusqu'à la demeure familiale des Fabrikant n'était pas long, Jozy proposa de marcher pour profiter de la douceur de ce début de soirée. Il ne faisait pas encore nuit, les promeneurs avaient investi les rues, le repos de shabbat s'achevait et les Juifs déambulaient tranquillement, échangeaient des futilités et respiraient l'air frais de cette belle fin de journée. Quant aux *goys*, ils se hâtaient le cœur en joie vers les distractions du samedi soir, qui pour se rendre au concert, qui au restaurant. Tout autour de la Ringplatz des Ukrainiens vendaient des bouquets de fleurs. Un jeune écervelé au volant d'une voiture décapotable traversa la place en klaxonnant et réussit à effrayer deux blondinettes qui passaient bras dessus bras dessous. Jozy s'arrêta devant un marchand de marrons grillés et en acheta pour tous les trois.

« Au fait, Zofia, comment as-tu obtenu de Mimi toutes ces informations ? demanda-t-il.

— Ah, ça a été vraiment facile. Je suis d'abord allée rendre une petite visite à cette imbécile de Gina Dantzig, et je lui ai discrètement donné ma belle broche – tu sais, le canari que j'ai reçu de Shlomo pour notre anniversaire de mariage. Après, j'ai fait un scandale et c'est comme ça que j'ai obligé Mimi à s'entretenir avec moi en tête à tête. Là, je lui ai mis le marché en main : si elle ne voulait pas que je porte plainte pour vol – elle devait me faire un compte rendu exhaustif de tout ce que possédait la troupe.

— Comme vous êtes intelligente ! gloussa Frouma émerveillée. Avez-vous vu l'effet de vos paroles sur Herman ? Je suis sûre que maintenant votre entêté de fils va changer d'avis.

— On verra bien, Frouma, on verra bien », répondit Zofia et elle piocha un marron sucré dans son cornet en papier.

4

Ah, le lundi, jour honni ! Si Meilekh Birenbaum, l'adjoint du chef de gare de Czernowitz, avait pu se remettre tranquillement des plaisirs de son congé hebdomadaire et ne pas se lever pour aller travailler – il aurait dit : je suis comblé ; s'il avait pu rester dans son bureau et passer sa journée à boire du thé au lieu de préparer la gare pour une nouvelle semaine – il aurait dit : je suis comblé ; s'il n'avait eu à s'occuper que des deux ou trois trains arrivant de province et pas du trafic interurbain – il aurait dit : je suis comblé ; s'il avait pu se contenter d'accueillir les hommes d'affaires venus de Leipzig sans devoir aussi offrir ses services aux vieux trains polonais tout crottés – il aurait continué à dire : je suis comblé, comblé et heureux ! Mais que pouvait-il dire, comment pouvait-il se réjouir, alors que le lundi s'ajoutait à ses épreuves quotidiennes le train en provenance de Varsovie, un train bondé de voyageurs bruyants – l'un débarquait avec une oie sous le bras et l'autre avec une malle cabossée contenant des rubans de papier tue-mouches, des fils à coudre de toutes les couleurs, des pots de crème douteuse et encore toutes sortes de babioles à vendre ! Ils avaient tous des questions ou des réclamations mais pas une once de patience ni de savoir-vivre, fatigués et énervés qu'ils étaient après leur nuit passée sur les rails. Les passagers de deuxième classe ne cessaient d'aller et venir, enquiquinaient les contrôleurs dans leur allemand approximatif, pour ne pas dire car-rément en polonais, tandis que les Juifs en cafetans usés poussaient tout le monde pour se frayer un chemin d'un pas rapide, sans s'occuper de leur épouse et de la ribam-belle de petits brailleurs qui claudiquaient derrière eux.

« Attends-moi, Yitzik ! lançait l'une d'elles. Qu'as-tu à courir comme un possédé ! Ne me laisse pas seule avec toute la marmaille !!! »

Meilekh Birenbaum avait un peu honte de ces Juifs-là, qui ne comprenaient pas que Czernowitz était un endroit civilisé et qu'ici, dans la petite Vienne, il fallait se com-porter différemment. Voilà pourquoi le lundi, il ne rega-gnait jamais son bureau avant midi et devait rester sur les quais, à essayer de calmer les esprits avec des paroles réconfortantes, à demander aux passagers de faire preuve d'un peu de patience et aux contrôleurs roumains, avec des mots mielleux, de ne pas perdre la leur. Le train pour Iaşi part dans deux heures du quai numéro trois,

monsieur, du café on peut en trouver à l'étage, madame
a perdu une valise ? On va s'en occuper tout de suite,
si seulement votre honneur monsieur le rabbin pouvait
ne pas s'énerver et attendre à côté de la caisse, viens ici,
Kosta, aide donc la dame avec ses paquets, je sais que
ce n'est pas ton rôle mais je t'en prie, il faut rapidement
dégager le quai, le train de Bucarest va bientôt entrer en
gare et j'ai besoin de la collaboration de tous. Attention
aux voleurs, mesdames et messieurs, attention aux voleurs !
L'hôtel Friling ? À droite en sortant de la gare, je vous
en prie, à votre service, *mein Herr*, avec joie, *Fräulein*.

Ce lundi-là, l'agitation se calma lentement. Ne restaient plus que les voyageurs de première classe et ceux-là,
par nature, savaient se tenir et attendaient dans leur
wagon le temps qu'il fallait. Épuisé, Birenbaum s'assit
sur un banc et essuya avec un mouchoir à carreaux les
gouttes de sueur qui brillaient sur son crâne chauve. Peut-
être qu'à la fin de l'été, il irait trouver son chef et arriverait à aborder avec lui l'épineuse question de sa retraite
anticipée, songea-t-il. De toute façon, sa religion l'em-
pêchait de remplir correctement sa mission, et combien
de temps pourrait-il continuer ainsi, sous une tension
permanente et avec toutes ces pressions – lui, à qui trois
médecins (y compris un chef de service) avaient pres-
crit (chacun séparément et sans se concerter) de ménager son cœur ? !

« Monsieur ? l'interpella soudain un jeune bourgeois
tout maigre en s'approchant de lui. Je cherche deux dames
qui devaient arriver par le train de Varsovie, en première
classe.

— Les deux derniers wagons, par là, s'il vous plaît,

225

répondit Meilekh Birenbaum qui agita son mouchoir dans la direction.

— Ah, les voilà, s'exclama soudain le jeune homme, je les vois qui descendent ! Merci beaucoup et bonne semaine ! »

Les deux femmes étaient descendues du train

Deux femmes venaient de descendre du train et, immobiles sur le quai, surveillaient Kosta pendant qu'il chargeait leurs valises sur son chariot. La plus âgée, une petite dame dans les soixante ans, dont les cheveux bouclés

226

étaient coupés au carré comme le voulait la dernière mode, serrait contre sa taille un teckel très éveillé, qui essayait en vain de se libérer de son emprise. Tout dans sa tenue, de son costume en tweed parfaitement taillé, jusqu'à son sac à main orné de petites perles, créait une harmonie de roses, bruns et blancs qui lui donnait l'allure d'un chou à la crème. Elle était accompagnée d'une pâle jeune femme de grande taille, dans les trente ans, occupée à compter leurs différents bagages. Les traits de son visage paraissaient se livrer une lutte permanente, hésitant entre l'agréable douceur que reflétait le gris de ses yeux et la rudesse marquée par un menton un peu trop allongé. Difficile de dire qu'elle était laide – si elle avait eu un frère jumeau, il aurait certainement été considéré comme un très bel homme. Elle avait des seins bien formés mais trop petits pour ses larges épaules, quant à ses longues jambes, elles auraient pu éveiller le désir si elles n'étaient raccordées à des hanches pataudes.

« Titus, Titus, sois gentil, dit la plus vieille à son chien. Alors Dora, tout est réglé ? On peut y aller ? Où sont tes pinceaux ? »

La prénommée Dora se gratta la tête, très embarrassée : « *Oy, mame*, je pense que je les ai oubliés dans le compartiment.

— Je *sais* que tu les as oubliés dans le compartiment puisque je les ai vus traîner sur la banquette au moment où nous descendions. Qu'est-ce qu'on va faire d'une étourdie comme toi, tu peux me le dire ? Allez, retourne vite les chercher ! »

Pendant que la fille remontait dans le wagon, la mère en profita pour regarder sa montre et allumer une cigarette.

C'est à cet instant que le jeune homme s'approcha d'elle, rajusta ses lunettes, déclara : « Bienvenue, madame Liphschitz ! » et baisa la main de la célèbre comédienne.

« Monsieur Fabrikant, enfin ! Vous ne pouvez pas vous imaginer quel horrible voyage nous avons fait. Un perpétuel remue-ménage ! Theodora arrive. Nous avez-vous commandé un taxi ? Comme vous pouvez le constater, nous sommes venues avec de nombreux bagages.

— Notre conductrice nous attend devant la gare. L'appartement n'est pas loin, nous y serons en un quart d'heure et j'ai demandé à ce qu'on vous prépare une légère collation.

— Comme c'est gentil de votre part, merci beaucoup ! Oh, la voilà. Je vous présente, monsieur le directeur Herman Fabrikant, ma fille unique, Theodora Liphschitz.

— Enchantée, dit Dora.

— Et je remarque que tu as trouvé tes pinceaux. Parfait, on peut y aller. » Elle libéra Titus, qui se mit aussitôt à gambader partout en remuant la queue, visiblement ravi de sentir la terre ferme sous ses petites pattes. Sa maîtresse passa le bras sous celui de Herman et prit la tête du cortège, le porteur les suivit en poussant son chariot, et Dora se retrouva à fermer la marche. Elle était en nage et luttait, d'un côté avec un chevalet dont les vis se défaisaient, de l'autre avec une mallette dure et ronde.

« Sans doute ne le savez-vous pas, mais ma fille a étudié la peinture sous la houlette de Chagall, à Vilna, déclara fièrement madame Liphschitz.

— Vraiment ? dit Herman, étonné.

— Oui, oui, il y a treize ans de cela. C'était une de ses meilleures élèves.

— Il y a treize ans ?

228

— Absolument. Elle a certes l'air toute jeune, ma Dora, mais elle aura tout de même vingt-neuf ans à la fin de l'année. C'est ainsi, l'âge n'a pas d'emprise sur les enfants surdoués. Chagall lui a prédit un grand avenir, mais elle préfère le théâtre, comme sa mère. Car entre nous, monsieur Fabrikant, le théâtre est le roi de tous les arts. Bien sûr, les œuvres picturales sont jolies à regarder et la musique certainement agréable à écouter, mais seul le théâtre est capable de transcender l'âme humaine. »

Ils passèrent par un couloir au sol dallé de marbre et débouchèrent de l'autre côté du hall de gare, là où Trotski et son bus les attendaient. Pauvre Titus ! Après des heures de train, voilà qu'on l'embarquait à nouveau dans un véhicule fermé. Sa joie disparut, il s'allongea dans le giron de Lydia d'où il lança des regards affolés à droite et à gauche. Trotski se coiffa de sa casquette en cuir, s'assit au volant, se frotta les mains, lança un crachat salutaire par la fenêtre et fit démarrer le Federal. Le vieux moteur toussota, gémit mais finit par obéir et c'est ainsi que le groupe quitta la gare.

*

Et tandis que la Liphschitz et sa cour faisaient route vers l'Altgasse, un mini-tremblement de terre secouait l'appartement. Tous les lundis, la grande Gina, en sa qualité de responsable des premiers secours, contrôlait le stock de médicaments contenus dans la boîte à pharmacie et dressait une liste précise de ce qui manquait : du sparadrap, des bandages, de l'iode, des somnifères, de l'aspirine, de l'eau oxygénée, de l'essence de camomille et des pastilles de calcium particulièrement efficaces contre les brûlures d'estomac. Jamais elle n'avait renoncé à sa vérification hebdomadaire, tout comme jamais elle ne se défaisait de la clé de la pharmacie qu'elle portait autour du cou, attachée à un ruban en satin – en cas d'urgence. Or ce matin-là, elle remarqua au premier coup d'œil que son stock d'aspirine était quasiment épuisé. Elle referma la boîte à double tour, la poussa sous son lit et alla aussitôt trouver Mimi dans le bureau, pour lui demander l'argent nécessaire à l'achat de nouveaux comprimés. Quelle ne fut pas sa surprise lorsque la trésorière, fort contrariée, voulut immédiatement savoir comment une telle quantité de médicaments avait pu disparaître aussi vite.

« Je n'y suis pour rien, moi ! se défendit l'actrice-infirmière. Esther souffre de migraines permanentes et m'envoie des messagers pour que je lui donne des cachets, souvent même deux fois par jour.

— Et qui exactement t'envoie-t-elle ?

— Yetti. Crois bien que je ne suis pas une voleuse ! s'offensa la grande Gina.

— Ça, c'est à voir, répliqua Mimi, furieuse. *Maintenant*, suis-moi, on va mettre les choses au clair. »

Joignant le geste à la parole, elle entraîna la grande Gina dans le salon. S'y trouvaient Esther et Yetti Hirsch la mélancolique qui, assises dans le renfoncement des longues fenêtres, profitaient de la chaleur du soleil printanier. Depuis la mort de Perla, Yetti restait collée à la Duchesse, dans une espèce de fraternité dépressive et Esther, de toute façon indifférente à ce qui se passait autour d'elle, ne la repoussait pas : peu lui importait qui s'asseyait près d'elle, Yetti et sa tristesse ou Kreindl et sa gaieté, de toute façon, ni l'une ni l'autre ne pourraient lui faire oublier l'absence de son amie ; ni l'une ni l'autre ne pourraient soulager le sentiment de culpabilité qui l'écrasait.

« Comment vas-tu, Esther, commença Mimi. As-tu mal à la tête ? »

À ces mots, Yetti se leva et commença à tourner dans la pièce de ses petits pas de Chinoise. Son visage se déforma soudain d'une grimace douloureuse, comme si elle était sur le point d'éclater en sanglots... Rien de neuf, et la grande Gina n'y prêta aucune attention. Mimi, elle, suivit ce manège d'un regard songeur, garda le silence quelques instants puis reprit : « Si je comprends bien, les aspirines Bayer te font du bien ?

— Oui, répondit Esther.

— Et tu en prends combien par jour ?

— Une... et parfois encore une, le soir.

— Une ou deux par jour, répéta la trésorière qui se tourna aussitôt vers la responsable de la pharmacie. Que dis-tu de cela ? C'est ce qu'on appelle une soustraction magique ! Toi, tu en donnes quatre – et elle en reçoit deux. Ça relève du miracle... vraiment... » Mais alors ses yeux se reportèrent sur Yetti, qui réduisait de plus en plus les cercles que formaient ses pas monotones et essayait de se faire toute petite. « Arrête de te prendre pour une toupie ! Assieds-toi tout de suite et raconte-moi à quoi te servent tous les médicaments que tu dérobes ! »

Yetti émit un gémissement et se cacha la tête entre les bras, comme pour se protéger d'un coup. La gentille Gina voulut aussitôt la prendre dans ses bras mais son geste fut arrêté net par Mimi qui lança, furieuse : « Je ne tolérerai ici ni le laisser-aller, ni le mensonge. Tu vas donc tout m'expliquer en détail ! »

Soudain prise de vertige, la malheureuse incriminée annonça qu'elle allait tomber. On eut beau l'asseoir sur une chaise, elle se griffa les joues presque jusqu'au sang et continua à assurer en gémissant que si, si, elle allait tomber. En vain : Yetti pleurnichait – Mimi insistait, Yetti implorait – Mimi exigeait. Contrainte et forcée, l'actrice finit par avouer que chaque fois qu'on l'envoyait demander un cachet d'aspirine à la grande Gina – elle en demandait deux, un pour Esther et l'autre pour elle. Elle n'arriva à donner aucune explication plausible à son geste puisqu'elle ne se sentait pas malade et n'avait nul besoin de médicament, sauf que, finit-elle par admettre, savoir qu'elle avait une aspirine Bayer dans le corps la rassurait.

« *Moi*, ce terrible gâchis ne me rassure pas du tout ! explosa Mimi.

— On peut la comprendre, après tout ce qu'elle a enduré ! intervint la grande Gina. Et n'oublie pas qu'elle aussi pleure la mort de Perla. »

Bien qu'ayant pleinement conscience de la laideur des propos qui se précipitaient dans sa gorge, la trésorière n'arrivait pas à contrôler sa colère. En fait, cela faisait déjà quelques semaines qu'elle bouillait intérieurement.

« Et moi, je ne pleure pas notre Perla ? aboya-t-elle. Moi, je n'ai pas mal, tu crois ? Il n'y a pas un instant où je n'y pense pas, où je ne ressens pas le vide de son absence ! Je ne cesse de la voir accrochée à ce maudit poteau, avec son cadavre qui se balance sur la scène ! Je vais te révéler quelque chose, ma chère Gina : j'ai un cœur tout comme vous, il se serre autant que le vôtre et malgré ça, je ne dépense pas nos sous n'importe comment, je ne propose pas, sous l'emprise de la panique, d'embaucher des prima donna en les payant grassement, je ne demande à personne d'avoir pitié de moi et je n'avale pas des pilules comme si j'étais une princesse ! »

À cet instant jaillit dans la pièce une étrange petite créature – une espèce de boyau rembourré et court sur pattes, avec deux bouts de tissu qui s'agitaient sur le devant, de chaque côté ; une créature qui se mit à courir partout, soufflant et éternuant, pour finir par s'arrêter aux pieds d'Esther, se coucher sur le dos, sortir une grande langue et frotter ses courtes griffes contre le mollet de la Duchesse.

« Titus, viens ici, petit garnement ! »

Mimi tourna la tête vers la porte : sur le seuil se tenait Herman Fabrikant et, derrière lui, essayant de regarder par-dessus son épaule, Lydia Liphschitz émettait des petits bruits de succion et lançait des mots doux à son chien.

« Mimi, commença le directeur d'une voix hésitante, euh... Lydia Liphschitz est arrivée.

— Ça fait longtemps que vous êtes là ?

— Euh... non, non, juste un instant. »

La trésorière releva le menton, tira énergiquement son gilet vers le bas et en guise de réponse, le pria d'accompagner les invitées dans la salle à manger, elle les y rejoindrait dans une minute. Lorsqu'il le fallait, elle pouvait, en quelques instants, recouvrer son expression de calme autorité et en l'occurrence il le fallait, hors de question d'apparaître devant Lydia Liphschitz en état de faiblesse, le jour de son arrivée de surcroît ! Elle avait juste besoin de prendre une grande inspiration et de calmer Yetti qui, espérait-elle, n'aurait pas la soudaine envie de relever sa robe et d'exhiber son caleçon de paille.

En pénétrant dans la salle à manger, elle fut aussitôt rassurée : apparemment, tout ce qui intéressait ces dames se trouvait posé sur le beau buffet dressé en leur honneur. Becky et la petite Gina, surexcitées par la venue de la célèbre comédienne, avaient travaillé toute la matinée pour préparer un appétissant repas à base de produits laitiers exclusivement. Elles avaient écrasé des œufs durs dans un peu d'huile et y avaient incorporé des oignons coupés en petits morceaux, avaient rempli un grand récipient de *tsvorekh*[1] à l'aneth, étaient allées chercher à la boulangerie des pains kaiser au pavot tout frais, avaient décoré la table de rondelles de concombre et confectionné du pudding de maïs. Les invitées, qui n'avaient rien mangé depuis la frontière, ne dédaignèrent aucun de ces délices et en dessert, elles engloutirent la moitié du gâteau à la crème qui fut servi, accompagné d'une tasse de café à la polonaise.

« Quoi de neuf à Varsovie ? s'enquit Herman.

— On dit que Clara Segalowitch cherche des acteurs pour *La Sorcière* de Goldfaden, répondit Lydia qui, après avoir mouillé le bout de son doigt avec sa salive, ramassa encore quelques miettes de gâteau éparpillées.

— Clara Segalowitch ? Celle qui fait du théâtre pour enfants ?

— Et ce n'est pas tout. Itzik Manger prépare l'adaptation. On dit qu'il va prendre trois acteurs pour le rôle de Hotsmakh au lieu d'un seul. N'importe quoi.

---

1. Fromage blanc mélangé à de la crème fraîche.

— Trois Hotsmakh ? Qu'est-ce que c'est que cette blague ? s'étonna Mimi. Où allons-nous ?

— Il paraît que c'est moderne, ce genre d'expérimentations. Nous, les anciennes, qui avons vu la pièce à sa création, pouvons être choquées autant que nous voulons, les jeunes d'aujourd'hui ne savent pas ce qu'est le respect des œuvres du répertoire. Heureusement que ma Dora est sérieuse et ne s'enthousiasme pas pour de telles inepties ! conclut la Liphschitz en indiquant sa fille d'un sourire. Il faut que nous réfléchissions ensemble à la manière d'utiliser au mieux son talent. Sachez que cette petite est un génie. »

Assurément, songea Mimi qui lança un coup d'œil inquiet vers Dora. La jeune femme était assise, immobile, telle une statue égyptienne et, les mains posées sur les cuisses, suivait la conversation en silence.

« Huum, reprit Herman en se raclant la gorge, nous avons pensé à l'intégrer à notre département décors et accessoires, je suis sûr que les qualités d'une des meilleures élèves de Chagall pourra énormément contribuer à l'amélioration de nos toiles de fond.

— *Mais non, mais non, mais non !* protesta vigoureusement Lydia en français. Ma Dora n'est pas une vulgaire décoratrice. Elle est née pour les planches, elle peut tout jouer ! Je l'imagine parfaitement bien dans le rôle de la jeune Marie-Antoinette…

— Pour autant que je m'en souvienne, chère madame, l'interrompit le directeur qui pianota nerveusement sur la table, ce n'est pas ce dont nous étions convenus à Varsovie. Dans les télégrammes que vous m'avez envoyés, il n'en est pas fait mention et je dois préciser que ce que vous dites là est pour moi une totale surprise.

— Peut-être, mais une agréable surprise, n'est-ce pas monsieur Fabrikant ? » La Liphschitz lui sourit avec malice et, du bout des doigts, lui donna une légère tape sur le nez.

Mimi ne disait rien. Vous vouliez du nouveau, Herman ? Eh bien, voilà que vous allez être servi. Je vais vous laisser manger tout seul ce que vous avez cuisiné. Inutile de nier le malin plaisir qu'elle tirait de l'embarras du jeune homme, qui bredouilla que le moment n'était peut-être pas le plus approprié pour prendre des décisions importantes. Afin de dévier la conversation, il s'adressa directement à Theodora : « Donc, vous avez étudié chez Chagall ? C'était où ?

— À Vilna, j'étais toute jeune.

— Et maintenant tu es quoi – vieille ? intervint aussitôt sa mère.

— Je ne savais pas que Chagall avait un atelier à Vilna, fit remarquer Mimi.

— Non seulement il en avait un, mais c'était très dur d'y être accepté, sachez-le ! » Répondant une fois de plus à la place de sa fille, la grande comédienne secoua la tête de haut en bas et termina en relevant le menton.

La trésorière, qui en avait assez de ce flot ininterrompu à la gloire de la jeune Dora, se leva et proposa aux deux femmes de les mener jusqu'à la chambre à coucher qui leur était destinée. Les bouleversements qui avaient secoué la troupe depuis un an avaient aussi bousculé l'ancienne répartition des pièces.

Jusque-là, les actrices vivaient à deux par chambre, selon leurs affinités : la petite et la grande Gina ensemble, Mimi Landau la trésorière avec Kreindl Perczik la chanteuse, Esther Licht la Duchesse avec sa dévouée Perla Rabiner. La quatrième chambre, la plus grande, était occupée par

Yetti Hirsch la mélancolique, Becky (le réduit qu'elle occupait au début avait été transformé en réserve) et Trotski-Accessoire, les trois membres de la troupe à ne pas avoir de « meilleure amie ». Cette répartition ayant été décidée du temps du professeur lui-même, elle s'était gravée dans le marbre. De plus, habituées à dormir à plusieurs depuis l'orphelinat, toutes les filles trouvaient la chose normale et elles continuèrent ainsi en avançant en âge.

Après avoir hérité de son oncle, Herman quitta la demeure de sa mère et s'installa lui aussi dans l'appartement du Grand Cabaret ; modeste comme il l'était, il ne voulut rien changer à l'ordre établi, et emménagea dans l'ancien réduit-réserve de Becky, reconverti pour lui en chambrette. Outre une armoire, un lit et une chaise, il y mit une bibliothèque en bois sombre avec des portes en verre pour y ranger ses livres préférés. L'étroite fenêtre percée dans le mur donnait sur la cour intérieure, il y faisait sombre même les jours ensoleillés mais le jeune homme était ravi de son domaine – premier endroit où il pouvait se sentir un homme libre et indépendant. Lorsque Leo Spektor fut engagé, l'appartement était donc bondé et on lui loua pour quelques sous une mansarde dans l'immeuble d'en face.

Si bien que les grands remaniements ne se firent qu'à l'irruption au sein de la troupe de Lydia Liphschitz et de sa fille Theodora : la direction se vit dans l'obligation de demander à Esther de renoncer à sa chambre pour partager celle de Mimi et Kreindl. Depuis le décès de Perla, la Duchesse dormait seule et même si elle affirmait apprécier la situation, ses camarades s'inquiétaient beaucoup, la surveillaient, entraient chez elle sous divers prétextes et... en profitaient pour farfouiller dans les affaires de la défunte,

237

peut-être aussi pour subtiliser quelque babiole parmi ce que la boiteuse avait laissé derrière elle. N'est-il pas vrai que rien ne suscite davantage la convoitise que les biens d'une personne qui vient de mourir ? N'avons-nous jamais, lors d'une visite de condoléances, laissé planer alentour un regard faussement distrait afin d'examiner les objets dispersés un peu partout ? Que deviendra la grande soupière ornée de violettes qui était utilisée (on s'en souvient) pour les repas du Nouvel An, à qui seront alloués l'édredon en plumes cousu carré par carré, le beau manteau en cuir, voire même des objets sans valeur, comme une tasse en émail ébréchée ou une chaussette rapiécée – tout peut exciter la cupidité. Malgré une grande honte, les proches d'un trépassé ont tôt fait de se transformer à nos yeux en concurrents, voire en ennemis. Car même si nous pouvons nous permettre, Dieu merci, d'acheter autant de tasses et de chaussettes que nous voulons, le plaisir si particulier que nous procure la mainmise sur ce genre d'effets personnels est indéniable. Est-ce parce que cela signifie : voilà, le mort est mort, tandis que nous, touchons du bois, nous vivons et respirons encore ? Quoi qu'il en soit, les loques et breloques de Perla s'étaient tant raréfiées qu'au moment de vider la chambre, il ne restait presque plus rien. Quant à Esther, aucune de ces babioles ne l'intéressait et elle ne garda, en souvenir de son amie, qu'un petit médaillon de nacre. Elle accepta sans broncher le verdict du déménagement et laissa ses camarades transporter ses affaires dans sa nouvelle chambre. Lorsque sa coiffeuse retrouva une place, elle sortit de son sac deux photos de Perla et les glissa avec précaution dans un coin du grand miroir.

Chapitre II

Deux hommes à Dornesti

Un matin, Liviu Marinescu, petit inspecteur rattaché au service santé publique du canton de Radautz, se rendit à Dornesti et se présenta à la porte de l'entreprise dirigée par Pinyeh Lichtenstein, un grossiste en conserves de viande. Après avoir fouillé dans diverses caisses, tout contrôlé méticuleusement et cherché dans ses papiers, il inscrivit une note sur son carnet puis, la bouche pincée, ordonna la fermeture immédiate de l'entreprise pour des raisons qui n'avaient de sanitaires que l'envie de nuire. Sans hésiter, le sieur Lichtenstein se rendit dans le chef-lieu du canton et alla plaider sa cause auprès des hauts fonctionnaires, mais ses supplications et ses larmes restèrent sans effet, de même que les pots-de-vin et les œillades suggestives qu'il essaya de leur glisser : d'ici au début de l'été, lui asséna-t-on, il devait non seulement liquider son affaire mais encore s'acquitter d'une lourde amende.

À vrai dire, cette condamnation ne surprit pas notre malheureux grossiste : depuis que les provinces du nord de la Bucovine avaient été annexées à la Roumanie, les autorités ne cessaient d'empoisonner la vie des Juifs sous divers prétextes, multipliant les démarches administratives qui n'avaient été créées que pour eux. Étant l'une des personnalités les plus en vue de la petite communauté de sa ville, Lichtenstein s'attendait à ce qu'un jour ou l'autre, la catastrophe frappe à sa porte. Dès que parut l'interdiction pour les Juifs d'employer plus de dix ouvriers, il alla trouver les membres du mouvement sioniste Betar, et se renseigna sur la possibilité d'immigrer en Eretz-Israël. Ensuite, il liquida ses affaires et transféra l'argent dans une banque de Jaffa. Les hangars, les armoires de bureau, la machine à écrire, son confortable fauteuil directorial, ses deux camions, la belle propriété qu'il occupait avec ses trois fils et un personnel de maison – tout cela fut vendu à perte, les objets de valeur, les gros édredons et les onéreux tapis persans emballés et envoyés en Palestine ; il ne laissa que quelques meubles trop vieux et des bricoles dont il avait l'intention de se débarrasser en dernière minute. L'annonce qu'il publia dans le *Czernowitzer Morgenblatt* attira l'attention de Herman Fabrikant : n'était-ce pas une bonne occasion de renouveler leur stock d'accessoires ? dit-il à Mimi. Peut-être même pourraient-ils acheter pour pas cher quelques meubles utiles. Il demanda à Leo de préparer le bus et le jour dit, après le déjeuner, tous les deux partirent vers le sud, en direction de Dornesti.

Le temps incertain de ce début d'été se joua d'eux, et ils avaient à peine traversé le Siret que sous leurs aisselles s'étaient formées de sombres taches de transpiration. Plus ils s'éloignaient du fleuve, plus la route se dépouillait, et elle finit par se transformer en un étroit chemin de terre, accidenté et poussiéreux. Il leur fallut deux bonnes heures pour arriver à destination, fourbus et épuisés. Ce fut donc avec joie qu'ils acceptèrent l'invitation de Pinyeh Lichtenstein à partager un verre de thé frais dans son grand jardin, à l'arrière de la bâtisse. Leur hôte, particulièrement fier de son beau verger, l'avait épargné de la fièvre destructrice qui avait présidé au démantèlement et à la liquidation de toute bonne parcelle de ce qui avait constitué l'œuvre de sa vie et qui, bientôt, appartiendrait à quelqu'un d'autre. Des icônes de la Sainte Vierge seraient certainement accrochées au-dessus du grand lit dans lequel étaient nées ses filles, un sapin de Noël trônerait dans son spacieux salon, de joyeux invités se goinfreraient de viandes impures en félicitant le nouveau propriétaire pour son bon goût, dans les coins des chambres s'accumuleraient des flocons de souvenirs étrangers appartenant à d'autres gens et résultant de faits et gestes dans lesquels lui, Pinyeh, n'aurait plus rien à voir : oui, dans un petit instant, rien de tout son passé, de tout ce qu'il avait fait dans cette maison, ne resterait, sauf quelques récits plantés de pommiers et enjolivés par de charmantes servantes à coiffes étincelantes – des histoires qui continueraient à exister par bribes encore trente ou quarante ans sur une terre lointaine puis mourraient. Alors –

Plus rien. C'est pour cela que Pinyeh n'éprouvait aucune animosité envers ces deux jeunes gens qui venaient dépouiller son cadavre. Il était même content de les voir, qu'ils emportent un peu de son décor familier, peut-être donneraient-ils une nouvelle vie à son fauteuil en cuir préféré, à ses vieux rideaux et qui sait, peut-être, un shabbat, attablés avec leurs invités, ils diraient : il fut un temps où, dans cette casserole en fer, on cuisinait des flageolets et du gruau chez Pinyeh Lichtenstein.

Après avoir essuyé de son mouchoir la sueur qui perlait sur son crâne chauve, il versa un deuxième verre de thé frais à ses acheteurs. Un agréable vent se leva entre les pommiers et madame Lichtenstein apparut dans le jardin avec un plateau chargé de petits pains fourrés qui paraissaient succulents.

« Vous avez déjà tout arrangé à Tel-Aviv ? demanda Herman en se servant.

— Plus ou moins, répondit Pinyeh. Je suis en relation avec un propriétaire immobilier de la rue Herzl – c'est une des principales artères de la ville. Nous voulons lui prendre deux appartements, un pour nous et un pour notre fille aînée et son mari. On dit que le bâtiment rappelle un peu le style européen et il n'est pas loin du lycée où ira notre benjamine. Quant à moi, je voudrais me lancer, avec l'aide de Dieu, dans une entreprise d'importation de conserves cashères. Car tous ces pionniers qui construisent notre pays doivent, eux aussi, se mettre quelque chose sous la dent, non ?

— Qui construisent votre colonie britannique, rectifia Leo.

— Les Anglais sont des gens de parole et je crois qu'ils tiendront leurs promesses, répliqua Lichtenstein. Qu'est-ce que monsieur propose ? De rester ici à regarder les *goys* nous prendre nos maisons, nous priver de nos moyens de subsistance et nous confisquer nos passeports ? Vous êtes encore jeunes, écoutez donc les paroles d'un vieux Juif : connaissez-vous l'histoire de ces deux voyous qui se bagarrent mais à la fin, c'est étrangement le seul gars resté à l'écart qui se retrouve avec un bras cassé ? Ça s'est toujours passé comme ça en Europe et il n'y a aucune raison pour que ça change : les Russes et les Allemands vont se taper dessus mais à la fin, ils se mettront d'accord pour taper sur les Juifs.

— Je n'ai vraiment rien contre les sionistes, dit Herman, mais si l'on est honnête, on doit tout de même admettre qu'ils n'ont pas encore fait leurs preuves. D'autant qu'ils ne sont pas les seuls à proposer des solutions : il y a les Bundistes, les socialistes…

— Parce que vous pensez vraiment que si vous vous peignez le visage en rouge, on ne remarquera pas votre nez ? lâcha l'entrepreneur en tapant nerveusement du pied. Trêve de poésie ! Nous sommes juifs, messieurs, ne l'oubliez pas. Si un Juif réussit et prospère – on l'accusera de courir après l'argent ; s'il ne réussit pas et s'appauvrit – on le traitera de parasite.

— Entre nous, c'est vrai que les Juifs aiment l'argent, fit remarquer Leo.

— Parce que les *goys* n'aiment pas les zlotys ? Bien sûr que si ! protesta Pinyeh. Il n'y a qu'une différence : le Juif aime l'argent et prend plaisir à en parler, tandis que le *goy* aime l'argent mais a honte de le dire. C'est tout. »

Le tour que prenait la conversation ne plaisait pas à Herman, leur hôte se mettait dans tous ses états et à quoi bon le chagriner davantage ? Il interrompit donc cet échange de vues et demanda qu'on lui montre les objets à vendre. Pinyeh accepta volontiers et les guida à l'intérieur de la maison. Après avoir inspecté ce qui restait des meubles et négocié les prix, Herman décida d'acheter quelques rouleaux de tissu à fleurs, des cadres en bois qui avaient perdu leur tableau, une penderie pour Lydia, une machine à coudre qui avait l'air en bon état et plusieurs volumes des œuvres de Sholem Aleikhem, dont il avait personnellement envie. Après avoir transporté le tout dans le bus et poliment décliné l'invitation à dîner du propriétaire, ils se séparèrent du bonhomme et de son épouse, leur souhaitèrent bonne chance et reprirent la route de Czernowitz.

*

Lorsqu'ils quittèrent Dornesti, la nuit tombait déjà. Peu rassuré par les chemins de campagne accidentés ainsi que par les brigands qui, d'après les rumeurs, traînaient dans les parages à la recherche de Juifs à provoquer, Herman proposa de chercher une auberge pour y passer la nuit et de reprendre la route le lendemain – ce que Leo accepta avec joie. La journée avait été éreintante, dit-il en souriant, la perspective d'un repas chaud et d'un lit confortable lui paraissait bien plus alléchante que celle de conduire dans l'obscurité. Une demi-heure plus tard, ils virent scintiller les lumières d'une petite maison à un étage et dont la porte d'entrée était surplombée d'un écriteau ne portant qu'un seul mot : « Auberge », car le nom écrit à la suite avait été recouvert d'une grande couche de chaux déjà jaunie. Une main négligente avait dégagé une partie des fourrés sur la gauche, Leo guida le bus dans cette direction et s'arrêta au milieu de buissons sauvages – mieux valait placer le véhicule loin des regards curieux.

Dès que le ronflement du moteur cessa, un profond silence champêtre, à peine troublé par le croassement des grenouilles et le hululement des hiboux, frappa leurs oreilles. Sous un abri de guingois, une vieille charrue rouillait paisiblement au milieu d'un fatras de grands seaux métalliques et de sacs éventrés. Il y avait même un râteau tordu. Les deux voyageurs ne s'étaient pas encore approchés de la bâtisse que la porte s'ouvrait déjà. Une immense silhouette en jaillit, elle tenait une lampe à huile dans une main, une fourche dans l'autre.

« On ne bouge pas ! gronda une voix basse très profonde. Vous cherchez quoi ?

— Est-ce bien une auberge ici ? demanda Leo d'un ton ferme et sans le moindre tremblement.

— Oui, vous êtes à la pension Octavian.

— Nous cherchons une chambre pour la nuit.

— Vingt-quatre lei par personne, payés d'avance, repas non compris. »

Ils s'approchèrent prudemment, Herman sortit de sa poche un billet de cinquante lei et le tendit au bonhomme qui s'en saisit brusquement, le plaqua sous son nez, le renifla un long moment puis l'enfouit dans la poche de son pantalon. Il souffrait apparemment de quelque dysfonctionnement arithmétique, puisqu'il oublia de rendre la monnaie. Il leva sa lampe pour examiner le visage de ses hôtes, ce qui leur permit en retour de découvrir le sien, une espèce de boursouflure pâteuse dans laquelle quelqu'un avait creusé deux petits trous et y avait piqué des yeux sombres et ronds, trop rapprochés. Une lame de rasoir n'avait pas approché ses joues parcourues de tout un réseau de nervures rouges depuis au moins deux jours. Les boucles noires qui décoraient ce charmant représentant de l'espèce humaine luisaient de gras. Herman se demanda s'il ne valait pas mieux décamper sur-le-champ et rouler tout de même jusqu'à Czernowitz, mais tandis qu'il y réfléchissait, l'homme l'engagea à entrer, coupant court à ses hésitations.

Ils se retrouvèrent dans une grande salle qui servait à la fois de réception, de réfectoire et de débit de boissons. Le bar, sur lequel étaient posés quelques bouteilles d'alcool fort et un petit tonneau muni d'un robinet, en occupait le coin gauche. Le claquement de la porte fit tressaillir une femme maigre et voûtée qui tricotait, assise à une table où traînaient encore les reliefs d'un repas. Un bonnet en laine terne, attaché sous le menton par un lacet, lui conférait une allure de vieille Flamande, bien qu'elle n'ait pas encore atteint les quarante-cinq ans.

« Lève tes fesses ! lui lança Octavian. Et nettoie-moi toute cette crasse ! Nous avons des invités ! »

Affolée, elle obéit en toute hâte, posa ses aiguilles à tricoter et débarrassa les assiettes.

« Nico, Nico, viens ici, paresseux ! Je veux que tu montes et que tu me prépares la chambre numéro trois ! » grogna le patron.

S'avança aussitôt un individu qui jusqu'à présent se cachait dans la pénombre. C'était un jeune garçon de grande taille, d'environ dix-neuf ans, aux lèvres charnues et dont les cheveux soyeux tombaient sur les épaules. Non seulement il était très beau, mais son charme rayonnant se trouvait démultiplié par la misère ambiante.

« Tu changes tous les draps, tu entends ? Voilà la clé de l'armoire à linge *propre*, lui ordonna l'aubergiste qui appuya sur chaque syllabe, davantage à l'intention des clients que du prénommé Nico. Ah, de quel fils le ciel m'a-t-il doté ! » soupira-t-il. Il remonta son pantalon sur son énorme estomac et reprit : « Il veut qu'on le laisse dormir toute la sainte journée. Et quand il ne dort pas, il se goinfre de saucisson et traîne dans les champs ! Mais travailler ? Gagner sa vie ? Essayez donc de lui proposer une telle horreur, messieurs ! Aussitôt, sa chère maman se lèvera et m'abreuvera d'injures – il ne faut surtout pas abîmer les mains délicates de son petit seigneur ! Regardez-les tous les deux ! Des gâtés pourris qui restent à se tourner les pouces, deux profiteurs, deux parasites, excusez-moi de le dire, qui mangent et boivent à mes crochets, qui me sucent le sang et me pillent ! Seul Octavian est bon pour porter, charger, décharger, entretenir, nettoyer, lessiver – et vous pensez que l'un ou l'autre s'inquiète du poids que je sens, là, sur la poitrine, à force d'encaisser ? Oui, messieurs, sachez que ce grand corps (il s'enfonça un doigt tout raide dans le plexus solaire) renferme un cœur sensible. Et croyez-moi – si un jour je m'écroule au milieu de la rue comme un chien, elle et son fils passeront devant moi sans sourciller. »

Le patron voulut alors tirer son rejeton par l'oreille, mais celui-ci le devança et, dans un mouvement tout en souplesse, s'esquiva rapidement. Se frappant le poitrail, qu'il avait immense, Octavian lâcha alors un renvoi libérateur à relent d'ail et proposa à ses hôtes de manger quelque chose. Il était déjà trop tard pour préparer un vrai repas, s'excusa-t-il, mais dans la marmite, il lui restait encore quelques côtes de porc et une belle ration de pommes de terre. Leo, qui n'avait rien avalé depuis midi, accepta de bon cœur, mais Herman, qui n'avait jamais porté à sa bouche de nourriture non cashère, refusa poliment et déclara qu'il se contenterait de deux tranches de pain avec un peu de beurre. Entre-temps, la femme avait réussi à redonner un aspect convenable à la table et y avait posé des assiettes et des verres fraîchement lavés. Après avoir solennellement enfilé un tablier plein de taches censé, pensait-il, ajouter une touche pittoresque et populaire à sa silhouette, Octavian revint de la cuisine avec une lourde casserole. Il en tira deux belles côtelettes et quelques pommes de terre fumantes. il alla ensuite couper pour Herman quatre larges tranches de pain de seigle et tira du vin du tonneau. Pendant tout ce temps, la femme, assise tête baissée mais à l'affût du moindre appel de son mari, semblait concentrée sur les bruits de succion et de mastication en provenance de la table. Au bout d'à peine vingt minutes, l'aubergiste qui, à l'inverse de son épouse, n'était pas un adepte de la discrétion diplomatique, ordonna à celle-ci d'aller faire chauffer de l'eau pour le thé, et il termina sa phrase sur une flopée de ces doux compliments auxquels il l'avait habituée.

« Ça vous choque, mes bons messieurs ? demanda-t-il. Moi aussi, croyez-moi. Mais c'est une rusée qui se donne des airs de martyre devant les étrangers. Rien que de la comédie, tout ça ! Dès que vous aurez tourné le dos, elle changera de tête, je vous le garantis ! Elle a même déjà levé la main sur moi, sur moi, son mari, qu'elle a juré d'aimer et de respecter ! Oui, c'est exactement le genre d'histoires dont on lit le dénouement dans les journaux… et je vous prie de m'excuser, ajouta-t-il en chuchotant, je vous aurais volontiers servi des cerises en dessert, mais j'ai peur du savon que cette pingre me passera ! Elle, elle a un estomac de moineau, elle picore à peine, et du coup, elle nous affame. Ah, Octavian Loupach, heureusement que ton père est mort et qu'il ne voit pas ta déchéance – avoir peur d'une femme ! ? »

Herman et Leo s'efforcèrent de boire rapidement leur thé, puis suivirent le pauvre mari qui les conduisit à l'étage de son palais et leur fit traverser un couloir sur lequel donnaient cinq portes ; l'une d'elles était ornée d'un morceau de papier qui stipulait « privé » et malgré la faible lumière, les nombreuses traces laissées par les doigts de ceux qui les avaient précédés en ces lieux étaient visibles : l'extrême sensibilité du patron lui interdisait sans doute d'effacer de tels souvenirs. Ils passèrent aussi devant Nico, assis sous une ampoule, la tête relâchée sur la poitrine. Entendant les pas lourds de son père, le garçon sauta sur ses pieds et se mit quasiment au garde-à-vous.

« Je vous l'avais bien dit ! Dès que je ne l'ai plus sous les yeux, il s'endort. Qu'est-ce que j'ai fait à notre Sauveur et à Sa sainte Mère pour mériter une telle punition ? » soupira amèrement Octavian avant de leur ouvrir la porte de la chambre qu'il leur destinait.

Au moment où Leo passa devant Nico, leurs yeux se croisèrent, et il y eut un échange de regards appuyé.

« Non mais, je vais t'apprendre les bonnes manières ! » La main de l'aubergiste s'abattit sur la joue de son fils dans un claquement retentissant. « Qu'est-ce que ça veut dire de fixer les gens comme ça, imbécile ! »

Nico s'enfuit avant d'être obligé de subir une seconde fois les principes éducatifs paternels. Après avoir constaté que la chambre numéro trois avait été préparée selon ses instructions, Octavian prit congé des deux voyageurs et leur souhaita une bonne nuit de repos.

À leur grande surprise, la pièce se révéla beaucoup plus

agréable que ce qu'ils avaient craint. Nico avait très bien rempli sa mission et même pris la peine d'étaler une jolie nappe en dentelle colorée sur la petite table qui séparait les deux lits. Dessus, il avait posé une lampe de chevet qui éclairait le lieu avec parcimonie. Les draps, bien qu'usés et ternes, dégageaient une fraîche odeur de savon. Leo s'assit sur son lit, enleva lentement sa chemise et se déchaussa sans masquer son plaisir.

« Enfin tranquilles ! Quelle famille, pas vrai ?

— Oui, répondit Herman tout en pliant soigneusement sa chemise. J'aurais bien aimé me laver, mais en fait, je préfère attendre demain, quand on sera de retour à la maison. Qui sait quelles maladies on risque d'attraper ici. Espérons qu'on ne sera pas piqués par les puces.

— Vous n'avez pas faim ?

— Non, le pain m'a suffi.

— Ça vous embête que j'aie mangé du porc ? » Leo s'approcha du lavabo en porcelaine blanc surmonté d'un miroir à cadre métallique et accroché sur le mur opposé, et se lava le visage.

« Non, pas du tout, pourquoi ?

— Mais vous n'en mangez pas.

— Non.

— Moi aussi, il fut un temps où ça me faisait peur. Mais après avoir quitté mes parents, j'ai constaté qu'on pouvait faire tout un tas de choses sans que Dieu s'y intéresse vraiment.

— Ceci n'a rien à voir avec Dieu », répliqua Herman qui posa sa chemise sur la table, enleva son pantalon, le tendit du mieux qu'il put puis plia les jambes, couture contre couture, avant de le poser précautionneusement sur la chemise. Ensuite il prit un carnet et un crayon et ajouta à la colonne des frais les cinquante lei qu'il avait versés au patron.

« Pourquoi tant de soin, Herman, votre maman n'est pas là, vous pouvez jeter vos vêtements par terre, le chicana Leo à travers le miroir. Je vous jure que je ne comprendrai jamais ce que signifie grandir dans une maison riche.

— Ce n'est pas aussi plaisant que tu le penses.

— Pourquoi ? Qu'est-ce qui vous a manqué ? Je suis sûr que vous mangiez de la viande tous les jours et que jamais vous n'avez dû rapiécer vos chaussettes.

— À quel âge as-tu quitté ta famille ?

— À dix-sept ans. Mes parents rêvaient que je devienne rabbin et ils m'ont envoyé dans une école talmudique. Ils étaient pauvres comme Job, mes parents, je suppose qu'ils voyaient en moi leur seul et unique espoir. Je suis resté huit mois dans cette école. D'ailleurs, j'y étais très bien, mais sans doute pas pour des raisons très cashères. Après, il s'est passé ce qui s'est passé et quand ils l'ont découvert, ça a fait un énorme scandale, que la direction a bien sûr préféré étouffer. Ils m'ont même payé pour que je déguerpisse et m'ont arrangé un travail à Kichinev.

— Quel genre ?

— J'ai été embauché dans les bureaux d'une entreprise de commerce de bois ; sauf que j'étais incapable de rester enfermé à classer des dossiers toute la journée. Au bout d'une semaine, j'ai démissionné, enlevé ma kippa et coupé mes papillotes. Je gagnais ma vie en faisant toutes sortes de travaux occasionnels, et cela suffisait à me payer tout ce dont j'avais envie. »

La chaleur qui s'était accumulée dans la chambre

251

pendant la journée refusait de se dissiper. Herman tendit la main vers la fenêtre et l'ouvrit. Un papillon de nuit noir qui attendait, patiemment collé à la vitre, en profita pour se faufiler, il voleta dans la pièce et finit par se poser à côté de la lampe de chevet. Leo l'observa d'un regard attentif pendant une longue minute puis l'écrasa d'un coup sec. Lorsqu'il leva la main, il fut très étonné de la petitesse de l'insecte qui, un instant auparavant, lui avait paru grand et intrépide. Il alla jeter le minuscule cadavre puis s'étendit sur son lit, visage tourné vers le plafond : « Je suis content qu'on se soit arrêtés ici. Je ne me plains pas du tout de mon travail, qu'il n'y ait pas de malentendu entre nous, mais il faut quand même avouer que nous passons nos journées uniquement en compagnie de vieilles femmes. Parfois, ça fait du bien de s'aérer.

— Moi, ça ne me dérange pas.

— Mais il vous arrive quand même de vous détendre, non ?

— Ah... oui, bien sûr », répondit le directeur, gêné.

Leo se tourna vers lui et se souleva sur le coude en se caressant distraitement le torse. Soudain, Herman lui trouva un drôle d'air, étrange – ce qui ne lui plut pas du tout. La question qui suivit encore moins :

« Avez-vous déjà été amoureux ?

— Huum..., marmonna-t-il en s'enroulant dans sa légère couverture.

— Oui ou non ?

— L'occasion ne s'est pas présentée.

— Comment est-ce possible ? Tous les hommes ont des désirs. »

Un goût acide monta dans la gorge de Herman,

apparemment des aigreurs d'estomac dues à ce qu'il n'avait presque rien mangé au cours de cette journée. Dans cette chambre, pourtant spacieuse, il se trouvait trop proche de ce drôle de garçon aux boucles noires et aux bras musclés. Il sentit le sang battre dans ses tempes, se releva, s'approcha du robinet et prit un verre d'eau. Ensuite, il se tourna vers la fenêtre, passa la tête dehors et inspira un bol d'air frais. Assez de parlote, il fallait dormir. Il n'avait pas l'intention de rester dans cette auberge douteuse une minute de plus que nécessaire : dès les premières lueurs du jour, ils paieraient leur repas et rentreraient à la maison.

Leo éteignit la lampe de chevet. Rapidement, il entendit le léger ronflement familier, presque imperceptible, indiquant que Herman dormait du sommeil du juste. Il se débarrassa de sa couverture, ramassa le pantalon qu'il avait lancé sur le sol et, sans bruit, le renfila avec précaution. Après avoir tapé sur sa poche pour s'assurer que son paquet de cigarettes était toujours là, il remit ses chaussures, passa une main dans ses boucles noires et sortit de la chambre. L'auberge était plongée dans l'obscurité, il descendit, marche par marche, guidé par les rayons de la lune qui passaient à travers un étroit grillage. Il atterrit dans la grande salle du rez-de-chaussée, où une odeur fétide le frappa au visage, un mélange de relents de gigot et d'huile brûlée. Il contourna la table en bois et s'approcha de la porte. Par chance, le propriétaire avait laissé la clé dans la serrure ; alors Leo la tourna lentement et se faufila dehors, non sans avoir veillé à ne pas refermer complètement derrière lui.

Une fois au grand air, il put libérer sa respiration et offrit son corps à la fraîcheur du vent nocturne. Il alluma une cigarette, s'adossa au mur dont le contact lui donna une délicieuse chair de poule. Les phares d'une voiture qui passait éclairèrent un instant le bâtiment, il s'écarta et se cacha sous l'auvent. Un chat perdu s'approcha de lui avec curiosité, se coucha sur le dos et commença à se tortiller de droite à gauche, mais Leo resta indifférent à ses trémoussements enjôleurs.

Il allumait sa deuxième cigarette lorsque le bruit qu'il attendait se fit entendre – le couinement des charnières de la porte latérale. Il y eut ensuite le crissement des herbes sèches écrasées sous des pieds nus. Il tira encore une dernière fois sur sa cigarette, s'en débarrassa d'une pichenette et se dirigea vers le hangar bâché, à l'autre extrémité de la cour. Sans tourner la tête, il était tout à l'écoute des pas qui le suivaient et s'approchaient, s'approchaient, s'approchaient... Il ne se retourna qu'une fois sous l'abri, attira Nico contre lui, glissa les mains dans le pantalon du garçon, les plaqua contre les courbes de sa superbe croupe. Tout cela se passa sans qu'aucun d'eux n'émette le moindre son, et seul le rythme de leur respiration s'accéléra de plus en plus.

Chapitre III

Jour de fête à Kolomyja

1

De toutes les actrices de la troupe, Titus, le teckel, avait justement jeté son dévolu sur Esther et lui exprimait son amour à grand renfort de coups de langue et de câlineries. Malgré les remontrances répétées de sa maîtresse, qui ne voyait pas cette idylle d'un bon œil, le chien refusait de se détourner de la Duchesse, et il établit même sa couche au pied du lit de sa bien-aimée. Tous les matins, il attendait qu'elle se réveille, et dès cet instant, la suivait à la trace. Peu importe où elle allait, il claudiquait devant elle sur ses courtes pattes en agitant la queue, lui apportait toutes sortes de gâteries ramassées ici et là – une vieille chaussette ou un os volé dans la cuisine par exemple – et souvent, incapable de contenir ses sentiments, il serrait le mollet d'Esther avec une force étonnante et remuait frénétiquement le bassin jusqu'à ce qu'elle le chasse d'un coup de pied. Elle n'avait jamais aimé les animaux domestiques, alors *a fortiori* celui qui appartenait à sa rivale honnie. En effet, dès son arrivée, Lydia Liphschitz s'était employée à ébranler le statut de la Duchesse par tous les moyens possibles et elle ne ratait jamais une occasion de lui chercher noise ou de l'énerver : les deux femmes ayant la langue aussi bien pendue l'une que l'autre, les dîners communs étaient devenus un véritable champ de bataille. En général, ces chicaneries se terminaient au détriment d'Esther qui, depuis la mort de sa chère Perla, ne s'amusait plus comme autrefois à faire de l'esprit et avait perdu beaucoup de son sens de la repartie ; d'ailleurs, si parfois elle arrivait à remettre Lydia à sa place, elle n'y prenait aucun plaisir, au contraire, elle s'en voulait de se laisser ainsi manipuler par son ennemie.

Mais même la Duchesse ne pouvait nier que, malgré tous ses défauts, la Liphschitz était une comédienne hors pair, une vraie bête de scène. Lorsqu'ils durent remplacer en urgence leur *Desdémone et Othello* (dont la représentation était exclue depuis le suicide de Perla) par un nouveau tableau shakespearien, ce fut elle qui proposa *Le Songe d'une nuit d'été*. Aussitôt séduit, Herman n'eut pas besoin de plus de trois jours pour en proposer une adaptation.

Si la Liphschitz s'était contentée de jouer le rôle principal, c'est-à-dire la Reine des fées, Esther n'en aurait retiré aucune amertume ; de toute façon, elle n'avait pas envie d'apprendre de nouveaux rôles. Rien d'étonnant donc à ce qu'elle ait suivi la première lecture du *Songe* d'une oreille distraite et comme si la chose ne la concernait pas. Cependant, lorsqu'elle entendit soudain Lydia exiger de manière péremptoire le droit d'intervenir dans la distribution des rôles secondaires, elle flaira clairement le coup monté : Madame tenait absolument à ce que le rôle de Puck, le petit diable, revienne à Trotski alors qu'il convenait parfaitement au physique de la petite Gina, à qui elle voulait décerner le rôle de l'enfant volé, déjà échu à Kreindl.

« Et qui va jouer l'âne ? lança Esther, l'air de rien. Ta fille, peut-être ?

— Ma Theodora ? répliqua l'autre en la toisant d'un regard assassin. Certainement pas, ma chère. J'avais justement pensé à la grande Gina, dont le talent comique n'a pas encore été assez exploité chez vous. »

Au cours de sa longue carrière sur les planches, la grande Gina avait reçu toutes sortes de compliments et de critiques, mais jamais personne n'avait osé déceler en elle la moindre fibre comique. Comme elle était gauche et se mouvait lourdement, elle ne se voyait confier que des rôles statiques, qu'elle interprétait d'ailleurs fort bien, et avec grand sérieux. L'on comprendra donc sa surprise lorsqu'elle entendit une telle remarque, venue de surcroît de la bouche d'une spécialiste telle que Lydia Liphschitz. Une surprise aussitôt balayée par un très vif plaisir.

« Ça, c'est bien vrai, se hâta de confirmer la petite Gina, qui se sentit dans l'obligation de défendre son amie. Moi qui partage sa chambre depuis des années, je peux vous dire qu'elle me fait beaucoup rire ! »

Mais oui, c'est ça, pensa Esther, le rabbi de Lelow et le Gaon de Vilna à elle toute seule ! Que la petite Gina soutienne cette idiotie ne l'étonnait guère : à l'évidence, elle crevait d'envie de porter le pantalon bouffant prévu pour le charmant éphèbe, et sans nul doute que le turban à plumes ne la laissait pas indifférente non plus !

« Et qu'en est-il de Kreindl ? susurra-t-elle. Herman a dit que c'était elle qui devait jouer l'adolescent.

— Pourquoi toujours Kreindl ? Pourquoi est-ce que je dois me cantonner aux diablotins sous prétexte que je suis petite ? La grande Gina veut jouer l'âne et moi, je veux jouer le petit page venu des Indes, un point c'est tout !

— Je peux ne pas participer à ce numéro, offrit généreusement Kreindl. Et même, ça m'arrangerait de garder mes forces pour l'intermède musical.

— Comme tu as raison, très chère ! s'exclama Lydia. Ne savons-nous pas toutes que les cordes vocales sont de plus en plus fragiles avec l'âge ? Tu dois te ménager ! La plupart des chanteurs que j'ai connus – et j'en ai connu beaucoup – préféraient, après la soixantaine, réduire le nombre de leurs représentations et une partie a même décidé de se retirer de la scène. Je me souviens du grand Margolis – à la fin, ça vous brisait le cœur de l'entendre. Franchement, n'aurait-il pas mieux fait de prendre sa retraite ou du moins de limiter ses apparitions en public au lieu de finir aussi lamentablement ? »

La pauvre Kreindl lança un regard inquiet vers Mimi,

mais celle-ci préféra ne rien dire, qu'ils croupissent tous ensemble dans la même marmite que leur Liphschitz ! Elle ne se souvenait pas avoir entendu la moindre protestation pour la défendre, *elle*, lorsqu'on l'avait blessée en mettant en doute ses talents de comédienne. Pourquoi interviendrait-elle maintenant ? D'ailleurs Herman, qui trouva que la discussion était allée trop loin, décida de clore le débat par un vote tout en annonçant qu'en tant que directeur artistique, il ne tolérerait pour l'instant aucun changement important dans ses choix. Trotski vota pour la proposition de la Liphschitz qui lui ouvrait de nouveaux horizons théâtraux, et comme seule Yetti Hirsch la mélancolique soutint Esther, la proposition fut adoptée à la majorité.

*

Il fallait bien admettre que Herman avait fait du bon travail avec son adaptation de Shakespeare. Il avait écrit les vers d'accompagnement d'un jet et avec la légèreté ironique adéquate. Afin de satisfaire Lydia, il avait donné à sa fille le rôle du roi Obéron et le problème de la tête de l'âne fut facilement résolu par la petite Gina qui proposa d'enlever les dents de leur antique sanglier pour le flanquer de deux grandes oreilles ; ne resta plus qu'à chercher un artiste peintre capable de réaliser la toile du fond. En voyant l'avancement des répétitions, Mimi fut bien obligée de reconnaître que ce nouveau tableau n'était dénué ni d'attrait ni d'intérêt. Lydia déploya, en Titania, la Reine des fées, tout le charme et l'espièglerie dont elle était capable. Son rayonnement fut tel que la pauvre Dora eut beau s'escrimer, elle n'arriva pas à donner le moindre éclat à son Obéron et se retrouva complètement écrasée par sa mère.

Forte de son succès, la Liphschitz proposa ensuite qu'ils mettent en chantier un nouveau numéro relevant, cette fois, du genre de l'épouvante : « Ce qu'il nous faut, c'est encore plus de tragique et de théâtralité », déclara-t-elle. Elle suggéra donc un tableau tiré de la vie d'Helena Blavatsky, la célèbre Russe dont les pouvoirs paranormaux avaient mis la New York victorienne en émoi. Cette fois encore, la majorité de la troupe trouva que, décidément, la grande dame avait d'excellentes idées.

Ce tableau ne nécessitait pas une distribution trop importante : outre Lydia dans le rôle du médium, il ne faudrait que trois autres actrices pour jouer ses disciples et une pour le fantôme. Quant au décor, il ne demandait rien de très onéreux, puisqu'il tiendrait surtout à la lumière et aux effets spéciaux de ce qui restait du sel de radium, cette poudre merveilleuse qui leur était arrivée de Paris quinze ans auparavant : une sympathisante marxiste, obscure laborantine qui travaillait avec Marie Curie en personne, avait réussi à mettre la main sur une petite assiette contenant ce précieux sel de radium. Comme elle ne savait pas quoi faire d'un tel butin mais restait persuadée qu'il y avait moyen de s'en servir pour faire avancer la lutte des classes, elle le confia au chef de la cellule communiste du quartier du Marais à Paris, le chimiste Yossl Schufmann. Ce dernier mélangea la poudre avec une crème cosmétique et envoya le pot à sa cousine, Dvora Schufmann, alias Trotski-Accessoire, qui se hâta de remettre son trésor entre les mains de Markus

Fabrikant. Une infime quantité de cette crème suffisait à produire un splendide rayonnement bleuté et le professeur avait décidé de l'utiliser pour créer sur scène cette magie qui, il le savait, enchantait le grand public. C'est qu'il avait découvert – à son grand dam mais comme beaucoup de ses prédécesseurs – que la majorité des spectateurs préférait le burlesque populaire et les mélodrames bon marché à l'art noble pour lequel il avait, au départ, fondé son Grand Cabaret. Afin que son entreprise soit viable, il s'était très tôt résigné à inclure dans son répertoire de quoi plaire au plus grand nombre – que ce soit des artifices visuels particulièrement impressionnants, des adaptations d'histoires bibliques, quelques bluettes un peu osées ou des tableaux qui correspondaient à tel ou tel événement connu et servaient à satisfaire le goût du moment.

Ne restait plus qu'à admirer Lydia Liphschitz qui, une cagoule noire sur la tête, roulait des yeux soulignés d'un trait bleu fluorescent, tandis que ses disciples, toutes frissonnantes de terreur, formaient une ronde autour d'elle. Qui ne s'émerveillerait pas en voyant la table magique en lévitation monter lentement vers le ciel grâce à des fils invisibles attachés aux poulies de l'habile machinerie inventée par Trotski-Accessoire ? Qui resterait de marbre lorsque surgirait de l'obscurité l'effrayant fantôme en linceul blanc – Yetti Hirsch la mélancolique – dont le visage poudré rappelait étrangement un crâne de chèvre ratatiné ? Le résultat était si probant qu'après s'être par hasard cognée à Yetti en sortant de sa loge, la petite Gina refusa pendant une semaine de dormir sans lumière. *Les Mystères de la Théosophie* connurent un tel succès qu'il fut décidé d'en faire le tableau final du nouveau spectacle.

Inutile de préciser que la Liphschitz tenait le rôle principal dans tous les numéros qu'elle avait proposés. Esther était de plus en plus aigrie, Kreindl feignait l'indifférence et Mimi enrageait – contre Herman, contre ses camarades mais surtout contre elle-même – car la nouvelle vedette contribuait incontestablement à l'augmentation des ventes de billets. Se réjouir de ces belles recettes revenait pour elle à admettre son erreur, mais, en trésorière expérimentée, elle ne pouvait réprimer son contentement à la vue de toutes les espèces sonnantes et trébuchantes qui tombaient dans son escarcelle.

Et les espèces sonnantes et trébuchantes abondaient. Les sous dégringolaient des poches des vieux lichteurs, survoltés de voir leur Esther de retour sur les planches (d'autant qu'ils avaient entendu de bien tristes rumeurs selon lesquelles, après le suicide de Perla, leur vedette avait perdu les cheveux ou encore avait fait le serment de ne plus jamais remonter sur les planches, certains avaient même affirmé qu'elle aussi s'était suicidée et que la direction du Cabaret cachait sa mort), les billets sortaient des portefeuilles des perczikants qui attendaient le cœur battant d'entendre à nouveau la voix aimée de leur Kreindl, et l'argent venait aussi, bien sûr, des admirateurs de la Liphschitz, les liphschiteux, dont le nombre dépassait de loin celui des lichteurs et des perczikants réunis.

Ce vaste public, spectateurs de toutes les obédiences qui, hors du théâtre, s'invectivaient parfois jusqu'à l'affrontement, se retrouvaient dans la salle pour acclamer à l'unisson la résurrection du Grand Cabaret du professeur

Fabrikant, qui avait été capable de transformer les voiles de deuil en costumes époustouflants.

2

« Apportez-moi encore de l'eau chaude et encore des bandages ! Un petit effort et c'est fini, ma jolie, juste un tout petit peu de... » L'accouchement avait commencé l'après-midi, huit heures plus tôt, mais à l'évidence et malgré tous les encouragements, la malheureuse parturiente n'était pas au bout de ses peines. La sage-femme était en nage : trente-sept ans qu'elle mettait des bébés au monde et jamais elle n'avait vu de crâne aussi volumineux. Pourvu que demain, on n'ait pas un enterrement, priait-elle en silence.

Dans l'autre pièce, une bouteille du meilleur cognac français à la main, attendait Menahem-Felix Zweig, le patron de Heinzelmann, une entreprise spécialisée dans la vente de presses et de matériel d'imprimerie. Originaire de Moravie, il s'était installé à Vienne sept ans auparavant en compagnie de Rosa, son épouse bien-aimée, avec, dans sa besace, une fortune rondelette et l'espoir d'un avenir radieux. Effectivement, la capitale de l'Empire avait accueilli le couple à bras ouverts et tout ce qu'avait entrepris Menahem-Felix avait réussi. Avec l'héritage de ses parents il put devenir associé « caché » de l'entreprise Heinzelmann, et au bout d'un an, au moment de l'émancipation des Juifs, il racheta la part du fondateur et réussit à devenir l'un des principaux fournisseurs de l'administration austro-hongroise. Il semblait donc que tous ses rêves s'étaient réalisés, ne lui manquait plus qu'un enfant, fruit de ses entrailles, pour parfaire son bonheur… mais voilà que les hurlements qui s'échappaient de la chambre close ne semblaient présager rien de bon ! Que se passait-il donc ? Que devenait sa Rosa ?

Il était deux heures du matin lorsqu'un premier vagissement déchira la nuit. Menahem-Felix Zweig se dressa sur ses pieds et laissa échapper un soupir de soulagement – Dieu merci, il entendait aussi les gémissements de son épouse. Très vite la porte s'ouvrit et la sage-femme se dirigea vers lui, les bras serrés autour d'une créature vociférante enveloppée dans une couverture blanche : « Félicitations, monsieur Zweig, félicitations, vous avez une fille, à la bonne heure ! »

Menahem-Felix entra dans la chambre et s'approcha de Rosa, qui reposait dans un état de semi-conscience. La sage-femme mit le bébé au sein de la jeune mère à qui elle caressa le visage : « Regardez quelle énorme demoiselle vous venez d'expulser. Rien d'étonnant à ce que vous ayez dû faire tant d'efforts. Mais tout ira bien. Excusez-moi, monsieur Zweig, vous devez maintenant sortir de la pièce. Les premières heures sont toujours critiques et votre dame doit se reposer. »

Une réception en l'honneur de la naissance de Gina fut organisée chez les Zweig au début de l'été 1868. À peine six semaines s'étaient écoulées depuis l'accouchement, pourtant aucune séquelle ne marquait le visage de Rosa qui apparut encore plus belle et plus pétillante que d'habitude dans sa robe de taffetas plissée, au décolleté ouvert sur une poitrine gonflée, d'un blanc étincelant.

Tout ce que la bourgeoisie juive de Vienne comptait de personnalités vint partager la joie des époux Zweig. Sous les lustres du grand salon qui caressaient de leur douce lumière l'onéreux mobilier Biedermeier, des domestiques en livrée s'agitaient avec des plateaux de poissons fumés et de fromages goûteux, un orchestre jouait des valses et des mazurkas et le champagne coulait à flots. Dans le petit salon, on avait dressé des tables qui offraient des entremets, des biscuits de Linz relevés au muscat, des boulettes de pommes de terre farcies aux abricots, des beignets aux pommes frits dans du beurre, et de la crème chantilly dans des bols en porcelaine. Après avoir satisfait l'appétit de ses invités, l'hôtesse se rendit à leurs prières, s'approcha du piano et joua quelques courts morceaux de Schubert qui lui valurent de beaux applaudissements et de nombreux compliments. La petite avait été placée dans un joli berceau en bois, sous un dais en dentelle de Bruxelles. Tous les visiteurs purent ainsi admirer ce bébé si bien développé, puis souhaiter aux parents le plus de bonheur possible avec leur enfant.

Les premières années de la grande Gina se passèrent très agréablement. Elle fut confiée à une nourrice dévouée et à deux domestiques qui la gâtaient en permanence, apprit la danse et le piano, et malgré une certaine lenteur dans la réflexion, elle allait bientôt commencer à apprendre les langues anciennes, ses parents s'étaient déjà mis en quête d'un professeur mais à ce moment-là, une catastrophe s'abattit sur la famille. Gina avait sept ans lorsque l'entreprise Zweig et fils – après Gina naquirent des jumeaux, Walter et Max – fut déclarée en faillite suite à des contrats passés avec un fournisseur allemand véreux, pris dans les rets de la spéculation. Le père décida alors de fuir ses créanciers et d'aller s'installer à Londres dans l'espoir d'y redorer son blason. Menahem-Felix et Rosa passèrent la frontière sous une fausse identité. Ils avaient, afin de faciliter leur évasion, préféré laisser leur fille aînée chez une tante et n'avaient pris avec eux que les jumeaux, qui étaient encore tout petits. Promesse fut maintes fois réitérée à Gina : dès qu'ils auraient trouvé où se loger à Londres – ils la feraient venir.

Malgré tous ces engagements, la fillette n'entendit plus jamais parler de ses parents et jamais elle ne reçut de lettre ou de télégramme de leur part. Ce qui la conduisit à échafauder diverses hypothèses. Au début, elle pensa qu'ils avaient été arrêtés par la police et craignit le pire ; ensuite elle imagina qu'ils l'avaient volontairement abandonnée parce qu'ils lui préféraient les jumeaux, et elle leur en voulut ; finalement, de colère lasse, elle se reprocha de ne pas avoir été assez gentille et se persuada que si elle se montrait bonne et serviable envers ses semblables, elle se rachèterait et papa viendrait la chercher. Encore un petit effort, s'exhortait-elle, encore un peu de patience. Mais la tante qui l'avait adoptée n'en avait pas un gramme, de patience, et comme cette femme était fort occupée à fréquenter la haute société, elle n'avait pas de temps à lui consacrer. Si elle avait décelé en la pauvre Gina la moindre possibilité d'éclore en jolie fleur de salon, peut-être l'aurait-elle gardée ; mais cette gamine empotée n'avait rien de la grâce ni de l'élégance viennoise et sa tante se désintéressa d'elle. Au bout d'un an à attendre en vain un signe de vie des fuyards, elle décida de placer sa nièce dans l'orphelinat Fischman, quelque part au nord de l'Empire : de toute façon loin du cœur, elle l'envoya loin des yeux. Là-bas comme ailleurs, la fillette, pour sa part, continua d'attendre le miracle. Elle ne cessait de raconter et de reraconter à ses nouvelles amies que voilà, bientôt on viendrait la chercher et qu'on l'emmènerait à Londres, et pour se préparer au grand départ, elle dégota un livre d'anglais avec lequel elle essaya, en cachette, d'apprendre cette langue. Comme elle n'avait pas l'esprit vif, tout ce qui s'incrusta dans son cerveau fut la phrase dont elle voulait se servir lors de sa première sortie pour le thé : *Good evening sir, my name is Gina and I am nine years old,* ce qui voulait dire, elle se le répétait pour ne pas l'oublier : bonsoir monsieur, je m'appelle Gina et j'ai neuf ans.

Seize mois plus tard, lors de ses pérégrinations à la recherche de jeunes talents, Markus Fabrikant arriva à l'orphelinat Fischman ; ce qui le décida à prendre la demoiselle fut le fait qu'elle était la seule fillette de l'établissement à avoir été abandonnée suffisamment tard pour se souvenir comment on exécutait une pirouette. Et c'est ainsi que la grande Gina quitta l'institution et entra dans le monde du théâtre. Qui sait, peut-être croyait-elle que si elle devenait une actrice dont la réputation rayonnerait au-delà des frontières, ses parents lui pardonneraient – quoi exactement, elle l'ignorait – et la ramèneraient au sein de sa famille. Dans l'unique but de faire plaisir à Markus, elle acceptait tous les rôles dont personne ne voulait. Il lui en savait gré et la remerciait en lui confiant de temps en temps un morceau plus consistant, de ceux qui ne demandaient cependant pas trop d'efforts intellectuels, comme par exemple le chef indien dans *Christophe*

Colomb découvrant l'Amérique, ou la moitié inférieure du sanglier dans *Artémis et Adonis.* Cela dit, là où Gina Zweig excellait, où elle atteignait le summum de ses capacités théâtrales, c'était dans l'incarnation des géants et des monstres. Ce qui permit à Esther de faire la remarque, le jour où le professeur lui attribua le rôle principal du *Golem de Prague,* qu'en l'occurrence, il n'y avait aucune prise de risque dans cette distribution.

*

Le 7 novembre 1875, l'employé de la compagnie maritime Henri-Joseph Lambert et fils inscrivit les noms suivants sur la liste des passagers de *L'Alsacienne,* un navire qui partait du port de Calais : « Goldschmidt Yossef, négociant, 39 ans, et sa femme Elisabeth, née Halbertal, 32 ans, accompagnés de jumeaux de sept mois. Citoyens autrichiens, domiciliés à Vienne. »

Le 8 novembre, un vent violent se leva sur la Manche et déclencha une terrible tempête. *L'Alsacienne,* bondé de touristes et de marchands, qui avait appareillé le matin même vers Douvres sur les côtes anglaises, coula en mer. Un deux-mâts de la marine française patrouillait dans les environs et se dérouta pour lui porter secours, mais lorsqu'il arriva près du bateau, il ne restait plus aucun survivant.

Kolomyja, le 8 octobre 1938

Ma chère Giza,
  D'ici à ce que tu reçoives cette lettre, les événements de Tchécoslovaquie seront de l'histoire ancienne. Tout le monde chez nous espère que ce Hitler va finir par se calmer, mais je ne me fais pas d'illusions. Un goinfre reste un goinfre, et celui qui prend de force une tranche de gâteau peut tout à coup avoir envie de dévorer le reste. Les nouvelles nous sont tombées dessus alors qu'on faisait route vers la Pologne et on a mis une journée entière pour arriver à Kolomyja, bien que la ville soit tout près de la frontière. La situation politique est si tendue que cela se ressent directement sur les policiers et ce sont eux qui ont ralenti tout le trafic. Nous avons été bloqués dans une file d'attente pendant des heures.
  Je te raconte : on arrive enfin au poste frontière, le douanier nous fait signe de nous arrêter et là, il voit que notre bus est conduit par une femme plus très jeune avec non seulement une casquette noire sur la tête mais (il faut bien dire la vérité) des poils de bouc au menton… alors, si tu étais un policier roumain désœuvré, tu ne lui aurais pas lâché une petite moquerie ? Bien sûr que si ! Et si tu étais la conductrice, est-ce que tu te la serais bouclée en laissant la plaisanterie entrer par une oreille et sortir par l'autre ? Bien sûr que oui ! Mais Trotski a ouvert sa grande bouche, elle s'est mise à le menacer et a même sous-entendu qu'elle connaissait son nom et qu'il serait le premier à être puni par les communistes le jour du grand soir. À partir de là, ça n'a fait

que dégénérer. Si tu savais ce que le Roumain s'est pris ! Et nous, on a tous été arrêtés et envoyés directement au cachot.

C'est exactement ce que je craignais, parce que ici la loi change tous les deux jours, et tu ne peux jamais savoir quels documents tu auras à présenter. D'après les textes, ils étaient obligés de nous laisser entrer en Pologne, mais rien ne leur interdisait de nous faire suer à la frontière. En général, je demande à Kreindl d'être la première à tendre ses papiers — elle est la seule de la troupe à être née à Budapest et elle a encore un passeport de l'ancienne Roumanie : si le fonctionnaire est bien luné, on a une chance pour qu'il ferme les yeux sur les passeports Nansen avec lesquels la majorité d'entre nous circule. Mais cette fois, le policier, qui était déjà énervé, a décidé de nous en faire voir de toutes les couleurs. Il a tamponné le passeport de Kreindl sans problème, de même que celui de la Liphschitz et de sa fille (elles ont tendu un passeport polonais). Trotski, en tant qu'éminente révolutionnaire, a eu droit à un interrogatoire en règle mené par le directeur du poste frontière en personne et dans son bureau, s'il vous plaît (si tu avais vu comme elle se pavanait après, fière comme Artaban !). Mais nous, le menu fretin, on a été envoyés dans une autre pièce et là, si tu savais avec quels unterveltnikes *on s'est retrouvés, des vrais criminels, une honte ! Nos passeports ne cessaient de passer de main en main jusqu'à ce que je finisse par comprendre quel genre de papiers ils voulaient vraiment. Je n'ose pas t'écrire combien toute cette affaire m'a fait débourser.*

Surtout que depuis belle lurette, l'argent (puisque j'en suis à parler de ça) ne pousse plus sur les arbres de nos contrées. La Liphschitz et sa fille nous coûtent quatre fois plus que les autres et même si, en général, je vends tous les billets

— touchons du bois —, je suis obligée, depuis plusieurs mois, de baisser nos prix, sinon, on n'aurait plus personne dans nos salles. Les autorités confisquent les entreprises juives à tour de bras, beaucoup ont fait faillite, et ceux qui travaillent encore gagnent à peine de quoi vivre. À Czernowitz, la situation reste relativement bonne (c'est qu'on a encore besoin de nos médecins là-bas !) mais plus tu t'éloignes de la ville, plus tu rencontres d'indigents. Crois-moi, Giza, ça fait longtemps qu'on aurait dû me décerner le prix Nobel de comptabilité, avec toutes les acrobaties que je fais pour que, malgré nos dépenses, il nous reste quelque chose. Non, je ne cherche pas à me faire mousser, je ne veux pas fanfaronner et encore moins radoter. Je fais mon travail et c'est tout. D'un autre côté, je constate que personne ne pense à me complimenter. Un doigt d'honneur, voilà ce que je récolte. Je n'ai pas oublié leur réaction lorsque je me suis proposée — uniquement pour faire des économies — de remplacer Perla. N'importe qui ne peut pas s'improviser acteur juste parce qu'il en a envie — voilà ce qu'on m'a bien fait comprendre. Et à ma place, ils ont appelé cette enquiquineuse. Depuis qu'elle est avec nous, tout a changé. On se retrouve avec des clans et des intrigues. Tu ne peux pas t'imaginer à quel point je me sens seule : certes Esther est quelqu'un qui a la tête sur les épaules, mais maintenant qu'elle sent qu'on cherche à lui enlever les premiers rôles, elle ne s'intéresse plus qu'à elle-même et se fiche du reste. Kreindl est une amie fiable, mais chaque fois que j'essaie de lui parler de ce qui se passe dans la troupe, elle change de sujet. J'ai toujours su qu'elle était la plus grande optimiste du monde, mais là, ça frise la stupidité, que Dieu me pardonne.

Oh, pourquoi est-ce que je t'ennuie avec ces patshkeray, *toutes ces tracasseries. Du temps du professeur, n'avions-nous* pas nos soucis ? Bien sûr que si. Et je m'en suis toujours bien sortie. D'ailleurs, on a aussi de bons moments. Les Fabrikant ont un cousin à Kolomyja, très riche, qui fête la bar-mitsva de son fils la semaine prochaine. Quand il a appris que nous étions de passage en ville, il nous a tout de suite envoyé sa femme avec une invitation pour la cérémonie. Ça se passera à la grande synagogue et c'est très gentil de sa part, ça fait du bien de savoir qu'il y a des gens qui ont de la mémoire. Comme j'ai quelques économies, j'ai décidé de me faire coudre une nouvelle robe en cet honneur. Pourquoi pas ? Quoi, seule la Liphschitz a le droit de bien s'habiller ? On trouve maintenant sur le marché de ces tissus modernes à rendre fou. Tu sais ce que c'est : il n'y a pas de ventre que l'on ne puisse cacher avec une petite pince par-ci ou une petite fronce par-là. Et oui, grâce à Dieu, j'ai pris un peu de poids ces derniers temps.

J'ai été ravie d'apprendre que tu as rencontré la famille Schatz à Haïfa. Je me souviens du grand-père avec ses yeux bleus, un homme très souriant. Passe-leur mon bonjour et transmets-leur tous mes vœux de réussite en Terre promise. On n'a pas encore de calendrier précis pour le printemps, alors pour l'instant, je ne peux pas te dire quand tu pourras venir à Czernowitz. Tu sais combien je veux te voir (cela fait si longtemps !), mais à cause de la situation politique, je pense qu'il vaudrait mieux attendre et décider en dernière minute. Tellement de choses ont changé depuis ton départ, ce n'est plus l'Europe que tu as connue et je ne voudrais surtout pas te faire courir le moindre risque.

Une bonne et heureuse année
te souhaite
ta cousine qui t'aime
Mimi Landau.

Kolomyja, située au sud de la Galicie, ne pouvait pas être considérée comme une grande ville. La terre qui l'entourait était tellement aride que même le blé devait être importé de Roumanie. Dans le passé, les gens étaient obligés de traverser la frontière pour gagner leur vie, d'aller chez les Hongrois ou les Moldaves, jusqu'au jour où la chance avait tourné et où l'on avait découvert, à l'ouest, quelques puits de pétrole, grâce à quoi la région devint prospère. Les Juifs locaux, particulièrement prompts à réagir, ne ménagèrent pas leurs efforts – l'un se mit à moudre de la farine, l'autre à construire des turbines, un troisième à produire des bougies – et c'est ainsi qu'ils devinrent immensément riches, voire, pour certains, millionnaires.

Bien que construite selon la norme la plus courante de cette partie des Carpates, Kolomyja ne rappelait en rien le faste des cités voisines. Sa grand-place était rectangulaire, comme à Czernowitz, mais l'architecture des immeubles qui l'encadraient n'avait rien à voir avec la magnificence de la capitale de la Bucovine. Dans un coin se dressait le bâtiment de la mairie qui servait de caserne de pompiers le cas échéant, dominé par un hideux beffroi en haut duquel marchait, jour et nuit, une sentinelle dont le rôle était de donner l'alerte avec une trompette si jamais un incendie se déclarait en ville. Tout près, se trouvait la grande synagogue et c'est à côté, rue Szpitalna, qu'habitait le riche marchand Ignaz Fabrikant. Ce Fabrikant-là avait fait fortune dans l'exportation : son entreprise ramassait des œufs dans tous les villages du canton puis les plongeait dans de la chaux pour en conserver la fraîcheur, les rangeait dans des caisses rembourrées de paille et les envoyait ainsi à travers toute l'Europe ; un habitant de Kolomyja (certes connu pour son sens de l'exagération) était un jour passé par Londres et, à son retour, avait juré avoir mangé un œuf de chez Fabrikant dans un restaurant : il l'avait identifié, selon ses dires, d'après certaines caractéristiques connues de lui seul.

Pour les treize ans de son fils, le riche négociant décida d'organiser une belle fête de bar-mitsva, comme il convenait à un homme de sa condition. Il convia pas moins de cent dix-sept personnalités de la ville à venir écouter le discours préparé pour l'occasion par son rejeton, après quoi il avait prévu de régaler ses convives en leur offrant un festin de roi. Afin de laisser de son banquet un souvenir inoubliable, il fit venir Zemakh Langer, le célèbre bedeau de la synagogue, lui confia une épaisse liasse de billets et lui ordonna de ne pas regarder à la dépense : chez Fabrikant, on mangerait les mets les meilleurs et on siroterait les boissons les plus raffinées.

Ce fameux Langer – court sur pattes, comme son patronyme ne l'indiquait pas (*langer* signifie « long ») – était de ces nabots autoritaires qui, peu importe sur quoi ils étaient assis, avaient l'air de posséder leur siège depuis toujours. Il avait le visage sillonné de rides non pas d'inquiétude mais de contentement, et même si ses jambes inégales – l'une avait trois centimètres de moins que l'autre – l'obligeaient à claudiquer, il était capable de courir à une vitesse qui épuisait de bien plus jeunes et de bien mieux bâtis que lui. De plus, il connaissait mieux que personne les relations complexes qui unissaient ou opposaient les différentes communautés juives de Kolomyja, en vertu de quoi il arrivait toujours à dresser intelligemment un plan de table, rapprochant ceux qui s'aimaient et éloignant ceux qui se détestaient. Même s'il se livrait à des manœuvres hautement compliquées, jamais il ne se départait de son expression de calme bonhomie et pimentait toujours ses actes d'adages intelligents ou de maximes un peu écorchées, glanées au cours de son travail au service de grands rabbins. Comme cela faisait de longues années qu'il exerçait sa fonction de bedeau, il était aussi devenu une référence en matière de musique liturgique, et chaque fois qu'un nouveau chantre prenait ses fonctions, un cercle de curieux se formait aussitôt autour de lui afin de recueillir son avis. Alors le nabot s'attardait un instant, plissait le front, fermait un œil et finalement, il émettait un jugement tout en allusions claires comme de l'eau de roche. La rumeur céleste qui s'élevait alors de la synagogue scellait le sort du nouveau ministre officiant, pour le meilleur ou pour le pire.

Ce nain avait deux fils, des jumeaux, Sheike et Itshe, deux colosses irascibles et effrayants. La question de savoir s'ils étaient plus grands que gros ou inversement avait divisé la communauté pendant des années. Leur taille, ils l'avaient héritée de la mère, qu'elle repose en paix, tandis que leur propension à grossir venait indubitablement du père. Mais, alors que l'estomac paternel se dressait fièrement, joliment rebondi telle une pastèque bien mûre au-dessus des bâtonnets qui lui servaient de jambes, le ventre des jumeaux était triste et pendouillait en une cascade de bourrelets flasques dont la forme changeait selon la position de leur propriétaire.

Lorsque les trois Langer marchaient ensemble dans la rue, on aurait dit un chef de gang flanqué de ses gardes du corps : au milieu claudiquait Zemakh Langer et sa joyeuse humeur, alors que de part et d'autre avançaient deux mastodontes, pantalon remonté, visage figé dans une éternelle protestation.

Tous ces délices furent livrés le vendredi matin

Lorsque Zemakh sortit de chez Ignaz Fabrikant, il se rendit directement rue Sobieski où, entre les ateliers et les nombreux marchands ambulants, habitait une indigente qui vendait pour un prix dérisoire de succulentes tartes, sucrées ou épicées, de sa fabrication. Une fois cette affaire réglée, il entra chez le grossiste en spiritueux puis termina sa tournée chez une pâtissière qu'il paya d'avance pour huit plateaux de gâteaux aux œufs et à la farine. Il lui recommanda de bien les imbiber de jus d'orange afin d'éviter qu'une miette trop sèche ne reste coincée, Dieu nous garde, dans le gosier de quelque distingué convive.

Tous ces délices furent livrés le vendredi matin dans la cuisine qui se trouvait au sous-sol de la grande synagogue. Tandis que le bedeau dirigeait ses commis qui s'agitaient dans tous les sens, les jumeaux débarquèrent avec deux énormes marmites, une pour Sheike et une pour Itshe, qu'ils remplirent couche après couche, en multipliant les précautions, d'orge perlé, de flageolets et de pommes de terre ; à cela, ils ajoutèrent de beaux morceaux de viande et un gros os enveloppé de gras et de cartilage, qui, le matin encore, servait de patte à ce qui avait été une vache. Ils enroulèrent par-dessus des intestins farcis, saupoudrèrent d'épices, versèrent de l'eau et finalement, mirent les marmites dans le four pour qu'elles cuisent tranquillement toute la nuit. Un seul sujet de désaccord opposait les jumeaux : la recette du traditionnel *tsholnt* de shabbat. Dans la marmite de Sheike, il y avait plus de poivre noir et moins de sel, tandis qu'Itshe, d'un naturel bohème, ajoutait discrètement quelques touches non conventionnelles, par exemple des cous de dinde et une pincée de sucre caramélisé. Leur préparation culinaire terminée, ils briquèrent la petite pièce, sortirent des assiettes des placards et les posèrent sur une longue table en bois, par piles de vingt : ils étaient fin prêts pour l'inspection paternelle. Lorsque Zemakh Langer vint procéder à son examen général, il fut effectivement très satisfait. Les mets, la vaisselle, les bouteilles, les tonneaux – tout était en place pour la bar-mitsva du jeune Fabrikant. On pouvait verrouiller la porte et aller plonger dans le bain rituel pour accueillir dignement le shabbat.

Dès huit heures, le lendemain matin, tout le beau monde de Kolomyja se retrouva à la grande synagogue.

Non que la ferveur religieuse ait poussé tant de gens à se lever de si bonne heure, mais les bourgeois de la ville craignaient de rater le moment où les passages de la Torah à lire ce jour-là seraient mis aux enchères, un honneur qui, comme le veut la tradition, allait échoir aux plus offrants. Et quel Juif ne serait pas ravi d'exhiber sa fortune en faisant monter les prix jusqu'à écraser son rival sous les exclamations admiratives de toute la communauté ? Quant aux femmes, exemptées de la prière du matin, il leur était réservé un rôle bien plus important : elles devaient se pomponner et apparaître dans tous leurs atours sur le coup de dix heures, au moment précis où les rouleaux étaient sortis de l'armoire sacrée, déposés puis déroulés sur l'autel. Pourraient-elles, si elles n'étaient pas coiffées d'un de ces chapeaux dernier cri livrés spécialement de Lemberg (c'est-à-dire de Lwow), suivre dignement la cérémonie du haut de la galerie qui leur était réservée ? Pourraient-elles, si leurs mains n'étaient pas glissées dans des gants blancs faits sur mesure, lancer dignement des cacahuètes et des bonbons sur le roi de la cérémonie ? D'autant qu'à la place d'honneur, au centre du balcon, siégeait, telle la reine de Saba, la mère du garçon, entourée de sa cour de matrones : dans le premier cercle se pressaient ses amies des œuvres de bienfaisance, et juste derrière les épouses des grands rabbins et des grands banquiers, elles-mêmes entourées des épouses des simples marchands.

Comme rien ne valorisait davantage la famille aux yeux de ses coreligionnaires que d'avoir des invités venus de l'étranger, à peine la femme du riche négociant avait-elle appris que la troupe du Grand Cabaret était arrivée en ville, qu'elle s'était empressée d'aller donner à Herman un paquet de cartons d'invitation. À présent, tous les curieux n'avaient d'yeux que pour l'aile sud de la galerie des femmes, là où étaient assises les vedettes. Même monsieur Avrotzky, un des meilleurs lecteurs de la Torah (mais aussi un lischteur inavoué) ne pouvait s'empêcher de lancer quelques regards discrets vers le haut.

Et tandis que dans la synagogue l'atmosphère se galvanisait en arabesques virevoltantes, le sous-sol accueillait un tout autre ballet. Sœurs et belles-sœurs de l'hôtesse, secondées par un bataillon de petites mains et de commis de cuisine, s'agitaient dans tous les sens avec force soupirs. Les deux géants, Sheike et Itshe, transpiraient à grosses gouttes et aboyaient sur tous ceux qui se trouvaient en travers de leur route. Après avoir compté les carpes farcies pour la cinquième fois, pêché des cornichons et autres légumes conservés dans du sel, les avoir coupés en dés et piqués de cure-dents, après avoir extrait des blocs de graisse de bocaux joufflus, ils passaient à présent une main sur les nappes étincelantes et rectifiaient de l'autre la position des bancs autour des tables. Par la fenêtre de la cuisine, ils envoyaient aussi des assiettes de biscuits dans la grande salle du rez-de-chaussée et tout cela sans oublier, bien sûr, de contrôler leur *tsholnt* avec une grande cuillère. Le seul à rester immobile était Zemakh Langer qui, adossé au chambranle de la porte, contemplait tout ce désordre avec un plaisir évident, à l'instar d'un capitaine qui sait que plus personne ne peut détourner son vaisseau amiral, la pression monte dans les chaudières, les cordes se tendent, les canons se dressent, l'ancre est levée en même temps que le pont de commandement – et voilà ! On entendit enfin le signal qui, d'en haut, descendit jusqu'en salle des machines : « *Mazltov*, félicitations ! »

Trois quarts d'heure plus tard, les invités affamés se ruaient dans la salle de réception, les hommes à droite et les femmes à gauche puis, émus, le jeune Fabrikant et son père étaient conduits à la table du rabbin. Les bouteilles d'alcool furent ouvertes les unes après les autres. Santé !

Postés devant la fenêtre transformée en passe-plat, les jumeaux Langer reçurent de leurs commis deux immenses planches en bois sur lesquelles avaient été posées des dizaines d'assiettes de carpe farcie ornée de rondelles de carotte. Incroyable ! Les deux frères tenaient les lourds plateaux comme s'ils étaient en papier et sautillaient entre les tables serrées, le visage en sueur, les franges de leur petit châle de prière coincées sous la chemise. Chacun était accompagné d'un jeune garçon qui prenait les plats et les déposait devant les invités, par ordre d'importance. Les derniers à être servis furent les vieux fidèles de la synagogue dont personne ne gardait le souvenir mais qui apparaissaient systématiquement à chaque cérémonie – de ces indésirables qui cherchaient à manger gratuitement.

« C'est un pieux devoir que de donner aux indigents, maugréa l'un d'eux, un vieillard ratatiné avec une pomme d'Adam proéminente, qui protesta parce que Itshe l'avait volontairement ignoré.

— Les pique-assiettes seront servis en dernier », lui rétorqua le bedeau dans un grognement furieux.

Mais il en fallait bien davantage pour effrayer le râleur qui, par bravade, attrapa deux assiettes.

Le *tsholnt* venait d'être distribué lorsque les deux portes de la salle s'ouvrirent en grand et qu'une voix haut perchée, étonnamment puissante, lança comme s'il psalmodiait une prière : « *Papier na mucha*[1] *!* »

En entendant cet appel, tous les regards convergèrent vers le petit homme qui se tenait sur le seuil – un pauvre hère vêtu de loques et dont les souliers étaient usés jusqu'à la corde.

« *Paa-pii-er !* » répondirent tous les hommes dans un grand élan chanté.

Sous les rires qui fusaient de toutes parts, Zemakh Langer se hâta de guider le misérable entre les bancs et celui qui n'arriva pas à lui serrer la main put au moins lui donner une tape bienveillante sur l'épaule.

« Que se passe-t-il ? demanda Mimi à sa voisine de table, une femme aussi plantureuse que joyeuse.

— Ah, lui, c'est notre papier tue-mouches, lui répondit fièrement celle-ci.

— Et que lui vaut cet honneur ?

— Tout le monde le connaît ici, mais personne ne sait quel est son vrai nom. Comme son surnom l'indique, il gagne sa vie en vendant du papier collant contre les mouches. En général, il traîne au marché avec ses rubans accrochés autour des bras, et comme il est maigrichon, on ne le remarque pas vraiment, ce qui lui permet de se faufiler partout et de voir sans être vu. Il est là et guette le moment propice. Dès qu'il aperçoit une épicière en train de verser de la crème dans un récipient – il surgit tout à coup derrière elle en hurlant son sempiternel refrain : « *Papier na mucha ! Papier na mucha !* »

---

1. Papier tue-mouches (polonais).

— Bon, et alors ? demanda Mimi sans comprendre.

— Et alors ? Eh bien, il décroche le gros lot : la propriétaire sursaute et lâche tout, le récipient se brise, la crème se répand, les gens crient et avant que les esprits se soient calmés, il est déjà à l'autre bout de la ville. Un sacré farceur ! D'ailleurs, les marchandes ont décidé de prendre leur revanche : elles se sont passé le mot et un jour, dès que Papier tue-mouches est apparu au marché, une pluie de légumes pourris s'est abattue sur lui. Croyez-vous que ça a servi à quelque chose ? Le lendemain, il revenait et recommençait ses pitreries ! »

L'agitation provoquée par l'arrivée bruyante de Papier tue-mouches (à moins que ce ne fût l'effet du *tsholnt* qui tapissait déjà les estomacs) se mua rapidement en joyeuse effervescence et du côté des hommes, on entonna des chants à la gloire de celui qui régalait avec tant de générosité. Ceux qui avaient oublié les paroles fredonnaient, ceux qui avaient oublié la mélodie battaient la mesure en tapotant avec une fourchette sur leur verre. L'exaltation était à son comble lorsque soudain monta de la cuisine un vacarme de tous les diables.

C'est que, à la fin du repas, l'on dut constater qu'il restait un peu plus de *tsholnt* dans la marmite de Sheike que dans celle d'Itshe. Ce dernier, qui n'avait pas le triomphe modeste, commença aussitôt à dénigrer haut et fort la recette de son frère. Il tendit la main et, profitant de ce que Sheike se précipitait, tête la première, contre son estomac, il lui arracha sa calotte. Les coups de poing commencèrent à pleuvoir des deux côtés et ne s'arrêtèrent que lorsque Zemakh Langer, alerté par le bruit, accourut sur le champ de bataille et sépara ses fils.

« Arrêtez, mes enfants, arrêtez ! les supplia-t-il. C'est à cause de luttes fratricides que Jérusalem a été anéantie ! »

Le fracas des assiettes, la chute de plateaux, les hurlements des femmes, l'agitation des enfants, l'ivresse des convives et les intestins farcis – ce chaos, si typique de Kolomyja, donna un peu le vertige à Mimi et elle décida de sortir dans le jardin prendre l'air.

Pa-pier-na-mu-cha-pa-pier

En fait, on ne pouvait peut-être pas vraiment appeler « jardin » cette arrière-cour où il n'y avait rien, à l'exception de trois tilleuls qui se déplumaient et de quelques caisses de bouteilles vides. La pluie, tombée le matin même, avait mouillé les feuilles mortes si bien que la terre était à présent recouverte d'une couche glissante qui culminait en un petit amas de boue le long du mur de la synagogue. À l'autre extrémité avait été construite une cabane de planches bancale qui servait de débarras. Mimi s'en approcha à pas prudents, la contourna et découvrit un banc très accueillant sur lequel elle s'assit en laissant échapper un soupir de soulagement. Elle ferma les yeux, respira profondément : pourquoi avoir pris une seconde tranche de gâteau ? se sermonna-t-elle. Quelle bonne idée d'être sortie, voilà, ton vertige est déjà passé… il était temps ! Elle farfouilla dans son sac, en extirpa son harmonica mineur et commença à jouer. Elle était si concentrée qu'elle n'aperçut pas la jeune femme qui avançait timidement vers elle.

« Je peux m'asseoir ? » demanda Dora.

Mimi sursauta et écarta aussitôt l'instrument de ses lèvres : « Je t'en prie, répondit-elle en se poussant pour lui faire de la place.

— J'ai l'impression d'avoir trop bu, s'excusa Dora avec un sourire. Je n'ai pas l'habitude de telles agapes. J'espère que vous ne m'en voudrez pas de vous avoir écoutée. Vous jouez bien.

— Ne dis pas ça, je ne suis qu'un amateur.

— C'était très joli quand même.

— J'avoue que ce n'est pas le résultat qui me préoccupe. Je joue de l'harmonica parce que ça me fait du bien, ça m'apaise.

— Vous permettez ? demanda Dora en lui prenant l'instrument des mains. Pourquoi porte-t-il l'inscription : "Une femme vaillante" ?

— Ah, c'est une vieille histoire... En fait, j'ai deux harmonicas, sur l'un est inscrit : "Une femme vaillante" et sur l'autre : "Qui la trouvera ?". Feu le professeur Fabrikant me les a offerts pour mes soixante ans.

— Mais pourquoi deux ?

— Parce qu'il en faut toujours deux, un majeur et un mineur. Sur un harmonica, à la différence des autres instruments, on ne peut pas jouer toutes les gammes. Et même si certains grands virtuoses parviennent à en tirer de la vraie musique, ça reste un instrument assez limité.

— Je lui trouve un son très agréable.

— Ça, c'est parce que mon harmonica a beaucoup de valeur, se rengorgea Mimi. Le professeur a tenu à m'offrir ce qui se faisait de mieux sur le marché, c'est une marque allemande, tu vois le tampon ? Et si tu regardes de près, tu remarqueras que les anches sont en bois et non en métal comme dans les jouets des enfants qui ne coûtent que quelques sous. Ça change totalement la couleur du son. »

Mimi reprit son instrument des mains de Dora et le cogna contre sa cuisse pour en évacuer les restes de salive. Ensuite, elle le remit dans son étui, tourna la tête et dévisagea la jeune femme, à qui elle trouva soudain un certain charme, malgré son menton en galoche. Peut-être étaient-ce ses yeux gris qui lui conféraient une douceur touchante ? Son col, un peu ouvert, révélait une parcelle de peau blanche piquée, ici et là, de taches de rousseur claires, et Mimi se dit que, malgré ses airs de sainte-nitouche et même si elle n'était pas très jolie, la demoiselle pouvait assurément attirer un homme.

« Vous l'aimiez beaucoup, le professeur ? demanda Dora.

— Il était comme mon père. En fait, il a été notre père à toutes.

— C'est vrai ce qu'on dit, que Herman ressemble un peu à ce qu'il était dans sa jeunesse ? »

Quelque chose dans la vibration de sa voix alerta Mimi : « Il te plaît ? »

Une vive rougeur envahit les joues de Dora qui parut soudain presque mignonne.

« Tu ne dois pas avoir honte, ma petite. Tu es une jeune femme, c'est un jeune homme – que dire de plus ? Est-ce que ta mère est au courant ? »

Dora se massa la nuque et répondit que oui, elle en

avait parlé à sa mère. Bon, pas exactement parlé – à vrai dire, Lydia lui avait extirpé cet aveu. Elle avait toujours été ainsi, on ne pouvait rien lui cacher. « En ce qui me concerne, je sais très bien que je ne dois pas y penser, mais maintenant, ma mère ne cesse de m'embêter et de se monter la tête. Elle ne veut sans doute que mon bien, ajouta la jeune fille avec embarras, mais quand elle se fixe sur quelque chose, ça devient une obsession et c'est terrifiant. Elle a agi de même avec la peinture et avec le théâtre, et à présent, elle a jeté son dévolu sur Herman.

— Je croyais que tu aimais peindre, s'étonna Mimi.

— J'en retire du plaisir, oui, mais je sais que je n'ai pas vraiment de talent. Tenez, il me semble que la peinture est pour moi ce que l'harmonica est pour vous.

— Mais tu as tout de même été la meilleure élève de Chagall, non ? Ce n'est pas rien !

— Ah, oui, Chagall, releva Dora en riant. Que puis-je en dire ? C'est vrai que j'ai été une des meilleures élèves de Chagall, mais il ne s'agissait pas du Chagall auquel vous pensez. Le mien s'appelait Yaacov Chagall – c'est un cousin éloigné de Marc, un profiteur qui gagne sa vie grâce à des gens comme ma mère. La pauvre, elle veut tellement faire de moi une artiste que peu lui importe dans quel domaine ! Non, non, je ne suis pas à plaindre, madame Landau, précisa-t-elle en voyant l'expression désolée de la trésorière, je suis bien comme je suis, vraiment. Que faire, on ne naît pas tous avec du talent.

— Sais-tu qu'au début, j'ai beaucoup joué dans les spectacles de la troupe ? En fait, j'ai commencé en tant qu'actrice, mais au bout de quelques années, comme le professeur avait besoin de quelqu'un pour l'aider dans ses comptes et que j'étais très douée pour les chiffres, eh bien, je suis progressivement devenue sa trésorière.

— J'espère que mes questions ne vous embarrassent pas, continua Dora presque en chuchotant, mais j'aimerais savoir : vous n'avez jamais eu envie de partir ? De fonder une famille, d'avoir des enfants ?

— Les années où nous aurions pu, nous n'y pensions absolument pas. Nous ne vivions que pour le Grand Cabaret. Aucune d'entre nous ne s'est posé la question... et tout à coup, il n'était plus temps. Mais je ne regrette rien : tu vois, sans m'avoir imposé une grossesse, Dieu m'a donné six filles dont je m'occupe jour et nuit. »

Dora eut un petit rire et demanda à Mimi de lui jouer encore quelque chose. Mais avant que celle-ci n'ait eu le temps de ressortir son harmonica, la voix de Lydia, qui cherchait sa fille, frappa leurs tympans : la fête était terminée et les invités commençaient à se disperser. La trésorière leva les yeux vers le ciel, redevenu glacial. Il serait bien agréable de rentrer à l'hôtel et de s'offrir une sieste sous une chaude couverture, le ventre plein, à écouter la pluie qui cognerait délicatement à la fenêtre... Tandis qu'elles allaient retrouver les autres, Mimi caressa tendrement la joue de Dora et lui jura qu'elle ne révélerait son secret à personne.

Chapitre IV

Attraction et tractation à Czernowitz

1

« Herman est là ? » demanda Leo, les joues encore rougies du rasage. Lorsqu'il entra dans le salon, une légère odeur d'eau de Cologne se répandit à l'intérieur de la pièce où, en cette fin de journée, il ne trouva que quelques actrices qui prenaient le thé. Après leur retour de Kolomyja, le calendrier des représentations, qui s'était nettement clairsemé, leur octroyait de longs moments de liberté, que ces dames occupaient à broder, à jouer aux cartes ou à papoter tranquillement devant la cheminée. Mimi avait un faible pour les mots croisés des journaux allemands, où étaient aussi publiées toutes sortes d'illustrations très amusantes et dont l'odeur d'encre particulièrement âcre lui rappelait un doux passé lointain. Chaque fois qu'elle arrivait à terminer une grille complète, elle était rassurée par la pensée que sous le désordre trompeur du monde régnaient l'ordre et la règle. En secret, elle méprisait un peu ses compagnes futiles qui préféraient les travaux manuels aux exercices mentaux : « Herman ? Il est sorti il y a cinq minutes, répondit-elle sans lever les yeux de son journal. Quelqu'un peut-il me donner le nom du fleuve qui passe à Coblence ? Ça commence par un M.

— Pourquoi ne m'a-t-il pas attendu, on devait sortir ensemble !

— Il ne pouvait pas attendre, la poste ferme à six heures et les paquets de Vienne y sont depuis dix jours. Si on ne va pas les chercher, ils seront renvoyés à l'expéditeur, alors que moi, ça fait bien longtemps que j'ai payé pour cette marchandise.

— Et comment arrivera-t-il à tout porter ?

— Dora est avec lui.

— Dora ? Pourquoi Dora ? s'énerva Leo. Depuis quand fait-elle les courses avec lui ?

— Ah... c'est moi qui l'ai envoyée, intervint Lydia. Ma fille est bien bâtie, Dieu merci, elle n'aura aucun mal à porter un ou deux paquets d'accessoires.

— De quoi je me mêle, nom d'une pipe ! aboya Leo. Je voulais prendre une bière avec lui après la poste !

— Eh bien, c'est Dora qui prendra une bière avec lui, où est le problème ? continua la Liphschitz. De plus, je te prie de faire attention à la manière dont tu me parles, sais-tu à qui tu t'adresses ? »

Il lui tourna le dos sans répondre et sortit en claquant la porte.

« Non mais, en voilà des façons ! lança la comédienne qui essaya de prendre Mimi à témoin. À croire qu'il est marié avec Herman ! Tu devrais le calmer un peu, ma chère, c'est un vrai sauvage, ce garçon. Si on ne le remet pas tout de suite à sa place, ça va mal se terminer, c'est moi qui te le dis ! »

— Tu devrais aussi peut-être arrêter de te mêler de ce qui ne te regarde pas », fit sèchement remarquer la trésorière avant de se replonger dans ses mots croisés.

Leo déboula sur le trottoir dans une telle hâte qu'il ne salua même pas Trotski, occupée à graisser le moteur du Federal en bas de l'immeuble. C'était le jour hebdomadaire consacré à la maintenance du véhicule, en général, ils faisaient le travail à deux mais exceptionnellement, il lui avait demandé de terminer la tâche toute seule afin qu'il puisse accompagner le directeur en ville. La vieille révolutionnaire s'étonna donc de le voir seul, énervé et si pressé. Il n'en fallait pas davantage pour éveiller sa curiosité. Elle ferma discrètement le capot et décida de le suivre.

D'ailleurs, depuis le mois de novembre, elle était persuadée que Leo cachait quelque chose. Elle avait commencé à le soupçonner après les confidences de la petite Gina qui lui avait rapporté ce qu'elle avait vu, cette fameuse nuit à Cracovie. À force d'ouvrir l'œil, elle avait constaté que le jeune homme s'éclipsait de temps en temps sans aucune explication. Il ne le faisait pas à intervalles réguliers : tantôt c'était deux fois par semaine, tantôt seulement une fois par mois. Il semblait privilégier les escapades nocturnes, et chaque fois qu'ils arrivaient dans une ville, elle savait que, au bout d'un ou deux jours, il leur fausserait discrètement compagnie. Bien évidemment, aucune de ses camarades ne s'en était aperçue – pourquoi remarqueraient-elles ce genre d'écarts, naïves comme elles l'étaient ? Pas une ne pouvait imaginer – à la différence de Trotski, qui avait une riche expérience à son actif – comment fonctionnait une cellule révolutionnaire clandestine, pas une ne connaissait quoi que ce soit de ce qui fourmillait sous la surface des choses à l'heure où tout dormait. Et personne, à part elle, ne s'était posé la question de savoir pourquoi cet homme jeune et robuste, qui avait certainement des tas de projets en tête, avait décidé un beau jour de lier son destin à celui d'une troupe de théâtre ambulant – acte illogique, sauf s'il poursuivait un but secret, s'il était communiste par exemple, mandaté par le parti pour organiser en secret l'internationale des travailleurs. On ne pouvait songer à meilleure couverture, s'émerveillait Trotski en son for intérieur. Avec la troupe, il pouvait se déplacer partout de manière totalement légale et ainsi transmettre, sans attirer l'attention, les ordres de la direction centrale aux ramifications locales. Quel agent du gouvernement perdrait son temps à surveiller de vieilles actrices ? Et n'avait-on pas raconté, à l'époque de son recrutement, que c'était un ancien croyant qui avait perdu la foi et qui, après avoir fui sa maison, avait aussi été renvoyé de l'atelier de couture où il travaillait comme ouvrier – oui, comme ouvrier ! – suite à une bagarre avec son contremaître ? Lui en fallait-il davantage, à elle, pour tout comprendre ? L'éternelle militante, qui n'avait pas éprouvé une telle émotion depuis bien des années, sentit à nouveau battre son cœur. Certes dans sa jeunesse russe, elle avait été membre de diverses organisations clandestines et, grâce à son cousin Yossl Schufmann, avait gardé de bonnes relations avec les soviets de Paris, mais voilà des lustres qu'elle n'avait pas humé l'enivrante odeur de l'action subversive ! Oui, cela faisait bien trop longtemps que son sang n'avait palpité dans ses tempes aussi joyeusement qu'à présent, tandis qu'elle marchait sur les traces de Leo… qui, arrivé à la gare, s'arrêta devant le portail, acheta un journal et fit semblant de le lire. Parfait, se dit Trotski tout en se cachant derrière une grande colonne d'affichage, il se déguise en voyageur qui attend.

Leo alluma une cigarette et commença à faire les cent pas. Il lançait de temps en temps un regard vers les gens qui entraient et sortaient du hall, comme s'il cherchait quelqu'un. Une vingtaine de minutes plus tard, un homme de grande taille et un peu chauve, la trentaine bien sonnée, vêtu d'un élégant costume gris foncé, s'arrêta à sa hauteur et le dévisagea. À voir ses fines lunettes métalliques et son bouc soigné, elle en déduisit qu'il faisait partie de l'intelligentsia. Était-il l'agent de liaison de Leo ? Non, apparemment, non : il se tourna vers le marchand de tabac et acheta un paquet de cigarettes. Un instant plus tard, il était de retour et… oui ! Il s'arrêta près de Leo, ouvrit son paquet, alluma une cigarette et en proposa une à Leo qui l'accepta. Ah, ah, très bien, très bien !! C'était donc leur signe de reconnaissance ! D'ailleurs, la petite Gina avait aussi mentionné une cigarette dans son récit. Lentement, les deux hommes se rapprochèrent au point que leurs épaules se touchèrent. Leo murmura quelque chose à l'oreille de l'étranger et entra dans le hall de gare. L'autre ne bougea pas. Que faire à présent ? Qui suivre ?

L'hésitation de Trotski fut de courte durée car l'homme sortit de la poche de sa veste un petit mouchoir, en essuya ses lunettes et, après avoir lancé un bref regard circulaire, s'engouffra lui aussi dans le hall de la gare. Elle

La gare de Czernowitz

émergea de sa cachette et bien qu'elle eût du mal à le suivre à cause de trop grandes enjambées, elle ne le perdit ni dans les escaliers, ni à l'étage, lorsqu'il s'avança sous le portique. Indifférent aux boutiques et aux nombreux restaurants, il marcha jusqu'au bout de la galerie et entra dans les toilettes hommes. Ah, zut alors ! songea-t-elle. Impossible pour moi d'entrer dans cet endroit ! Voilà qui était extrêmement malin de leur part… mais qu'à cela ne tienne, de toute façon, on ne se débarrasserait pas d'elle aussi facilement ! Elle avisa un banc libre à proximité, alla s'y asseoir pour attendre la suite des événements et en profita pour laisser vagabonder librement son imagination. Délestée du poids des ans, elle se voyait déjà reprendre du service et avant que les deux hommes ne soient ressortis, elle avait déjà reçu des mains du camarade Staline une médaille en reconnaissance de tout ce qu'elle avait fait pour la cause prolétarienne.

« Leo ! chuchota-t-elle en se levant d'un bond. Ne t'affole pas, Leo, je sais tout ! »

Les deux hommes se figèrent et lui lancèrent un regard ahuri. La main de l'inconnu, qui s'était levée pour rajuster sa cravate, resta en suspens mais Trotski ne se démonta pas : « Vous pouvez compter sur moi, camarades ! Laissez-moi vous rejoindre, je suis une professionnelle de la chose et avec mes relations, vous pourrez toucher encore plein de gens qui n'attendent que l'occasion...

— Maman ! la coupa sèchement Leo, qu'est-ce que tu fais là ? »

Cette fois, ce fut elle qui se figea.

« Je suis terriblement désolé, marmonna alors l'émissaire du parti dont les yeux affolés s'agitaient dans tous les sens, je dois partir. Je suis ravi d'avoir fait votre connaissance, madame la maman de...

— Leo », dit Leo.

Sur ces mots, l'homme prit ses jambes à son cou.

« Pourquoi est-ce que tu lui as donné ton vrai nom ? le sermonna Trotski. Il faut toujours utiliser un pseudonyme, comme ça, si quelqu'un est attrapé, il ne peut dénoncer personne.

— Merci du conseil, mais je préfère régler mes affaires à ma manière, répliqua Leo, furieux, avant de s'éloigner d'un pas rapide.

— Eh, pas la peine de le prendre sur ce ton ! » lui lança Trotski, vexée, tout en le poursuivant le long de la galerie.

Sourd à ses supplications de ralentir, il dévala les marches deux à deux. Ce n'est qu'en sortant du hall de la gare qu'elle réussit à le rattraper, essoufflée.

« Écoute-moi bien, qu'est-ce que tu crois, que je n'ai pas été jeune, moi aussi ? Si seulement tu savais tout ce que j'ai fait pour la révolution, peut-être que tu me respecterais davantage. »

L'autre pila net et se tourna vers elle.

« La révolution ? Quelle révolution ?

— Allez, pas la peine de me faire marcher, mon petit gars. Tu veux que je te parle de 1905 ? Le nom de Rosa Luxemburg te dit-il quelque chose ? As-tu entendu parler d'Octobre ? Vous, les jeunes, vous pensez que tout commence toujours avec vous ! Bref, pourquoi ne pas m'associer à vos activités ? Je veux vous aider.

— Tu veux nous aider ? répéta Leo en se caressant le menton.

— Oui.

— Dans ce cas (il plissa les yeux) voilà ce que tu vas faire : d'abord, pas un mot sur ce que tu as vu aujourd'hui.

— Inutile de me le dire, se vexa-t-elle à nouveau.

— Deuxième chose : dans le cadre de ma mission, il m'arrive de me rendre de temps en temps à des rendez-vous secrets. Personne de la troupe ne doit s'en apercevoir et même, tu vas devoir me seconder, c'est-à-dire me couvrir au cas où, prétendre que je suis allé chercher quelque chose pour le bus, qu'on doit changer un tuyau, tu vois le genre.

— Tu peux compter sur moi, camarade.

— Parfait. Donc, on est bien d'accord. Et maintenant, rentrons à la maison, camarade.

— Un instant. » Elle lui planta un doigt dans la poitrine. « Tu ne m'as rien révélé de ta mission.

— Tu sauras tout le moment venu. » Arborant un air

de conspirateur, Leo fourra les mains dans ses poches et prit la direction de l'Altgasse.

2

22 novembre 1938
À l'attention de Mme Mimi Landau
Grand Cabaret du professeur Fabrikant
8, Altgasse, Czernowitz

Madame,
Afin de procéder à divers éclaircissements, je me permets de vous convoquer dans nos bureaux, le 5 décembre 1938, à neuf heures du matin précises.
Veuillez agréer, Madame, mes salutations distinguées.
Iuliu Surescu,
Sous-directeur
Service 7/B-2
Centre des impôts / secteur Bucovine
Rue de l'Université
Czernowitz.

*

Les services centraux du ministère des Finances étaient situés dans un immeuble imposant, que le gouvernement roumain avait hérité des Habsbourg mais tout, dans son aspect, indiquait un état de délabrement et de négligence avancés. Les fresques en stuc se détachaient des pignons muraux et les rampes en bois brillaient, tant les mains de milliers de contribuables les avaient lustrées. Si on avait des affaires à régler ici, on était obligé de passer devant une espèce de guérite sombre, siège d'un gardien au visage glabre qui ne cessait de mastiquer un sandwich au saucisson à l'ail et à qui il fallait tendre son sésame. C'était lui qui vous indiquait la direction à prendre, et vous vous retrouviez à arpenter d'interminables couloirs aux plafonds voûtés, tristement éclairés par quelques rares ampoules électriques, avant d'arriver à destination : un petit guichet surplombé d'un écriteau en papier fripé ; là, on devait donner sa convocation puis aller s'asseoir et attendre sur un banc que quelqu'un vous appelle. En vertu d'une loi secrète, édictée depuis des générations par les Sages du fisc, on n'introduisait jamais personne dans le bureau sans lui avoir imposé au moins une heure d'attente, ce qui permettait au futur suspect de rencontrer d'autres contribuables et d'entendre quelques récits terrifiants. À intervalles imprévisibles, une fonctionnaire aux cheveux teints émergeait d'un bureau le visage bouffi d'autosuffi-sance et poussait devant elle une table roulante chargée de dossiers – véritable chariot de fossoyeur pour ceux qui la voyaient passer. Il régnait dans ces corridors une cha-leur étouffante qui mettait les gens à la limite du malaise – en été parce que le lieu ne pouvait pas être aéré, en hiver parce que, suivant les directives du chef du service, on faisait marcher le chauffage en surpuissance dans le but de faire cuire les malheureux administrés qui, après s'être demandé d'où provenait la désagréable odeur qu'ils sentaient soudain, remarquaient, à leur grande honte, que des taches humides s'étendaient sous leurs propres aisselles.

Ainsi, ils entraient dans le bureau totalement désespérés et posaient de leur plein gré la tête sur le billot.

Mais une trésorière aussi aguerrie que Mimi Landau n'était pas femme à se démonter pour si peu. Bien que jamais elle ne se soit rendue dans les locaux des services fiscaux chargés de la culture, elle avait entendu parler de ce qui s'y passait, et dès l'instant où elle se retrouva assise sur le banc, devant le bureau de l'inspecteur Surescu, elle fit quasiment abstraction des gens autour d'elle, quelques hochements de tête, sans plus. Au bout d'une heure et demie d'attente, la porte s'ouvrit. Un filet de voix haut perchée lança de l'intérieur : « Landau ! »

Elle entra et l'inspecteur la pria aussitôt de s'asseoir. C'était un petit homme d'une soixantaine d'années, dont tout l'aspect semblait tendre vers l'effilement : ses lèvres étroites étaient ornées d'une fine moustache, de fins cheveux étaient tirés sur son crâne de la droite vers la gauche et les fines veines de son cou saillaient quand il parlait. Seules les poches sous ses yeux pendouillaient lourdement. Il avait aussi de fines dents aiguisées et très écartées qui lui conféraient une allure de mangouste. Voilà un homme terrible qui, assurément, mettait à profit les avantages que lui avait donnés dame nature pour conforter sa réputation : il était en effet considéré comme l'un des plus cruels inspecteurs du canton. D'ailleurs, d'après certaines allusions de sa hiérarchie, il avait bon espoir d'être nommé directeur du service dès le début de l'année prochaine.

« Inspecteur Iuliu Surescu, se présenta-t-il en se levant pour serrer la main de Mimi, au service du Roi et de la Nation. Je vous prie d'accepter mes sincères excuses pour une si longue attente. Chez nous, dans le bureau, il y a un dicton : on sait toujours quand commence un contrôle, mais jamais quand il se termine. Puis-je proposer à madame un verre de thé ? »

En attendant qu'on lui apporte la boisson, Mimi eut le temps d'examiner la pièce. Un des murs était couvert du sol au plafond de rayonnages qui croulaient sous les dossiers et les registres ; les autres, enduits aux trois quarts d'une peinture verdâtre, restaient totalement nus, excepté celui où trônait un portrait du roi Carol II dans un cadre doré. Un terrible fouillis de feuilles, de classeurs, de crayons, de tampons, de porte-plumes, de buvards etc., envahissait la table du sous-directeur. À côté de la fenêtre, la trésorière remarqua trois dessins enfantins très colorés, dont un, celui qui était accroché le plus près du fauteuil, représentait une fillette, tête blonde, un carré pour le corps et des rectangles pour les membres, debout dans un champ de fleurs, peut-être des anémones.

« Voyons voir, dit Surescu en farfouillant dans une de ses piles.

À la vue de ses longs doigts blancs, aussi soignés que ceux d'un harpiste, Mimi réprima une espèce de haut-le-cœur.

« Où ai-je mis le dossier ? Ah, le voilà ! Je suis sincèrement désolé et je vous prie de m'excuser pour ce désordre. Madame ne s'imagine pas quelle charge de travail on nous impose ! Donc... Madame tient lieu d'expert-comptable pour l'institution connue sous le nom de Grand Cabaret du professeur Fabrikant depuis...

— Officiellement depuis 1887.

— Officiellement ? J'espère que madame m'excusera

300

de poser la question – mais que veut-elle dire par là ? Le Grand Cabaret a-t-il eu une comptabilité non officielle ?

— Avant 1887, je me contentais d'aider notre défunt directeur, le professeur Markus Fabrikant, et c'est à mes dix-huit ans que j'ai été officiellement nommée à cette fonction.

— Félicitations, *doamna* Landau. Et je suppose que vous avez conservé au fil de ces années toutes les licences requises pour diriger une troupe de théâtre ? » demanda Surescu sur un ton mielleux.

Mimi tira de son sac les documents demandés et qui avaient été précieusement rangés dans une enveloppe en papier bleu fané. Les plus anciens avaient jauni et étaient tellement usés que leurs plis se déchirèrent lorsque le fonctionnaire les ouvrit, ce qui ne l'empêcha pas de les examiner un long moment en silence. Visage sévère, il consigna sur son carnet chacun des numéros de licence, accompagné de sa date de délivrance.

« Je vois qu'il manque les attestations de 1919 à 1921, fit-il soudain remarquer. Vous les avez certainement oubliées au bureau.

— Non, elles manquent effectivement. Monsieur doit comprendre qu'après la Grande Guerre, il n'y avait pas où demander le renouvellement de documents officiels. L'Empire n'existait plus, et ce n'est qu'en 1921 qu'on a pu, à nouveau, s'adresser à l'administration du gouvernement en place.

— Bien pratique, bien pratique !!! rugit soudain le sous-directeur en ouvrant des yeux furieux tandis que les veines de son cou se gonflaient, menaçant d'éclater. Pendant deux ans, vous vous baladez sans licence, sans papiers, sans faire vos déclarations – or les gens comme vous savent mieux que quiconque profiter de l'anarchie ambiante pour dissimuler leurs revenus ! Vous, les Juifs, vous êtes les plus grands spécialistes en la matière ! Vous volez éhontément le gouvernement et ensuite, vous osez accuser ses fidèles représentants ! Vous et vos semblables, vous n'êtes que des fraudeurs ! »

Mimi, que soixante ans dans le monde du spectacle avaient endurcie à souhait, ne s'effraya pas de la petite comédie jouée en son honneur par l'inspecteur Surescu ; pourtant, une légère inquiétude la saisit, car à vrai dire, il lui était effectivement arrivé, au cours de toutes ces années de troubles et grâce à quelques trucs assez simples, de dissimuler aux autorités des sommes d'argent non négligeables. Lorsque le professeur l'avait initiée aux secrets de la comptabilité, il lui avait aussi appris à masquer certains petits arrangements et à profiter de quelques failles d'un système de taxes particulièrement complexe. Une fraude fiscale réussie, disait-il, c'est comme du bon cognac : les deux ont besoin d'une longue période de vieillissement. Jusqu'à cet instant, Mimi avait supposé que l'inspecteur des impôts ne chercherait pas à remonter trop loin dans le passé mais maintenant que le problème était soulevé, elle allait devoir prendre en compte que son adversaire avait l'intention de mener une enquête pointilleuse et ne laisserait rien passer.

« Je vous prie, *doamna* Landau, d'excuser mon esclandre, déclara alors le sous-directeur en retrouvant son expression mielleuse. Je suis confus. Il fait si chaud dans cette pièce, si vous saviez combien de fois j'ai supplié les responsables de l'entretien ! Messieurs, je leur dis, inutile de surchauffer le bâtiment. Vous faites monter la température, et nous, pauvres fonctionnaires, sommes obligés de rester assis du matin au soir dans une fournaise ; rien d'étonnant à ce que nous ne nous contrôlions plus et que nous blessions inutilement les honnêtes contribuables que nous interrogeons. »

Pourtant, Surescu ne songea pas un instant à ouvrir la fenêtre. Il replia méticuleusement les licences sur leurs anciennes marques et les remit dans l'enveloppe qu'il rangea au fond de son tiroir.

« Mais pourquoi nous occuper du passé ? Ayez donc l'amabilité, *doamna* Landau, de me parler de la situation financière de votre troupe pour les deux derniers exercices.

— Nous constatons un processus constant et persistant d'effritement de nos bénéfices.

— Très mauvais, soupira le fonctionnaire compatissant. Et quelle en est l'explication ?

— D'une part, un changement dans notre équipe et dans nos conditions d'embauche a engendré une hausse de nos dépenses. D'autre part, la situation économique nous oblige à baisser le prix des billets. Depuis le mois de mars, nous avons perdu environ trente pour cent de notre bénéfice net. Dans une semaine, je pourrai vous communiquer tous les documents justificatifs.

— Effectivement, les temps sont durs, nous sommes au courant. Cela concerne tous les secteurs d'activité et nous essayons de soulager autant que possible le contribuable – car au final, notre but est de soutenir les forces économiques fidèles au gouvernement et de les aider à s'en sortir. Comment madame arrive-t-elle à équilibrer son budget ?

— En réduisant les dépenses et en rognant sur le super-flu…

— Et qu'en est-il des bijoux ? la coupa soudain Surescu. Pourquoi ne pas vous en servir ? »

Cette question laissa Mimi sans voix. Elle ne put que fixer l'inspecteur avec des yeux écarquillés d'étonnement.

« Madame a-t-elle avalé sa langue ? hurla à nouveau le bonhomme qui donna un violent coup de poing sur la table. Dans ce cas, nous avons les moyens de vous la délier ! Inutile de nier, nous savons tout, bien que ni vous, ni votre professeur n'ayez jamais pris la peine de déclarer ce trésor à nos services ! » Il tira une feuille sous sa pile de dossiers et la lui mit sous le nez : « Voilà la déclaration de situation patrimoniale que vous nous avez transmise en avril 1934, continua-t-il, et voilà, en com-paraison, un témoignage qui nous est récemment par-venu et nous a appris que votre institution possédait les biens suivants : un appartement sur l'Altgasse, une bou-tique rue du Docteur-Roth, des comptes courants dont le solde est de soixante mille lei et des diamants d'une valeur inconnue. Une chance qu'il y ait encore quelques honnêtes citoyens dans cette ville. »

Une espèce de spasme secoua Mimi de l'intérieur, comme si un énorme poids était tombé de son diaphragme sur ses intestins. Apparemment, toute cette affaire allait être bien plus épineuse qu'elle ne se l'imaginait – et elle n'avait aucune difficulté à deviner qui avait communiqué ses secrets à l'inspecteur des impôts.

« Monsieur a été induit en erreur par des individus intéressés, commença-t-elle en essayant de masquer son inquiétude croissante. Leurs affirmations erronées vous font présentement lancer de fausses accusations sur d'innocents artistes qui n'ont jamais été suspectés de rien. Si monsieur en a besoin, je peux obtenir de la police un certificat de probité pour chacun de nos employés.

— J'entends bien, concéda l'inspecteur. Et madame ne pense quand même pas que nous prêtons foi à toutes les dénonciations que nous recevons. Si seulement vous saviez combien il en arrive ici chaque jour ! Des fils dressés contre leur père, des mères dépossédant leurs fils – c'est vraiment incroyable ! Cependant, vous devez comprendre que je n'ai pas le choix, je suis obligé de tout contrôler : notre travail consiste précisément à rapporter les fraudes au ministère des Finances à Bucarest, et nous avons, nous aussi, notre épée de Damoclès sur la tête. Voyez-vous, madame Landau, je vais vous faire un aveu : vous ne me paraissez pas avoir le profil d'une criminelle, bien qu'on ne puisse jamais savoir, et je suis sûr que vous pourrez tout expliquer, preuves à l'appui. Convenons donc d'un rendez-vous dans deux semaines, même jour, même heure. »

Iuliu Surescu se leva, posa ses lèvres sèches sur le dos de la main de Mimi et, après lui avoir déversé toute sa panoplie de politesses et d'excuses pour le préjudice causé, si tel avait été le cas, il la raccompagna jusqu'à la porte. Elle disparut dans les escaliers sous le regard craintif et compatissant du contribuable qui attendait son tour, assis sur le banc.

Tout le trajet de retour, Mimi ne cessa de faire défiler des colonnes de chiffres dans sa tête et d'échafauder toutes sortes de stratégies, si bien qu'elle arriva à la maison épuisée. Ce n'est qu'au moment où elle ouvrit la porte qu'elle sentit aussi à quel point elle avait faim. La troupe en était déjà au dessert et comme elle avait besoin de calme, elle demanda à Becky de lui servir son repas dans le bureau – ce dont s'acquitta avec empressement la fidèle bonne. Et c'est en la voyant s'agiter ainsi sans rechigner, que Mimi se demanda soudain depuis combien de temps elles se connaissaient, toutes les deux. Jamais elle n'avait vraiment réfléchi au sort de la muette, jamais elle ne s'était inquiétée de savoir comment elle s'y prenait pour nettoyer, cuisiner, faire la lessive et toutes sortes de courses, première réveillée et dernière couchée – étonnant, la force qu'elle avait encore, à son âge ! D'ailleurs, quel âge avait-elle ? Becky le savait-elle elle-même ?

À force de la regarder, lui revint en mémoire un certain matin à Cluj (ou Klausenburg) : elle avait alors dix ans, onze peut-être. Toute la nuit, les gouttes de pluie avaient tambouriné sur le toit de l'auberge dans laquelle la troupe était descendue, perturbant son sommeil jamais bien profond de toute façon. Dès les premières lueurs, tandis que ses amies se retournaient avec aise d'un côté puis de l'autre sous d'épaisses couvertures, le professeur vint la chercher et lui demanda de l'aider à préparer la carriole pour le départ. Dans la cour, et malgré le froid et le brouillard, ils s'approchèrent en silence du véhicule qui attendait sous le hangar, mais ils n'avaient pas encore tendu la capote ni renforcé les courroies autour de la caisse d'accessoires, qu'ils entendirent un froissement monter de l'intérieur. Markus Fabrikant s'arrêta un instant, aux aguets... puis enleva la bâche d'un geste sec. Mimi laissa échapper un cri. À la faible lueur de l'aube, une créature non identifiée couverte de haillons se révéla à leur vue, ou plutôt, c'était un tas de crasse recroquevillé derrière leurs malles et qui portait autour du cou quelque chose de brillant et de métallique.

Le professeur fit signe à sa petite protégée de se cacher derrière lui et s'approcha lentement. Tant de récits décrivaient toutes sortes de démons et de vilains qui prenaient forme humaine pour entraîner d'innocents Juifs vers la perdition ! Il remonta énergiquement son pantalon sur son ventre et posa les mains sur ses hanches, comme il le faisait chaque fois qu'il cherchait à se donner de l'autorité.

« C'est quoi ? Que fais-tu dans ma carriole ? » tonna-t-il.

Il n'entendit aucune réponse. Il répéta sa question, cette fois en hongrois. C'est alors que la créature toute crottée sauta à terre et, tête baissée, fit quelques pas vers lui. Mimi distingua une fillette maigrelette, un peu plus jeune qu'elle, qui portait autour du cou une croix argentée accrochée à une chaîne grossière.

« Dehors, *aroys*, va-t'en ! » Pour souligner sa détermination, le professeur indiqua le portail de la cour et bomba hardiment le torse, plein de courage à présent qu'il n'encourait, à l'évidence, aucun risque. La petite souillon se mit à trembler et à sangloter, renifla d'un nez tout rouge puis s'arrêta d'un coup et exécuta pour eux une étonnante pantomime : elle commença par s'accroupir sur ses talons et enfouit la tête entre ses genoux, ensuite elle se redressa, se tendit sur la pointe des pieds et écarta les doigts de ses mains qu'elle se plaqua sur le visage tout en roulant les yeux. Au bout d'un certain moment, elle laissa échapper de sa gorge une série de borborygmes ; suivit aussitôt une marche joyeuse qu'elle siffla en agitant les bras de droite à gauche et pour finir, elle tomba à genoux, attrapa les jambes du professeur et se répandit en supplications incompréhensibles. Markus expliqua à Mimi que la faim avait sans doute fait perdre la raison à cette pauvre petite qui avait d'urgence besoin de manger quelque chose de chaud et de se laver.

Joignant le geste à la parole, il prit délicatement l'inconnue par la main, la conduisit dans l'auberge et la remit à la patronne des lieux. Lorsqu'elle leur revint, les cheveux tressés et vêtue de vieux habits ayant appartenu à une domestique, elle n'était déjà plus si laide. Tandis qu'elle avalait avec avidité le plat de gruau qui lui fut servi, une cuillerée après l'autre, les demoiselles du professeur débarquèrent dans la salle à manger et s'installèrent autour de la table, les gestes encore lents et le visage rosi de leur douce nuit de sommeil. Tous les regards convergèrent sur la nouvelle venue avec curiosité.

« Mimi et moi avons trouvé cette petite *goy*. Elle n'a ni parents, ni foyer, leur expliqua le professeur. Elle entend ce qu'on lui dit mais malheureusement ne peut pas parler. Hier, elle s'est faufilée au cercle pour voir notre spectacle, et comme la représentation l'a beaucoup impressionnée, elle nous demande de l'intégrer à notre Grand Cabaret. Elle n'a aucune prétention artistique, mes chères petites, et nous allons l'accueillir parmi nous à bras ouverts.

Permettez-moi donc de vous présenter la nouvelle servante de la troupe... » Là, il eut un instant d'hésitation puis enchaîna : « Sois la bienvenue au Grand Cabaret du professeur Fabrikant, euh... *Becky*! »

Il était ainsi, le bon professeur, sourit Mimi intérieurement. Jamais les mots ne lui manquaient quand il s'agissait de s'exprimer en public. Des années plus tard, alors qu'elle tenait déjà la caisse, il lui avoua qu'outre la pitié sincère qu'avait éveillée en lui la vue de la malheureuse orpheline, il s'était dit qu'il pourrait en retirer un avantage certain : les petites *goys* avaient la réputation d'être plus costaudes et plus robustes que les petites Juives. De toute façon, ils avaient besoin d'une bonne, continua-t-il, le théâtre marchait très bien à cette époque, il pouvait donc se permettre de nourrir encore une bouche – d'autant qu'il imaginait déjà pouvoir, grâce à sa présence, proposer au public quelques services supplémentaires, de ceux que même une muette pourrait rendre, comme cirer les chaussures ou vendre des photos imprimées en souvenir du spectacle.

Après avoir posé un plat devant Mimi – une cuisse de poulet grillée, une part de tarte aux pommes de terre et deux cornichons – Becky apporta une théière et lui versa une tasse de thé sucré. Bien que les deux femmes n'aient jamais échangé le moindre mot ou signe qui ne soit lié aux affaires quotidiennes, des liens de fraternité s'étaient noués au fil des années entre le bureau et la cuisine. Aucune des actrices ne pourrait jamais la comprendre aussi bien que cette domestique, soupira la trésorière. Aucune de ses camarades n'avait, ce soir, pris la peine de venir la voir et de lui demander comment elle se sentait, alors que c'était pour qui, sinon pour elles, qu'elle allait livrer bataille et sortir vainqueur des griffes du fisc. Que lui avait donc enseigné le professeur sur l'art de tenir les registres de comptes ? Premier principe : la vérité est le meilleur mensonge. Ceux qui manquent d'expérience, assurait-il, inventeront des bobards sans fondement et les entasseront les uns sur les autres dans l'espoir de brouiller les pistes. À force de tours et de détours, ils oublieront ce qu'ils ont dit et ce qu'ils ont tu, et leur échafaudage finira par s'écrouler sur eux. En revanche, la vérité reste toujours unique, si bien qu'elle est facile à retenir et permet de raconter la même version à chaque fois ; il suffit juste de lui raboter les coins, un peu parci, un peu par-là, pour qu'elle convienne au but recherché. Mimi décida de ne pas déroger à cette règle et de préparer sa prochaine entrevue avec l'inspecteur Surescu selon ce principe.

Au bout d'un long moment, on frappa à sa porte : Herman venait aux nouvelles.

« Je n'ai pas l'intention de mentir au fonctionnaire en ce qui concerne les licences manquantes, lui expliquat-elle. Elles n'ont jamais existé, je peux donc sans danger lui dire que je ne les ai pas retrouvées.

— Comment, à l'époque, vous êtes-vous permis de partir en tournée sans avoir les autorisations nécessaires ? s'étonna le directeur.

— Vous ne pouvez pas imaginer ce qui se passait en ce temps-là ! La chute de l'Empire autrichien a été si rapide que personne ne s'y retrouvait. Il a fallu attendre longtemps avant que l'administration roumaine ne s'installe vraiment. Votre oncle, bénie soit sa mémoire, était un homme d'affaires exceptionnel et il a flairé l'opportunité. Nous avons travaillé pendant deux ans sans rien déclarer de nos recettes. Comme la situation économique était catastrophique dans tous les domaines d'activité, nous n'avons ensuite eu aucun mal à convaincre les autorités que nous avions gagné très peu d'argent. La différence entre ce que nous avons déclaré et nos bénéfices réels a été dissimulée sous diverses formes.

— Est-ce de là que viennent les diamants ?

— En partie. Mais ils ont aussi été achetés avec des fonds légaux, puisque le professeur a vendu ses biens à Sadigora. Je vous garantis que tout était parfaitement pensé... Qui pouvait imaginer qu'un jour votre mère irait nous dénoncer ? »

Herman ne dit rien. Jusqu'à cet instant, il avait espéré ne jamais être obligé de demander des comptes à Mimi sur ce qu'elle avait révélé à Zofia, mais il sentit que le moment était venu, il ne pouvait plus reculer. Il fallait tirer la chose au clair sans tourner autour du pot.

« Dans ce cas, commença-t-il, pourquoi lui as-tu donné des informations exhaustives concernant notre fortune ? »

La trésorière blêmit. Comme si, avec l'inspecteur, elle n'avait pas eu sa dose d'interrogatoire pour la journée, voilà qu'elle était sommée de se justifier sous son propre toit ! Quoi, on la prenait pour une traîtresse ? Et comment Herman avait-il découvert ce qu'elle avait fait ? Depuis combien de temps lui cachait-il ce qu'il savait ? Que t'étais-tu imaginé, Mimi Landau – dans ses veines aussi coule le sang des Fabrikant. Ce sont des marchands, fils de marchands, dire que tu n'as vu en lui, pauvre naïve, qu'une espèce de gentil Candide un peu empoté ! Comment as-tu pu être aussi stupide ?

« Pourquoi est-ce que je lui ai fait ces révélations ? s'écria-t-elle, furieuse, mais vous savez très bien pourquoi ! Avez-vous oublié ce qui s'est passé à Krynica ? Auriez-vous préféré que je laisse la police mettre la petite Gina en prison ? Je n'ai pas eu le choix, figurez-vous ! Votre intrigante de mère avait parfaitement bien monté son coup avec cette broche imbécile ! C'était le prix qu'elle a exigé pour annuler sa plainte et c'est le prix que j'ai payé. Mon Dieu, comme j'ai été naïve ! Et vous – seriez-vous de mèche avec elle ? Auriez-vous, ensemble, manigancé tout cela contre moi ?

— Certainement pas ! se défendit vivement Herman. J'ai appris par hasard que tu lui avais parlé. Sois logique, tu sais bien que ma mère et moi sommes brouillés depuis que j'ai hérité du Grand Cabaret. Pourquoi ne m'as-tu pas demandé conseil avant d'aller tout lui révéler ?

— Qu'est-ce que vous auriez fait ? explosa Mimi. Facile de critiquer ! Je vous garantis qu'elle vous aurait extorqué une procuration, si vous aviez été à ma place ! C'est moi qui porte tout sur les épaules – de la seconde où j'ouvre les yeux jusqu'à celle où je les ferme. Tout le monde ici pense que l'argent pousse sur les arbres, on n'arrête pas de me demander des sous, toujours des sous et toujours pour des besoins importants, oui, *importants* ! Et finalement quoi ? On me fait des reproches, on m'accuse… Ça suffit ! Vous et votre mère – j'en ai plus qu'assez de vous deux ! »

Ce n'est qu'à la fin de son discours qu'elle prit la mesure de ce qu'elle avait dit. Elle s'en voulut tellement qu'elle se mordit violemment le bas du pouce et se confondit en excuses. Herman dut lui parler longuement avant d'arriver à l'apaiser et à la convaincre qu'il ne lui tenait pas rigueur de ses propos. Ensuite, il ouvrit la bouteille d'eau-de-vie qui se trouvait dans le coin du secrétaire et lui en versa un verre.

« Tu te sens mieux ? demanda-t-il après un court silence.

— Oui, oui, répondit-elle en ayant retrouvé son sang-froid. Nous devons parler de Klausenburg. »

Cinq jours plus tard, la troupe devait en effet débuter une tournée de deux semaines en Transylvanie. Bloquée à Czernowitz par le contrôle fiscal, Mimi se trouvait dans l'obligation de transmettre à Herman tous les détails logistiques du voyage, le nom de ses contacts dans la capitale de la région, les contrats signés avec les propriétaires des salles, les facturiers, etc. Ils devaient aussi compter ensemble l'argent de la petite caisse. Heureusement, il n'y avait là rien de très compliqué, la plupart des choses ayant été réglées depuis longtemps. De plus, il ne s'agissait que d'un nombre restreint de représentations.

La troupe n'était partie que très rarement en tournée sans sa légendaire caissière. Une seule fois, il y avait de cela vingt-neuf ans : le professeur avait accepté de libérer sa précieuse collaboratrice pour lui permettre de se séparer correctement de ses cousins, Giza et Motl, qui immigraient en Palestine. Elle s'était rendue à Vienne, où le couple attendait les autorisations nécessaires pour descendre plus au sud, vers le port de Trieste. Elle avait alors passé une semaine entière avec les seuls parents qui lui restaient. Ils s'étaient promenés ensemble dans les parcs indolents de la capitale de l'Empire, s'étaient assis dans les cafés bondés sur les rives du Danube et avaient admiré la parade des prestigieux lipizzans. Mais ces plaisirs n'avaient pu détourner Mimi du sentiment de culpabilité qui ne cessait de la tarauder, et ce n'est qu'à la gare, alors qu'elle s'apprêtait à rejoindre la troupe, qu'elle avait lâché un soupir de soulagement. Depuis, jamais elle ne s'était séparée du Grand Cabaret pour plus de deux ou trois jours. Et si, à l'époque du professeur, elle pouvait encore se permettre de courtes absences, depuis qu'il n'était plus là, aucune force au monde n'aurait pu l'éloigner de son poste derrière la caisse. Et voilà que soudain, un petit pinailleur des impôts pointait le bout de son nez et bouleversait l'ordre établi ! Certes, elle avait tout expliqué trois fois à Herman, elle lui avait remis un cahier où ce qu'il fallait faire était écrit en détail, mais elle n'était pas tranquille et, plus le départ approchait, plus son cœur s'emplissait d'appréhension.

4

Que de fois nous croisons sur notre chemin des couples tellement mal assortis, qu'aucune explication ne pourra lever le mystère sur ce qui les unit, comme par exemple telle rombière à l'arrière-train plantureux et tout imbue d'elle-même qui marche tête haute, tandis que derrière elle claudique son amour de jeunesse, un homme maigrichon et sinistre qui s'épuise à traduire des tragédies grecques ; ou tel mécanicien à la nuque de taureau qui galope, une saucisse à la main et le menton taché de moutarde, tandis qu'à côté de lui musarde une femme anémique en robe de dentelle blanche, de ces créatures évanescentes qui passent leurs journées à broder. Quel maladroit a donc créé des couples étranges, quel accord secret lie ainsi des êtres aussi opposés ? Mais on aura beau faire des efforts, jamais on ne saura ce qui se passe réellement dans l'intimité de ceux qui paraissent tenir ensemble contre toute logique.

Imaginons à présent que par philanthropie – ou plutôt par envie de se mêler des affaires des autres – une certaine personne se rende chez un ami afin de lui susurrer à l'oreille des propos flatteurs sur quelqu'une. Ledit ami en tire les conclusions qui s'imposent – et alors ? S'ensuivent de la rancœur, de l'amertume, voire même, dans les cas extrêmes, une catastrophe dont tout le monde accusera l'entremetteur. Bien sûr, nous qui vivons avec notre temps, nous avons, dans notre jeunesse, dédaigné les marieurs en tous genres, ne voyant en eux que les restes fossilisés de pratiques qui ne servaient qu'à tuer le romantisme. Mais bien malin celui qui arrivera à prouver que les élans sentimentaux donnent de meilleurs fruits que l'amour arrangé. La seule différence est que ceux qui se disent « libérés » estiment humiliant d'avoir recours aux services d'un tiers. Ce qui oblige les personnes bien intentionnées à agir de manière discrète, à diriger les choses de telle sorte que le couple croie devoir sa rencontre au destin. Ce qui nous ramène à Herman et Dora, eux qui, à la différence de ce que nous évoquions plus haut, étaient à l'évidence faits l'un pour l'autre : ils étaient tous deux timides, raffinés et – point non négligeable – de même taille. Pourtant, si on n'intervenait pas, le messie arriverait avant que quelque chose ne se noue entre eux. Il était donc urgent de passer à la vitesse supérieure et de pousser délicatement les choses. Telle était, en tout cas, la conviction de Lydia Liphschitz, le jour où, la veille de leur départ pour Klausenburg, elle alla frapper à la porte de la riche demeure des Fabrikant.

Lorsque la gouvernante l'introduisit dans le salon, elle trouva la veuve et son beau-frère confortablement installés au salon, en train d'écouter une symphonie de Haydn retransmise à la radio. Dès qu'elle vit cette visiteuse inattendue, Zofia se leva, éteignit le poste et s'approcha d'elle, main tendue. Jozy se hâta de l'imiter et salua chaleureusement la célèbre actrice. En attendant que la gouvernante lui apporte du café et du gâteau, Lydia eut le temps d'examiner la pièce d'un œil expert et d'en apprécier le cachet. Elle imaginait déjà sa fille Theodora recevant ses amies dans ces confortables canapés en brocart, tandis qu'une domestique en tablier blanc amidonné leur servirait des petits gâteaux sur un plateau d'argent gravé de motifs en forme de roses ; sur le tapis chinois ramperaient deux bambins souriants aux cheveux clairs et en costume marin blancs (l'un lui ressemblerait trait pour trait, l'autre serait la copie de Herman) ; derrière eux, dans le large fauteuil qui occupait le coin, serait assise une espèce de Zofia Fabrikant toute vieille qui ouvrirait la bouche pour laper la cuillerée de soupe que lui donnerait une infirmière dévouée.

« Comment une actrice aussi célèbre que vous trouve-t-elle notre modeste ville ? commença le beau-frère.

— Magnifique, répondit la Liphschitz. Moi qui ai vécu à Berlin et à Varsovie, je peux vous assurer, monsieur Fabrikant, que malgré sa petitesse, Czernowitz a beaucoup d'avantages : une élégante architecture, des rues propres, des habitants aimables – vraiment une métropole en modèle réduit. Sans compter vos boutiques qui sont très bien achalandées.

— Nous recevons ici les journaux du monde entier, se rengorgea Jozy qui ajouta : Bravo. »

Comme elle ne comprit ni pourquoi, ni à qui s'adressait ce « bravo », Lydia ne répondit pas et mordit dans le gâteau, un quatre-quarts moelleux, que l'on avait recouvert de prunes coupées en deux et dont le jus brun imbibait l'intérieur. Le beau-frère suivit du regard le trajet que fit la petite cuillère de l'assiette à la bouche et inversement si bien que sans s'en rendre compte, il mima la déglutition.

« Vous aimez ? demanda-t-il.

— Il est fabuleux, votre gâteau ! Dommage que personne, dans la troupe, ne s'y entende en pâtisserie ! Bon, enfin, nous, les plus vieux, n'avons pas besoin de grand-chose pour vivre, mais les jeunes doivent recevoir une alimentation riche, ils ont besoin d'énergie. Si vous me posez la question, monsieur Fabrikant, votre neveu a perdu au moins trois kilos, ces deux derniers mois. »

Les oreilles de Zofia se dressèrent. Voilà, ça commence, se dit-elle intérieurement, laissons-la donc continuer et voyons un peu où elle veut en venir.

« Oh, mon Dieu, soupira le beau-frère, tu entends ça, Zofia ? Peut-être faudrait-il que nous lui envoyions quelques douceurs de chez nous, qu'il ne tombe pas d'inanition, le pauvre petit !

— Chacun mange ce qu'il s'est cuisiné, répondit sèchement la maîtresse de maison.

— Quel superbe tissu, remarqua la Liphschitz en

passant une main sur le dossier du canapé. Vous pouvez dire ce que vous voulez, on voit que cette maison est tenue par une femme.

— Chez vous, Dieu soit béni, ce n'est pas ce qui manque ! » rétorqua Zofia.

Lydia laissa échapper un petit rire charmant et dit que les femmes ne pouvaient pas toutes se vanter d'avoir aussi bon goût. Chez elle, il y en avait une par exemple – dont elle tairait le nom – qui décorait sa chambre avec des figurines en porcelaine représentant des animaux et des princesses, comme une gamine de cinq ans ! Par chance, sa Theodora était naturellement attirée par le beau, et elle aimait la modernité sans toutefois tourner le dos au classicisme. N'avait-elle pas étudié la peinture chez Chagall ? ajouta-t-elle comme si elle leur révélait un secret.

« Marc Chagall – un de nos plus grands artistes contemporains », déclara Jozy en expert.

Quel imbécile, pesta intérieurement l'actrice, quel ignare ! Évidemment, sa belle-sœur, c'est une autre paire de manches, alors pas le choix, Lydia. Bon, si tu veux sortir de là avec un mari pour ta fille, tu dois parler sans détour. Elle se pencha donc vers Zofia et commença : « Vous vous demandez certainement pourquoi je suis venue vous rendre visite (je sais que vous savez, espèce de sale garce). Inutile de tourner autour du pot. Nous sommes toutes les deux des mères, et lorsqu'il arrive quelque chose à nos enfants, nous le sentons aussitôt *ici* (c'est le moment de me frapper la poitrine du poing). Quand ils sont tristes, nous ressentons leur chagrin, quand ils sont amoureux, nous le savons sans qu'ils aient besoin de nous dire quoi que ce soit. *Oy,* madame Fabrikant, vous devriez voir comme ces deux tourtereaux, ma Theodora et votre Herman, vont bien ensemble ! »

Dans un premier temps, ces propos sans équivoque choquèrent la fière Zofia Fabrikant. C'était donc ça, tel serait le destin de son fils, descendant d'une lignée si fortunée ? Épouser la fille d'une saltimbanque ? Car une actrice, aussi célèbre soit-elle, restait une saltimbanque ! Quel rang pourrait jamais atteindre cette *ostjuden,* cette vulgaire Juive de l'Est, en comparaison de son Herman, qui avait grandi dans le giron de la culture *allemande* ? Cette Theodora, vraiment, pas de quoi fanfaronner d'avoir gagné ses lettres de noblesse chez un peintre de chèvres volantes ! D'un autre côté, il fallait voir la réalité en face, sans se leurrer. Même Avroum, son fils adoré, s'était marié à New York avec une Galicienne de Buczacz, et elle avait remercié le ciel en apprenant qu'il n'épousait pas une *goy.* Ne jamais oublier qu'au bout de tout tunnel, il y avait de la lumière et que l'on pouvait se débrouiller pour tirer profit de n'importe quelle situation.

« Cher Jozy, tu comprendras, n'est-ce pas, que je te demande maintenant de nous laisser seules quelques instants », dit-elle à son beau-frère qui, malgré sa déception évidente, n'osa protester et sortit de la pièce.

Après s'être assurée que la lourde porte en verre était bien fermée, Zofia vint s'asseoir sur le canapé à côté de son invitée et lui prit la main dans une émotion parfaitement feinte.

« Très chère, êtes-vous totalement certaine de ce que vous venez de m'apprendre ?

— *Bien sûr !* s'exclama Lydia en français (peut-être

pensait-elle que cette langue appuyait davantage son propos).

— Dans ce cas, écoutez-moi bien. Je serais la dernière à me mettre en travers du bonheur de mon fils. Mais il nous faut, avant de nous précipiter vers une bénédiction nuptiale, régler un certain nombre de détails. Je veux parler du Grand Cabaret, comme vous vous en doutez. Mon fils Herman s'entête, je ne comprends pas pourquoi, à vouloir diriger cette entreprise obsolète. Dieu me garde de vouloir vous offenser – toutes les actrices ne sont pas à mettre dans le même panier. Mais tant qu'il investit tous ses efforts et toute sa fortune dans cette troupe, il ne pourra pas fonder un foyer. Je vais vous dire la vérité, chère madame Liphschitz : le théâtre pèse encore quelque chose, en actif et en passif, mais son capital s'amenuise de jour en jour.

— En ce qui me concerne, j'ai économisé soixante-quinze roubles-or Nicolas II, la dot de ma fille.

— C'est bien, constata Zofia qui refusa de s'émerveiller, mais sans heurter vos efforts maternels, les sommes dont je vous parle n'ont rien à voir. Si nous arrivons à convaincre Herman d'entendre enfin la voix de la raison, nous aurons suffisamment d'argent pour construire une usine. Sachez, très chère, que l'avenir est dans le textile. Et surtout, ne vous préoccupez pas des vieilles filles de la troupe – on trouvera une solution satisfaisante à ces malheureuses. Pour leur bien ! Réfléchissez, jusqu'à quand a-t-on le droit de demander à des personnes âgées de courir les routes et de mettre leur santé en danger ? Cela s'appelle du sadisme ! Quant à vous, pourquoi enterrer votre carrière avec de telles épaves alors que vous n'avez pas dépassé les cinquante-cinq ans et avez encore l'avenir devant vous ?

— J'ai soixante-deux ans, avoua Lydia en se caressant le cou.

— Vraiment ? Dire que je vous croyais plus jeune que moi. Entre nous, personne n'a besoin de savoir notre âge réel, n'est-ce pas ? Avec votre talent, vous pourrez encore longtemps jouer les jeunes premières sur les plus grandes scènes d'Europe.

— Si seulement vous saviez à quel point vous avez raison, soupira la Liphschitz. Une actrice yiddish de mon statut doit absolument donner des représentations à New York. Là-bas, on appelle ça un *show*. Et croyez bien que j'ai reçu de nombreuses propositions. Même pour le cinéma. Mais tant que je ne saurai pas que ma fille unique est casée, je ne pourrai pas partir tranquille.

— Eh bien, il me semble que nous nous comprenons à merveille, vous et moi. Inutile de continuer à palabrer, nous sommes d'accord pour que chacune d'entre nous fasse tout ce qui est en son pouvoir afin d'atteindre l'objectif que nous nous sommes fixé. Je vous mets juste en garde contre cette maudite Mimi Landau : si elle découvre que nous sommes de mèche, elle réduira tous nos efforts à néant. Vous êtes une femme intelligente, je compte sur vous pour ne commettre aucune erreur, très chère belle-maman », conclut-elle en appuyant sur chaque syllabe.

Après s'être mutuellement promis de rester en contact et d'avancer de concert, les deux mégères scellèrent leur union par une longue étreinte qui n'avait rien d'affectueux et qui fut suivie d'une bise totalement affectée.

Chapitre V

Ils allèrent à Klausenburg et en revinrent

1

« Puis-je vous offrir quelque chose, madame ? Notre service de restauration est très modeste, comme il se doit en ces temps de rigueur, mais vous ne refuserez pas un petit sandwich ?

— Je me contenterai d'un verre de thé, merci.

— Ah, j'avais oublié, susurra l'inspecteur Surescu avec un sourire. Vous, les Juifs, ne toucherez jamais à de la nourriture catholique ! Il paraît que vous avez toutes sortes de règles étranges, et aussi toutes sortes d'épices dont il vaut mieux ne pas parler.

— *Domn* Surescu ! protesta Mimi.

— Je m'excuse humblement ! Mille pardons, madame, lança le fonctionnaire en baissant les yeux. Eh bien, ce sera donc un verre de thé. Marina ! Deux thés et un sandwich au saucisson, s'il vous plaît. »

Il attendit que sa secrétaire apporte l'encas puis il se pencha sur la liasse de documents que venait de lui remettre Mimi. Il prit le temps de les examiner très attentivement tout en mâchant lentement son sandwich. Les vitres de la fenêtre toujours fermée laissaient entrer dans le bureau les cônes lumineux des rayons du soleil mais empêchaient que la chaleur soit évacuée. Aucun des bruits de la rue ne pénétrait dans cette étuve, en revanche Mimi eut l'impression d'entendre chacune des miettes qui tombaient du menton de l'inspecteur sur ses papiers. Lorsqu'il eut terminé de tourner et de retourner les feuilles devant lui, il les repoussa et fit craquer ses doigts.

« Madame a-t-elle retrouvé les licences correspondant à la période de transition ?

— Non », avoua-t-elle.

Le fonctionnaire lui répondit par un chuchotement rauque, qui pouvait se traduire autant par un reproche que par un hoquet retenu, puis il gribouilla quelques mots dans son carnet : « J'ai compris. Je voudrais, avec votre permission, clarifier un autre point. Je vois là une attestation datée de décembre 1922 et certifiée par notaire, selon laquelle vous reconnaissez être en possession d'un capital de trente-huit mille marks allemands, déposés à la Dresdner Bank ; or, je vois aussi cette autre attestation, datée du mois de mars 1931, par laquelle vous déclarez n'être plus en possession que d'un capital de quatre mille deux cent vingt marks. Pouvez-vous m'expliquer ce qui s'est passé ?

— La différence représente la somme qui a été confiée pour investissements par feu notre précédent directeur, le professeur Markus Fabrikant, au cabinet Zinman et associés, des courtiers en bourse situés à Leipzig.

— Je vous demande, *doamna* Landau, de ne pas me prendre pour un imbécile. Si cet argent a été investi, où est-il ? Pourquoi n'avez-vous rempli aucune déclaration de bénéfices après 1922 ?

— Parce qu'il n'y a plus eu de bénéfices après 1922. Avec notre argent, Zinman a acheté des obligations d'État qui ont perdu presque toute leur valeur pendant la grande crise. Après le krach, ce monsieur s'est pendu et ses associés ont fait faillite. Inutile de vous dire ce que valent à présent quatre mille marks de cette terrible époque.

— Madame espère-t-elle me faire gober un tel mensonge ?

— Vous pouvez tout vérifier en envoyant un télégramme à Leipzig », le défia-t-elle, assurée qu'il n'en ferait rien : il avait en effet trop d'amour-propre pour admettre qu'il était incapable (à la différence des fonctionnaires juifs de l'ancienne génération) de rédiger un télégramme dans un allemand correct.

Les fines lèvres de l'inspecteur se crispèrent en un rictus contrarié et il alla débusquer avec l'ongle de son petit doigt un minuscule reste de repas coincé entre deux molaires.

« Parfois je me demande avec quoi, nom de Dieu, ils font leur saucisson, à la cuisine. On croit avoir mangé de la viande et on découvre qu'ils n'ont mis que du cartilage haché. C'est répugnant, *doamna* Landau, répugnant. Je vous garantis que ce qu'on sert à nos supérieurs n'a rien à voir avec cette bouillie ! On leur donne du jambon de porc au poivre noir qui vous chatouille les narines. Je vais vous révéler un secret et je vous demanderai la plus grande discrétion à ce sujet : je suis en droit d'espérer que mes conditions de restauration vont bientôt s'améliorer... si madame comprend ce que j'entends par là.

— Monsieur attend une promotion ! ? s'exclama

aussitôt Mimi avec un étonnement feint. Je vous félicite de tout mon cœur ! Et quel sera votre nouveau statut ? Directeur du service, j'imagine ?

— Ne changez pas de sujet ! hurla soudain l'inspecteur en tendant vers elle un index effilé et frémissant. Pour qui vous prenez-vous ? C'est moi qui pose les questions ici ! Vous pensiez me jeter de la poudre aux yeux avec tous vos papiers ? Tenez, je vois que vous indiquez partout le versement de soi-disant "salaires" – mais qu'est-ce qui me le prouve ? Comment savoir si vous n'êtes pas tous associés dans l'entreprise et que, pour gonfler vos frais, vous vous prétendez salariés alors qu'il n'en est rien ? »

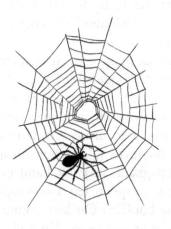

Si elle lui demandait maintenant d'aérer la pièce, il y verrait certainement un signe de faiblesse, songea Mimi avec inquiétude tout en essuyant les gouttes de sueur qui perlaient sur son front. Elle prit une gorgée de thé et expliqua donc que, malgré l'organisation apparemment collective de leur structure, il n'y avait qu'un seul propriétaire, dûment répertorié, qui était l'héritier du précédent propriétaire. Chaque mois, les actrices recevaient des émoluments – leur salaire – dont elles faisaient ce qu'elles voulaient. « Pour autant que je sache, continuat-elle, quelques-unes ont même ouvert un compte épargne, mais la plupart d'entre elles préfèrent tout dépenser. Rien d'étonnant à cela, puisque le théâtre assure leurs besoins et leur fournit un toit, cela est inclus dans leur contrat. » Elle ne lui raconta pas, évidemment, que cet arrangement lui avait tout de même permis de dissimuler quelques beaux excédents dans toutes sortes de comptes dont seuls elle et le professeur connaissaient l'existence, y compris un compte en banque ouvert au nom de la grand-mère de Markus, décédée depuis longtemps dans un village reculé mais qui n'avait jamais eu droit à son certificat de décès. Elle avait ainsi gagné l'enviable statut de petite épargnante de cent quarante ans.

« Comprenez bien ma situation, reprit Surescu en baissant les yeux. Plusieurs témoignages mentionnant l'existence de diamants ont été portés à notre connaissance. Naturellement, cela a éveillé les soupçons de ma hiérarchie. La loi m'oblige à clarifier ces allégations et à rédiger un rapport exhaustif pour mes supérieurs. Impossible d'y échapper. Imaginons donc comment les choses pourraient se dérouler : vous présentez les diamants à l'inspecteur, uniquement afin de le rassurer et de lui prouver qu'il ne s'agit aucunement du fabuleux trésor (illégal et donc menacé de confiscation) dont lui ont parlé des délateurs malveillants, mais d'un ensemble de bijoux tel qu'en possède n'importe quelle femme, *a fortiori* lorsqu'il s'agit de respectables femmes de goût – si l'inspecteur en juge par celle qu'il connaît personnellement... » Il se tut un instant et laissa un fin sourire lui amincir encore davantage la bouche. « Ledit inspecteur est soulagé car il déteste infliger d'inutiles souffrances à ses concitoyens. La valeur sentimentale des diamants dépassant de loin leur valeur financière, il écrit à ses supérieurs qu'en vertu des dispositions prévues par les articles tant et tant du code des impôts et après avoir rassemblé tous les renseignements et toutes les pièces utiles au dossier, etc., etc., il ne voit aucune raison de poursuivre l'enquête. Il recommande donc de clore le dossier sans retenir aucune charge à l'encontre des suspects. Comment réagiriez-vous face à une telle issue, *doamna* Landau ? »

La chaleur dans la pièce devenait de plus en plus étouffante, Mimi avait très envie de se mouiller les lèvres avec de l'eau froide, l'odeur viciée du déjeuner de Surescu lui donnait la nausée et elle sentait ses pieds en feu, comme si les diamants cachés dans ses talons la piquaient et la griffaient – mais elle tint bon.

« J'aurais été ravie d'aider de mon mieux un serviteur de la loi aussi dévoué que vous, soupira-t-elle. Cependant, afin de nous prémunir des mauvaises langues – malheureusement, personne n'est à l'abri d'envieux qui seraient capables d'accuser un honnête fonctionnaire d'avoir prélevé quelque chose au passage, Dieu nous garde – j'aurais proposé que la présentation des bijoux ne se fasse pas dans son bureau, mais dans un lieu neutre et sous la responsabilité d'un citoyen dont l'intégrité ne pourrait pas être mise en doute et qui serait prêt à certifier que les diamants du Grand Cabaret, d'une valeur de tant et tant, lui ont bien été présentés tel jour à telle heure. Et j'aurais proposé de solliciter maître Alexander Czerny – le célèbre Alexander Czerny que le roi, vous le savez sans doute, a décoré de la Légion d'honneur en remerciement de sa précieuse contribution à la défense des intérêts de la Roumanie lors des conférences internationales qui ont suivi la guerre.

— Écoutez-moi bien, madame Landau, susurra l'inspecteur des impôts dans un sifflement venimeux, je vous conseille de cesser de vous moquer de moi ! Je vous préviens que j'ai réuni suffisamment de preuves pour vous inculper de fraude et vous envoyer en prison pendant des années. C'est la place que vous méritez, en compagnie des putains et des meurtrières ! Vos derniers jours se passeront au milieu de femmes qui ont assassiné leur mari, avec des saoulardes qui vous tabasseront et vous obligeront à ramper devant elles. Vous ne mangerez que du pain rassis et de la soupe infâme, personne n'aura le droit de vous rendre visite... la seule chose qui peut encore vous sauver, c'est que vous décidiez de collaborer avec moi. Tout de suite ! Au nom du Roi et du peuple ! »

Les derniers postillons qu'il avait éructés n'étaient pas encore secs que Mimi se leva de sa chaise, se mit à se tapoter les tempes et à se tourner à petits pas de droite à gauche et de gauche à droite, exactement comme le faisait Yetti Hirsch la mélancolique. Ensuite, elle se frappa la poitrine : « Assez ! Ça suffit ! sanglota-t-elle. Pourquoi devrais-je payer le fait d'avoir toujours tout porté sur les épaules, sous prétexte que j'étais la seule à m'y connaître en comptabilité ? Et monsieur croit qu'une de ses cabotines gâtées pourries s'en émouvra ? Dès l'instant où le rideau tombe, plus rien ne les intéresse, celles-là ! Vous pensez qu'elles se préoccupent des efforts que je fais pour tenir la comptabilité, des nuits que je passe à vérifier les colonnes de chiffres ? Non, tout le monde s'en fiche, *domn* Surescu, telle est l'amère vérité ! » Mimi avait élevé la voix pour aussitôt poursuivre dans un chuchotement : « Et maintenant, au lieu de me retirer avec une belle rente dans une pension de famille à la montagne, je vais me retrouver en prison comme une criminelle ? Moi qui me suis échinée à leur service, sans aucune formation professionnelle, uniquement par sens des responsabilités ! Vous m'accusez de malversations ? ! s'exclama-t-elle soudain. Bien sûr, des erreurs ont certainement été commises – combien de choses un seul être humain peut-il assurer ? Et si monsieur pense que notre nouveau directeur m'aide – il se trompe ! Pourquoi se casserait-il la tête, puisqu'il a, sous la main, une bourrique corvéable à merci ? cria-t-elle, en sueur et tout essoufflée. Mais voilà, la bourrique est vieille, fatiguée et n'a plus que la peau sur les os. Des fraudes ? C'est ce qui vous dérange ? Eh bien, allez-y, arrêtez-moi tout de suite et jetez-moi au fond d'un cachot ! »

Apparemment, ce long monologue prit de court le sous-directeur, car il s'approcha en hâte de la trésorière, lui proposa un mouchoir et lui assura qu'ils trouveraient un compromis. Qu'une contribuable s'évanouisse dans son bureau ? Ne manquait plus que ça... un tel scandale retarderait assurément son avancement. En fait, il n'avait voulu que la bousculer un peu afin de pouvoir lui infliger un redressement suffisamment important pour faire bonne impression sur ses supérieurs. Mimi recouvra peu à peu ses esprits. Lorsqu'il vit qu'elle se calmait, il lui fixa une date pour un dernier entretien, et la congédia en lui promettant de ne pas être trop sévère avec elle.

2

Un jour, une des filles de la famille Kagan de Riga et amie des Fabrikant avait raconté au professeur une histoire arrivée à la tante de sa grand-mère, qui était naine. Un hiver, alors que toute sa maisonnée se trouvait attablée autour d'une soupe chaude, cette tante sentit comme une pression dans les intestins et par pudeur, elle s'écarta, se plaça devant la cheminée et lâcha un gaz si long qu'il prit aussitôt feu et lui brûla le derrière – ce qui déclencha l'hilarité générale. Le joyeux récit se transmit de génération en génération, de contrée en contrée et vécut bien des années après la mort de la protagoniste. Pourquoi donc cette histoire avait-elle perduré et pourquoi Markus aimait-il la raconter les jours de fête pour égayer son auditoire ? Aurait-on pris la peine de rapporter une telle anecdote si l'héroïne n'avait pas été naine ?

D'aucuns croient qu'aux personnes de petite taille ne conviennent que de petites actions, si bien qu'ils s'étonnent lorsqu'ils apprennent qu'une pauvre naine a fait une grande chose. Un même incident arrivé à une géante paraît normal à ceux qui voient partout, dès qu'il s'agit d'une naine, la manifestation de quelque force secrète et effrayante. Pour conjurer leur peur, ils choisissent d'y répondre par un rire tonitruant.

Face à cela, nombreux sont ceux qui essaient de tirer

profit des vertus surnaturelles attribuées, à tort ou à raison, aux êtres que la nature a distingués, les très grands, les très petits ou encore les difformes : montrez-nous un peu de votre pouvoir magique, les exhorte-t-on, accomplissez donc des prodiges ! Tel était le cas du rabbi Shimson-Eizik Ovitz, un nain généreux et débonnaire s'il en est, célébré dans toute la Transylvanie comme faiseur de miracles. On le sollicitait de toutes parts et on se pressait pour lui demander des conseils ou recevoir sa bénédiction. Après avoir accumulé des biens et une grande fortune, il épousa une femme de taille normale à qui il fit deux filles – aussi petites que lui. Comme sa femme mourut dans la fleur de l'âge, il en prit une autre, à qui il fit huit enfants supplémentaires, parmi lesquels cinq nains. Tous les rejetons du rabbi avaient des dons et lorsqu'ils grandirent, ils furent envoyés à l'académie et effectuèrent tous de brillantes études de musique et de solfège.

Ayant juré à leur mère de ne jamais se séparer, les enfants Ovitz fondèrent une troupe qu'ils appelèrent la Troupe lilliputienne et avec laquelle ils eurent tôt fait de conquérir la Roumanie et même la Hongrie. Parées de robes à crinoline étincelantes avec des décolletés en dentelle, les cinq filles émerveillaient le public en jouant du violon, du tambour et du cymbalum sur des instruments miniatures construits spécialement pour elles. Pendant ce temps, leurs deux frères, cheveux brillantinés plaqués vers l'arrière comme le voulait la mode de l'époque, exécutaient toutes sortes de numéros comiques. Certaines des demoiselles Ovitz épousèrent des hommes de taille normale, et les gendres, ainsi que les trois frères chanceux qui n'avaient pas hérité du handicap de leur père, s'occupaient de l'organisation des tournées. Dans chaque ville où ils se produisaient, le succès était immense. Et la ville qui leur réservait l'accueil le plus enthousiaste était assurément la capitale de la Transylvanie, où ils avaient gagné une place privilégiée dans le cœur du public[1].

Qui aurait pu imaginer que le Grand Cabaret du professeur Fabrikant et la Troupe lilliputienne seraient annoncés à Klausenburg pour la même semaine ? « Si la grande Kaminska en personne se produisait en ce moment, elle n'aurait pas vendu davantage de billets que ces nains », expliqua Esther pour tenter de remonter le moral à Herman.

Ils avaient publié de grandes annonces dans le *Nouvel Est*, un quotidien où l'on mentionnait spécialement les représentations avec un texte en hongrois (ils avaient pour cela embauché un acteur local), ils s'étaient aussi engagés, sur les affiches placardées dans toute la ville, à octroyer une belle réduction aux anciens élèves du lycée juif... rien n'y fit, les réservations ne décollaient pas. En désespoir de cause, Herman envoya les actrices, vêtues de leurs costumes bigarrés, distribuer des brochures sur les places et dans les cafés. Sans résultat. Impossible de se voiler la face : les connaisseurs et les admirateurs du Grand Cabaret vieillissaient et se raréfiaient, quant à la nouvelle génération, il lui fallait des spectacles plus modernes. La

---

1. Voir à ce sujet E. Negev et Y. Koren, *Nous étions des géants, l'incroyable survie d'une famille juive de lilliputiens*, traduit de l'allemand par Inès Lacroix-Pozzi et Dominique-Laure Miermont, Payot.

mort dans l'âme, le directeur fut obligé d'annuler deux des huit représentations programmées mais le propriétaire de la salle Oasis exigea d'être payé intégralement, ne voulut rien entendre et ne cessa de harceler Herman qu'après avoir reçu comptant la totalité de ses mille deux cents lei, pas un centime de moins.

Certaines personnes sont douées pour voir le bon côté des choses, peu importe ce qui leur arrive : Kreindl proposa à ses camarades de profiter de ces annulations pour aller tous ensemble assister à une représentation de cette fameuse Troupe lilliputienne.

« C'est du voyeurisme bon marché », soupira Lydia Liphschitz méprisante. Néanmoins elle fut, comme les autres, bien obligée d'admettre que ces lilliputiens ne manquaient ni de talent, ni d'imagination. Impossible de rester insensible aux chansons et aux saynètes qu'ils interprétaient. Au moment du salut final leurs courts doigts effleuraient le sol à chaque courbette et toute la salle, vibrante d'émotion, les acclama et les couvrit de bravos.

« Oh là là, qu'est-ce qu'ils sont mignons, chuchota la petite Gina émerveillée en applaudissant à tout rompre. On dirait des poupées ! »

La grande Gina lui répondit par un triste hochement de tête. La faiblesse qui s'était abattue sur elle le matin même n'avait fait qu'empirer au fur et à mesure de la journée et, bien qu'elle ait attendu le spectacle avec impatience, elle ne désirait à présent qu'une chose – sortir, prendre l'air et sucer un bonbon qui lui redonnerait des forces.

« Je dois absolument vérifier si tout cela n'est pas truqué, continuait la petite. Viens avec moi, vite, avant que tout le monde se lève ! On va aller les voir en coulisses – on est des collègues quand même !

— Vas-y toute seule, je ne me sens pas très bien. »

À son grand dépit, elle avait pourtant clairement expliqué qui elle était et d'où elle venait, le colosse (un des gendres) qui bloquait le passage resta ferme – et elle ne réussit pas à voir les Ovitz de près, sous prétexte qu'ils se préparaient pour la réception exceptionnelle organisée en leur honneur au domicile de l'un des riches mécènes de la ville. Touché cependant par l'insistance de l'actrice, il finit par entrer dans la loge des nains et en ressortit presque aussitôt avec un beau cadeau : une photo de la Troupe lilliputienne signée par tous ses membres et en haut, la dédicace : « À Gina Dantzig, amicalement. » Elle sentait encore son cœur battre la chamade lorsqu'elle retrouva ses camarades sur les marches du théâtre et elle ne se gêna pas pour leur agiter sa précieuse photo sous le nez.

« Montre voir, s'approcha Yetti Hirsch la mélancolique.

— Pas maintenant, intervint Herman. Je nous ai réservé une table au café Miller. C'est la direction qui régale ! »

Cette annonce étonnante les mit tous en joie et rapidement, ils se dirigèrent en un joyeux cortège vers le célèbre établissement situé dans une des plus anciennes maisons de la ville.

Le brillant chef pâtissier Igo Miller, qui avait fait ses classes auprès des meilleurs chefs de Budapest et voulait suivre la tradition locale, avait érigé son café casher en un modèle du genre. Une volée d'escaliers à rampe dorée menait du hall d'entrée à la salle spacieuse du premier étage. Là, un bataillon de serveuses attendaient les clients, debout derrière une longue vitrine qui exposait les gâteaux les plus sublimes, véritables œuvres d'art, avec délicates dentelles de sucre caramélisé, roses en massepain et arabesques de chocolat. Au centre trônait en permanence la spécialité hongroise, la fameuse tarte Dobos, joyau de la couronne, qui avait valu au patron la médaille de bronze du concours national dans sa catégorie.

Miller n'avait jamais caché à quel point il dédaignait tous les chichis dont les Français entouraient leur dégustation de pâtisserie. Fier de la simplicité de l'école autrichienne, mais habité par un sentiment quasi religieux, il attendait de ses clients en salle qu'ils agissent comme en cuisine : avec modestie et dévotion, si bien que personne ne devait rester assis les bras croisés à attendre, comme un prince, de se faire servir. Indigent ou noble, petit clerc ou grand directeur, tous devaient faire l'effort de se déplacer jusqu'à la vitrine, de choisir ce qu'ils voulaient déguster et de revenir à leur table en portant eux-mêmes une assiette avec leur morceau de paradis.

Chaises tapissées de cuir brun dans un luxe tout en modération ; paravents en bois sculpté qui séparaient la salle en différents recoins intimes ; rayonnages métalliques avec filets suspendus en hauteur comme dans les wagons de chemin de fer, afin de permettre aux clients d'y déposer leurs sacs ; lumière jaune des lustres, odeur de café tout juste moulu, petit monte-plat qui reliait le premier étage aux cuisines ; journalistes, avocats et autres professions libérales occupés à siroter toutes sortes d'alcools forts et de liqueurs dans de jolis petits gobelets ; chaleur agréable montant du parquet ; quotidiens du jour glissés dans des reliures en bois ; tintement de fourchettes, mélange de papotages chuchotés en hongrois, allemand, yiddish – c'est dans ce jardin d'Éden qu'entra la troupe du Grand Cabaret, la gorge nouée par une vive émotion.

« Qu'est-ce que tu as pris, Kreindl ? demanda la petite Gina une fois qu'elles furent installées autour d'une table.

— Que chacun regarde dans son assiette », décréta la Duchesse qui, elle, avait choisi une bavaroise pur beurre piquée de tout un tas de bonnes choses, avec du sucre glace saupoudré sur le doré du dessus et, au centre, deux moitiés d'abricot.

« Ils ont même écrit leur nom, s'exclama la petite Gina, examinant de plus près la photo qu'elle avait reçue. Franziska, Elisabeth, Rozika, Micky, Lea, Sarah, Perla et Avraham. Qui est le plus beau à votre avis ?

— Laisse-moi regarder, demanda Esther. Peut-être Elisabeth ?

— Moi, je trouve que c'est Perla. La plus petite – la plus mignonne !

— Il paraît, je le tiens de source sûre, que Hitler aurait un frère nain qu'il cacherait, intervint Trotski avant de planter les dents dans un onctueux croissant au pavot.

— Eh bien, ça nous fait une belle jambe, rétorqua Lydia énervée.

— À bon entendeur, salut ! » La vieille contestataire redressa le menton en lançant un regard discret vers Leo, qui, à sa grande déception, ne montra aucun intérêt pour cette importante révélation et continua ses messes basses avec Herman, en bout de table.

« Moi, ce qui m'interpelle, c'est que plusieurs des filles

de la troupe ont épousé des hommes de taille normale, reprit Kreindl, parce que j'aurais pensé qu'elles se choisiraient des maris à leur hauteur, non ?

— Des maris, cracha Trotski, qui a besoin de maris ? Mais en l'occurrence, si vous voulez mon avis, je dis qu'un nain, c'est mieux : on doit lui préparer moins à manger. Passe-moi un cure-dents, Yetti.

— Que Dieu nous préserve des maris, confirma Esther. Mais des soupirants – ça, c'est autre chose. C'est que j'en ai eu moi, à mes pieds ! Oh oui ! J'en ai vu, des hommes ! Prenez les sportifs, par exemple : vigoureux, pleins d'énergie – mais infidèles. Les politiciens, ils te feront du charme, les étudiants te liront des poèmes, les banquiers te dégoteront des tulipes en toute saison (de l'étranger s'il le faut) à condition que tu ne dises rien sur leur bedaine... mais les meilleurs – ce sont les barons. Je me souviens d'un baron hongrois qui me courtisait, quelle éducation, quel savoir-vivre !

— Eh ben moi, j'ai eu un menuisier de Galicie, déclara Trotski.

— Aucune de vous ne s'est mariée ? » demanda soudain Dora.

Sa question éveilla une cascade de petits gloussements. Esther commença par lui expliquer que malgré les nombreuses propositions qu'elle avait reçues, jamais elle n'avait envisagé de renoncer à la scène pour un homme – quel qu'il fût ! Et, bien qu'elle ne prétendît pas parler au nom de ses amies, il lui semblait que la majorité d'entre elles était, très jeune, arrivée à la même conclusion.

« Moi, je n'ai renoncé à rien du tout, commença Lydia qui se fit un plaisir de la contredire d'un ton plein de suffisance. Mon défunt mari qui, comme vous le savez, était lui aussi comédien, ne s'est jamais mis entre moi et le théâtre. Au contraire, c'est ensemble que nous avons connu nos plus grands succès ! Pas un endroit où nous n'avons été acclamés ! Et s'il n'était pas mort dans la force de l'âge, on aurait certainement fondé notre propre troupe.

— C'est drôle mais j'ai toujours pensé que j'allais me marier, dit Kreindl. Si tu m'avais dit, il y a cinquante ans, que jamais je ne fonderais de famille, je t'aurais ri au nez. Et je suis incapable d'expliquer comment c'est arrivé. Je sais juste que je me suis laissé bercer par la vie, un coup ici, un coup là-bas – et maintenant, voilà, je suis assise parmi vous. Cela me convient parfaitement et je ne me pose plus de questions.

— Pourquoi t'en poserais-tu ? » La Duchesse pressa tendrement le bras de sa camarade. « Si tu nous avais quittés pour te marier, qui te garantit que tu aurais eu une vie meilleure ? Crois-moi, le monde est un puits de malheur ! Untel a un problème et ne peut pas te faire d'enfants, un autre te fait des enfants mais il oublie de te donner de quoi les nourrir, chez un troisième tout va très bien, Dieu merci, sauf le bruit insupportable qu'il fait en mangeant sa soupe. "L'amour toujours", ça n'existe que dans les contes de fées.

— Et Mimi ? A-t-elle eu un amoureux ? demanda encore Dora.

— Oui… Enfin, non ! » La petite Gina se mordit la langue.

« *Oy*, toi, tu parleras toujours trop », soupira Esther.

Mais Lydia n'était pas de celles qui laissent passer une

esquisse d'indiscrétion sans aussitôt vouloir la cueillir et se gargariser de son parfum. Elle obligea la Duchesse à raconter ce que certains murmuraient à une époque : le dévouement de Mimi pour le défunt professeur n'avait peut-être pas été uniquement professionnel.

« Ce qui expliquerait pourquoi il lui a offert les harmonicas ? s'enflamma Dora, les yeux brillants.

— Comme tu es romantique, jeune fille ! sourit Kreindl. Mais non, s'il s'est passé quelque chose entre eux – ce que je ne peux pas affirmer, c'était bien des années avant. La seule certitude que nous ayons, c'est qu'ils ont travaillé ensemble dans l'harmonie la plus parfaite et... contentons-nous de cela. Où vas-tu, ma Gina ? »

La grande Gina, qui n'avait rien dit jusque-là, venait de se lever et, l'air hébété, s'approchait de la vitrine, les yeux aimantés par un gâteau aux amandes, hypnotisée qu'elle était par les croisillons de pâte qui formaient un grillage sur une couche brillante de confiture. Comme elle avait le vertige, le serveur accepta de faire une entorse aux règles de la maison et il lui apporta une part à sa table.

« Moi, j'aurais bien aimé être une mariée, lança la petite Gina, qui coula un regard douloureux vers l'assiette de la grande Gina. Avec des chaussures vernies et un voile brodé de fleurs.

— Il n'est jamais trop tard, susurra Lydia. Sous certains aspects, tu n'es encore qu'une gamine, ma chère.

— Eh bien moi, je suis devenue adulte à seize ans, claironna Trotski, soudain happée par ses souvenirs. C'était à Moscou, je me suis mise avec un révolutionnaire... il avait de beaux cheveux rebelles et des cuisses d'étalon. Qu'est-ce qu'on s'aimait !

La grande et la petite Gina au café Igo Miller de Klausenburg

— Et comment s'est passée la cérémonie ? Vous avez au moins versé une larme, non ? voulut savoir Dora.

— La cérémonie ? ricana l'accessoiriste. Pour avoir une nuit de noces, pas la peine de passer devant le rabbin ! Franchement, les filles – qui n'a pas envie, de temps en temps, de se faire un petit peu de bien ?

— Chuut ! la coupa aussitôt Lydia. Tu as oublié qu'il y a, à cette table, une vraie demoiselle ? Une chaste jeune fille !

— Bon et alors, ce sera bientôt son tour de passer à la casserole, pas vrai ? » Et elle termina par un clin d'œil suggestif.

Une violente rougeur envahit les joues de la pauvre Dora qui se saisit d'une petite cuillère et commença à déplacer d'un côté puis de l'autre la mousse qui s'était formée sur son chocolat chaud. La conversation générale se fissura pour laisser place à de petites ramifications qui poussèrent les papotages de-ci de-là telles des feuilles mortes ballottées par le vent. Ici remontèrent tranquillement les souvenirs des cafés d'antan, là s'échangèrent des chuchotements railleurs sur quelque bruyante voisine trop fardée tandis qu'en bout de table, Herman et Leo, qui en étaient à leur troisième verre de kirsch, réorganisaient la partition de l'Europe sur une serviette en papier. Ils restèrent ainsi agréablement installés un long moment, et n'étaient les préparatifs qui les attendaient en vue de leur retour à Czernowitz le lendemain, ils ne se seraient sans doute pas levés avant minuit.

3

Bucarest, le 19 décembre 1938

Chère Giza,
Je t'écris ces lignes de la gare centrale de Bucarest. Le départ du train qui me conduira à Zurich est imminent et ceci marquera la fin de mon ancienne vie. Oui, Giza chérie, figure-toi que j'ai quitté le Grand Cabaret du professeur Fabrikant. Dans trois heures prendra fin une période de soixante et un ans. De belles années ? Comment savoir, puisque je n'ai rien connu d'autre. Et puis, bons moments ou pas, c'était devenu un chariot que je ne pouvais plus tirer. J'espère que je vais réussir à t'expliquer comment tout cela est arrivé, et alors peut-être, tu comprendras que je n'avais pas le choix.
Tout d'abord, je dois te raconter comment s'est terminé le

contrôle fiscal dont je t'ai parlé dans ma lettre précédente, car ce n'est pas sans rapport avec la suite des événements. Le calendrier a joué en ma faveur : le dernier interrogatoire avait été fixé pour le 18 décembre et je me doutais bien que l'inspecteur Surescu avait intérêt à clore le dossier avant leur Noël. Je savais qu'il attendait une promotion pour le début du mois de janvier, et dans ce genre de situation, personne n'a envie de laisser traîner les choses. De plus, je n'avais, à aucun moment, reçu de lui une preuve réelle et fondée qui réfutait ce que je lui racontais. J'en ai donc déduit qu'il ne retiendrait aucune plainte contre nous. Ne restait qu'une seule question : combien il m'en coûterait en pot-de-vin et en énergie. C'est alors que m'est venue une idée vraiment fantastique (excuse mon manque de modestie !). Lors de nos précédentes confrontations, j'avais remarqué que dans son bureau, Surescu avait accroché des dessins d'enfant (d'une incroyable laideur !). Je me suis dit, Mimi, s'il a mis là ces gribouillis, ça veut dire ce que ça veut dire. Avant le début de notre entretien, j'ai laissé innocemment glisser mon regard le long du mur et je suis tombée en admiration devant ces horreurs. Il a aussitôt abondé dans mon sens, m'expliquant qu'effectivement, sa petite-fille était très douée. J'ai renchéri en pointant celui qu'il avait accroché juste à côté de son fauteuil. Bon, je t'accorde que ce n'était pas sorcier de deviner que c'était son préféré. Mon goût l'a ravi et c'est ainsi que je me le suis mis dans la poche. Même si quelqu'un sait qu'on lui lèche le cul, ça ne l'empêche pas d'y prendre plaisir.

Après, j'ai sorti le dossier que j'avais préparé, il était bourré de tous les papiers que j'avais pu rassembler — surtout ceux dénués d'intérêt — car plus nombreuses sont les informations, moins il y a de chances pour qu'on s'y retrouve. Il voulait que je lui apporte des notes de frais et des factures, eh bien, il était servi : j'avais pris tous les reçus que j'avais trouvés – y compris celui d'un manteau en laine que cette sans-gêne de Liphschitz vient d'offrir à son chien – et je lui ai tout balancé en vrac sur la table. Pendant quelques minutes, il a fait semblant de s'intéresser à ces broutilles, mais il a très rapidement décidé de s'épargner ce plaisir et, après avoir repoussé le tas, il m'a annoncé qu'il validait mon bilan dans son intégralité.

Voilà donc un problème de réglé. Ensuite, il m'a avoué ne pas avoir réussi à obtenir de Leipzig des preuves selon lesquelles les sommes d'argent soi-disant évaporées dans la grande crise boursière avaient en fait été versées sur des comptes secrets ; s'il y a une chose qui dépasse la philosophie allemande par sa complexité, c'est bien leur bureaucratie. Tu aurais dû voir son expression déçue, à ce malheureux, lui qui m'avait menacée, à un certain moment, de nous confisquer nos biens – l'appartement, les bijoux, jusqu'à nos puces ! – lorsqu'il a reconnu qu'il n'avait aucune raison valable d'engager une procédure à notre encontre. Si bien qu'il ne me restait plus qu'un obstacle – la hauteur de l'amende que je devrais payer pour « des erreurs de gestion et des déclarations mal remplies ». Crois-moi, ma Giza – on a négocié pendant presque deux heures. Pour sa part, l'inspecteur voulait laisser à son service un cadeau d'adieu impressionnant, et moi, pour ma part, je pensais encore me battre au nom de toute la troupe, imbécile que j'étais !

Avant d'aller plus loin, je dois te raconter autre chose : il y a trois semaines, ils sont partis sans moi à Klausenburg et la tournée s'est soldée par un échec total. Herman n'a vraiment pas les nerfs assez solides et quand il a vu que les réservations n'augmentaient pas assez vite, il a annulé deux représentations… mais a été obligé de payer au propriétaire de la salle l'intégralité des sommes prévues ! Ajoute à cela tout l'argent qui a été gaspillé juste par panique – sur de la réclame et des brochures par exemple – plus le cachet du présentateur hongrois, plus encore cette lubie qu'a eue Herman d'inviter tout le monde dans le café le plus cher de la ville ! Franchement, quand j'ai entendu tout ça, j'ai cru devenir folle : moi, j'économise chaque centime (ça fait deux ans que je ne me suis même pas acheté une nouvelle paire de gants) alors que monsieur se prend pour Rothschild – et tout ça avec quel argent ?

Bref, la seule chose que je pouvais faire pour tenter de redresser la situation, c'était de me battre pour chaque centime face à ce Surescu – sauf que lui, il disposait de tout un arsenal pour me déstabiliser ! Tantôt, il me hurlait dessus comme une espèce de fou furieux, tantôt il me flattait, et crois-moi, je ne sais pas ce qui est le pire. Il y a eu des moments où j'ai bien cru que c'était perdu, je n'en pouvais plus et j'ai plusieurs fois failli jeter l'éponge. Il tirait vers la droite, je tirais vers la gauche… bon, finalement, on est tombés d'accord sur quatre mille deux cents lei, à condition qu'il ferme le dossier et que nous soyons totalement blanchis.

Si tu savais comme j'étais fière sur le chemin du retour ! Avec quelle émotion je m'apprêtais à partager ma victoire avec mes camarades ! Et j'avoue sans honte que j'attendais un mot gentil de leur part – abrutie que j'étais ! Lorsque je suis arrivée à la maison, je n'ai trouvé que Becky, qui m'a expliqué qu'ils étaient tous allés au cinéma voir la nouvelle comédie des Marx Brothers... Que te dire, ma Giza ? Sur le coup, j'ai failli m'étouffer. Quoi ? Et moi *alors, je n'aime pas les films comiques ?* Ils ne pouvaient pas attendre un jour de plus pour que je puisse, moi aussi, me changer un peu les idées avec eux ?

J'ai essayé de me calmer et j'ai mis de l'eau à chauffer pour un thé... mais à peine ai-je eu le temps de prendre un sucre que j'ai entendu la porte s'ouvrir et toute la joyeuse bande est rentrée. La première à m'avoir vue a été la petite Gina (que Dieu me pardonne ce que je lui ai souhaité à ce moment-là), elle m'a lancé un simple bonsoir, alors je lui ai demandé comment était le film. *Fantastique. Et pourquoi ne m'avez-vous pas attendue ? Ben, parce que tu étais au travail,* m'a-t-elle répondu comme si ça coulait de source. Là-dessus, elle s'est dirigée vers la cuisine pour prendre quelque chose à grignoter. « Parce que tu étais au travail » ! Et pour qui est-ce que je travaille ? Pour moi-même ? Après, c'est Kreindl qui est entrée, alors *Kreindl, ça va ?* je lui ai demandé. *C'était magnifique, quel dommage que tu ne sois pas venue avec nous – tu veux que je te raconte ? Non,* sans façon, les gâteaux, je préfère les manger moi-même. Après, c'est Esther qui est passée et elle m'a juste lancé un coup d'œil avant de déclarer qu'elle était très fatiguée et que la grande Gina lui avait promis un massage cosmétique avant d'aller dormir. Elle était très fatiguée, tu te rends compte ? Et moi ? Personne ne s'est demandé si je n'avais pas besoin qu'on me caresse la tête de temps en temps ? Quant à monsieur le directeur artistique, il n'était même pas rentré avec elles ! Pris apparemment par un besoin urgent d'aller boire une bière avec Leo.

À cet instant, j'ai compris, Giza, qu'aucune de ces filles

ne m'accordait la moindre importance. Qu'elles me consi-
déraient avec la même indifférence que la pauvre Becky,
qui passe sa vie à s'agiter pour elles, par canicule ou sous la
neige, comme si les aliments les plus frais atterrissaient tout
seuls sur leur table. Sans doute pensent-elles que les affaires
d'argent aussi s'arrangent toutes seules, et à aucun moment
elles n'imaginent la quantité de travail et d'effort que cela
requiert. Que se serait-il passé si j'avais refusé, à l'époque,
de décharger le professeur Fabrikant de la comptabilité ?
Que se serait-il passé si je m'étais entêtée à rester actrice,
comme elles ? Cette question ne fait bien sûr pas partie de
leurs préoccupations. Pour se donner bonne conscience, elles
se sont persuadées que j'aimais les chiffres au moins autant
qu'elles aiment les planches, voire davantage.

À partir de ce moment, je ne pouvais plus les regarder en
face. Je suis entrée dans le bureau, j'ai verrouillé la porte,
je me suis assise sur mon fauteuil et j'ai fondu en larmes.
Tout bas, que personne n'entende et ne vienne m'enquiqui-
ner. Je pense que je suis restée à sangloter une quarantaine
de minutes. Au début, je pleurais de colère, ensuite j'ai pleuré
de désolation sur ma vie, sur le professeur, sur Perla, sur les
beaux souvenirs. Et puis, au milieu de toutes ces pensées qui
s'entrechoquaient, un plan s'est forgé dans ma tête et quand
j'ai compris vers quoi je me dirigeais, j'ai pleuré sur celles
que j'avais considérées jusqu'alors comme mes amies.

J'avais atteint un point de non-retour. Je me suis mou-
chée, je suis allée me préparer une pleine cruche de café, et
jusqu'au milieu de la nuit, je me suis occupée de la pape-
rasse. D'une belle écriture très claire, j'ai fait des listes pour
Herman avec tous les renseignements financiers et nos coor-
données bancaires, ainsi que les coordonnées des avocats et

des notaires, des imprimeurs, des comptables, des propriétaires de salle, des marchands de tissus, des merciers, des éditorialistes de journaux, des critiques de théâtre. Incroyable le nombre de gens que soixante et un ans de métier t'obligent à côtoyer ! J'ai pris un dossier dans lequel j'ai rangé les licences et les autorisations, les tarifs et toutes sortes de documents officiels que nous avons accumulés avec le temps et j'ai terminé en prenant dans la caisse mon salaire de décembre moins douze jours – somme que j'ai inscrite dans la colonne des dépenses. Ensuite j'ai fait le compte de tous les avoirs du Grand Cabaret, plus ce qu'ils rapporteraient dans l'avenir et enfin, j'ai calculé à combien se chiffrait la retraite qui me revenait et à laquelle j'avais l'intention de renoncer. Il faut que tu comprennes bien, Giza, que toutes ces années, même si j'ai totalisé beaucoup plus d'heures de travail que mesdames les actrices, je n'ai jamais touché la moindre prime. J'ai donc décidé de partir avec les diamants en guise d'indemnités. Sache que l'appartement de l'Altgasse est enregistré à mon nom et que si j'avais vraiment voulu me venger, j'aurais simplement pu le vendre et partir aussi avec le produit de cette vente dans la poche. Toutes ces clarifications ont pris beaucoup de temps, et quand je suis ressortie du bureau, elles ronflaient déjà. J'ai emballé mes affaires avec précaution pour ne réveiller personne. Tu vois ce que c'est que la vie, Giza : je suis arrivée chez la mère Rosenthal avec un sac de voyage usé et je suis repartie de Czernowitz, soixante et un ans plus tard, avec deux valises, c'est tout.

Cela ne valait plus la peine de me coucher. J'ai attendu le lever du jour et j'ai quitté l'appartement en silence après avoir posé ma clé sur la table près de la porte. Au coin de la rue, j'ai hélé un taxi et je me suis rendue à la gare centrale. *Je suis arrivée à Bucarest vers midi. Et me voilà installée au buffet où j'attends le train pour Zurich. Je pense que là-bas, on saura apprécier une comptable aussi expérimentée que moi.*

Dès que j'aurai une adresse fixe – je te l'enverrai.

Je t'embrasse,
ta cousine
qui t'aime, toujours,
Mimi Landau.

Troisième partie

Au bord du gouffre

Chapitre I

Iași

1

La nouvelle année n'augurait rien de bon. Le roi de Roumanie voulait absolument signer de nouveaux contrats avec les Allemands, lesquels étaient prêts à les lui accorder à condition qu'il renforce la répression contre les Juifs de son royaume. Le souverain obtempéra et ceux-ci se retrouvèrent exclus de l'industrie, du commerce et quasiment de tous les journaux. Que l'horizon du Grand Cabaret du professeur Fabrikant se soit nettement obscurci n'avait donc rien d'étonnant. Le coup de théâtre de Mimi, en revanche, laissa la troupe frappée de stupeur. La trésorière n'avait donné aucune explication, elle s'était contentée de laisser une attestation de solde de tout compte dûment signée, précisant qu'elle avait reçu la pension de retraite à laquelle lui donnaient droit tant et tant d'années d'ancienneté à son poste et qu'elle renonçait à toute exigence ultérieure. Jointe et à ce document, ils trouvèrent une lettre de cession (en faveur de la structure juridique dénommée le Grand Cabaret du professeur Fabrikant, fondée en 1878) du bien immobilier enregistré à son nom 8, Altgasse, Czernowitz. Naturellement, ce départ suscita toutes sortes de commentaires. La petite Gina, en romantique invétérée, assura dur comme fer qu'à l'origine de cet acte radical, il y avait quelque mystérieux amant, surgi des oubliettes, qui avait persuadé Mimi de s'enfuir avec lui jusqu'à Naples. Trotski, pour sa part, émit l'hypothèse d'un enlèvement politique : mais comme ils ne reçurent aucune demande de rançon, cette piste ne convainquit pas grand monde. Kreindl, qui refusait de croire que leur amie d'enfance les avait trahies, y reconnut plutôt l'empreinte d'un maître chanteur et continua à espérer que la trésorière réapparaisse un beau matin et clarifie tout. Esther se souvint de la cousine en Palestine avec laquelle Mimi était en relation épistolaire, mais personne ne savait comment retrouver cette parente – qui aurait pu dissiper le mystère. Si seulement elles s'étaient intéressées en temps et en heure à ce qu'essayait de leur dire à sa manière Becky – la seule à avoir compris ce qui s'était réellement passé – elles auraient sans doute pu agir avec davantage d'efficacité.

Inutile de préciser que le sujet était beaucoup trop délicat pour qu'ils puissent envisager de s'adresser à la police. Quant au vieil avocat de la famille, Sando Czerny, il donnait depuis un certain temps des signes de démence sénile et ne put leur fournir aucune information. Herman envoya des télégrammes à tous les professionnels qui figuraient sur la liste laissée par Mimi pour savoir s'ils avaient entendu quelque chose – sans résultat. Il était loin de s'imaginer que tandis qu'il alertait tout le milieu théâtral roumain en priant ses collègues d'ouvrir l'œil, elle était déjà de l'autre côté du lac de Constance. Au bout d'une dizaine de jours perdus en vains efforts, Herman constata que la désertion de leur amie avait plongé les actrices dans une profonde détresse. De tous les abandons qu'elles avaient subis, celui-ci était le pire. Elles parlaient peu et tournaient en rond toute la journée, aussi tristes que si elles venaient de perdre une seconde fois leurs parents ; un matin, on remarqua même que Yetti Hirsch la mélancolique avait mouillé sa chemise de nuit pendant la nuit. Puis, peu à peu, leur tristesse se mua en colère et en amertume. La plus véhémente se trouva paradoxalement être Lydia Liphschitz qui n'épargna aucune critique à l'encontre de celle qu'elle qualifia sans hésiter de « voleuse ». Sa hargne étonna un peu les autres filles, d'autant que, par contrat, elle n'avait aucun droit sur la fortune collective de la troupe et donc était la seule à ne pas avoir été lésée par la perte des diamants. Elles ne pouvaient pas deviner, bien sûr, que Lydia caressait le projet de marier sa fille à Herman et considérait la fortune du Grand Cabaret comme un fonds qui, en quelque sorte, lui appartenait déjà.

Ce fut alors qu'elles durent faire face à un nouveau problème : au lieu de cesser, les vertiges qui avaient incommodé la grande Gina pendant leur tournée à Klausenburg n'avaient fait qu'empirer, mais comme celle-ci ne voulait pas peser sur les autres (encore moins en ces temps difficiles), elle n'en avait parlé à personne ; elle arriva à surmonter ces malaises (bien que de plus en plus fréquents), ainsi que les picotements qu'elle commença à ressentir sur tout le corps, si désagréables qu'elle était obligée de s'enfermer dans sa chambre pour se gratter jusqu'au sang.

Mais elle perdit l'espoir fou de voir soudain tous ces symptômes disparaître comme ils étaient venus, le matin où, se lavant la figure elle remarqua que ses paupières étaient jaunes : ce ne fut pas tant son aspect qui l'effraya, pas non plus la pensée qu'elle ne pouvait plus cacher son état mais bien les reproches qui pleuvraient sur elle lorsque les autres comprendraient à quel point elle s'était négligée. Elle décida donc d'aller prendre conseil auprès des frères Zipkis.

Dans une ruelle parallèle à l'Altgasse, Meilekh et Simha Zipkis tenaient une boutique qui, officiellement, était une épicerie : on pouvait d'ailleurs y trouver des tonneaux en bois où marinaient des légumes rosâtres, des gros blocs de beurre vendu à la coupe, des saucissons cashers de chez Steinmetz suspendus à des crochets, des viandes fumées dans des boîtes de conserve rouillées, des caisses de choux, des bocaux de bonbons multicolores si vieux qu'ils collaient les uns aux autres, et encore beaucoup de marchandises de ce genre, entassées chez eux du sol au plafond. Dans leur cave, ils gardaient des provisions pour l'hiver, pommes, carottes, betteraves et pommes de terre, enfouies sous du sable bien propre. Des boîtes et des bouteilles s'entassaient dans leur vitrine de toute façon crasseuse, si bien que le magasin était sombre quelle que soit l'heure de la journée. Une question s'imposait : comment une épicerie en si piteux état réussissait-elle à survivre alors qu'à deux pas de là avait ouvert un établissement moderne et très agréable, avec des vendeurs en tablier blanc étincelant qui proposaient aux clients des produits frais et bien rangés sur des comptoirs métalliques briqués, un plaisir pour les yeux ? Car rien à faire, les frères Zipkis s'opposaient farouchement à toutes les innovations du commerce alimentaire, et restaient sourds aux supplications de leurs épouses respectives qui, elles, rêvaient de retaper la vieille boutique et de l'adapter au goût du jour. Les rares changements qui, malgré tout, arrivaient à ébranler leur intransigeance étaient effectués avec trop de lenteur, et relevaient davantage du hasard que d'une décision mûrement réfléchie. Mais tout cela ne les avait pas empêchés, au fil du temps, de se diversifier, et l'on trouvait à présent chez eux de la mercerie, du maquillage bon marché, des enveloppes ou d'autres fournitures du même genre. De plus, ce refus de modernité leur avait valu une réputation d'honnêtes hommes et des personnes un peu gênées avaient commencé à venir discrètement leur confier quelques objets de valeur comme garantie pour un prêt en liquide. C'est ainsi que les deux frères devinrent prêteurs sur gages, au point de dédier à cette activité informelle un petit réduit qu'ils avaient débarrassé de toute denrée comestible. Là, ils avaient même installé une petite vitrine à barreaux pour y présenter les bijoux et autres objets décoratifs non récupérés.

Mais plus que tout, ce qui comblait les frères Zipkis était de pouvoir prodiguer des conseils médicinaux. Si un client, entré chez eux pour acheter un kilo de farine, avait le teint blême et le front plissé, aussitôt les épiciers l'interrogeaient sur ses symptômes, évoquaient la mémoire de son père et de sa mère qui avaient souffert de maux similaires, ajoutaient encore une ou deux questions et concluaient en lui conseillant un traitement, généralement à base de raifort. Les frères croyaient sincèrement que cette plante était si puissante qu'elle détruisait les bactéries et renforçait le système sanguin. Contre l'asthme, ils préconisaient l'inhalation des vapeurs qui s'en dégageaient au moment où l'on râpait la racine, contre l'arythmie, il fallait en mâcher des morceaux deux fois par jour avant les repas, et contre toutes sortes d'abcès ou d'excroissances, ils concoctaient une crème de raifort pilé dans un peu d'huile, à étaler tous les matins jusqu'à ce que les grosseurs tombent d'elles-mêmes. Comme ils s'intéressaient réellement non seulement aux symptômes physiques mais aussi à la détresse des malades et à leurs angoisses – ce que ne faisaient pas la majorité des médecins qui vous renvoyaient muni d'une ordonnance griffonnée en toute indifférence – les épiciers avaient de nombreux adeptes, d'autant qu'ils ne prenaient jamais le moindre sou pour ces consultations – la reconnaissance de leur savoir et de leurs compétences les satisfaisait plus que tout. Rien d'étonnant donc à ce que, ce matin glacial de janvier 1939 où la grande Gina, une de leurs plus vieilles habituées, pénétra dans l'épicerie, les frères Zipkis remarquent immédiatement ses paupières jaunes et échangent des regards entendus.

« Avez-vous des nouvelles de Mimi ? s'enquit tout d'abord Simha qui invita l'actrice à s'asseoir sur la chaise en bois éraflé réservée aux fidèles clients.

— Non, aucune, soupira la grande Gina en prenant place.

— Si vous voulez mon avis, vous n'entendrez plus jamais parler d'elle », marmonna Meilekh, occupé à descendre d'un rayonnage des vieux sachets de raisins secs qu'il voulait utiliser pour cacher le stock qu'ils venaient de recevoir. La cigarette vissée en permanence à un coin de sa bouche était totalement consumée et la cendre tomba sur la marchandise.

Son frère se rebiffa aussitôt : « Et moi, je dis qu'il faut attendre patiemment, il y a une explication à tout. Je ne serais pas étonné qu'on découvre l'implication des extrémistes de la Garde de fer. Mimi Landau est une femme intègre, jamais elle n'aurait disparu ainsi de son plein gré.

— Monsieur le grand stratège international peut-il alors nous expliquer ce que ces fascistes auraient bien pu lui vouloir ? lâcha Meilekh avec mépris. Tu n'as pas encore appris que tout le monde est fait de la même merde ? Que c'est facile d'avoir des principes quand rien ne te tente – mais ne pas mettre la main dans le pot de miel qu'on te donne à garder, c'est autre chose !

— Avez-vous du chocolat allemand ? demanda la grande Gina.

— On n'a pas encore été livrés, mais il me reste du chocolat fabriqué ici. Croyez-moi, il est tout aussi bon et exactement moitié prix. »

Loin d'être dérangée par la graisse qui tachait le papier d'emballage, ni par la fine pellicule blanche qui s'était formée sur la tablette de chocolat que Simha tira d'un rayonnage, Gina s'en coupa aussitôt quatre carrés qu'elle avala goulûment.

« Et vous, madame Zweig ? Vous n'avez pas bonne mine, ces temps-ci, commença alors l'épicier en fronçant les sourcils. C'est quoi, tout ce jaune au-dessus de vos yeux ?

— Voyons voir... » Meilekh s'approcha d'elle, lui prit

la tête entre les mains, l'inclina vers lui et fit claquer sa langue : « *Oy*, mais c'est que vous êtes vraiment jaune !

— Depuis quelques semaines, je me sens toute molle, et c'est à peine si j'ai la force de me tenir debout. Le moindre geste me demande un très gros effort et les soirs où je dois monter sur scène, je prie pour ne pas m'écrouler au milieu de la représentation, avoua la malade à contrecœur.

— Autre chose ?

— Oui. De temps en temps, je commence à transpirer et j'ai tellement soif que ma langue se colle au palais, ce qui m'oblige à boire beaucoup, peut-être trois verres d'eau d'affilée, ajouta-t-elle, sans oser, par pudeur, mentionner les démangeaisons qui la martyrisaient.

— La belle-sœur de Berkowitz – Berkowitz le cordonnier, si vous le connaissez – avait exactement les mêmes symptômes. Tantôt elle voyait double, tantôt la tête lui tournait, mais elle a négligé son état, pensant que ne rien dire faisait d'elle une héroïne ! Eh bien, quand on l'a transportée à l'hôpital, c'était trop tard. Une tumeur au cerveau. Elle est partie à peine un mois plus tard, il paraît qu'à la fin, elle ne reconnaissait même plus ses enfants, raconta Meilekh Zipkis le visage triste.

— Qu'est-ce que tu racontes, à quoi bon effrayer les gens pour rien ? le sermonna Simha. Tu ne vois pas que chez elle, ça vient des reins ? C'est moi qu'il faut écouter, madame Zweig, moi, et pas lui ! Il s'agit d'un petit dérèglement très facile à guérir, Dieu merci.

— Avec du raifort au miel ? demanda vivement son frère.

— Certainement pas ! Avec du céleri. Rien que du

céleri. » Il esquissa une grimace méprisante et marqua une pause durant laquelle quatre paires d'yeux ahuris le fixèrent en silence. « Ou de la pastèque, reprit-il doctement, mais comme ce n'est pas la saison, prenez quelques belles pièces de céleri branche. Vous les nettoyez, vous les faites bouillir au moins une heure dans une casserole pleine d'eau – avec les feuilles, bien sûr – jusqu'à obtenir un bouillon vert. Ensuite vous le laissez refroidir et vous en buvez une tasse toutes les trois heures. Faites ça pendant deux semaines et on verra après. Je vais vous donner une quantité qui vous suffira pour plusieurs jours. »

Il alla farfouiller dans ses caisses de légumes au fond de la boutique et en revint avec quatre beaux pieds pleins de terre aux longues branches odorantes.

« Je les mets sur l'ardoise du théâtre ?

— Non, je vous paie comptant.

— Parfait. Un instant, s'il vous plaît… Deux kilos deux cents, à deux lei le kilo, quatre lei quarante, plus la tablette de chocolat… bon, en tout dix lei quarante. Merci beaucoup, madame Zweig, je vous souhaite un bon rétablissement, et n'oubliez pas de revenir dans deux semaines. Il ne faut jamais négliger ce genre de choses, promis ? »

2

Lorsqu'un quidam décède, il est courant de voir, en tête du cortège qui suit le chariot funéraire, sa veuve éplorée, soutenue de part et d'autre par deux robustes gaillards.

361

Les autres membres de la famille, bien que n'ayant pas pour habitude de rendre visite à leur parente plus de deux fois par an (le soir de Kippour et de la Pâque) se sentent bien souvent assaillis par une telle tristesse qu'ils s'engagent avec émotion à ne pas abandonner la malheureuse à sa solitude. En rentrant du cimetière, ils se voient déjà l'inviter à dîner, l'emmener au théâtre ou au cabaret, bref tout faire pour la distraire un peu. Plus ils y réfléchissent, plus la pauvre tante leur apparaît sous un jour très touchant. Et de la catastrophe naît même l'espoir d'un réel rapprochement familial. Pendant la semaine de deuil, les cousins se comportent avec un excès de gentillesse envers elle, l'entourent de toute leur tendresse et ne la laissent pas même laver une assiette. Deux mois passent. Ils continuent à lui rendre visite et à s'inquiéter pour elle, poussent même la sollicitude jusqu'à la recevoir chez eux tout un shabbat, papotent et restent tard dans la nuit à évoquer des souvenirs, puis ils lui dressent un lit confortable et la couvrent d'un édredon en plumes d'excellente qualité. Mais le vendredi suivant, il pleut dès le matin, personne n'a envie d'aller chercher la tante (qui habite à l'autre bout de la ville) et finalement, on décide de passer cette fin de semaine chacun chez soi, au sein de sa petite famille. Quelque temps plus tard, on se propose d'aller assister à une opérette. Certes, tout le monde sait que la tante raffole de ce genre de spectacles, mais comme il serait inconvenant de lui demander de payer son billet (et les places ne sont pas données), on décide pour cette fois, de ne pas lui en parler. Lentement, les visites chez elle s'espacent, et au bout de six mois, toute la famille s'est habituée à la nouvelle situation, néglige les promesses et les serments et recommence à ne lui rendre visite que deux fois par an, le soir de Kippour et le soir de la Pâque.

À l'instar de la vieille tante et de sa famille, les membres du Grand Cabaret se serrèrent les coudes après la fuite de Mimi et chacun redoubla d'efforts pour accepter avec bienveillance les travers et les caprices des autres. Deux fois par semaine, tous s'installaient au salon pour jouer aux cartes, et même la Duchesse et Lydia Liphschitz, qui avaient pour habitude d'échanger piques et critiques, veillaient à modérer leur langage. Les actrices faisaient surtout attention à ne pas énerver Herman, qu'elles considéraient, à cause de tout le travail qui lui était tombé dessus, comme la principale victime de cette navrante affaire. Le directeur passa en effet des jours et des nuits derrière son bureau avant de venir à bout des documents, des carnets et de la paperasse laissés par Mimi – beaucoup dataient d'ailleurs d'un temps où il était lui-même encore bébé. La tournée hivernale des bourgades de Valachie, dont la trésorière avait planifié jusqu'aux moindres détails avant sa fuite, se passa sans heurts et, malgré l'obligation dans laquelle ils se trouvèrent d'annuler quelques représentations à cause de nouveaux décrets antisémites, ils arrivèrent à en tirer leur subsistance. Lorsque la troupe rentra à Czernowitz, le choc était passé et le double statut de Herman déjà entré dans les habitudes, si bien qu'elles commencèrent à embêter le directeur-trésorier avec les menus tracas du quotidien, chose qu'elles avaient, dans le passé, réservée à Mimi.

Le printemps approchait. De petits bourgeons verts apparaissaient sur les arbres et dans les cafés, le vin chaud avait disparu des menus. Les habitants de la ville, qui s'étaient ennuyés tout l'hiver autour de la cheminée, pointaient à présent le nez hors de leur tanière, humaient le bon air frais, s'exhibaient avec de nouveaux atours ou sortaient admirer les vitrines de la Ringplatz. Un après-midi, Herman finit par céder aux demandes insistantes de Dora et accepta de l'accompagner dans un parc pour écouter un concert. Sous le kiosque à musique peint à la chaux et aux poteaux rehaussés de fioritures dorées, un petit orchestre jouait des valses et des polkas. Tout autour, des personnes âgées dont le cou émergeait de cols en fourrure avaient pris place et battaient la mesure avec la tête. Il y avait aussi des gens qui écoutaient debout, bras croisés, et d'autres qui faisaient tranquillement les cent pas. Dans un coin de la piste de danse, un petit cercle se forma autour d'un couple d'âge mûr qui s'était courageusement lancé dans une polka.

« Veux-tu danser ? demanda Dora.

— Mieux vaut que je m'en abstienne, j'ai deux pieds gauches », sourit Herman, gêné.

Le premier violon termina par quelques variations alambiquées, salua sous de généreux applaudissements, se redressa, leva son archet, échangea un rapide coup d'œil avec ses musiciens, plia les genoux et, dans un élan, entama un fox-trot. D'autres couples s'engagèrent sur la piste, le visage radieux.

« Quand j'étais petit, on venait ici presque toutes les semaines, dit soudain Herman. Là, il y avait un marchand de cornichons... ils me paraissaient énormes, ces corni-chons ! À nous, les enfants, on achetait des petits sachets de cerises ou de framboises. Mon frère Avroum – qui a trois ans de plus que moi – dansait toujours avec ma mère. Tout le monde s'émerveillait de ce qu'il la conduisait déjà comme un vrai petit homme.

— Et toi, tu ne voulais pas danser ?

— Moi, je restais assis dans mon coin, là-bas sur le banc, et je lisais.

— C'est le frère qui est parti en Amérique ?

— C'est mon seul frère, mais depuis que j'ai hérité du Grand Cabaret, nos liens se sont distendus. La dernière lettre qu'il m'a envoyée est arrivée il y a un an et demi. C'était pour m'annoncer son mariage et depuis, je n'ai aucune nouvelle... Tiens, là-bas derrière, il doit y avoir une sculpture en bronze qui représente un troupeau d'oies ; quand on était petits, on grimpait dessus en agitant un bâton et on se prenait pour d'intrépides chevaliers. Tu veux qu'on aille voir ? »

Ils s'éloignèrent des danseurs et prirent un chemin de traverse qui contournait un bosquet d'arbres touffus, mais ne trouvèrent rien qui ressemblât à des oies. À leur place, sur un socle très haut, se dressait le buste d'une personnalité politique au visage barré d'une somptueuse moustache, un regard plein de reproches braqué sur les visiteurs qui, tous, avaient oublié son nom. En continuant sur le sentier, ils trouvèrent un banc et s'y assirent. Le soleil, tel un lion fatigué qui lance par obligation quelques rugissements sourds, envoyait sur la terre de paresseux rayons obliques. Dora sortit une boîte de pâtes d'amande et en proposa à Herman.

« Du massepain de Lübeck ? Comment as-tu réussi à t'en procurer ? Certainement pas chez les Zipkis.

— Il y a quelques jours, je suis allée fureter près de la

mairie. Ça devient de plus en plus difficile de trouver des produits de qualité, et si on en trouve – les gens se les arrachent. En fait… j'ai encore quelque chose pour toi… Je sais que c'est un peu en retard, mais… joyeux anniversaire, Herman ! » Elle tira de son sac un petit paquet moelleux, enveloppé d'un papier orné de chrysanthèmes colorés et le lui tendit.

« Comment sais-tu… enfin, merci, balbutia-t-il, étonné.

— Ça n'est pas du haut de gamme, c'est moi qui l'ai tricotée… mais j'espère que ça t'ira. »

Le paquet contenait une longue écharpe en laine grise. Herman la mit autour de son cou et remercia la jeune femme avec embarras.

« Est-ce que la couleur te plaît ? lui demanda-t-elle, inquiète.

— Oui, merci.

— Pourquoi n'as-tu prévenu personne ?

— Je ne voulais pas en faire un plat. Qui a le cœur aux réjouissances en ce moment, chacun de nous est absorbé par ses propres problèmes… et moi, j'ai tellement de travail !

— Mimi a laissé un terrible chaos derrière elle, n'est-ce pas ?

— Au contraire, tout était parfaitement ordonné. Mais tu sais, chacun fonctionne selon sa propre logique et ce qui m'a pris le plus de temps, c'est d'organiser la paperasse à ma convenance.

— Pourquoi a-t-elle disparu, à ton avis ? »

Le visage du jeune homme se glaça. Il resta une longue minute silencieux puis dit que toutes les théories qu'il avait entendues à ce sujet lui paraissaient totalement erronées. L'explication, à son avis, était beaucoup plus simple : dès le début, il avait senti que la trésorière avait du mal à s'habituer à lui et, bien qu'il l'ait considérée avec tout le respect qu'elle méritait – plus d'une fois il lui avait laissé le dernier mot – les tensions persistaient entre eux, « d'ailleurs, peut-être qu'à sa place, je me serais conduit de la même manière... Ce qui est sûr, c'est que je ne lui en veux pas du tout ».

Dora l'écoutait attentivement, roulant une fine mèche de cheveux entre ses longs doigts.

« Et qu'en est-il des diamants ? Ma mère ne cesse de répéter que c'est une voleuse... mais je ne suis pas d'accord avec elle.

— Je me garderai d'émettre un avis aussi tranché. Certes, elle est partie avec le trésor qui appartenait à toute la troupe, mais tellement de choses se sont passées au fil des années... qui sait ce que lui avait promis mon oncle ? Quelle était la part de cette fortune qui lui revenait, à elle seule ? Elle n'était pas actrice mais trésorière, il se peut donc qu'elle ait signé avec Markus un contrat particulier... Et puis, n'oublie pas qu'elle nous a laissé l'appartement de l'Altgasse dont elle était légalement la propriétaire et je ne suis pas sûr que cet enregistrement ait été uniquement dicté par des raisons administratives. J'ai travaillé trois ans avec elle et n'ai jamais eu la moindre raison de douter de sa probité. D'ailleurs même si, à première vue, on pourrait croire qu'elle a trahi ma confiance, je préfère attendre que le mystère se dissipe et arrêter toutes ces vaines spéculations. »

Au bout du sentier apparut alors, lancé dans une course affolée, un petit terrier dont le pelage avait été tondu de manière géométrique. À sa suite déboulèrent plusieurs fillettes en robe de fête. Elles essayaient vainement d'attraper la laisse en cuir qui traînait sur le sol derrière le chiot, tandis que l'une lançait des : « Nouki, Nouki, reviens, reviens ! » Loin d'obéir, l'animal continuait à courir de toute la vitesse de ses pattes et il finit par disparaître de leur vue.

« Avant son départ, j'avais entamé toute une réflexion sur le renouvellement de notre répertoire, mais on n'a pas eu le temps d'en parler, reprit alors Herman. Les nouveaux tableaux proposés par ta mère nous ont permis d'accroître sensiblement notre public, mais on les a présentés presque partout et je crains qu'on ait épuisé leur potentiel économique. Évidemment, si on pouvait partir à l'étranger – ça irait encore mais… pas sûr, par les temps qui courent, qu'on arrivera à passer la frontière polonaise. J'ai donc pensé qu'il nous fallait surprendre nos fidèles avec un spectacle d'un genre totalement différent. Et comme on a ajouté des tableaux très forts visuellement, je me demandais si le moment n'était pas venu pour nous de changer de cap et de mettre en scène un spectacle de texte, construit autour des grands poèmes de notre répertoire.

— Et tu as pensé à quoi ? demanda Dora.

— À Itzik Manger. Tu connais ?

— Quelle question !

— Sais-tu qu'il est né ici, à Czernowitz ? Pendant la tournée à Kolomyja, j'ai rencontré à la synagogue un de ses cousins avec qui j'ai longuement discuté. Il paraît qu'à Varsovie, Manger est très admiré, surtout après qu'il a réussi à vendre une de ses chansons à Hollywood.

Maintenant il réside à Paris, mais ce parent a accepté, à ma demande, de lui écrire. Qui sait – peut-être nous vendra-t-il le droit d'utiliser quelques-unes de ses œuvres.

— Et comment feras-tu un spectacle en yiddish ?

— On s'arrangera.

— Oh oui, je suis sûre que tu réussiras ! Tu as déjà choisi les textes ?

— J'ai plusieurs idées, sourit Herman. On prendra quelques poèmes vibrants d'émotion qu'on confiera à ta mère et à Esther mais pour ne pas trop déprimer le public, on mettra aussi quelques textes comiques.

J'ai plusieurs idées, sourit Herman

— Pour la petite Gina !

— Exactement. Mais j'y pense... accepterais-tu de m'aider à choisir ? » proposa-t-il alors dans un élan d'enthousiasme.

Jamais Dora ne l'avait trouvé aussi beau qu'en cet instant. Une telle joie et un tel plaisir la submergèrent que, sans le regard sévère du buste en bronze, elle l'aurait peut-être pris dans ses bras et même, pourquoi pas, embrassé sur la bouche. Comme elle craignit qu'il ne remarque son trouble, elle tourna la tête vers les fillettes qui s'étaient regroupées sous un arbre. Surexcitées, elles discutaient à grands gestes, certaines semblaient déterminées à rentrer et indiquaient le sentier d'où elles étaient venues, tandis que les autres, trois fillettes rondouillardes assurément fatiguées de courir, essayaient de convaincre leurs amies d'attendre sur place. C'était à qui crierait le plus fort mais finalement, la maîtresse du fugitif décida de poursuivre les investigations et se dirigea en gambadant vers l'autre bout du parc. Elle fut aussitôt imitée par ses copines qui sautillaient en piaillant : « Nouki-Nouki, reviens-reviens ! » Les trois petites un peu grosses avaient pris la tête des opérations, préférant surmonter leur paresse que de rester seules sur la pelouse. Lorsqu'elles furent toutes parties, le petit chien sortit d'entre les buissons, se mit à s'agiter de tous côtés fort étonné, et comme il ne trouva pas ses petites poursuivantes, il s'assit au milieu de la pelouse et lança une plainte amère. Dora se leva et alla lui caresser tendrement la tête.

« Regarde-moi ce pauvre malheureux, prenons-le et allons chercher les demoiselles !

— Mieux vaut le laisser ici. Elles vont certainement

revenir. Et maintenant, Dora, puis-je t'inviter à prendre un café à l'Astoria ? »

3

« Une cigarette ?

— Pourquoi pas ? »

Leo se tourna lascivement et pêcha son pantalon dans le tas de vêtements entremêlés sur le sol, au pied du lit. Il tira deux cigarettes déformées de son paquet qu'il écrasa en boule et lança vers le bureau.

— Quels muscles, bravo ! remarqua son partenaire en lui tapant sur les omoplates. Vous, les Juifs, vous n'en finirez pas de m'étonner.

— Qui t'a dit que j'étais juif ? marmonna Leo.

— Se peut-il que je me sois trompé à ce point ? » Le jeune homme roula les yeux vers le haut et fronça les lèvres dans une expression faussement naïve.

Deux heures plus tôt, parmi la foule qui se pressait à la sortie de l'université, le regard de Leo avait capté un autre regard, lourd de désir, qui s'était attardé sur lui exactement quatre secondes de trop. Quatre secondes supplémentaires lui avaient suffi pour répondre par un léger acquiescement, à peine perceptible, à cette invitation silencieuse, et vingt minutes après, il se retrouvait dévêtu entre des bras inconnus, dans un petit appartement à la propreté douteuse.

Il alluma deux cigarettes, une pour lui et une pour le jeune homme tout en se demandant comment deux êtres pouvaient avoir connu une intimité maximale et redevenir si vite totalement étrangers l'un à l'autre. En général, après la chose, Leo attendait de se retrouver seul dans la rue pour fumer sa cigarette, sa manière de marquer une séparation entre le sacré et le profane. Mais cette fois-ci, il était apparemment tombé sur un de ces garçons qui éprouvaient le besoin de parler une fois le plaisir obtenu ; pour sa part, l'appétit de possession qui le tenaillait chaque fois qu'il arrivait dans une nouvelle ville venait d'être assouvi et il sentait que tout Iaşi lui appartenait. Il joua donc le jeu et répondit tranquillement aux papotages de son partenaire qui s'appelait Marcel, avait vingt-deux ans et terminait ses études de pharmacie.

« Toi, tu n'es pas d'ici, n'est-ce pas ? Je connais toutes les mignonnes du coin – *toutes* – et je n'ai jamais eu l'occasion de croiser madame.

— Si cela ne te dérange pas, je préfère que tu t'adresses à moi au masculin.

— Oh, désolé ! Je suis prêt à toutes les pénitences pour laver monsieur du terrible affront que je viens de lui faire, nasilla le garçon qui essaya de l'attraper par la taille.

— Attends un instant, laisse-moi finir ma cigarette ! »

Leo se leva du lit avec un petit rire. Tout recommencer depuis le début ? Avant de se décider, il balaya la pièce d'un regard paresseux : les murs étaient tapissés d'un papier peint à fleurs bon marché, l'armoire bancale bourrée de livres avec un cube en bois qui remplaçait un pied cassé, la table occupée par une bouteille de vin local et une assiette en porcelaine où croupissait un fond de soupe grisâtre. L'étudiant recevait sans doute ses repas d'une propriétaire avare, et comme il était en retard sur le loyer, il n'osait pas protester contre la bouillie de millet qu'elle lui servait. Tout cela n'enlevait rien à l'entrain juvénile qui émanait de lui, songea encore Leo. Il aurait certes préféré aller dans quelque taverne boire une bière avec Herman, mais Herman était vraisemblablement en train de lire des poèmes avec Dora qui le couvait de ses yeux de merlan frit... donc, mieux valait rester là, avec ce nouvel amant très expérimenté et qui avait envie de remettre ça. Leo s'approcha de la table, prit la bouteille et en but quelques gorgées.

« Ça fait longtemps que je n'ai pas eu un Juif, se désola Marcel. J'en raffole, mais depuis la roumanisation de l'université, on a du mal à trouver un de tes coreligionnaires parmi nous. À l'évidence, chéri, vous n'êtes plus en odeur de sainteté ! Je préfère ne pas te raconter ce qui est arrivé aux étudiants juifs après l'accession au pouvoir du professeur Goga – je ne peux toujours pas oublier ce garçon à qui on a complètement écrasé la mâchoire, ça pissait le sang, et ses dents... une horreur, un vrai scandale ! Comme on dit : *J'accuse !* lança Marcel en français. Tout est devenu si compliqué ici que bientôt, on ne pourra plus se mettre au lit sans demander à un fasciste de nous délivrer un certificat. Je vais te dire la vérité, mon mignon – je n'ai pas l'intention de rester une minute de trop dans un endroit aussi répugnant. Dès que je reçois mon diplôme, je me tire au Venezuela. Je peux avoir un peu de vin ?

— Au Venezuela ? s'étonna Leo en lui tendant la bouteille.

— Parfaitement. Il paraît que c'est un pays magnifique où on offre des tas d'opportunités aux gens qui

arrivent avec un métier et où les hommes sont… sublimes !
Qu'est-ce qui m'empêche d'aller là-bas ouvrir une pharmacie ? Je suis en contact avec un de leurs diplomates en
poste à Bucarest – disons que nous nous sommes rencon-
trés dans des circonstances *très* agréables – et il est prêt
à faire preuve de solidarité. C'est vraiment gentil de sa
part. En fait, j'ai déjà le visa – un tampon très élégant
d'ailleurs. Ne le dis à personne, je compte sur ta discrétion ! À propos, pourquoi ne viendrais-tu pas, toi aussi,
au Venezuela ? Tu ne mises quand même pas sur ton
avenir ici, en Roumanie. Tu es marié ?

— Non.

— Moi non plus, mais dans notre pays, je ne pourrai pas rester célibataire longtemps. Crois-moi, on n'a
pas le droit de lambiner – tu devrais profiter de l'occasion et partir tant que rien ne te lie. J'espère que tu n'as
pas, comme tous les Juifs, une vieille mère malade dont
tu dois t'occuper ?

— Ma mère est morte depuis longtemps, le rassura Leo.

— Parfait, je t'inscris le nom de mon ami sur cette
carte de visite. Il te suffira de te rendre à Bucarest, d'aller à l'ambassade du Venezuela et de le demander. Quand
tu le verras, dis-lui que c'est Chrysanthème qui t'envoie.
Il comprendra. Chrysanthème, tu te souviendras ? Et sois
gentil avec lui – bon, pas obligé d'être trop gentil, mais
quand même… »

À ce moment-là, Leo décida de couper court à ces
bavardages, il se pencha sur Marcel, lui attrapa fermement les mains et lui ferma la bouche avec un baiser.

4

Le Juif Izidor Licht, originaire de Krásna en Transylvanie du Nord, était un homme simple, sans grandes prétentions. Il s'estima donc très chanceux d'obtenir un emploi dans la fabrique de verre qu'un comte avait implantée sur le domaine qu'il possédait dans la région. Préposé aux écritures, il tenait les registres de la direction et recevait un salaire modeste mais régulier, ce qui lui permit de fonder une famille. Un an après avoir épousé Dina Katz, du même bourg, il eut une fille, Esther, qui, dès sa naissance, toucha tout le monde par la grâce qui émanait d'elle. En fait, tous ceux qui la voyaient tombaient aussitôt sous le charme et ne cherchaient plus qu'à lui plaire. Dès l'instant où elle commença à marcher, elle fut accueillie au domaine à bras ouverts. Toutes les femmes qui y travaillaient, y compris l'épouse du directeur de l'usine, l'intendante, la sœur célibataire du comte et même la comtesse – toutes sans exception, rivalisaient de gentillesse et de gâteries pour la combler. De ses épais cheveux noirs, elles faisaient une tresse qu'elles lui enroulaient autour de la tête à la manière des grandes dames, et elle, qui cherchait à leur rendre toutes ces faveurs et avait l'esprit très vif, s'appliqua à adopter leurs bonnes manières et leur attitude aristocratique.

Pourtant, lorsque Esther Licht arriva à l'âge de six ans, une grande catastrophe s'abattit sur le domaine. Un incendie se déclara dans le four central de la fabrique et se propagea rapidement jusqu'aux bureaux, faisant de la petite une orpheline, et de sa mère – une veuve. Déjà tuberculeuse, cette dernière se laissa complètement anéantir par le chagrin, si bien qu'au bout de quelques mois, la petite Esther dut à nouveau marcher derrière un chariot funéraire. Les femmes du domaine, soudain incommodées par l'odeur de mort qui semblait coller à la peau de leur jeune protégée, se détournèrent d'elle et cherchèrent un centre d'intérêt plus joyeux. C'est ainsi que la malheureuse orpheline se retrouva seule au monde. Les représentants de la communauté de Krásna organisèrent alors une quête et, avec les dons récoltés, purent l'envoyer dans l'orphelinat Fischman.

Lorsque Markus Fabrikant fonda son Grand Cabaret et qu'il y intégra Esther, ce fut comme si cette enfant poursuivie par la tragédie avait trouvé une famille de substitution. Et, de toute la troupe, elle noua les liens les plus étroits avec Perla Rabiner, qu'elle considéra comme sa sœur. Certes, lorsqu'elle vit cette drôle de gamine pour la première fois – nabote, boiteuse, affublée d'un gros nez et d'épais sourcils noirs de méchante – Esther tressaillit : elle n'avait pas sept ans à son arrivée chez la mère Rosenthal et était encore très impressionnable, surtout dans des situations nouvelles. Terrorisée, elle s'était arrêtée sur le seuil et avait refusé d'entrer dans cette maison inconnue – mais alors Perla s'était approchée d'elle, l'avait délestée de son petit sac de voyage et guidée avec douceur vers une chambre. Jamais Esther n'oublierait que sa nouvelle amie renonça pour elle au meilleur lit sous la fenêtre, et qu'elle lui prépara, le soir même, juste avant de dormir, un verre de lait chaud avec de la cannelle et du sucre – ce qu'elle continua à faire durant soixante ans sans manquer un seul soir.

Bien sûr, Esther se rendait compte que certaines bonnes âmes s'en donnaient à présent à cœur joie pour pérorer derrière son dos, lui reprochaient d'avoir fait de la pauvre Perla son esclave et l'accusaient d'être la seule responsable de sa triste mort, pendue sur un arbre de théâtre... oh, elles peuvent bien jacasser, ces dames, se disait Esther en son for intérieur, dans toute amitié, il y a une face cachée. N'est-ce pas ici, dans cette salle justement, que je t'ai sauvée, ma Perla adorée ? J'avais quel âge, à l'époque ? Onze ans, peut-être... voilà, c'est ici, dans ce coin, à côté de cet immense chandelier aux branches tortueuses que s'étaient assis le professeur Fabrikant et le fameux Goldfaden. Je me souviens qu'ils se goinfraient de feuilletés à la viande pendant qu'ils scellaient en douce leur accord... Qui s'approcha d'eux, qui ? La belle enfant, bourgeon ni encore éclos ni déjà fané, c'était qui ? Moi, ma Perla, moi... non, je ne vous laisserai pas nous séparer ! ai-je clamé, le cœur battant à tout rompre tant j'avais peur...

La cour était la même, les tables aussi – mais le lieu avait changé. Sur la gauche, à la place de ce buffet avec vitrine qui protège de la vaisselle, avait été dressée à l'époque la longue table sur laquelle, après la représentation, on nous a servi un bon krupnik à l'orge perlée et de la liqueur de pommes dans une simple cruche en porcelaine ornée de jolies fleurs rouges bien dessinées. Elle était si lourde, cette cruche, qu'aucune d'entre nous n'arrivait à la soulever, et c'est le patron en personne qui est venu nous verser à boire. Il disait : « Du calme, du calme, les petites, il y en aura pour tout le monde ! » *Oy* Perla, tu te souviens qu'on a toutes les deux entraîné la petite Gina à faire un concours – qui finirait son plat la première ? On l'a laissée gagner exprès pour pouvoir se moquer d'elle – « toi, tu n'as plus rien dans ton assiette alors que nous, on peut encore savourer... ». On se trouvait malignes, toutes les deux, et qu'est-ce qu'on a ri ! Jusqu'à ce que Gina se mette à pleurnicher, et à la fin, tu lui as donné ton assiette et tu es allée te coucher affamée...

Avec qui parles-tu, la vieille ? Avec les morts... ça suffit, tu ferais mieux d'aller repasser ton costume et te maquiller.

5

De tous les endroits où les actrices de la troupe du professeur Fabrikant s'étaient produites – théâtres modernes, casinos aux murs couverts de miroirs, jardins de bière ou grands hangars à la croisée des chemins – le lieu qui éveillait en elles le plus d'excitation et d'émotion était incontestablement le café Pomul verde à Iași, l'endroit même où, secondé par un chanteur ambulant à fausse barbe et un gamin déguisé en rabbin, le grand Avraham Goldfaden avait posé les premiers jalons du théâtre yiddish professionnel. Et, bien que son éclat ait été au fil du temps terni par l'aura de Vilna et de Varsovie, Iași avait conservé son statut de sœur aînée qui, même après un revers de fortune, continue (sans doute par habitude) à être respectée et écoutée.

Or il apparut que Lydia Liphschitz, malgré sa longue carrière, ne s'était jamais produite à Iași. Herman décida donc de miser sur cette grande première pour attirer les foules et il ordonna aux typographes de mettre en évidence le nom de sa vedette et de l'inscrire en belles lettres majuscules blanches sur toutes les affiches et toutes les réclames. Il demanda aussi au propriétaire du café de rajouter des bancs dans le jardin. Et pourtant, le soir de la première, lorsqu'il ferma le guichet, force lui fut de constater qu'il n'avait réussi à remplir que les trois quarts de la salle. Il passait un élastique autour des tickets invendus lorsque la porte s'ouvrit. Kreindl, dans son costume de soldat espagnol, entra en coup de vent, une expression de panique sur le visage : « Herman, vous devez venir tout de suite, on a un problème.

— Que se passe-t-il ?

— C'est Lydia. Personne ne la trouve, ni dans les loges, ni sur le plateau. À croire que la terre l'a avalée.

— Vous êtes allé voir dans les toilettes ? Peut-être a-t-elle eu un besoin… vous voyez ce que je veux dire.

— On a vérifié. *Gurnisht*, rien du tout. »

Il verrouilla la porte derrière lui et se hâta de suivre Kreindl dans les coulisses, là où s'étaient rassemblées les autres actrices qui piaillaient en secouant la tête, on aurait dit un troupeau d'oies. Dès qu'elles le virent, le volume sonore augmenta encore, chacune y allant de son conseil et de ses exhortations : on n'a qu'à changer immédiatement le tableau d'ouverture ! On n'a qu'à attendre encore dix minutes ! On n'a qu'à envoyer la grande Gina distraire le public avec sa balalaïka ! On n'a qu'à alerter la police pour enlèvement ! Il y eut même une voix qui proposa de s'éclipser discrètement par l'entrée des artistes et de retourner à Czernowitz.

« Silence ! cria Herman. Leo, tu montes sur scène et tu

annonces un retard imprévu d'une vingtaine de minutes. Becky, tu cours jusqu'à la pension pour voir si par hasard Lydia y serait – peut-être s'est-elle trompée d'horaire. Quant aux autres, je vous demande de rester dans vos loges et de vous calmer. On commencera dès qu'on l'aura retrouvée. Dora, as-tu une idée de l'endroit où elle peut être ?

— Non, bredouilla la jeune femme, embarrassée. Peut-être a-t-elle fait un tour par le buffet pour grignoter quelque chose en vitesse avant le spectacle ? »

La pension Centru n'était pas très loin et Becky, qui n'avait jamais couru aussi vite, fit irruption dans le hall d'entrée exactement huit minutes après avoir été envoyée en mission ; si ce n'est que le patron, qui avait reçu des instructions précises, lui bloqua le passage, l'empêcha de monter dans la chambre de l'actrice disparue et ne se laissa pas du tout intimider par les borborygmes et les coups de pied de la bonne... laquelle revint donc en courant au Pomul verde et, tout essoufflée, raconta par signes ce qui s'était passé. Cette situation obligea Herman à se rendre lui-même à la pension, tandis qu'à ses oreilles résonnaient les applaudissements impatients et les remarques contrariées qui commençaient à fuser des bancs du public.

Et Lydia ? Que faisait Lydia pendant ce temps-là ? Eh bien, pendant ce temps-là, cette intrigante était allongée dans son lit, le dos confortablement calé contre deux grands oreillers, un bandeau rafraîchissant sur le front et, très concentrée, se limait les ongles. Lorsqu'elle entendit les protestations du patron, suivies des pas de Herman dans les escaliers, elle se hâta de cacher sa lime sous les oreillers et prit une expression de malade. Le directeur frappa à sa porte et elle bêla un petit : « Entrez » auquel elle ajouta quelques raclements de gorge.

« Que se passe-t-il, Lydia ? Vous auriez dû être sur scène depuis quinze minutes !

— *Oy*, mon Dieu ! Je ne comprends pas ce qui m'arrive, répondit la rusée en se frottant les yeux. Je me sens si faible et j'ai le front en feu… impossible de m'extraire de ce lit. C'est peut-être la grippe, qui sait ? Cet après-midi je me suis dit – Lydia, n'en fais pas un drame, prends une petite pilule, repose-toi quelques minutes, et tout rentrera dans l'ordre… Quelle heure est-il maintenant ? Oh, c'est une catastrophe, je me suis apparemment endormie… Oh, mon Dieu ! »

Elle réprima soudain un rictus comme si une insupportable douleur la transperçait puis elle s'affaissa sur le côté, non sans regarder discrètement dans la direction de Herman, pour voir s'il se laissait convaincre par le magnifique solo qu'elle donnait rien que pour lui. Silencieux et impuissant, il sentit des gouttes de sueur perler sur son front.

« Dieu tout-puissant, reprit-elle, qu'est-ce que vous croyez ? Que l'on peut, à notre âge, être ainsi trimbalées sur les chemins, dormir dans toutes sortes de lits inconfortables, répéter, monter sur scène et tout le bazar sans que cela ait une incidence sur notre santé ? Vos actrices sont de vraies saintes, Herman, jamais elles ne viendront se plaindre à vous, mais…

— Quelqu'un s'est plaint ? Qui ? la coupa le directeur, qui avait enfin retrouvé l'usage de la parole.

— Quelle importance ? Elles sont plusieurs… répondit

la Liphschitz qui termina sa phrase par un nouveau gémissement.

— Ne pourriez-vous pas faire un petit effort ? Il n'est pas trop tard, en taxi, on arrivera au théâtre dans cinq minutes. Vous pourriez n'apparaître que dans un seul tableau, juste pour ne pas décevoir vos admirateurs, et ensuite on vous ramènera au lit... »

Un instant, la vision d'un rétablissement subit scintilla devant les yeux de Lydia ; impossible de cacher que l'idée de monter sur scène avec un visage de grande malade et sauver la représentation alors que l'équipe avait déjà jeté l'éponge, terminer sous un tonnerre d'applaudissements et, au moment où le rideau se baisse, s'écrouler en sublime incarnation du « mourir pour l'art » – oui, cette idée lui plaisait énormément. Mais elle la rejeta aussitôt, persuadée qu'un tel miracle éveillerait la méfiance de Herman. Elle ne devait en aucun cas succomber au piège de l'improvisation, se rappela-t-elle. Pour sa Dora, il lui fallait s'en tenir exactement au plan initial.

« Je suis vraiment désolée, la fièvre me fait délirer, soupira-t-elle. Ne vous inquiétez pas, j'ai pris plein de médicaments – je sais très bien ce qui m'arrive : tous les printemps, ce sont les mêmes symptômes. En général, ça passe au bout de vingt-quatre heures. Je vous jure sur ce que j'ai de plus cher que jeudi, je donnerai une représentation qui dépassera tout ce que Iaşi a vu jusqu'à présent. »

Herman quitta la pièce. De retour au Pomul verde, il vit que des groupes de spectateurs énervés refluaient déjà dans la rue ; ne lui restait plus qu'à s'excuser pour l'annulation du spectacle en raison de circonstances indépendantes de sa volonté, et à s'engager à rembourser ou à échanger les billets de ceux qui se présenteraient le lendemain à la caisse. Malheureusement, cela ne suffit pas à apaiser la colère d'un public dépité qui s'en alla avec des cris et des injures. Grâce aux entrefilets qui parurent le lendemain dans la presse ainsi qu'à la précipitation de quelques mauvaises langues bien intentionnées, la nouvelle de l'incident se propagea dans toute la ville telle une traînée de poudre et le pauvre directeur passa la plus grande partie de l'après-midi du lendemain non seulement à rembourser les mécontents mais pire encore – à annuler des réservations. Même après avoir placardé au-dessus du guichet un panneau rassurant : « Nous sommes heureux de vous annoncer le rétablissement total de madame Liphschitz », etc. – les ventes ne remontèrent pas. Après avoir réglé les factures à la fin des deux semaines de tournée, Herman se rendit compte qu'il rentrait à Czernowitz avec à peine cinq cent quarante-sept lei dans les caisses de la troupe.

Chapitre II

Affaires à Czernowitz

Itzik Manger

1

Je t'achèterai une lune, princesse,
Une lune en papier d'argent

Et la nuit, debout devant ta porte,
je viendrai, pour toi, l'accrocher[1]

Quelques jours après leur retour à Czernowitz, arriva au 8 Altgasse à Czernowitz une lettre qui stipulait qu'en vertu du pouvoir que lui avait confié monsieur Y. Manger (plus connu sous le nom d'Itzik Manger), monsieur M. Manger de Kolomyja avait le plaisir d'annoncer au directeur du Grand Cabaret que les droits de représentation de sept ballades et d'une douzaine de poèmes – voir liste détaillée ci-dessous – lui étaient accordés par la présente, moyennant une somme de tant et tant, devant être versée à l'auteur par l'intermédiaire de son représentant au plus tard le 30 avril 1939.

Le lendemain, les actrices eurent la surprise de découvrir à leur réveil que Becky avait préparé une conférence au sommet dans le salon : nappe blanche, vaisselle du beau service, cruche de café fumant et grand gâteau odorant piqué de raisins secs, confectionné aux aurores. Herman s'installa comme d'habitude en tête de table et leur annonça son intention de préparer un nouveau spectacle dont le titre serait : *Une lune en papier d'argent*, un spectacle qui, à la différence des tableaux vivants présentés depuis des lustres par la troupe, serait intégralement basé sur de la poésie. La nouvelle les mit en joie : par plaisir, il leur arrivait, entre elles, de lire des vers à haute voix mais jamais elles n'avaient eu l'occasion d'en déclamer en public. Autre raison de réjouissance, il leur apprit qu'il planifiait une tournée en Pologne et que, en dépit

---

1. Extrait de *Chanson triste*, d'Itzik Manger.

des événements, il allait entamer des négociations avec la direction du Métropole de Lemberg : une invitation officielle émanant de ce théâtre, assura-t-il, les aiderait sans aucun doute à obtenir les autorisations nécessaires. Malgré l'heure matinale, Becky sortit une bouteille de slivovitz et tous trinquèrent en se souhaitant bonne chance. Ensuite, le directeur leur distribua les textes : quatre ballades tristes pour Esther, un poème de septembre et deux poèmes d'amour pour Lydia, des petites chansons folkloriques pour Kreindl, et des textes comiques pour la petite Gina. La Duchesse, à qui revint l'honneur de commencer à lire, chaussa ses lunettes… mais avant qu'elle ait terminé la première strophe, la grande Gina s'affaissa soudain, ses yeux se révulsèrent, sa tête tomba de côté et de la bave apparut aux commissures de sa bouche.

Agitation générale avec hurlements de panique. Une des actrices apporta du tabac à priser et en fourra une pincée dans les narines de la malheureuse qui avait perdu connaissance, une autre la gifla violemment, puis on appela un médecin. Par chance, celui qui arriva était un disciple de Nicolae Paulescu de la société roumaine de biologie ; il se pencha sur la malade, pressa par-ci et palpa par-là, examina de-ci et pinça de-là pour finalement tirer de sa sacoche une fiole en verre d'où, avec une seringue, il aspira une quantité de liquide qu'il injecta à la grande Gina. Ensuite, il prit Herman à part et lui expliqua que vu l'état de la vieille dame, il faudrait faire de même quatre fois par jour et veiller à sa parfaite hygiène, surtout au niveau des pieds, car la plus petite infection risquerait, dans un cas aussi grave, de se terminer en amputation.

C'est alors que la petite Gina – qui n'avait jamais

pris ne serait-ce qu'un cachet d'aspirine sans l'écraser au préalable entre deux cuillères – fit preuve d'une force de caractère qu'aucune de ses camarades de lui avait jamais soupçonnée. Tous les matins, elle attendait patiemment au chevet de son amie et dès que celle-ci se réveillait, elle lui faisait elle-même sa piqûre. Ensuite, elle lui lavait les pieds à l'eau tiède, les massait délicatement et les séchait soigneusement avec une serviette afin de ne pas laisser la moindre goutte d'humidité, elle prenait une lime et, avec une douceur qui n'avait rien à envier à celle qu'elle prodiguait à ses chères figurines en porcelaine, elle lui taillait les ongles afin d'éviter qu'ils ne blessent la chair et ne réveillent des bactéries endormies. Une fois tout cela terminé, elle lui servait le petit déjeuner et la nourrissait à la cuillère ; à dix heures, elle sortait acheter le journal afin que la malade ait de quoi s'occuper l'esprit, et inutile de dire qu'elle veillait, pendant toute la journée, à ce que la cruche à côté de son lit soit toujours remplie d'eau fraîche. Ainsi, grâce à ces soins dévoués, la grande Gina guérit rapidement et deux semaines plus tard, put reprendre une activité modérée.

*

Un matin, en discutant avec le pharmacien qui préparait les remèdes, il apparut à la petite Gina que la solution qu'elle injectait à son amie quatre fois par jour était faite à base de pancréas de porc moulu. Bouleversée et le cœur au bord des lèvres, elle harcela le pharmacien jusqu'à ce qu'il lui révèle l'existence d'une solution aux effets similaires mais obtenue à partir de boyaux de bœuf.

Cette solution, ajouta-t-il, était plus rare que l'autre et comme il fallait la commander à l'avance, elle était aussi plus chère. Sans sourciller, la petite Gina déclara aussitôt qu'à partir de la semaine prochaine, elle achèterait chez lui ce deuxième médicament, peu importait combien cela coûterait. De retour à l'appartement, elle fut soulagée de n'y croiser personne à part Becky qui s'affairait aux fourneaux, et la grande Gina qui somnolait dans sa chambre.

Elle entra dans le salon sur la pointe des pieds, ouvrit la vitrine et en sortit toutes ses figurines en porcelaine : la baronne au visage timidement dissimulé derrière un éventail en dentelle, le petit caniche noir avec des rubans plein les boucles qu'on lui avait offert pour ses cinquante-deux ans, Arlequin dans son costume bigarré à petits carreaux, la bergère occupée à traire une vache souriante – toute sa collection chérie. D'une main tremblante, elle caressa la tête adorée de la dernière pièce restée sur l'étagère et qui n'était autre que le singe en costume de marquis avec sa veste bleue, une figurine en porcelaine de Meissen, dont les yeux de verre regardaient droit devant, sans se douter de la révolte qui couvait.

Elle les plaça toutes sur le tapis pour une dernière parade – quelle joliesse, quelle harmonie ! Non, se dit-elle, non, pas toutes. Pour ne pas trop attirer l'attention, elle songea qu'il serait plus raisonnable d'en remettre quelques-unes derrière la vitrine. Elle en choisit un certain nombre qu'elle plaça au fond, ensuite elle laissa de plus grands espaces entre la baronne et le groupe des lapereaux – les lapereaux, c'était une bonne idée, ils prenaient beaucoup de place – et devant, elle mit le singe, bien en évidence. Et aussi, impossible de renoncer au buste rondouillard à lunettes de Franz Schubert, qu'elle appelait Zocy parce qu'il lui rappelait le laitier de son enfance, un homme qui venait une fois par semaine à l'orphelinat Fischman avec un pichet de crème épaisse. Gina, qui était sa préférée, l'attendait à côté du portail et savait qu'il lui permettrait de racler à la petite cuillère la membrane jaune que se formait à la surface de la crème et fondait si délicieusement sur la langue ! Parfois, lorsqu'il était bien luné, il lui prêtait ses lunettes rondes, elle se les posait sur le nez et roulait les yeux jusqu'à ce qu'il éclate de rire. À présent, Zocy la fixait d'un regard bien triste derrière les verres de ses lunettes et demandait – moi, ma Gina ? Tu vas vraiment m'abandonner ?

Lorsqu'elle se rendit compte qu'elle avait remis toute sa

collection en place, elle ne put réprimer un soupir amer et sortit aussitôt quelques petits personnages, puis elle tendit la main vers le premier de ses protégés, le summum de sa fierté, son plus grand amour : à lui seul, il pourrait rapporter autant que cinq autres... La croirait-il seulement, son petit singe-marquis, si elle lui promettait qu'il serait le premier à être récupéré ? Dès qu'elle aurait fait quelques économies, elle courrait le chercher. En tout, elle choisit huit pièces, les enveloppa dans du papier journal, les fourra dans un grand sac et sortit.

« En quoi pouvons-nous vous aider, madame Dantzig ? demanda Simha Zipkis lorsqu'elle entra dans l'épicerie. On vient de recevoir de magnifiques mirabelles.

— Non, merci, hésita la petite Gina. Je suis venue pour un... vous comprenez.

— Meilekh, s'écria l'épicier. C'est pour toi !

— Qu'est-ce qu'il y a ? Ah, bonjour, madame Dantzig ! Quoi, mon frère a de nouveau oublié où il a rangé la semoule ? Je ne sais pas ce qui se passerait si, Dieu nous garde, je n'étais pas derrière lui toute la journée ! Je vous le dis, chère madame, moi, j'en ai assez, simplement assez, il me donne de l'urticaire ! Et vous, pourquoi avez-vous donc besoin de semoule ? De la farine blanche ne vous suffit plus ?

— Quelqu'un t'a demandé de la semoule ? » protesta son frère en indiquant l'arrière-boutique par un sourcil levé et un roulement d'yeux.

Contrit, Meilekh se hâta de guider la cliente vers le réduit rempli de bibelots où s'effectuait leur activité de prêteurs sur gages.

« Bien, chère madame. Qu'avez-vous dans votre sac ? »

La petite Gina déballa précautionneusement son trésor, le posa sur le comptoir puis recula, attendant sans doute une réaction de connaisseur, un hochement de tête émerveillé par exemple.

« Ah... Des figurines... qui achète de la porcelaine par les temps qui courent ? La plupart des Juifs n'arrivent même plus à se payer ne serait-ce qu'une queue de hareng pour le shabbat, et ceux qui ont encore des sous préfèrent les objets de valeur incassables, que l'on peut trimbaler facilement en cas de besoin. Si vous m'aviez apporté des bougeoirs en argent ou une boîte à bessamim... Ne vous reste-il pas, par hasard, un chandelier de Hanoukka hérité du professeur ? J'ai entendu dire qu'il avait quelques pièces très intéressantes.

— Non, vous n'avez pas compris, monsieur Zipkis. Ce que je vous apporte là, ce sont des objets personnels. C'est tout ce que je possède. Regardez le travail d'orfèvre, insista-t-elle dans l'espoir de l'amadouer. C'est de la vraie porcelaine de Meissen, signée, qui a au moins quatre-vingts ans !

— Meissen-*schmeissen* ! répliqua Meilekh avec mépris. Ça n'intéresse personne ! Écoutez, je veux bien, uniquement parce que vous êtes une bonne cliente, vous rendre service et vous les prendre – mais vous allez devoir faire des concessions sur le prix. Je vous en donne cinquante lei pièce, et le double pour le singe.

— Quoi ? s'exclama la petite Gina, effarée. Si peu ?

— Je n'ai pas de temps à perdre, madame Dantzig ! Ici, on parle *biziness*, comme on dit en Amérique, et on n'est ni la soupe populaire, ni une association de bienfaisance.

— D'accord, d'accord, ne vous énervez pas, balbutia-t-elle,

je vous garantis qu'il y a des collectionneurs qui donneraient jusqu'à six cents lei rien que pour le singe – c'est un modèle extrêmement rare – et chacune des autres figurines peut vous rapporter au moins cent cinquante lei. D'ailleurs, je ne veux surtout pas les vendre ! Dès que je touche mon salaire, je viens les récupérer.

— Parfait. Alors je vous donne quatre-vingts lei par pièce et deux cents pour le singe. En contrepartie, vous me devrez trente pour cent de la somme au moment où vous viendrez les désengager. »

La petite Gina fit un rapide calcul mental. À cause des récents déboires du Grand Cabaret, elle n'osait pas demander davantage à Herman, uniquement parce qu'elle était écœurée par le porc, mais il continuerait à lui donner le prix du médicament le moins cher, elle n'aurait donc que la différence à sortir de sa poche et s'acquitterait sans difficulté de la somme plus les intérêts. Et comme elle laissait aujourd'hui son trésor à bas prix, demain ce serait plus facile de le récupérer ! Elle voyait déjà le retour de ses fils prodigues, prêta bien plus attention à ces belles images qu'à la négociation réelle et ne se rendit pas compte du pourcentage prohibitif qui était exigé.

Autant la petite Gina avait du mal à se séparer de ses figurines, autant Meilekh Zipkis avait du mal à se séparer de ses sous, si bien qu'il ne lui remit l'argent qu'après avoir mouillé son doigt et recompté les billets par trois fois (au cas où deux coquins se seraient collés l'un à l'autre). En sortant, lorsqu'elle passa devant Simha, celui-ci lui lança un sourire désolé et lui glissa discrètement dans la main un sachet rempli de petits gâteaux aux amandes.

2

Et pendant ce temps, la tempête approchait dangereusement de Czernowitz. Ses premiers assauts avaient déjà déraciné l'herbe et les oxalis accrochées aux planches fendues des palissades. À présent, un vent violent balayait les faubourgs, faisait ployer les arbres les plus souples, ceux qui venaient d'être plantés le long des trottoirs et leur arrachait les feuilles à moitié sèches. Mais ce n'était pas encore une vraie tempête, si bien que les vieux arbres d'ornement à épais feuillage, orgueil du grand boulevard, n'avaient pas peur : ils avaient déjà essuyé, au cours de leur existence, de rudes bourrasques qui s'étaient éteintes dans un grand silence et qui, pour ne pas revenir bredouilles, se consolaient des quelques branches qu'elles arrivaient à casser. Certes le ciel s'obscurcissait, mais les lourds nuages prêts à exploser de colère étaient encore loin, et pouvaient encore, qui sait, changer de direction. Les rameaux les plus fragiles – les tailleurs ou les cordonniers, les blanchisseuses ou les petits merciers – se regroupaient dans les ruelles et mendiaient déjà leur pitance devant la porte des organisations de bienfaisance, mais les fiers nantis de la communauté juive restaient persuadés que la ville ne pouvait se passer d'eux – y a-t-il quelque part une métropole sans dentistes ni docteurs en chimie ? –, pensaient que leurs racines étaient suffisamment profondes pour assurer leur subsistance par tous les temps (même ceux-là) et se retrouvaient donc comme ils en avaient l'habitude depuis toujours au café Europa où ils discutaient, dans leur drôle d'allemand, des affaires courantes.

Près de la fenêtre avait pris place le fils d'un riche banquier, un jeune homme gâté pourri qui pérorait devant une étudiante en philologie et analysait les dernières manœuvres diplomatiques de Chamberlain ; non loin du comptoir, un fabricant de saucisses bien en chair et son jeune adjoint ne tarissaient pas d'éloges sur le célèbre ténor Joseph Schmidt – lequel, outre toutes ses qualités artistiques, avait eu la chance de fréquenter le charcutier dans son enfance ; et là, derrière eux, dans un renfoncement discret, était assise une matrone arborant une coupe au carré dernière mode, qui caressait un gros teckel vautré sur ses genoux. On n'autorisait personne à entrer ici avec un animal, mais le vieux maître d'hôtel n'avait pas eu besoin de carte d'identité pour reconnaître une immense vedette de la notoriété de Lydia Liphschitz. Un coquet signe de connivence entre eux avait suffi pour qu'il accède à son caprice.

« Comment allez-vous, belle-maman ? » Tels furent les premiers mots de Zofia Fabrikant qui s'était approchée et lui tendait la main. Derrière elle arriva sa dame de compagnie.

« On fait aller, soupira la Liphschitz en l'invitant à s'asseoir. Et bonjour à vous aussi, madame... *oy*, j'ai vraiment une piètre mémoire...

— Frouma Markowitz, lâcha sèchement Frouma.

— Alors, quoi de neuf ? s'enquit la veuve qui feignit d'étudier le menu. J'ai entendu dire que vous leur en avez fait voir de toutes les couleurs, à Iaşi.

— Eh oui, j'ai attrapé une de ces grippes, c'était terrible ! Je me suis retrouvée clouée au lit à la pension, une vraie loque, avec les yeux qui piquaient, mal partout, à peine suis-je arrivée à me traîner, excusez-moi, où vous savez. Je me voyais déjà passer de l'autre côté, Dieu nous en préserve.

— Comme je vous plains, lança l'autre sans se fatiguer à teinter son expression de la moindre touche de compassion.

— Et le pire, c'est qu'il m'était impossible d'avaler quoi que ce soit, j'avais la gorge en feu... si j'avais pu manger, cela m'aurait redonné des forces mais là... » Sur ces mots elle se tut. En comédienne expérimentée, elle identifiait immédiatement le moment fugace où le public commence à se lasser.

« Je suppose que votre maladie a porté préjudice à la tournée du Grand Cabaret.

— Malheureusement oui. Mais je l'ai dit à votre fils. Oui, oui, je lui ai dit : Herman, vous ne pouvez pas nous trimbaler comme si nous étions des jeunes demoiselles et espérer que cela n'ait aucune répercussion sur notre santé.

— Effectivement, c'est bien dur de vieillir, intervint Frouma.

— J'imagine que vous parlez en connaissance de cause, madame Markowitz. Mais assez ruminé... Commandons plutôt quelque chose à grignoter. On m'a dit qu'ici, le Kremšnite était excellent. Avez-vous eu l'occasion de goûter celui du café Josty à Berlin ? Leur pâtissier ajoute un peu de gelée de framboises à la crème du mille-feuille, c'est divin ! Enfin, on m'a rapporté que l'endroit s'était beaucoup dégradé. Il y a trois ans, une amie comédienne, qui joue au cinéma, s'y est rendue et au moment de sortir, elle a découvert qu'on lui avait volé son porte-monnaie ! Vous vous rendez compte ? !

— C'est scandaleux ! Mais dites-moi, très chère, êtes-vous rentrés de Iași avec un déficit ?

— Déficit-*schméficit* — pensez-vous qu'une artiste comme moi s'intéresse à ce genre de broutilles ? Je peux juste vous raconter que depuis des mois, nous n'avons de la viande qu'une fois par semaine, le vendredi soir, et le mardi, des gésiers ou des foies de volaille. Notre pauvre servante, la muette, ne se souvient que d'un seul ingrédient : le vinaigre. Le dimanche, on a des patates au vinaigre, le lundi du chou cuit dans du vinaigre, le mercredi de la salade de concombres marinés au vinaigre. Dieu sait ce que cette femme va encore nous cuisiner au vinaigre si on ne calme pas un peu ses ardeurs acides. »

Comme par magie, leur table se trouva soudain envahie par une quantité de douceurs et de pâtisseries. L'arôme du café frais se mêla à l'odeur de pipe d'un critique théâtral assis juste à côté, occupé à jeter sur un carnet les grandes lignes d'un article qui allait faire sensation. Titus, le teckel, s'échappa pour aller faire les yeux doux à l'étudiante en philologie et revint rapidement d'un pas élégant avec, entre les dents, un biscuit qu'il s'empressa de cacher sous la chaise de sa maîtresse – pour des jours plus difficiles.

« Je suis contente d'apprendre que mon fils essaie de faire des économies. Mais si ça continue, il finira par puiser dans ses réserves. Où trouvera-t-il l'argent pour financer toutes ses folies – louer des salles, loger une troupe entière à l'hôtel, construire des décors et coudre des costumes – alors que le public ne vient pas ? demanda Zofia en plissant le front.

— S'il arrivait quelque chose aux diamants du

professeur Fabrikant, ce serait une abomination ! s'exclama Frouma.

— Pardon, mais… vous n'êtes pas au courant que Mimi Landau les a volés ? s'étonna Lydia.

— Pardon, mais… vous pouvez raconter cette farce à tout le monde, sauf à moi. Mon Herman fait tout de même partie d'une lignée de fins négociants. Il préfère encourager ce genre de rumeurs afin de faire patienter ses fournisseurs et de rogner plus facilement sur vos émoluments mais moi, je ne suis pas dupe et je vous garantis que les diamants n'ont pas quitté Czernowitz. Cela dit, ce capital, qui est destiné à assurer l'avenir de mon fils, doit être préservé et le temps joue contre nous. Il n'y a que le mariage qui lui ôtera toutes ces fadaises de la tête. Il faut à présent parler clairement avec le jeune couple, sans tourner autour du pot. Ne pensez-vous pas, belle-maman, que nous les avons suffisamment laissés mijoter comme ça ?

— *Oy* ça, se rengorgea Lydia, vous devriez les voir, deux tourtereaux qui passent leur temps ensemble ! Mais ils sont si timides… Vous avez raison, ces deux cornichons-là, si nous ne les jetons pas dans le bocal en fermant bien fort le couvercle, jamais on n'aura de marinade. À propos, comment envisagez-vous la cérémonie de mariage ?

— Vous savez sans doute que j'ai un autre fils…

— Qui a été obligé de quitter sa mère adorée et de partir en Amérique après avoir été privé de son héritage, la coupa Frouma en lançant vers Lydia un regard accusateur.

— Il a récemment épousé une fille très bien – certes une Galicienne, mais d'une famille tout à fait respectable, reprit Zofia. Alors voilà ce que je me dis : puisque je n'ai pas eu la joie de danser au mariage de mon aîné, je veux que la cérémonie du second soit mon lot de consolation. Ce sera donc une fête de grande tenue, avec un orchestre viennois et surtout pas de klezmer. Il nous faudra réserver un des meilleurs restaurants de la ville, car le nom de Fabrikant signifie tout de même quelque chose à Czernowitz, et nous avons beaucoup d'obligations, Dieu merci. Voyons voir : Jozy Fabrikant – ça fait un, Ignaz Fabrikant de Kolomyja avec sa femme – ça fait deux, le docteur Hoffner et sa femme, encore deux et lui, il sera vraiment content de voir Herman se marier, il s'en est occupé depuis tout bébé et n'a pas d'enfants, le pauvre ! Gershon Cagan, un homme d'affaires qui a beaucoup travaillé avec mon défunt mari – encore deux, maître Czerny – deux aussi, bien que, vu son état, je doute qu'il puisse venir mais on doit lui envoyer une invitation, ne serait-ce que par politesse. Popovici, le maire de la ville – deux, les Grinfeld – au moins quatre, ils m'invitent à toutes leurs fêtes, on ne peut pas être ingrats...

— Et Frouma, ça fait une de plus ! lança l'intéressée.

— Qui d'autre ? continua Zofia. Je suis tellement bouleversée... *oy*, on doit aussi inviter Putzi Mitwoch – ça fait deux, son frère, le Putzi de Bratislava – encore deux, la belle-sœur de Putzi, encore deux...

— Et les jumeaux Putzi, ajouta Frouma.

— Mais enfin, qui sont tous ces Putzi ? s'étonna Lydia.

— Vous allez les rencontrer, c'est une famille très importante.

— Et moi, vous croyez peut-être que je n'ai pas d'invités importants ? Dès qu'on apprendra à Varsovie que Lydia Liphschitz marie sa fille – tout le monde voudra

venir ! Il est hors de question que je froisse quelqu'un !
Mais dites-moi, Zofia, qui va payer un tel faste ?

— Le marié, bien sûr ! Il a suffisamment d'argent, ce
pingre.

— Pingre ? Je ne veux pas que ma fille unique manque
de quoi que ce soit, vous entendez ?

— Nous en ferons une maîtresse de maison à poigne,
promit Zofia, elle a de qui prendre de la graine, non ?
Mais commençons plutôt par fixer le *menu*, déclara Zofia
en utilisant le mot français plus gustatif. Par les temps
qui courent, mieux vaut éviter l'ostentation. D'un autre
côté, il ne faut pas léser nos invités ; vous imaginez si on
dit, après, que le repas des Fabrikant était moins copieux
que celui des Grinfeld ! Vous comprendrez aussi, je l'espère, que nous devons choisir un restaurant casher – entre
nous, je n'ai rien contre les autres établissements, mais
il faut prendre en ligne de compte qu'une partie de nos
invités sont pratiquants. La cérémonie, on la fera dans la
grande synagogue, évidemment. Et il est très important
d'avoir un grand rabbin. Moi, j'ai été mariée par le vieux
Nausbaum de Vizhnitz, vous en avez sans doute entendu
parler. Dommage qu'il soit mort – et si nous demandions
à son fils ? Bien que très libre, mon défunt mari a toujours été un généreux donateur de cette communauté, et
on fait toujours appel à eux chez nous, ils connaissent la
famille, peuvent évoquer la mémoire de nos défunts…

— Quoi ? Un rabbin de chez les Hassidim ? » Le sang
lituanien de Lydia ne fit qu'un tour. Cette conversation
venait d'éveiller en elle une ferveur religieuse qu'elle avait
ignorée jusqu'à cet instant, ferveur d'autant plus vibrante
qu'elle se nourrissait de l'antagonisme centenaire entre

le judaïsme lituanien et les Hassidim. « C'est totalement exclu ! s'exclama-t-elle avec fermeté.

— Si cela ne vous convient pas, madame Liphschitz, on peut tout annuler. Croyez-moi, mon Herman n'a que l'embarras du choix et si vous pensez que j'ai particulièrement envie de faire entrer chez moi une godiche de trente ans sans dot – vous vous mettez le doigt dans l'œil !

— Putzi Mitwoch a une cousine célibataire, rappela Frouma.

— En ce qui me concerne, qu'il épouse la chèvre de Putzi Mitwoch ! s'écria Lydia. Qui donc a besoin de vous et de votre fils ? Annulons, annulons tout de suite !

— Très bien, annulons ! Une belle-mère artiste, la famille peut s'en passer sans problème !

— Non mais, vous vous prenez pour qui ? La fille du comte Potocki ou du baron de Rothschild ? »

Elles échangèrent encore quelques amabilités du même acabit puis finirent par convenir de parler avec leur progéniture respective la semaine suivante. Après avoir essuyé une larme et s'être embrassées, elles se séparèrent, chacune dans sa direction – l'une avec un chien qui gambadait sur ses talons et l'autre au bras de sa dame de compagnie.

3

« Hé, toi, la nouvelle, comment t'appelles-tu ?

— Gina. Et toi, tu t'appelles comment ?

— Gina aussi.

— Vraiment ?

— Oui, vraiment. *Good evening sir, my name is Gina and I am nine years old.*

— Quoi, tu parles français ?

— Ce n'est pas du français, c'est de l'anglais. Je dois parler anglais parce que ma mère et mon père sont partis en Angleterre et que bientôt quelqu'un viendra me chercher pour me ramener auprès d'eux. J'ai aussi appris la danse classique. Tu veux que je t'apprenne ? Mais pour faire de la danse classique, il faut parler français.

— Tu peux me donner un bout de ton biscuit ?

— Tiens, prends. Mais mange lentement, parce que je ne t'en donnerai pas plus. »

Les deux fillettes s'assirent sur les marches qui menaient à l'atelier de couture de l'orphelinat Fischman et chacune savoura sa moitié de petit gâteau au miel. Cette année-là, le printemps était précoce, dans la cour, les premières pousses pointaient déjà dans les jardinières et on entendait le joyeux crépitement des insectes.

« C'est nous qui avons planté ces légumes, expliqua fièrement la plus grande des deux fillettes. Tu vois ces feuilles ? C'est des carottes.

— Et on pourra les manger ?

— Je ne sais pas si toi, tu pourras les manger, parce que tu n'as pas participé aux plantations. Faudra demander.

— Chez nous, à Storozhynets, on a aussi des jardinières dans la cour de la synagogue des tailleurs, mais rien ne pousse dedans. Je le sais, c'était mon père le bedeau.

— Et il est où maintenant, ton père ?

— Il est mort et ma mère aussi.

— Et tu penses que tu les reverras un jour ?

— Tu ne comprends pas, imbécile ! Ils sont morts !
On ne peut pas revoir les morts.

— C'est pas vrai, on peut ! Mais seulement la nuit.
Rouhélé, la responsable d'ici, m'a raconté qu'à côté de
chez elle, il y a une maison où habitent des gens qui sont
morts. Ils portent des habits blancs, et si quelqu'un les
dérange, ils le pincent et lui tirent les cheveux. Quand
on meurt, on devient un fantôme.

— Menteuse ! Mon père n'est pas un fantôme ! » La
petite nouvelle éclata en sanglots.

« Ne pleure pas, ne pleure pas ! » La grande lui caressa
la tête pour tenter de la calmer. « Tiens, je te donne aussi
ma moitié de gâteau.

— Mon père n'est pas un fantôme », renifla l'autre.

Les deux Gina ne se ressemblaient pas du tout : autant
la plus âgée, qui était arrivée à l'orphelinat quelques mois
auparavant, était grande, dégingandée, avec des yeux naïfs
et un peu endormis, autant la nouvelle pensionnaire était
petite et grassouillette, avec un visage toujours joyeux et
éveillé.

« Un jour, j'ai vu un vrai fantôme, reprit la grande Gina
après s'être assurée que sa camarade ne pleurait plus. Il
était déguisé en laitier.

— Et comment tu sais que c'était un fantôme ?

— Je l'ai vu pincer Rouhélé pendant qu'il livrait le
lait... *Oy*, regarde, une coccinelle ! »

Elle fit signe à la petite de rester silencieuse, contem-
pla un instant la bestiole très occupée à se frotter les
pattes les unes contre les autres, puis soudain, dans un
geste brusque, elle abattit une main arrondie et la pié-
gea dessous.

« Regarde comme elle est grosse ! On va lui donner une miette de gâteau.

— Non, j'ai une meilleure idée, s'écria la petite avec enthousiasme. On va la tuer et comme ça, on verra ce qui se passera. »

Elle prit la coccinelle, la posa délicatement sur une marche et l'écrasa du bout de sa chaussure. Les deux gamines se penchèrent en avant et examinèrent attentivement le résultat de l'opération : une bouillie brun verdâtre.

« Maintenant, elle aussi est morte, remarqua la grande.

— Tu vois, elle ne bouge pas, s'exclama la petite dans une exultation victorieuse. Je te l'ai bien dit, celui qui meurt ne devient pas un fantôme. »

En son for intérieur, la grande Gina en conclut que les coccinelles ne devenaient peut-être pas des fantômes, mais les êtres humains – si. Cependant, de peur de faire à nouveau pleurer sa nouvelle camarade, elle se garda de partager ses réflexions. Une sonnerie de trompette annonça le déjeuner, elles quittèrent leur recoin et se dirigèrent vers le réfectoire. Les voyant arriver côte à côte, la fille de cuisine, qui remplissait de soupe les assiettes métalliques, donna un coup de coude à sa collègue : « Regarde-moi donc ces deux-là, elles font la paire, non ? Un poireau et une pomme de terre ! »

À peine quelques jours après l'arrivée de la petite Gina à l'orphelinat, une belle amitié la liait déjà à la grande Gina. En classe, elles partageaient le même banc (malheureusement ni l'une ni l'autre n'était bonne élève), à la cantine elles avaient leurs places réservées l'une à côté de l'autre, et dans l'atelier de couture, elles travaillaient dans la même équipe. Pendant leurs heures de liberté, la grande enseignait à la petite les quelques rudiments de danse classique dont elle se souvenait. Bien que le professeur fût empoté et l'élève paresseuse, elles arrivèrent tout de même à s'inventer quelques duos faciles à exécuter. Deux ans plus tard, la grande Gina, qui avait neuf ans et demi, dépassait d'une tête toutes les filles de son âge. La petite Gina, qui allait bientôt fêter ses huit ans, continuait à avoir une toux sèche et désagréable. Le médecin diagnostiqua de l'asthme et lui prescrivit des feuilles sèches roulées sur elles-mêmes qu'elle devait fumer tous les jours afin de soulager ses bronches. Un matin, la directrice de l'institution rassembla les orphelines et leur annonça qu'un monsieur très important allait venir, un monsieur qui cherchait de jeunes artistes talentueuses pour son théâtre ambulant. Cette nouvelle souleva aussitôt une vague de gazouillis excités. Après que la directrice eut réussi à calmer ses petites pensionnaires, elle leur expliqua que le monsieur auditionnerait lui-même les fillettes qu'elle lui recommanderait, et celles qu'il choisirait quitteraient l'institution pour intégrer sa troupe – une précision qui alarma la grande Gina : si elle était choisie, comment ses parents la retrouveraient-ils le moment venu ? Mais la petite Gina, à l'imagination fertile et que l'idée d'une vie d'aventures enthousiasmait au plus haut point, persuada son amie qu'au contraire, elle avait tout à y gagner : si elle devenait célèbre, lui expliqua-t-elle, elle irait de toute façon en Angleterre. Les deux fillettes décidèrent donc de passer leur temps libre à répéter, et lorsque le professeur Fabrikant arriva à l'orphelinat, elles purent lui présenter trois jolis pas de deux de leur composition. Ravi, il s'empressa de les intégrer à son équipe en formation.

*

Au fil des années, les membres du Grand Cabaret avaient appris à supporter avec patience l'incorrigible paresse de la petite Gina. On considérait avec indulgence sa propension à rester assise des heures entières à bayer aux corneilles et sa tendance à se dispenser autant que possible des tâches – quotidiennes ou autres. Si bien que le changement qui s'opéra en elle lorsque la grande Gina dut garder le lit parut tenir du miracle. Chaque fois qu'il fallait se déplacer chez la couturière, promener le chien Titus, aller chercher à la papeterie Wertheimer les magazines envoyés de Varsovie ou faire n'importe quelle autre course – c'était à présent elle qui se portait volontaire. « Bravo, disaient ses camarades étonnées, elle prend sur elle un double fardeau, le sien et celui de sa sœur malade. » Il ne leur était pas venu à l'esprit que la petite Gina profitait de chacune de ses sorties pour faire un crochet par les frères Zipkis, s'arrêter un long moment devant leur vitrine, caresser des yeux ses figurines en porcelaine et vérifier si elles étaient toujours là.

Par un beau matin, tandis que, comme à son habitude, elle surveillait la maison de prêt en s'accordant une petite cigarette, elle vit s'approcher d'elle deux vieilles connaissances, l'une vêtue avec soin et raffinement, la seconde habillée comme l'as de pique. Il s'agissait, bien sûr, de Zofia Fabrikant et de sa dame de compagnie Frouma Markowitz, qui se dirigeaient vers le restaurant de Friedman – laitages uniquement. Elles avaient là-bas un rendez-vous, mais comme elles étaient un peu en avance, elles s'arrêtèrent pour papoter. En entendant que la grande

Gina était malade, Zofia se hâta d'exprimer sa profonde tristesse et demanda que lui soient transmis tous ses vœux de prompt rétablissement.

« Elles sont très belles, tes figurines, dit Zofia. D'où viennent-elles ?

— Toutes sont des cadeaux d'anniversaire, se rengorgea l'actrice. Vous voyez le caniche noir ? Quand on était à Bucarest, la grande Gina m'a emmenée dans un magasin de luxe et elle m'a dit – ma chérie, choisis ce que tu veux et surtout, ne t'occupe pas du prix. J'ai hésité entre ce caniche et un lévrier, mais finalement, le caniche était plus mignon.

— Tu as bien fait. Certes, il fut une époque où les lévriers en porcelaine étaient très en vogue. On en trouvait partout – c'était d'un commun ! D'ailleurs aujourd'hui, qui est-ce que ça intéresse ? Tandis que les caniches, c'est autre chose, ils dégagent une réelle élégance française. Moi aussi j'ai à la maison une statuette représentant deux caniches blancs qui jouent au ballon. Mon défunt mari me l'a ramenée de Munich il y a des années. Passe donc la voir chez moi, à l'occasion. »

La petite Gina remercia pour l'invitation et, leur indiquant le singe-marquis qui se trouvait là, juste là, sur la gauche, elle leur raconta que ses camarades s'étaient cotisées et le lui avaient offert pour ses soixante-cinq ans. Elle ajouta que c'était sa figurine préférée, et pas uniquement parce qu'elle valait beaucoup d'argent. Zofia lui accorda que ce singe avait un air particulièrement vivant, sans compter son maintien terriblement élégant – digne du prince von Metternich ! – et ses minuscules boucles de chaussure, là, on reconnaissait le travail précis de l'âge d'or de la maison Meissen. « C'est lamentable, continua-t-elle désolée, de voir qu'une artiste qui travaille depuis tant d'années au théâtre soit obligée de gager une collection si exceptionnelle pour acheter de l'insuline de bœuf, alors que le directeur de la troupe couve son capital. Trouves-tu cela normal, Frouma ?

— Tout le monde est charmant jusqu'à ce qu'on en vienne au porte-monnaie.

— Mais je ne comprends vraiment pas, ma très chère, continua Zofia. Le Grand Cabaret a des biens, Dieu merci, pourquoi ne demandes-tu pas à Herman de payer ? Chacune d'entre vous a droit au meilleur traitement médical possible, car d'où viennent ces diamants, sinon de votre sueur ?

— Il n'y a plus de diamants, répondit la petite Gina. Quoi, vous ne savez donc pas que Mimi est partie avec ?

— *Oy* comme tu es naïve ! s'exclama la veuve en passant une main sur la joue de son interlocutrice, tu gobes vraiment tout ce qu'on te fait croire !

— C'est comme moi par exemple : j'ai entendu dire que prendre des médicaments à base de porc, ça faisait pousser une petite queue et des poils sur les fesses, intervint Frouma. Bon, mais dois-je le croire ? Bien que, je vous le jure, Zofia, si un jour vous devenez diabétique, Dieu nous en préserve, je ne laisserai personne vous injecter de l'insuline de porc. On ne sait jamais...

— Merci beaucoup, j'apprécie, lâcha Zofia dans un rictus. Écoute-moi bien, petite : je ne suis pas du tout convaincue de ces racontars au sujet de Mimi. Tu sais que j'ai beaucoup de reproches à lui faire, mais ce n'est pas une voleuse. Simplement, Herman vous vend ces sornettes parce que ça l'arrange. Comme ça, aucune de vous n'ose exiger quoi que ce soit. Je te garantis que pendant que tu cherches ce que tu pourrais encore mettre au clou, les diamants dorment tranquillement dans une petite bourse en velours sous son oreiller. Il a toujours été radin, mon fils. Je suis bien placée pour le savoir.

— Très radin, insista la dame de compagnie.

— À propos, ma petite Frouma, j'y songe soudain : tu ne m'as pas dit tout à l'heure que tu avais besoin de fil à broder ? Entrons donc un instant, pourquoi payer cher ce qu'on peut trouver chez les frères Zipkis à moitié prix ? Bonne continuation, très chère, et n'oublie pas de transmettre à ton amie tous mes vœux de rétablissement. »

Sur ce charmant au revoir, les deux femmes s'engouffrèrent dans la boutique. La petite Gina jeta un œil à sa montre et soupira – il était temps de rentrer à la maison, Becky attendait certainement le savon de lessive qu'elle lui avait demandé d'acheter une bonne heure auparavant. Elle rajustait son foulard sous son menton lorsqu'elle saisit du coin de l'œil que quelque chose bougeait dans la vitrine poussiéreuse. De gros doigts velus, ceux de Meilekh Zipkis, farfouillaient entre les objets exposés et soudain, ils attrapèrent le singe-marquis par la tête, le soulevèrent et l'emportèrent. La petite Gina se mordit la langue, pour se porter chance. Était-ce possible ? Pouvait-elle croire que le salut était si proche ? Oui, car Zofia – quelle générosité ! – tirait des billets de son portefeuille et les tendait à l'épicier. Dans un instant, la grande dame sortirait du magasin et lui rendrait sa figurine chérie... Les yeux déjà ruisselants de gratitude, elle traversa la rue et s'approcha des deux femmes qui sortaient du magasin. Mais...

quoi ? Pourquoi se détournaient-elles comme si elles ne la connaissaient pas ? Et que faisait le singe-marquis dans la main de Frouma ? Pourquoi cette mal fagotée embrassait-elle la mère de Herman en lui disant que vraiment, elle ne s'y attendait pas, que jamais elle n'aurait pu s'imaginer ?

4

La démission de Lydia Liphschitz prit le directeur du Grand Cabaret totalement de court. Lorsqu'elle lui avait demandé un entretien en privé, il avait supposé qu'elle allait exiger une augmentation de salaire, un congé de quelques jours ou un autre avantage. Quoi qu'il en soit, il entra dans le salon sans penser y trouver aussi Dora – laquelle, tout comme lui, semblait ignorer de quoi il était question. Pendant le long monologue rythmé d'envolées lyriques de la Lituanienne, il resta assis, tête baissée, tel un mauvais élève ; plus les intentions de l'une se clarifiaient, plus l'embarras de l'autre augmentait et finit par se muer en malaise physique ; ce n'est qu'au prix d'efforts surhumains qu'il réussit à surmonter son envie de prendre ses jambes à son cou et de fuir l'appartement pour respirer une grande bouffée d'air frais. L'image qui se dessina peu à peu sous son crâne apparut à gros traits vifs, fabriquée par une volonté et des désirs qui lui étaient totalement étrangers, et elle se figea en un tableau aux nombreux figurants dans lequel, sans qu'il s'en soit douté, on lui avait réservé le premier rôle. Au fur et à mesure du discours de la Liphschitz, il découvrit que tandis qu'il se promenait tranquillement avec Dora dans les parcs et les avenues, tandis qu'ils voyageaient côte à côte dans le Federal pendant les longues tournées, discutaient des broutilles du quotidien ou s'extasiaient sur la poésie d'Itzik Manger, la jeune femme avait senti grandir en elle des sentiments qu'il n'avait pas du tout eu l'intention d'inspirer. Impitoyable, la terrible Lydia dévoila tous les secrets de sa fille, lui ôta pelure après pelure au point que la malheureuse se retrouva face à lui, au milieu du salon, le cœur à vif. Comment ne pas compatir à la souffrance ainsi infligée à Dora ? En même temps, quelque chose dans sa détresse le dégoûtait – elle avait un visage trop terni par la multitude de taches de rousseur qui parsemaient sa peau et des yeux mouillés trop dociles. Alors, il choisit de rester le regard braqué sur les motifs turquoise du tapis usé jusqu'à la corde, ce fameux tapis envoyé en cadeau des années auparavant par ses grands-parents. Il pensa même, l'éclair d'un instant de panique, épouser la jeune femme – rien que pour échapper à ce qui se passait dans la pièce.

Puis il entendit la voix vibrante de colère de Lydia. Dressée sur ses ergots, elle le maudit et l'injuria, l'accusa de fausseté et il pria tout bas pour qu'elle soit frappée de paralysie subite, mais rien n'y fit. Il faillit aussi se lever et l'étrangler de ses propres mains. Cependant, le bruit alerta toute la maisonnée ; une à une, les locataires de l'appartement accoururent et, douée comme elle l'était pour le cabotinage, la grande tragédienne s'en donna à cœur joie – ses lamentations augmentaient à l'arrivée de chaque nouvelle spectatrice. Elle ne s'estima repue qu'après une grande scène où elle joua les martyres et astiqua si bien son affront qu'il brillait à des kilomètres à la ronde. Comment Herman réussit-il à s'extirper de là et que se passa-t-il sous son crâne tout le temps qu'il resta enfermé dans son bureau ? Lui-même fut incapable de le dire. Lorsque Becky lui apporta son dîner, il l'envoya chercher de l'aspirine auprès de la grande Gina, ce qui le soulagea un peu. Ensuite, il s'enfonça dans le fauteuil et s'abandonna au sommeil, espérant qu'en se réveillant, il découvrirait que cet épisode n'avait jamais eu lieu.

Une semaine plus tard, après avoir installé mère et fille dans un taxi et claqué la portière, il fut bien obligé de constater que son chagrin n'était pas exempt d'une honteuse sensation de soulagement. Le mieux à faire était d'effacer de sa mémoire la vision de Dora, blême et triste, se traînant derrière sa mère, une lourde valise à la main. Avant qu'il ne les ait fait venir de Varsovie, Mimi l'avait pourtant prévenu. Avec quelle désinvolture il avait balayé ses arguments ! Dire qu'il avait commandé pour cette Lydia un bouquet d'œillets rouges et qu'il s'était précipité à la gare pour les accueillir, elle et sa fille ! Et voilà, à peine un an plus tard, elles rentraient en Pologne sans personne pour les raccompagner, sans personne pour leur offrir des fleurs. Après cette horrible discussion dans le salon, plus Herman tournait et retournait les choses dans sa tête, moins il était sûr de ne pas avoir contribué, malgré lui, à nourrir cette idylle imaginaire dont Dora s'était gargarisée. Le mieux à faire était d'enterrer les reproches de Lydia sous la montagne de bénéfices que lui apportait son départ. En inspectant les livres de comptes, il comprit à quel point il avait été irresponsable : non seulement il avait accédé à toutes les exigences de la comédienne mais en plus, il avait ajouté ici et là (de son propre chef !) des paragraphes compensatoires ; si la trésorière ne les avait pas quittés au début de l'hiver, elle serait certainement partie à présent, en signe de protestation.

Il essaya de deviner ce que lui aurait conseillé Mimi : continuer à puiser dans leurs économies qui s'amenuisaient de jour en jour, ou bien vendre la boutique de la rue du Docteur-Roth, louée à un chapelier non juif qui, depuis cinq mois, profitait de la confusion politique pour ne pas s'acquitter de son loyer ? Finalement, il décida de se débarrasser de la boutique : une procédure judiciaire à l'encontre du mauvais payeur serait assurément onéreuse et épuisante, et il ne pouvait pas se permettre de conserver un bien qui ne rapportait rien, tout en se doutant que Mimi lui aurait conseillé de la garder – les économies et l'argent liquide pouvaient perdre de leur valeur en un jour, tandis que l'immobilier, l'or ou les diamants ne se dévaluaient jamais, même par temps couvert. Oui mais nous n'avons pas d'argent et les diamants, tu les as pris, lui rétorquait-il intérieurement. Je te garantis que les bénéfices de notre nouveau spectacle seront tout de suite investis dans des valeurs sûres qui remplaceront le magasin. Oh, jeune homme, insistait alors Mimi, comment sais-tu que ton nouveau spectacle engendrera des bénéfices ? Tu sais exactement ce que je pensais de Lydia Liphschitz (et j'avais malheureusement raison sur tout) mais il faut admettre que son nom avait un certain poids. Combien de salles penses-tu pouvoir remplir sans elle ? Herman esquissa un sourire : le nom d'Itzik Manger ne ferait pas vendre ? Esther Licht n'attirerait plus un nombreux public ? Allez, on se débrouillerait très bien sans la

413

Liphschitz... ce n'était pas cela le plus important pour l'instant. Il savait une chose : si le Grand Cabaret ne prenait pas de risques en tentant de nouvelles expériences, alors il scellerait son arrêt de mort. Tout simplement, il continuerait à sombrer avec son répertoire désuet et perdrait le peu de spectateurs qui lui restaient.

5

Malgré tous ces événements, les répétitions d'*Une lune en papier d'argent* progressaient et donnaient entière satisfaction au directeur. Les chansons et les textes de Lydia avaient été répartis à égalité entre Esther et Kreindl, ravies de recevoir ainsi beaucoup plus de lignes. Afin de terminer sur une joyeuse envolée, il fut décidé de clore le spectacle par la reprise de quelques-unes des chansons les plus populaires de Manger interprétées par toute la troupe. Le vieux piano, auquel personne n'avait touché depuis la dernière fête de Hanoukka, retrouva une nouvelle jeunesse grâce à un accordeur qui s'échina cinq bonnes heures pour bien retendre les cordes et procéder aux réglages des tiges et du pédalier. Et c'est ainsi que tous les soirs, l'on put entendre, montant du salon de l'appartement, le chœur des actrices qui répétaient consciencieusement sous la direction de leur cher Rossignol de Bucarest.

En parallèle, Herman convoqua trois artistes à la pointe de l'art contemporain pour discuter décors. Chacun proposa une maquette, et après y avoir longuement réfléchi, le directeur choisit celle qui lui parut la plus téméraire :

une grande toile de fond avec toutes sortes de formes géométriques dans les gris et les bleus qui suggéraient un paysage urbain – quelque chose à la Feininger. Ensuite, il prit sa plume pour rédiger une brochure, car il voulait l'envoyer bien en avance au Métropole de Lemberg. Il décida de faire imprimer deux beaux programmes, l'un présentant la première mondiale de leur nouvelle production et l'autre annonçant un spectacle qui reprenait leur ancien répertoire – l'idée étant de les jouer en alternance. N'était-ce pas un brillant moyen de toucher un cercle beaucoup plus large que leurs habitués ? Dernière chose, il envoya les textes de présentation à un traducteur, qui en fit une version polonaise très soignée. Leo, dont l'irritation des derniers mois s'était subitement métamorphosée en une gaieté étonnante, l'aidait sans compter, surtout pour les contacts avec les divers artisans – ici, il secouait les ouvriers typographes, là, il surveillait les fournisseurs de papier. Tous travaillèrent d'arrache-pied et au bout d'une semaine, les commis de l'imprimeur grimpèrent les étages de l'immeuble du 8 de l'Altgasse les bras chargés de piles de brochures, une moitié rose avec un texte en yiddish et une moitié bleue avec un texte en polonais. Elles furent entassées dans un coin du hall d'entrée et jusqu'au départ, diffusèrent dans tout l'appartement une bonne odeur d'encre, mêlée à l'acidité du papier.

Herman décida alors d'organiser une avant-première dans une des bourgades de Bessarabie proche de la frontière. Il voulait tester les réactions du public et apporter, si besoin, quelques modifications au spectacle. Ce qui impliquait de passer par la Pologne, c'est-à-dire de traverser la frontière. Se souvenant des difficultés auxquelles ils s'étaient heurtés lors de leur précédent passage, il rassembla les passeports et les attestations pour le transport du décor, paya un intrigant qui avait des relations et le gars vérifia tout, renouvela ce qui devait être renouvelé, embrouilla ce qui devait être embrouillé. Ensuite, arrivèrent les factures à régler : l'imprimeur, le traducteur, l'artiste peintre, les couturières, tous vinrent frapper à la porte de Herman en réclamant leur dû. Le directeur fit face : à l'un, il donna un chèque, à l'autre du liquide, et un troisième accepta de faire crédit. Toutes ces occupations, ajoutées aux répétitions de plus en plus intenses, lui prirent tout son temps, et si Becky ne lui avait pas rappelé les repas, il est possible qu'il aurait oublié de se nourrir.

Le jeune homme arriva à communiquer son enthousiasme à la troupe. Pas une fois la grande Gina ne se plaignit de faiblesse et elle fit de gros efforts, en répétition, pour ne pas être à la traîne ; Esther Licht se surpassa et atteignit une perfection qui rappela sa grande époque d'avant la mort de Perla et même Yetti Hirsch la mélancolique, qui assista à toutes les répétitions bien qu'elle n'ait aucun rôle dans le spectacle, oui, même elle, se prit à sourire à certains passages ; quelques allusions au sujet d'une prime si le nouveau spectacle remportait le succès escompté, redonna espoir à la petite Gina. Sans cesse sollicitée pour toutes sortes de courses, elle passait son temps à faire des allers et retours entre l'appartement et l'épicerie des Zipkis, suppliait les frères de patienter encore un peu, leur assurant que très bientôt, elle pourrait récupérer ses figurines. Secrètement, elle espérait même pouvoir racheter à Frouma son singe-marquis adoré. Et en attendant qu'on lui pèse ses pommes de terre ou qu'on lui mesure tant et tant de coudées de fil rouge, elle papotait et décrivait les préparatifs de la grande première ; le temps que mirent ses paroles pour passer des oreilles des frères Zipkis à tous les foyers juifs de la ville risque de défier les théories de physique les plus révolutionnaires de l'époque. Si bien que ne resta plus aux amateurs de théâtre et de poésie qu'à attendre en rongeant leur frein l'annonce de la date des représentations d'*Une lune en papier d'argent* à Czernowitz.

6

Une simple montre dont tous les rouages tournent en harmonie indiquera l'heure avec plus de précision qu'une grande horloge luxueuse au mécanisme bancal, dont les divers éléments s'entrechoquent et risquent, à chaque instant, de générer des dysfonctionnements. Ainsi, malgré l'équipe réduite dont disposait Herman, la nouvelle production du Grand Cabaret avançait aussi bien qu'il pouvait l'espérer. Lui-même ne rechignait jamais à la tâche, cependant, il aurait eu bien besoin d'aide, et ce qui lui manquait vraiment, ce n'était pas tant une seconde paire de mains qu'une âme compréhensive et encourageante. Après avoir surmonté la crise engendrée par le départ de Lydia, il se rendit compte à quel point il s'était habitué au soutien de Dora, un soutien qu'il alla à présent chercher auprès de Leo Spektor. Les soirées poétiques partagées avec Dora dans les cafés furent remplacées par des nuits que les deux hommes passèrent dans les tavernes, attablés devant des chopes de bière à discuter de politique ou d'autres sujets généraux. À l'approche de la tournée en Pologne, Herman apprécia encore davantage le bon sens du jeune homme. Toutes ces années, Leo avait veillé à ne jamais s'impliquer dans les conflits ni les différends qui opposaient parfois les actrices, il avait jalousement gardé son indépendance (d'où le respect qu'il inspirait), si bien qu'il arrivait toujours à donner des conseils utiles et efficaces. Les obstacles furent levés les uns après les autres, les tâches effectuées les unes après les autres, et tous attendirent avec impatience le dernier lundi du mois de juin – date fixée pour leur départ en tournée.

Mais le samedi précédent, après le dîner, Herman sortit pour s'engouffrer aussitôt dans l'immeuble d'en face. Il s'engagea dans la cage d'escalier aux marches abruptes où régnait en permanence une odeur d'oignons cuits et de bouillon de poule, effleura les murs moisis et humides qui n'avaient pas été repeints depuis des lustres. L'Altgasse avait bien changé depuis l'époque où le professeur s'était porté acquéreur de l'appartement du numéro 8, elle avait lentement perdu son statut social et la petite bourgeoisie, les professions libérales qui vivaient dans le confort et pouvaient se permettre d'aller une fois par mois au théâtre ou de prendre des vacances annuelles dans les Carpates avaient été remplacées par des familles d'ouvriers ukrainiens et des émigrés polonais, rien que des indigents qui reprisaient indéfiniment leurs chaussettes et se nourrissaient de plats à base de semoule de sarrasin ou d'orge perlé.

Lorsque Leo avait rejoint la troupe, on lui avait loué pour une bouchée de pain un petit appartement sous les combles de l'immeuble d'en face : une pièce principale mansardée, un petit cagibi pour dormir et un recoin avec une installation moderne pour se laver, spécialement aménagée pour lui par la direction du Grand Cabaret. Rien de la négligence ni de la misère de l'immeuble ne semblait avoir pénétré dans le domaine du jeune homme, très attentif à la propreté et qui veillait à aérer souvent les lieux. Sous la fenêtre étaient placés deux fauteuils en bois carrés – de ceux que l'on trouvait dans les salles d'attente des hôpitaux – séparés par une table basse sur laquelle attendaient en permanence une bouteille d'alcool bon marché et quatre verres étincelants. Bien qu'il prît en général ses repas au 8 de l'Altgasse, il gardait chez lui une miche de pain, un bocal de poivrons confits, une ou deux pommes et, sous une cloche en verre, une motte de beurre avec quelques tranches de fromage fumé, le tout rangé sur une simple table en bois couverte d'une nappe impeccable, poussée dans un coin. Les seuls ornements de cet appartement, aussi propre qu'un laboratoire de chimie et aussi provisoire que la chambre d'un représentant de commerce, étaient un bougeoir en cuivre de peu de valeur – unique souvenir du foyer paternel – et un tableau représentant un paysage, assez laid, héritage du précédent locataire.

« Il est arrivé quelque chose ? demanda Leo, étonné, en ouvrant la porte.

— Oui... enfin non... rien de grave... mais je voudrais ton avis au sujet d'une question épineuse. Je peux entrer ? »

Leo lui indiqua le fauteuil, versa deux verres d'eau-de-vie et s'assit en face de lui, attendant qu'il parle.

« On a un petit problème à Lemberg, commença Herman, qui prit une gorgée et grimaça. J'ai reçu un télégramme de Grynszpan du Métropole. La censure a décidé d'annuler l'autorisation qui nous a été donnée, et sans ce tampon, on ne nous laissera pas monter sur scène.

— C'est irrévocable ou on peut faire quelque chose ?

— Grynszpan m'a assuré être en mesure d'arranger ça. On lui a même déjà laissé entendre combien ça coûterait ; mais il ne veut pas débourser lui-même cette somme, et impossible de lui envoyer l'argent de manière officielle, il ne faut laisser aucune trace...

— Vous pourrez le rembourser à notre arrivée.

— Impossible. Hier, je suis allé à la poste pour lui parler par téléphone et il a dit qu'il fallait agir tout de suite. Par chance, il nous reste encore huit jours avant la première, alors j'ai pensé à toi : tu pourrais sauter dans le premier train demain matin et lui remettre l'argent en main propre. Après, il se débrouillera tout seul avec ses contacts *goys*.

— Mais je ne serai pas rentré à temps, puisque nous levons le camp après-demain pour Yedinets. Si vous voulez jouer mercredi, je ne vois pas comment reculer le départ de la troupe.

— Pourquoi rentrer ? Tu n'auras qu'à rester à Lemberg et nous attendre là-bas. Grynszpan s'arrangera pour te loger quelque part. Le trajet jusqu'à Yedinets n'est pas très long, Trotski conduira et de toute façon, tu ne joues pas dans le Manger. Tiens, prends », dit-il et il lui tendit une enveloppe blanche sur laquelle était inscrite l'adresse du théâtre Métropole. Leo l'ouvrit, compta deux fois les billets qu'elle contenait et la fourra dans la poche de devant de son pantalon.

« Dites-moi franchement, Herman, commença-t-il après une légère hésitation, pensez-vous pouvoir continuer encore longtemps comme ça ? Bientôt, vous paierez en pots-de-vin plus que ce que vous gagnez ! Avez-vous vraiment besoin de tous ces tracas qui n'en finissent pas ? Tantôt c'est Grynszpan qui vous demande une rallonge, tantôt c'est Lydia Liphschitz qui vous soutire tout ce qu'elle peut – chaque jour un nouveau casse-tête. La situation empire... Il est temps de se rendre à l'évidence.

— Qu'est-ce que tu veux dire par là ? » Le directeur tourna le regard vers la fenêtre. Lors de ses précédentes visites chez Leo, il n'avait pas remarqué que de la fenêtre de la mansarde, il était possible de voir son bureau, juste en face. Et de la fenêtre de gauche, on voyait, baignant dans une lumière jaune, le salon, où trois silhouettes étaient assises autour de la table et jouaient aux cartes.

« Ni la situation politique, ni la situation de la troupe ne jouent en votre faveur, il est plus que temps de l'accepter ! Les mesures discriminatoires se font chaque jour plus nombreuses, et si les nazis envahissent la Pologne – éventualité qu'il faut prendre en compte – vous pouvez être sûr qu'ils feront disparaître le théâtre yiddish. Où vendrez-vous vos billets ? En Roumanie ? Vous voyez bien ce qui arrive en Bessarabie, ça va se propager chez nous, j'en suis sûr. Passer la frontière et entrer en Russie est presque impossible, mais à supposer que vous y arriviez – qui traînerez-vous là-bas ? Six actrices de plus de soixante-dix ans, dont une diabétique et une folle.

— Mais Esther et Kreindl sont à l'apogée de leur art ! protesta Herman. Tu as toi-même assisté aux dernières répétitions, tu les as vues ! Sans parler de la petite Gina.

Où peut-on encore entendre du Manger dit avec autant de grâce ?

— J'ai un ami, conseiller à l'ambassade du Venezuela à Bucarest...

— Oui ? »

Leo se tut, se pencha en avant, prit la bouteille et sans poser de question, remplit les deux verres. Ensuite, il tira une cigarette du paquet qui était sur la petite table, l'alluma, se cala confortablement dans son fauteuil et reprit, les yeux rougis soit à cause de la fumée, soit à cause de l'eau-de-vie : « Pourquoi faites-vous tout ça, Herman ? Pourquoi vous entêtez-vous à faire vivre cette troupe ?

— Qu'est-ce... qu'est-ce que ça veut dire ?

— Vous savez bien que c'est perdu d'avance. »

Le directeur prit un petit temps avant de répondre.

« Tu n'as pas connu mon oncle Markus. Quand j'étais petit, on l'appelait chez nous en riant tonton-Markus-que-m'as-tu-rapporté, parce que c'est comme ça que je l'accueillais chaque fois qu'il revenait de tournée. Et lui, il avait toujours une babiole pour moi, un bonbon ou un jouet qu'aucun autre enfant de Czernowitz ne possédait. Je me blottissais contre lui, m'asseyais sur ses genoux et buvais ses paroles, il racontait des tas d'anecdotes sur Bucarest, Varsovie, Vienne... je rêvais de voyager comme lui, de rencontrer des acteurs et des chanteurs, de côtoyer des écrivains dans les cafés, d'aller au théâtre et à l'opéra, de danser dans ces bals masqués où on buvait du champagne en riant jusqu'au milieu de la nuit... Je l'aimais beaucoup, sache-le. De toute ma famille, c'est le seul qui me comprenait. Est-ce tellement difficile à concevoir que je ne puisse pas détruire comme ça, pour rien, l'œuvre de sa vie ? Que je sois incapable d'envoyer balader ces femmes qui lui ont donné leurs meilleures années ? S'il avait voulu le démantèlement du Grand Cabaret, il l'aurait légué à Avroum – pour son sens des affaires. Pas à moi.

— De belles paroles, lâcha Leo sans masquer son agacement. Vous m'avez déjà expliqué, pour l'oncle Markus. Mais votre intérêt à vous – où est-il dans toute cette histoire ?

— Peut-être là, justement, répondit Herman avec un triste sourire. Tu te ressers ? Fais attention, tu as déjà bu deux verres et n'oublie pas que tu pars demain pour Lemberg.

— Écoutez-moi, patron. Je connais quelqu'un à l'ambassade du Venezuela qui peut m'aider sous certaines conditions.

— T'aider ? Qu'est-ce que ça veut dire ?

— Il nous obtiendra des passeports.

— Tu dérailles ? s'exclama Herman dans un petit rire. D'abord, tu me dis que même en Pologne, j'aurais du mal à emmener la troupe, et maintenant tu nous proposes de partir au Venezuela ?

— Ai-je parlé de la troupe ? le coupa vivement Leo. J'ai dit "nous", vous et moi. Si on ne part que tous les deux, on peut organiser le voyage en cinq ou six semaines. Pour la boutique, vous avez déjà trouvé un acquéreur, donc il faut encore vous débarrasser de l'appartement de l'Altgasse – ou mieux : on n'a qu'à laisser les vieilles dedans, ça nous évitera beaucoup de complications. Ne nous restera plus qu'à leur assurer une rente. On vendra facilement le Federal, c'est un bon véhicule qui marche encore très bien, et après, vous devrez vider tous vos comptes épargne et acheter des dollars. Pendant

que vous terminerez tout cela, je m'occuperai de la paperasse à Bucarest et organiserai la traversée – je suis même
prêt à travailler sur un bateau en contrepartie du billet. Et
ensuite – je vous demande juste d'imaginer, Herman : le
Venezuela ! Un climat paradisiaque, une excellente nourriture, du bon temps et surtout, des opportunités inouïes !
Vous voudrez acheter une plantation – vous l'achèterez !
Vous voudrez devenir journaliste – intelligent comme
vous l'êtes, aucun doute que vous arriverez rapidement à
dominer l'anglais et à vous faire embaucher par un grand
quotidien américain. "De Herman Fabrikant, notre correspondant à Caracas" – ça sonne bien, non ? Quant à
moi, le travail dur ne m'a jamais fait peur, j'accepterai
tout ce qui se présentera. On prendra une villa au bord
de l'océan et on commencera une nouvelle vie, loin de
cet endroit maudit...

— De quoi parles-tu ? » Les yeux écarquillés derrière ses
lunettes, Herman se redressa d'un coup. « D'où te viennent toutes ces idées étranges ? Des plantations ? Caracas ? As-tu oublié que je suis un homme de théâtre ? !

— Eh bien alors, on ira en Argentine ! lança Leo de
plus en plus échauffé. Au contraire ! Il y a là-bas suffisamment de Juifs pour que vous puissiez fonder un nouveau
théâtre, un théâtre qui sera à vous, à votre goût, sans les
contraintes imposées...

— Aaah... vois-tu, il me semble que tu as un peu
trop bu et que tu devrais aller te coucher.

— Vous ne m'avez pas écouté.

— Je t'ai écouté.

— Alors quelle est votre réponse ? »
Silence.

« Nous deux, vous et moi, nous serons très heureux en Amérique du Sud.

— Je ne comprends pas. »

Le visage de Leo se glaça soudain, tel celui d'un parieur qui vient d'acheter un billet de loterie, s'imagine déjà ce qu'il fera avec le gros lot... jusqu'au moment où il trébuche contre un caillou et se retrouve à plat ventre sur le trottoir, le nez en sang.

« Ton comportement me laisse perplexe... Bon, je dois vraiment y aller », déclara Herman.

Les attaches qui le clouaient au fauteuil se défirent une à une. Il se leva et défroissa son pantalon. Afin de résorber un peu la tension qui s'était instaurée dans la pièce, il répéta ce qu'il avait déjà dit sur Lemberg, Grynszpan et la censure, ouvrit la bouche et laissa échapper un grand bâillement de lassitude, puis s'en alla après avoir souhaité un bon voyage à son messager.

Leo entra dans sa chambre à coucher, tira de sous son lit une petite valise dans laquelle il déposa quelques vêtements et une paire de bons souliers. Ensuite, il revint se planter devant l'armoire grande ouverte, s'agrippa à un des deux battants et soudain se figea, les yeux errant en aveugle entre les rayonnages. Passèrent trois minutes ou peut-être trente – impossible de savoir. Ce n'est que lorsque le miroir de l'autre battant lui renvoya son regard qu'il retrouva ses esprits. Mais aussitôt, son propre reflet lui fit baisser les yeux. Alors, il tendit une main décidée vers son lourd manteau d'hiver, le fourra lui aussi dans sa valise et traîna le tout dans l'autre pièce. Il ajouta sa trousse de toilette, son canif et la boîte en métal contenant ses outils. Ensuite, il reboucha hermétiquement l'eau-de-vie et la fourra entre ses affaires. Dommage d'abandonner une bouteille presque pleine, lui chuchota une voix intérieure. Une autre voix chercha la meilleure formulation pour la lettre de démission qu'il laisserait à Lemberg après avoir accompli sa mission : « À cause des circonstances… », « Je vous annonce par la présente… », ou bien simplement : « Je suis parti au Venezuela », sans plus. Mais peut-être mieux valait ne rien laisser. Quelle importance ? Il avait toujours veillé à pouvoir quitter n'importe quel travail dès qu'il le voudrait. Une valise, un sac de voyage – et c'était fini. Lorsqu'il eut terminé de tout emballer, il s'arrêta au milieu de la pièce et la balaya du regard, jusqu'à ce que ses yeux se heurtent au bougeoir en cuivre. Il l'emballa aussitôt dans une serviette et essaya de lui trouver une place entre ses vêtements. En vain. Il ne renonça pas, fit et défit sa valise mais finalement, il l'attrapa et le lança de toutes ses forces contre le mur.

Chapitre III

Yedinets

1

Le fiasco de la tentative de mariage plongea la mère de Herman dans une rage incommensurable qui lui brouilla les sens. Zofia qui, jusqu'à l'incompréhensible disparition de Lydia, était informée en permanence de ce qui se passait dans le Grand Cabaret, n'eut soudain plus rien à se mettre sous la dent, à part quelques bribes récoltées indirectement ; pendant un certain temps, elle avait encore pu se servir des papotages de la petite Gina – dont elle avait appris à extraire l'essentiel, tel un bijoutier qui sait trier les diamants et les perles de verre. Mais depuis qu'elle l'avait blessée (par pure méchanceté) en la privant de son petit singe adoré, l'abrutie s'enfuyait chaque fois qu'elle essayait de la coincer.

Face à cette opacité qu'elle n'arrivait pas à dissiper, la veuve sentait son dépit croître de jour en jour. Plus le temps passait, plus elle se persuadait que tout ce que faisait son fils n'avait d'autre but que de lui nuire, à elle. Elle restait persuadée que les diamants étaient toujours en sa possession, car comment expliquer la désinvolture avec laquelle il dispersait à tout vent l'argent de son héritage ? Seul celui qui se sent en sécurité peut se permettre de dépenser autant, pensait-elle. Oh, comme son cœur saigna le jour où elle comprit qu'il avait engagé un peintre très coté pour réaliser ses décors, qu'il était allé chez l'imprimeur, qu'il avait changé les pneus du Federal et que les marchands de tissu allaient et venaient au 8 de l'Altgasse d'un pas léger et d'un air content ! Elle essaya aussi de calculer combien avait coûté le départ de la Lipschitz et sentit ses entrailles se révulser, mais lorsqu'elle apprit la vente de la boutique de la rue du Docteur-Roth, elle soupçonna son fils de transactions financières secrètes. Chaque centime qu'il dépensait lui faisait aussi mal que s'il l'arrachait de sa poche. Tout cela ne fit qu'augmenter son amour éperdu envers son aîné chéri, injustement lésé. Chaque lettre de New York alimentait encore davantage sa rancœur contre le cadet – et petit à petit, elle se persuada que c'était Herman et personne d'autre qui avait habilement manœuvré pour envoyer Avroum aussi loin que possible.

Comme elle n'avait gardé autour d'elle que des gens serviles et dénués de caractère (son imbécile de beaufrère par exemple), qui donc aurait pu lui dire du bien de Herman ou, au moins, lui rappeler sa propre responsabilité dans ce qui s'était passé ? Après la défection de Lydia, plus personne ne lui parut digne de confiance, y compris Frouma, sa fidèle dame de compagnie dont elle commença à se méfier : elle ne lui ouvrait plus son cœur, mais l'utilisait quand elle n'avait pas le choix, comme pour l'envoyer glaner les ragots chez les Zipkis, un lieu où par prudence elle n'osait plus entrer. Depuis une douzaine d'années, la vieille fille déjeunait tous les jours à la table de la veuve Fabrikant, elle y passait aussi les fêtes, hors de question de renoncer à un soutien financier si conséquent. Elle ne protestait donc jamais, évitait de poser des questions et obéissait au doigt et à l'œil à sa « bienfaitrice ».

Le jour où elle revint de l'épicerie avec un exemplaire des deux brochures qu'avait fait tirer Herman, Frouma se flatta d'avoir obtenu le calendrier de la prochaine tournée du Grand Cabaret. Meilekh Zipkis lui avait même appris qu'une avant-première serait donnée à Yedinets, et que la troupe s'attendait à un énorme succès à Lemberg. Afin de l'impressionner, il avait ajouté de son propre chef qu'un Juif de Hollywood, un agent d'acteurs, assisterait incognito au spectacle – et la nouvelle n'avait pas encore atteint le salon de Zofia, que cet agent avait été promu imprésario.

Malheureusement, cette Frouma Markowitz était de celles qui croyaient qu'en tant qu'amie, elle avait le devoir de présenter les faits sous leur jour le plus sombre. Plus elle alimentait la rage de Zofia, plus elle se voyait transfigurée par le halo de sa fidélité. Et telle était sa méthode : tout d'abord, elle écoutait attentivement les plaintes de la veuve, elle en sélectionnait le pire et le plus blessant, le débarrassait des restes de doutes et de bienveillance, jetait dessus une pincée d'offense et, ainsi transformé en pur poison, elle lui en resservait une pleine coupe… dont le fiel devenait chaque jour plus amer. Depuis longtemps, Zofia avait renoncé à la grande usine qu'elle rêvait de fonder avec l'argent de l'héritage ; de toutes ses manigances, ne lui restait que la volonté féroce de détruire Herman – une volonté qui se suffisait à elle-même et n'avait plus besoin d'aucun prétexte. Ayant obtenu, grâce à Meilekh, la date de la représentation prévue à Yedinets, elle décida de se rendre dans cette bourgade... avant la troupe. Malgré les supplications de Frouma, elle y alla seule, préférant mener sans témoin la machination qu'elle voulait y ourdir.

Lorsque le Grand Cabaret arriva à Yedinets, Zofia y était depuis deux jours et avait déjà rencontré certains individus bien particuliers.

2

Il est fort probable que jamais personne, à l'exception des habitants eux-mêmes, n'ait trouvé le moindre charme à Yedinets. La grande majorité de sa population appartenant à la religion de Moïse, les usages y étaient inversés, c'était les *goys* qui se regroupaient dans un quartier à eux ; ils étaient si peu nombreux qu'on n'avait pas jugé utile de leur construire un bain public, ils fréquentaient donc, en cas de besoin, le bain rituel des Juifs. Cette petite ville reculée était traversée de rues d'une indigente simplicité et, comme toutes les bourgades éparpillées au milieu des champs fertiles de la région de Khotyn, elle ne possédait même pas de grande synagogue. Certes, cinquante ans auparavant, au cours d'une belle cérémonie, quelqu'un en avait posé la première pierre, mais que ce soit à cause de conflits entre les différents courants de fidèles, ou par manque de moyens et d'intérêt, la construction n'avait jamais abouti. Et plus les habitants de Yedinets repoussaient le sacré aux calendes grecques, plus ils se laissaient séduire par les vanités profanes : ainsi, on trouvait sur place plusieurs troupes de théâtre amateur qui avaient à leur disposition un beau choix de salles de spectacle, dont celle d'une institution sans identité claire qui jouxtait la bibliothèque populaire, nommée Kultur.

Semblable à ces marchandes de poisson plantées sur de solides cuisses somptueuses mais au visage laid et ridé, le bâtiment possédait un rez-de-chaussée construit en briques alors que le premier étage, fait de panneaux en bois décrépis et fort mal entretenus, tombait en ruine. Après les portes d'entrée, il y avait une petite cour abritée par une avancée du premier étage qui la protégeait du soleil et de la pluie : en hiver, s'y regroupaient des paysans venus de tous les villages alentour vendre leur production moyennant quelques sous, et les soirs d'été très chauds, on pouvait y croiser des congressistes ou des membres d'associations dans leurs plus beaux atours, qui sortaient prendre l'air entre deux débats. Sur la gauche, une volée d'escaliers extérieurs avec une rampe crasseuse menait à l'étage des réserves et des bureaux, étage que se partageaient différentes unions d'artisans et quelques organisations de bienfaisance. La salle de spectacle était assez spacieuse, et malgré sa vétusté, la large scène était équipée d'une régie très moderne, grâce à l'usine d'électricité construite par les Juifs de Yedinets. Contre la façade sud de la salle avait été accolée, des années auparavant, une baraque exiguë qui n'avait comme ouverture qu'une petite fenêtre coulissante. Cette pièce supplémentaire, qui servait de cuisine pour les soirées festives et de loge pour les soirées théâtrales, était étriquée, sans compter qu'on y avait, en plus, ajouté un grand miroir et un paravent. C'est là que furent introduites, le dernier mercredi du mois de juin 1939 en fin d'après-midi, les actrices du Grand Cabaret du professeur Fabrikant – charge à elles de se préparer en vue de la représentation du soir sans se donner mutuellement des coups de coude dans les côtes.

« Quel trou pourri, c'est une honte ! » fulminait Esther, couronnée du serre-tête qui protégeait sa coiffure. Depuis qu'elle avait abandonné toute velléité de se teindre, ses cheveux s'étaient striés de bandes argentées qui, tirées en arrière, lui donnaient un air altier. Elle venait d'étaler sur son visage une épaisse couche de sa crème opaque très particulière – la personne qui la lui avait vendue se targuait d'avoir travaillé aux côtés de Max Factor à Lodz et lui avait juré que non seulement ce produit cosmétique arriverait à aplanir les irrégularités qui enlaidissaient son front, mais aussi qu'elle en réduirait le nombre.

« Je t'accorde qu'on a déjà vu des commodités en meilleur état, concéda Kreindl pour essayer de la calmer. Mais estimons-nous heureuses que Herman ait réussi à organiser une représentation ici, malgré toutes les nouvelles lois. Pense à ce que nous pourrons en retirer, Esther ! Quand on arrivera à Lemberg, on sera déjà bien rodées et là-bas, on aura la vraie grande première que nous méritons.

« *Oy* Lemberg ! soupira la Duchesse. J'attends avec impatience d'aller faire un tour chez Litwinowicz, le magasin de la rue Copernic ! Ça fait tellement longtemps que je ne me suis pas acheté de vêtement neuf ! Et je dois trouver au moins une blouse élégante, au cas où il y aurait une réception.

— Es-tu au courant de ce qui se porte en ce moment ? demanda la grande Gina, assise derrière elle et qui accordait sa balalaïka.

— La mode est au crêpe de Chine, c'est magnifique, ça tombe sur le corps avec une telle grâce... Je vais peut-être acheter quelque chose à rayures pour aller avec ma jupe noire, la plissée, vous savez, celle que je portais pour la bar-mitsva des Fabrikant de Kolomyja.

— Ah, oui, qu'est-ce qu'elle t'allait bien ! » s'empressa de la complimenter Kreindl.

Derrière elles monta soudain la voix plaintive de Gina Dantzig : « *Aydl didl day, di malke fun Terkay, aydl didl day, di malke fun Terkay*[1].

— Arrête, tu nous casses les oreilles ! maugréa Esther.

— Mais je dois répéter, ça fait partie de ma scène !

---

1. Tralala, tralali, la reine de la Turquie (yiddish).

se justifia l'autre qui reprit : *Aydl didl day, di malke fun Terkay, aydl didl day, di malke fun Terkay* !

— Ma chérie, je te jure que tu connais ton rôle sur le bout des doigts, lui susurra Esther en se tournant vers elle, alors pourquoi nous taper sur les nerfs avec tes bourdonnements et te trémousser ici en petite culotte alors que dans une demi-heure, nous montons sur scène ? Va t'habiller, nom de Dieu ! » Sur ces mots, elle tendit la main vers un gros pinceau, s'enfarina le cou avec de la poudre et en profita pour demander à Kreindl si elle avait l'intention de s'acheter quelque chose en prévision des festivités de Lemberg. Celle-ci lui avoua alors que, justement, elle était passée devant une charmante boutique, non loin du lycée, où un joli chapeau avait attiré son regard et pourrait peut-être tenir un rôle important dans sa garde-robe d'été. « De plus, j'ai découvert que le patron était un vieil admirateur du Grand Cabaret et il m'a déjà proposé une réduction sur tout ce que j'achèterai chez lui. Esther, pourquoi ne viendrais-tu pas avec moi demain faire un essayage là-bas ? »

La Duchesse se hâta de refroidir l'enthousiasme de son amie : « Et que diras-tu quand on te demandera d'où vient ce chapeau ? Que tu l'as acheté à Yedinets ? Les chapeaux d'ici sont bons pour les paysannes de la région, j'ai du mal à croire qu'ils conviendront à des femmes de goût et franchement, mieux vaut attendre la grande ville. À Lemberg, je pourrai t'indiquer un chapelier qui a un don exceptionnel pour accorder le chapeau à la forme de ton crâne et chez lui, pour autant que je sache, on ne trouve que de la très bonne qualité. Il ne faut jamais prendre de risques avec les chapeaux, je n'aurais rien contre le fait que tu t'achètes ici un foulard, par exemple. Les foulards, c'est simple – tu les attaches comme ça ou comme ça, et plus tu en as, mieux c'est, tu en sors tantôt un rouge, tantôt un bleu. Mais un chapeau, c'est une tout autre histoire ! Un chapeau nécessite un œil de spécialiste ! Tu veux te retrouver avec un pot de chambre sur la tête ?

— Moi, c'est mes souliers qui sont fichus, intervint la grande Gina en levant la tête de sa balalaïka. Je les ai déjà fait réparer trois fois, mais je ne crois pas qu'ils tiendront jusqu'à l'automne.

— Si je me souviens bien, à Lemberg, il y a une très bonne fabrique de chaussures orthopédiques, je suis prête à t'y emmener, si tu veux, lui proposa Esther.

— Ah oui, merci. » Certes, la grande Gina, qui ne souffrait ni de claudication ni de pieds plats, n'avait nul besoin de chaussures orthopédiques, mais depuis qu'on lui avait diagnostiqué son diabète, elle était devenue la malade officielle du Grand Cabaret. On la sermonnait dès qu'elle faisait le moindre effort et inutile de préciser qu'on surveillait étroitement tout ce qu'elle portait à sa bouche. Sans doute ses camarades trouvaient-elles, par cet excès de zèle, une manière de se rassurer sur leur propre état de santé, car qui se porte mieux que celui qui s'occupe d'un malade ?

« Tu as déjà fait ta piqûre ? demanda Kreindl.

— Pas encore. Je préfère attendre la fin de la représentation.

— Savez-vous où nous allons dîner ? s'enquit la petite Gina.

— Non, on attend des informations du "Kaiser", répondit Esther occupée à présent avec ses cils. Kreindl, sois gentille, peux-tu me donner un peu de rose ?

— Il est là, juste derrière, excuse-moi, Gina, je voudrais passer ! »

Mais la petite Gina ne bougea pas. Elle resta clouée sur place, les yeux fixés sur Esther.

« Quelqu'un peut-il l'aider à fermer sa jupe, par pitié !

— Becky, le peigne.

— Plus que huit minutes !

— On n'entre pas, un instant ! »

Après s'être délicatement maquillé les joues, la Duchesse avait pris un tube de rouge très vif et, à petites touches précises, l'avait passé sur sa bouche. Ensuite, elle avait placé une serviette en papier entre ses lèvres, les avait refermées dessus et remuées d'avant en arrière à plusieurs reprises. C'est ce geste qui avait frappé la petite Gina : bizarrement, elle venait de se souvenir d'un vieil homme qui s'était un jour assis en face d'elle dans un train et n'avait cessé de mâchouiller son dentier. Eh bien, autant ce type était grossier et répugnant, autant Esther lui parut sublime et majestueuse.

« Que tu es belle ! lâcha-t-elle, émerveillée.

— Merci, ma Gina. » Esther sourit puis se pencha vers le miroir pour approcher une pince à épiler de son sourcil droit. « Il me reste encore un... aïe... »

*

« Monsieur le très respecté adjoint au maire, mesdames et messieurs les habitants de Yedinets, nous sommes très honorés de pouvoir présenter chez vous en avant-première mondiale notre nouvelle création : *Une lune en papier d'argent*. Permettez-moi de profiter de cette occasion pour remercier les responsables du comité, Herr Rosenthal et Herr Mayo, dont l'aide précieuse a permis notre présence ici ce soir. Ceux d'entre vous qui connaissent le Grand Cabaret du professeur Fabrikant seront sans doute surpris. En effet, pour la première fois de notre carrière, nous allons donner un spectacle de pure poésie. Nul besoin, je pense, de vous présenter l'auteur de tous les textes que vous allez entendre, il est issu de notre ville, Czernowitz, et n'est autre que le grand Itzik Manger. Vous verrez comment ses magnifiques vers nous redessinent le monde, jouent d'un côté avec la grisaille du quotidien et de l'autre avec le bleu de la fantaisie. Cela dit, et malgré la richesse de sa palette et la beauté des images évoquées, je tiens à préciser que vous n'assisterez pas à une soirée avec masques et costumes outranciers. Ne vous attendez à rien de spectaculaire. Nous ne vous apportons pas, ici, à Yedinets, la lumière nocturne telle que Dieu l'a créée, mais juste un petit croissant scintillant, découpé par la main de l'homme. Nous espérons pourtant que cette lune de papier d'argent saura trouver le chemin de votre cœur, cher public, et si un sourire vous monte aux lèvres, si une larme coule – ce sera notre plus belle rétribution. »

Un – *colère*. Ce n'est qu'à la fin du discours de Herman que sa mère entra dans la salle. Voulant passer inaperçue, elle avait mandaté quelqu'un à la caisse pour lui acheter son billet. Comme convenu au préalable avec ses hommes de main, elle s'installa sur un siège au bord de l'avant-dernier rang. De là, elle pouvait contrôler ce qui se passait tel un capitaine qui surveille le pont de sa cabine.

Deux – *courroux*. Bien qu'elle bouille d'impatience de voir enfin l'accomplissement de sa vengeance, Zofia calma ses ardeurs pour être en mesure de choisir de sang-froid le moment propice. Se trouvant dans la salle, elle en profita pour écouter ce qui se passait sur scène. Écoutant ce qui se passait sur scène, elle ne put s'empêcher d'être conquise par la manière dont Esther Licht disait les vers. Étant conquise, elle sentit ses yeux se mouiller et se mit à méditer sur son sort. Méditant sur son sort, elle se remémora la douceur de certains sentiments, se laissa envahir par la nostalgie de lieux qu'elle avait quittés, pensa à des gens depuis longtemps disparus – et ce n'est que lorsque le public survolté applaudit à tout rompre après le deuxième poème, qu'elle se retrouva à nouveau dans la salle de Yedinets. Entrait justement en scène cette vieille casserole qui se faisait appeler le Rossignol de Bucarest. Elle était accompagnée d'un pianiste autochtone à la belle crinière. Zofia prit le temps d'observer le public, des hommes et des femmes, rien que des Juifs, des Juifs qui lui parurent archaïques, avec sur le visage cette perpétuelle expression nauséabonde, ce mélange impossible de reproche et de mortification. Oui, c'était eux et uniquement eux qui l'avaient privée de son héritage, c'était pour distraire ces masses méprisables qu'on voulait l'anéantir.

Trois – *malédiction*. Quatre – *assaut d'anges de malheur*. Tandis que la voix de Kreindl montait et descendait en sublimes arpèges, Zofia échangea un regard avec ses acolytes, trois voyous roumains et deux Ukrainiens aux yeux étroits et aux pommettes saillantes, dispersés parmi le public. Certes, Wexler, le placeur, s'était étonné de voir de tels gaillards entrer dans la salle, il s'était même demandé pourquoi ces *goys* s'imposaient, en plus de tous les devoirs dictés par leur propre religion, d'assister à un spectacle de théâtre yiddish. Cependant, leur forte carrure et leurs muscles lui avaient soufflé de ne pas les embêter avec des questions théologiques. Après tout, se rassura-t-il, il n'y a pas pléthore de pièces de théâtre et de divertissements dans notre bourgade. S'ils avaient envie de s'amuser un peu – il ne serait pas homme à leur chercher noise, pas lui, Wexler, aux cheveux blancs et clairsemés, à la constitution chétive et aux lombalgies chroniques !

Ça y est ! Avant la fin du troisième chant, Zofia n'y tient plus, elle se lève d'un bond et, avant que ses voisins n'aient le temps de protester pour le dérangement, un œuf, lancé de la droite de la salle vers la scène, explose aux pieds de la chanteuse. Un autre œuf est jeté – cette fois de la gauche. Le troisième œuf tombe sur le pianiste, le jaune lui dégouline sur son front et il cesse de jouer.

« Croa-Croa ! lance une grossière voix masculine du quatrième rang.

— Quelle honte ! Rentre chez toi, vieille grenouille ! crie une autre voix en roumain. Va donc ravauder tes chaussettes !

— Silence ! Silence ! s'exclament les spectateurs. Wexler, fais donc sortir ces voyous, qui les a laissés entrer ? Si ça ne leur plaît pas – ils n'ont qu'à s'en aller et nous laisser profiter du spectacle. Quel culot !!! »

D'un pas lent, Wexler s'approche d'un des gaillards et, les tempes battant de peur, lui murmure quelque chose à l'oreille. L'Ukrainien ne prend même pas la peine de le regarder et, deux doigts dans la bouche, émet un sifflement à vous briser le tympan. Deux femmes lancent un regard implorant vers le placeur désespéré qui approche une main de l'épaule du siffleur, comme s'il s'apprêtait à lui donner une tape amicale. Mais l'autre le repousse, le pauvre maigrichon tombe au milieu de spectatrices qui hurlent, il marmonne quelque chose en yiddish, l'Ukrainien croit entendre une insulte, il l'attrape par la chemise, l'attire à lui comme une poupée de chiffon, le secoue énergiquement, le plaque au sol et le roue de coups. Du sang. Au septième rang – encore du sang : deux costauds se déchaînent contre un bibliothécaire court sur pattes qui a osé protester, son épouse, une femme trapue avec un petit cou et une énorme poitrine, crie : « *gevald !* », et frappe de son sac à main le dos de l'un des attaquants. Esther Licht et la petite Gina font une brève apparition sur le plateau, le temps de tirer dans les coulisses une Kreindl tétanisée.

La femme du bibliothécaire se retrouve soudain au sol, elle ne bouge plus, son sac à main est ouvert et le contenu répandu autour d'elle : un éventail, un petit miroir, trois ou quatre bonbons à la menthe, des morceaux de papier. Comme une possédée, Yetti Hirsch la mélancolique, à qui on avait confié pour cette soirée exceptionnelle le rôle d'habilleuse, surgit dans la salle et se rue vers la seule et unique sortie. La dizaine de personnes qui s'étaient déjà regroupées à côté de la porte lui bloquent le passage, elle trébuche, tombe par terre, on va la piétiner.

Herman monte alors sur scène et demande au public de se calmer. En vain. Des chaises sont bruyamment renversées. L'un des colosses arrache un morceau de rampe et s'en sert pour faire exploser toutes les ampoules accrochées le long des murs. Trois scouts du mouvement La Gordonia tirent le pianiste des griffes d'un individu qui est en train de lui tordre les deux bras. Pendant cette lutte, les touches du piano, qui sont sans cesse heurtées, laissent échapper de stridents aboiements. Quelqu'un tend la main pour aider Yetti Hirsch à se remettre debout. Zofia s'alarme… oui, bien sûr, elle avait voulu perturber le bon déroulement de la représentation mais jamais elle ne s'était imaginé que les choses iraient si loin et elle se cache dans un coin. Des cris, des gémissements, des appels à l'aide de toutes parts. Itzik, où es-tu ? Rouhélé, où es-tu ? Le grand lustre central se met à clignoter et finit par rendre l'âme. Jaillissant tout à coup d'une porte latérale, Trotski, munie d'une barre de fer, se met à frapper le dos d'un des agitateurs et elle s'acharne jusqu'à ce qu'il s'écroule à terre. Des colonnes de fumée. Un *goy*, debout sur le seuil, distribue des coups de poing aux fuyards qui se protègent en vain la tête avec les bras. Deux fillettes en belle robe essaient de tirer dehors le pauvre placeur très mal en point. Les lunettes du bibliothécaire sont cassées, il cherche son chemin en tâtonnant, se cogne et se blesse à chaque pas. La fumée s'épaissit d'instant en instant, le public étouffe, tousse, hoquette. Quelqu'un vomit. Les actrices battent en retraite dans l'étroite baraque qui sert de loge, s'y enferment puis se pressent à la petite fenêtre pour respirer un peu d'air. *Oy mame, oy tate, oy mame, oy tate…*

Deux spectateurs arrivent enfin à faire tomber le colosse qui bloquait la seule issue et une masse de gens déferle dans la rue. Trotski arrive à tirer Yetti dehors. Le reste des actrices sont toujours coincées dans la loge et aucune n'ose retourner dans la salle. Agglutinées contre la porte, elles tentent de deviner ce qui se passe dehors lorsque soudain une violente lumière orange illumine le petit réduit. Un incendie. Par la lucarne, quelqu'un a jeté une torche dans la baraque. Affolé, le groupe, Esther en tête, remonte aussitôt sur la scène et là, elles tombent sur les deux Ukrainiens aux yeux injectés de sang. Panique générale, l'une court à droite, l'autre à gauche. La petite Gina est la première à arriver à se faufiler dans la rue. Les flammes se propagent, s'attaquent à la toile peinte du décor, aux cordes qui maintiennent le rideau, au plancher en bois. Herman s'agite de tous côtés dans la foule qui se rassemble hors du théâtre, il crie leur nom, Esther, Becky, une Gina, puis l'autre Gina. Des renforts du club Maccabi arrivent pour éteindre le feu. Voilà Kreindl, Dieu merci… Qui manque à l'appel ? Qui ne s'est pas échappée du brasier ? Qui a été trahie par son corps, qui a les jambes trop lourdes pour cause de diabète, qui s'est trompée et au lieu de se diriger vers l'extérieur, a tourné vers l'intérieur et se trouve à présent prisonnière des flammes, au bout d'un étroit couloir ? Qui fixe à présent de ses yeux écarquillés un géant effrayant, un géant qui se moque d'elle, s'approche, une lourde poutre à la main ?

« *Good evening sir,* chuchote-t-elle, *my name is Gina and I am nine years old.* »

Épilogue

Par une belle journée du mois de mai 1947, un groupe de touristes sortit d'un pas rapide du petit aéroport situé au nord de Zurich. Ils étaient très bruyants, comme si leurs exclamations les aidaient à retrouver une vitalité quelque peu malmenée pendant le vol. En retrait se tenait un homme de taille moyenne dont l'embonpoint avait précocement épaissi la silhouette. La coupe parfaite de son costume, la petite valise en cuir et l'élégante mallette qu'il tenait à la main indiquaient qu'il s'agissait sans doute de quelqu'un de très aisé. À quelques pas de lui, il avisa un banc protégé par un magnolia tout en floraison violette, et alla s'y asseoir. Durant vingt bonnes minutes, il s'abandonna à l'agréable soleil avant de se lever et de s'approcher lentement de la station de taxis. Le chauffeur, un honnête citoyen qui mettait un point d'honneur à ne jamais duper ses clients avec des tours et des détours, s'étonna de l'étrange demande qui lui fut faite : prendre le chemin le plus long pour arriver à l'hôtel Éden, au centreville. S'il avait été curieux, il aurait certainement essayé de savoir d'où venait le drôle d'accent de son passager, qui parlait une espèce d'allemand au gingembre, mais comme il n'était pas du genre à fourrer son nez dans les affaires des autres, il conduisit en silence – à la grande joie de l'homme qui n'avait pas foulé le sol du continent européen depuis de nombreuses années et fut ravi de profiter tranquillement de ce qu'il voyait. L'aspect des rues bordées de vieux immeubles lui rappelait un peu sa ville natale.

Une place dallée, de taille moyenne, séparait le bord du lac de l'hôtel, un bâtiment datant du début du siècle et dont la façade, lourdement décorée de stores à l'italienne et de drapeaux, semblait promettre d'agréables vacances sans soucis. La destruction de l'Europe n'avait laissé aucune trace sur ce paisible endroit. L'étranger donna au chauffeur un bon pourboire – à l'américaine –, et après avoir confié ses bagages au réceptionniste, ressortit se promener. Pendant deux heures, il déambula dans les rues d'un pas songeur, finit par entrer dans un café qui lui plut à cause des pots de géraniums placés en devanture, et choisit une table en terrasse, sous un parasol aux couleurs vives. Déçu de ne pas trouver dans le menu les boulettes sucrées, enrobées de chapelure et frites dans du beurre dont il rêvait depuis bien longtemps, il se rabattit sur une soupe de pois et une bouteille de soda. Il rentra à l'hôtel mort de fatigue, avec les yeux qui se fermaient tout

444

seuls, dormit trois heures d'affilée et dès qu'il se réveilla, demanda à l'opératrice de le mettre en relation avec sa femme à New York : il avait épousé une grande anxieuse et savait qu'elle ne serait rassurée qu'après avoir entendu le son de sa voix. Il prit son dîner seul dans le luxueux restaurant de l'hôtel et, encore perturbé par le décalage horaire, se sentit soudain en pleine forme. Il passa la soirée dans le vaste hall, à examiner les documents qu'il avait apportés et à feuilleter les revues touristiques mises à la disposition des clients. Avant de monter, il demanda au veilleur de nuit de ne pas le déranger le lendemain matin puis gagna sa chambre et sombra à nouveau dans un profond sommeil.

Il avait réglé son réveil pour avoir deux heures et demie tranquilles avant son premier rendez-vous. En ouvrant les lourds rideaux, il vit de fines griffes de pluie sur la vitre. Cerné d'immeubles, le lac de Zurich qui s'étalait devant lui avait pris son aspect gris et glacial. Il se doucha, se rasa de près, enfila son beau costume et se fit servir dans la chambre un pichet de café bien fort et une omelette de trois œufs. Intéressant de compter combien de mots il avait prononcés depuis son arrivée – quelques dizaines tout au plus, estima-t-il. Il lança encore un mot d'au revoir en sortant de l'hôtel, expliqua en sept ou huit mots au chauffeur de taxi où il voulait se rendre et dix minutes plus tard, lorsque le véhicule s'arrêta dans la Frohburg-strasse, il le quitta en deux mots de remerciement.

Il s'était fait déposer devant un bâtiment de quatre étages à la façade rosée, datant sans doute de la fin du XIXe siècle. Les larges fenêtres étaient encadrées de mou-lures en stuc blanc représentant des fleurs et des feuilles surplombées d'un arc. À l'évidence, le lourd portail, en bois ancien et verre dépoli, bénéficiait d'un entretien méticuleux, tout comme le sol à carreaux du hall d'entrée et l'étroit tapis plaqué aux marches d'escalier par de petits piquets en laiton. Au deuxième étage, il trouva deux portes hautes et sévères. Après avoir décrypté les noms écrits en lettres gothiques, il appuya sur la sonnette de celle de gauche.

La vue de la personne qui lui ouvrit le surprit tellement qu'il ne fut même pas capable de lui dire bonjour. Il se rendit compte qu'il avait oublié jusqu'à son existence, et pourtant, il la reconnut immédiatement. Elle n'avait presque pas changé depuis leur dernière rencontre, mais sa tenue vestimentaire – une simple jupe grise et un haut bleu pâle en jersey – s'était nettement améliorée en comparaison de l'accoutrement misérable qui avait été le sien à une époque lointaine et révolue. Elle le guida en silence jusqu'au salon et là, dans l'agréable chaleur de la pièce, il la vit. La vieille dame était assise dans un fauteuil tout près de la fenêtre, les jambes cachées sous une couverture en laine.

« Monsieur Fabrikant, dit-elle en l'invitant du geste à prendre place, excusez mon état qui ne me permet pas de me lever en votre honneur. »

Ce n'est qu'une fois près d'elle qu'il remarqua combien elle s'était amenuisée. Ses yeux, si intelligents autrefois, se noyaient au fond de ce qui paraissait être un masque fragile et tout ridé. De ses sourcils, il ne restait quasiment rien, et même si elle n'avait pas changé de coiffure, ses boucles avaient blanchi et s'étaient clairsemées.

« Bonjour, dit-il en yiddish. Vous ne m'avez pas écrit que vous étiez malade.

— Que peut-on bien écrire là-dessus, ce sont des choses qui arrivent.

— Je vous souhaite un prompt rétablissement.

— Aucune chance. Je m'approche des quatre-vingts ans – et il faut bien finir par mourir de quelque chose, lui répondit Mimi Landau. Mais pas d'affolement, monsieur Fabrikant, je ne pense pas que ce soit pour tout de suite... Comment s'est passé votre voyage ?

— Très fatigant, j'ai dû attendre une journée entière à Paris...

— À Paris ? Comme je vous envie !

— Il ne faut pas, madame Landau, j'étais tellement fatigué et décalé que je n'ai même pas pu sortir me promener. Je ne commence à retrouver mes esprits que maintenant. J'ai enfin pu récupérer ici, à l'hôtel. Je suis descendu à l'Éden, au bord du lac.

— Ah, somptueux !

— Oui, c'est vraiment beau là-bas. Je n'en reviens pas, j'ignorais totalement que votre vieille bonne vivait avec vous.

— Becky ? Oui, c'est la seule que j'ai réussi à retrouver après la guerre.

— À propos, ma femme vous envoie ce petit cadeau », se rappela-t-il soudain. Il sortit de son sac un carré plat enveloppé d'un papier coloré et orné d'un ruban jaune. « Ça vient de Bloomingdale's, un grand magasin très réputé chez nous.

— Que c'est gentil de sa part ! » Mimi défit délicatement l'emballage qui révéla une boîte contenant trois mouchoirs aux bords joliment festonnés. « Comment va-t-elle ?

— Très bien, Dieu merci.

— Et les enfants ?

— *Keynehore,* touchons du bois, répondit-il avec précipitation. Tenez, j'ai une photo d'eux, prise sur la promenade de Coney Island, si ce nom vous dit quelque chose. Ce petit bonhomme, c'est Marc, et là, c'est notre bébé, Sophie.

— Qu'ils sont mignons ! Je vois que vous avez donné le nom de votre mère à la petite.

— Évidemment, répondit Avroum Fabrikant.

— Vous avez bien fait. Ce n'est pas un secret qu'elle et moi ne nous sommes jamais beaucoup appréciées, mais on ne peut nier que c'était une femme intelligente. Elle ne méritait pas de partir massacrée par Hitler.

— Le shabbat, je vais à la synagogue Ohel Sinaï, là où se retrouvent de nombreux Juifs roumains. Un samedi, après l'office, j'étais sorti dans la cour pour papoter un peu avec des amis, vous savez – on raconte des blagues, on évoque des souvenirs... et soudain qu'est-ce que j'entends ? Quelqu'un qui sifflote... vous ne devinerez jamais quoi ! Il reproduisait le célèbre sifflement de Kreindl Perczik ! Ça m'a fait un choc. Je me suis approché de l'homme et il s'est présenté comme un ardent perczikant de Bessarabie. Il avait passé la guerre en Transnistrie et s'était même retrouvé à un certain moment dans le même camp que ma mère, paix à son âme. Il m'a raconté tout ce que je devais savoir sur elle... mais n'a rien pu me dire au sujet de Herman. »

Becky entra et posa devant eux des tasses de thé et des biscuits au citron. Elle aussi prit une tasse et s'assit à la droite de Mimi, qu'elle couva d'un regard inquiet et dévoué. Dans le passé, jamais elle n'aurait songé à s'asseoir avec les invités, mais depuis que l'ancienne trésorière l'avait fait venir à Zurich, elle ne la quittait plus d'une semelle. Au début, elle dormait comme à son habitude dans une pièce attenante à la cuisine, mais la maladie de Mimi ayant empiré, elle couchait à présent dans sa chambre, pour être là en cas de besoin.

« Je ne lui ai jamais demandé de faire le service ici, surtout pas ! sembla se justifier Mimi. C'est elle qui insiste. Au moins ai-je réussi à la convaincre de renoncer aux tâches ménagères les plus pénibles – c'est qu'elle n'est plus de prime jeunesse – et maintenant, on a de l'aide deux fois par semaine.

— Comment avez-vous réussi à la retrouver ?

— Quand ils ont rouvert les frontières, je me suis rendue en Bucovine à la première occasion. Czernowitz représentait un véritable pôle d'attraction pour les survivants ; on y affluait de partout, des villages, des camps, des forêts, certains revenaient en train de Russie... Vous ne pouvez pas vous imaginer le chaos qui régnait là-bas ! Bien sûr, il était impossible d'avoir accès aux documents officiels ou aux listes administratives. Chaque jour amenait son flot de Juifs, qui en voiture, qui à pied... Dieu sait de quels trous ils sortaient. Becky, je l'ai croisée par hasard sur la Ringplatz – la pauvre vivotait à peine en cirant des chaussures. Elle s'asseyait sur le trottoir avec son vieil attirail, elle était maigre comme un clou, en haillons. Je l'ai tout de suite emmenée manger et je lui ai dégoté quelques vêtements propres. Elle a essayé de me raconter des tas de choses dans sa langue des signes, mais j'avais oublié la majeure partie de notre code et je n'ai presque rien compris. Je suis encore restée à Czernowitz un mois, à essayer de glaner des informations et petit à petit, j'ai commencé à avoir une idée de ce qui s'était passé. J'ai rencontré quelqu'un ici, quelqu'un d'autre là-bas, untel avait entendu quelque chose, untel avait vu quelque chose... Par exemple, j'ai croisé un orthopédiste qui a survécu – il avait un cabinet sur la Tempelgasse, si vous vous souvenez – et aussi deux voisines de notre rue, une mère et sa fille, que j'ai failli ne pas reconnaître après tout ce qu'elles avaient enduré... J'ai parlé avec des gens que je connaissais à peine, en vain. Ensuite, je me suis rendue à Radautz, parce qu'on disait que certains habitants de Czernowitz avaient préféré aller là-bas – mais je n'y ai rencontré personne capable de me raconter quoi que ce soit... J'ai encore traîné deux semaines et après, j'ai pris Becky avec moi et nous sommes rentrées à Zurich.

— Avez-vous appris quelque chose sur mon frère ?

— J'en ai découvert suffisamment pour porter son deuil, rien de plus... À vrai dire, les problèmes ont commencé pour eux avant la guerre. L'été 39, ils se sont produits dans une bourgade de Bessarabie et une représentation a très mal tourné. Gina Zweig, la grande Gina, si vous vous souvenez d'elle, a été grièvement blessée et est décédée quelques jours plus tard.

— Oh, mon Dieu, soupira Avroum. Bien sûr que je me souviens d'elle. C'était une femme très sympathique.

— Je n'en ai rien su. Elle a été enterrée là-bas, dans cette maudite bourgade, Yedinets. J'ai appris que l'endroit était devenu par la suite un point de transit sur la route des camps. Quoi qu'il en soit, après cette catastrophe, le Grand Cabaret n'a quasiment plus rien fait. Ils avaient apparemment prévu une tournée en Pologne, mais tout a été annulé.

— Et que sont devenus les autres ?

— C'est Yetti Hirsch qui a eu le plus de chance, si vous me demandez mon avis : elle est morte d'une pneumonie juste avant l'occupation des Russes. Apparemment, votre frère espérait beaucoup de leur arrivée, et au début, les Soviétiques ont effectivement annoncé qu'ils allaient rouvrir le théâtre yiddish de Czernowitz, ils avaient même réservé pour cela une salle dans la Toynbee Halle qu'ils avaient confisquée aux sionistes. Mais si on y réfléchit – que restait-il à Herman, de tout le Grand Cabaret ? Trois actrices et une accessoiriste. Et la plupart des décors et des costumes avaient brûlé dans le pogrom de Yedinets. Ils ont encore tenu le coup un certain temps, ont fait quelques apparitions ici et là, après les Allemands sont arrivés, ils ont tenu encore quelques mois en vendant des objets au marché noir, et puis on les a enfermés dans le ghetto. Un jour, Becky était allée chercher des pommes de terre et quand elle est revenue, ils avaient tous été embarqués. Elle est la seule à avoir survécu, peut-être grâce à la croix qu'elle porte autour du cou.

— Et ensuite ?

— Comment savoir ? Je n'ai trouvé personne qui les ait croisés après. J'ai entendu dire que votre mère était restée en ville jusqu'en 42.

— J'ai les mêmes informations. Au début, je recevais encore ses lettres et je lui envoyais des dollars en retour, mais qui sait si cet argent lui est parvenu. En 41, lorsque les Roumains ont repris la région, notre demeure a été pillée, mais ma mère, qui avait réussi à cacher quelques

451

objets de valeur, a pu tenir un certain temps. En octobre, elle aussi a été enfermée avec oncle Jozy dans le ghetto. Ils ont réussi à éviter la première vague de déportation – grâce au maire, Popovici, qui a beaucoup aidé les Juifs de Czernowitz et était un ami de la famille.

— Oui, il y a aussi eu quelques bons *goys*, fit remarquer Mimi.

— À un certain moment, ils ont même eu la permission de réintégrer leur ancienne maison. Mais les nazis ont fini par limoger Popovici. Du coup, ma mère et mon oncle ont été envoyés en Transnistrie. Mon oncle est mort le premier jour – on m'a raconté qu'un soldat roumain l'avait abattu d'une balle dans la tête parce qu'il marchait trop lentement et retardait le convoi... Ma mère, elle, est morte de dysenterie quelques mois plus tard. Elle avait cinquante-neuf ans. »

Sur ces mots, il se tut, et chacun se perdit dans ses pensées. Ce fut le carillon d'un tramway en bas, dans la rue, qui secoua Becky. Elle se leva sans rien dire, augmenta un peu le chauffage, se saisit de la théière et sortit. Pendant qu'elle attendait dans la cuisine que la bouilloire siffle, elle briqua machinalement les robinets, puis elle refit du thé, revint dans le salon, remplit les tasses et insista en vain pour que Mimi mange quelque chose. L'invité, qui cherchait, ne fût-ce que par un petit geste, à la remercier pour tous ses efforts, prit un gâteau sec, commença à le grignoter mais fut déconcerté par la fadeur qui envahit son palais : la vieille cuisinière n'était-elle plus en possession de tous ses talents ou bien son goût à lui s'était-il affiné, maintenant qu'il était devenu un homme moderne ?

« Je voulais vous demander, madame Landau... hésita-t-il.

— Oui ?

— C'est en rapport à quelque chose que ma mère m'a écrit au moment où vous êtes partie. Bien évidemment, vous n'êtes pas obligée de me répondre...

— Parlez.

— Vous avez quitté la Roumanie avant les troubles. Ma mère m'a écrit que selon certaines rumeurs – pardonnez-moi de les évoquer – vous auriez pris avec vous les diamants d'oncle Markus. Je vous dis tout de suite qu'elle n'en croyait pas un mot.

— Je découvre donc qu'elle avait une meilleure opinion de moi que ce que je pensais. Surtout que je suis effectivement partie avec ces fameux diamants. »

Les yeux de Mimi errèrent dans la pièce et tombèrent sur le ruban jaune qui entourait le cadeau d'Avroum. Elle tendit la main et s'en saisit puis le roula entre ses doigts jusqu'à ce qu'il devienne un fin tuyau un peu rigide. Un sourire se profila un instant aux commissures de sa bouche, mais se figea aussitôt.

« Voyez-vous, reprit-elle, votre frère et moi n'avons pas réussi à travailler ensemble. Il y avait tout le temps des tensions et des différends entre nous. J'ai démissionné, j'ai pris les diamants et je suis partie pour Zurich. Qu'est-ce qui vous étonne là-dedans ? Dites-moi, monsieur Fabrikant, pourquoi êtes-vous venu ? Pour savoir s'il restait quelque chose de l'héritage de votre oncle ? À moins que ce ne soit pour me jeter à la figure cette accusation de voleuse ?

— Certainement pas, madame Landau, jamais je n'ai dit une chose pareille !

— Vous n'avez pas besoin de le dire, je sais exactement ce qui se passe dans votre tête. Mais vous êtes un expert en finances, n'est-ce pas ? Alors je suis ravie de faire les comptes avec vous : à combien estimez-vous soixante années de travail à un poste de direction ? Ajoutez à cela la valeur de l'appartement de l'Altgasse – car peut-être ne le savez-vous pas, mais le professeur l'avait acheté à mon nom. Vous verrez par vous-même que j'avais droit à de très confortables indemnités. Quand je suis arrivée ici, j'étais déjà trop âgée pour trouver un emploi, même si j'étais prête à travailler dur. J'ai vendu les diamants, j'ai intelligemment investi l'argent – j'ai toujours eu l'intelligence des chiffres, Dieu merci – j'ai acheté quelques actions au bon moment et en un an et demi, j'avais déjà fait un bénéfice de dix-neuf pour cent. C'est de ces intérêts que je vis. Pas du capital. »

Avroum Fabrikant l'écoutait en silence.

« J'imagine, continua-t-elle, que vous regardez cet endroit en vous demandant, quoi, Mimi Landau de Briczen se prend pour la baronne de Rothschild ? Elle a besoin d'un appartement de quatre pièces en centre-ville ? Je peux vous assurer que je ne me goinfre pas de nourritures sophistiquées et que vous ne trouverez pas de visons dans ma garde-robe. Je vis chichement. Alors pour qui ? Oui, pour qui, à votre avis, ai-je acheté cet appartement ? Voilà six ans que je suis assise ici, derrière cette fenêtre, six ans que j'espère entendre un coup frappé à la porte, six ans que j'attends un appel téléphonique qui me dirait que Trotski et sa bande de bolcheviques ont réussi à faire fuir les actrices en Sibérie et que maintenant, elles reviennent... Je reste assise, assise, assise... *Oy,* c'est ma punition, une punition divine : ne pas avoir été emportée avec elles. Comment ai-je pu être aussi bête...

— Madame Landau, peut-être... »

Mais elle le coupa : « Vous savez, parfois je me dis – il y a des gens qui savent vivre. Je pense souvent à Esther et à la petite Gina qui passaient leur temps à faire des caprices mais arrivaient toujours à leurs fins, que ce soit des broutilles ou des grandes choses. Les autres filles n'appréciaient pas, elles râlaient parfois derrière leur dos mais finalement leur donnaient satisfaction. Moi, j'ai passé ma vie à agir en fonction de ce qu'on attendait de moi ou plutôt de ce que j'ai cru qu'on attendait de moi : j'ai été une bonne élève pour faire plaisir à la mère Rosenthal, j'ai renoncé à la scène et me suis cloîtrée dans les papiers et les chiffres pour faire plaisir au professeur, j'ai mis de l'argent de côté pour les actrices au cas où les temps deviendraient difficiles, j'ai même trompé les autorités pour elles... et surtout – j'ai appris à encaisser, dans tous les sens du mot... »

Elle ferma les yeux quelques instants puis se pencha péniblement en avant, attrapa sa tasse et but une gorgée de thé.

« Je ne suis pas à plaindre, reprit-elle d'une voix tranchante, et je ne dois pas m'étonner de n'avoir jamais reçu le moindre remerciement. Aujourd'hui je sais que tout ce que j'ai fait, ce n'était pas par bonté mais par égoïsme : j'ai aimé être directrice, j'ai aimé être la main droite du professeur et je me suis conduite exactement comme n'importe quelle actrice qui attend en retour l'amour de son public... j'ai oublié que j'étais en coulisses. Voilà, c'est tout. Maintenant, je reste assise ici du matin au soir, et je me ronge. Esther, Yetti Hirsch et Kreindl, la petite et la grande Gina, Trotski – que me serait-il arrivé si je n'avais pas investi autant pour leur bien ? Rien ! Il ne me serait rien arrivé ! Parce que ces filles m'aimaient sincèrement et je sais aujourd'hui qu'elles auraient continué à m'aimer, quoi que je fasse. Oui, je les ai accusées à tort et j'ai claqué la porte… quelle idiote, quelle idiote ! »

De ses vieux doigts épais et déformés par l'arthrose, elle essuya quelques larmes qui roulaient sur ses joues, tira un mouchoir de la petite boîte apportée d'Amérique et se moucha.

« Votre femme a bien deviné ce dont j'avais besoin », sourit-elle.

Avroum Fabrikant, qui avait compris qu'aucun mot de consolation ne la soulagerait, resta les mains sur les genoux et tourna la tête vers la fenêtre, où se dessinait un ciel d'un magnifique bleu crépusculaire, strié par les sombres branches du tilleul. Il laissa son regard longer les contours qui se dessinaient ainsi et divisaient la voûte céleste en petites portions triangulaires. Lorsqu'il reporta son attention vers l'intérieur, la lumière électrique lui parut avoir baissé. Assise dans son fauteuil, l'ancienne trésorière n'avait apparemment pas bougé mais la muette se tenait à présent devant le buffet et disposait des pilules sur une petite assiette.

« Je vous prie de m'excuser, monsieur Fabrikant, dit Mimi Landau qui cacha le mouchoir dans la manche de sa blouse, je dois abréger notre conversation. La moindre petite chose me fatigue.

— Bien sûr, bien sûr, répondit-il. Vous n'avez pas à vous excuser. De toute façon, je dois partir, j'ai un rendez-vous avec les représentants d'un fonds d'investissement.

— Avec qui, si je puis me permettre ?

— Hoffmeister & Moritz.

— Très bien. J'ai fait quelques belles transactions avec eux par le passé.

— Je ne suis pas certain d'arriver à revenir vous voir, dit Avroum. Je repars après-demain pour Paris. Mais je serais ravi que nous restions en contact. Qui sait, peut-être que je reviendrai en Europe... Avez-vous besoin qu'on vous envoie quelque chose de New York ? Des médicaments ou... ?

— Oh, vraiment, monsieur Fabrikant ! Nous sommes en Suisse, tout de même ! lui rappela Mimi.

— Eh bien, au revoir. Merci de m'avoir consacré du temps, madame Landau. Soignez-vous bien.

— Merci. »

Dehors, Avroum Fabrikant fut accueilli par une fraîcheur de fin de journée. Il releva le col de son manteau, rajusta son chapeau sur sa tête, inspira à pleins poumons, sortit de sa poche un bonbon à la menthe et le posa sur sa langue. Il s'attarda encore un petit moment devant le portail de l'immeuble, leva la tête, tourna les yeux vers la fenêtre de l'appartement qu'il venait de quitter. Un inconnu qui passait par là et marchait vite faillit le heurter et lui lança un reproche énervé qui le tira de sa rêverie. Il voulut s'excuser, mais avant qu'il n'ait le temps d'ouvrir la bouche, l'homme n'était déjà plus à portée de voix. Il se racla la gorge d'embarras, regarda sa montre, réfléchit un instant, puis se mit en route d'un pas énergique. Il lui restait une heure avant son rendez-vous avec les financiers helvétiques ; il se souvint qu'en se rendant chez Mimi, il avait vu, par la fenêtre du taxi, un grand magasin de jouets et se dit qu'il y trouverait certainement quelques babioles, de quoi ravir le cœur de ses enfants.

Tel-Aviv, 2007.

Remerciements

Merci à Rutu Modan, ma première lectrice. Sans nos échanges enflammés sur l'intrigue générale et les différentes péripéties traversées par le Grand Cabaret du professeur Fabrikant, le livre n'aurait pu ni voir le jour ni rencontrer ses lecteurs. De nombreux chapitres ont été écrits pour elle qui, de son regard, a suivi avec amour tous les protagonistes du roman dès l'instant où ils ont été créés.

Je remercie sincèrement Michal Spektor pour les heures qu'elle nous a consacrées, à moi et à mon histoire. Grâce à ses conseils sensibles et instructifs, j'ai compris la grande proximité qu'il pouvait y avoir entre écriture et dessin. Merci à Tirza Biron-Fried pour la magistrale leçon qu'elle m'a donnée, et à Esther Rozshanski pour ses savants conseils en yiddish. Merci à Mira Friedmann pour la patience dévouée avec laquelle elle m'a aidé à retrouver toutes sortes de petits détails liés à l'époque décrite dans ces pages.

Merci à Suzanna Lauterbach, Yair Qedar, Zviah Kagan, Noga Moldovano, Ainatte Inbal, Ruth Melcer et feu Friedl Stern – qui ont, chacun, apporté leur pierre à mon enquête.

Batia Kolton, Eitan Dranica, Assaf Pinkus et Amiran Waldmann ont été pour moi d'un grand soutien tout au long de ce travail.

Un double merci revient à Esther Herschkowitz qui, avec une mémoire d'une incroyable netteté, a fait revivre devant moi l'extraordinaire Bucovine de sa jeunesse, celle de la fin des années 30.

Merci aussi à Haim Flaschenberg et Jorzi Ostfeld, originaires de la ville de Radautz, ainsi qu'aux sœurs Eugenia Nahari et Batia (Wilma) Birzinsky de Klausenburg qui m'ont si bien parlé de cette époque.

Un merci spécial à Nilli Mirsky.

Table

TROISIÈME PARTIE :
AU BORD DU GOUFFRE

Cet ouvrage a été imprimé en France
par CPI Bussière
à Saint-Amand-Montrond (Cher)
en octobre 2013

Composé par Nord Compo Multimédia

N° d'Édition : 18018. — N° d'Impression : 2004592.
Dépôt légal : novembre 2013.